魅丽文化 飞言情工作室

小鸟伊人

寂小恬 著

江苏凤凰文艺出版社
JIANGSU PHOENIX LITERATURE AND ART PUBLISHING, LTD

图书在版编目（CIP）数据

小鸟伊人 / 寂小恬著 . -- 南京 : 江苏凤凰文艺出版社 , 2019.12
ISBN 978-7-5594-4253-6

Ⅰ . ①小… Ⅱ . ①寂… Ⅲ . ①长篇小说 - 中国 - 当代
Ⅳ . ① I247.5

中国版本图书馆 CIP 数据核字 (2019) 第 264571 号

小鸟伊人

寂小恬 著

出版人	张在健
责任编辑	张　倩 王　青
文字编辑	张　凌
装帧设计	熊　婉
出版发行	江苏凤凰文艺出版社
	南京市中央路 165 号，邮编： 210009
网　址	http://www.jswenyi.con
印　刷	湖南凌宇纸品有限公司
开　本	880mm × 1230mm 1/32
印　张	10.5
字　数	252 千字
版　次	2019 年 12 月第 1 版，2019 年 12 月第 1 次印刷
书　号	ISBN 978-7-5594-4253-6
定　价	39.00 元

目录 · CONTENTS

目录 · CONTENTS

第一章 一不小心病发了

6月10日，B市体育馆。

晚上七点，白日的热气散去了不少，只是到底是夏日，温度还是很高。然而，就是这样炎热的天气，体育馆里却是人潮汹涌。

关伊伊很早就到体育馆等着了。

今天体育馆要举办演唱会，只是比较特殊的是，演唱会的主角可不是那些当红歌手，而是AI（人工智能）——清风和明月。

这次演唱会的主办方是天智游戏，清风明月是天智开发的一款游戏里面的双胞胎姐妹花。自从2007年，日本的虚拟偶像歌手初音未来开始发行之后，这种二次元文化便开始渗透现实世界。

随着科技快速发展，天智推出了更特别的清风明月。不同于初音未来只是以语音合成程序为基础开发的音源库，没有实体，清风明月是天智花费了很多精力，精心制作出来的仿真人形机器人。

外表几乎和人类一模一样，精致可爱的五官，再配上甜美可人的嗓音，清风明月出世不到三个月，就已经在全国火了起来。

关伊伊正是奔着它们来的。

她倒不是把清风明月当作偶像来追，而是对这两个机器人的构造感兴趣。清风明月先后在A市和其他两个大城市举办过演唱会，但是关伊伊当时准备高考，是以根本就无法到现场。现在，好不容易清风明月来B市，而且已经高考完，她便迫不及待地跑来了。

周围大部分是些年轻人，穿着二次元的衣服，身上贴着很多清风明月的照片，手上还拿着游戏手办，气氛热烈得很。

关伊伊热得快冒烟了。

“清风清风我爱你！”

“明月明月你最美！”

“啊！清风唱歌好好听啊！”

……

旁边的人太疯狂了，关伊伊根本没有心思好好观察，没注意就被人猛地推了一下。她没有防备，整个人不受控制地朝地上摔去。

“咝——”手掌被擦破了一大块皮，关伊伊不敢就这样倒在地上，连忙站起来。然而周围太挤了，很多人没有注意到地上的她，她根本站不起来，眼看着旁边人的脚要朝她踩来，她吓得连忙闭上了眼睛。

然而，预期的疼痛并没有传来。

“你没事吧？”

有点冷淡的男声突然在头顶上响起，关伊伊本能地睁开眼睛。由于光线太暗，那人脸上还戴了口罩，她只看得见一双惑人的桃花眼。

“没事就快点起来。”

男人皱着眉，声音更冷了。

见关伊伊似乎站起来有点困难，他犹豫了一下，伸手抓住关伊伊的手腕用力一拉，关伊伊这才借助他的力道站了起来。

那一瞬间，她手腕处传来了触电般的酥麻感。

“谢……咦？”她不由自主地战栗了一下，刚想开口说声谢谢，握在她手腕上的手却突然松开。演唱会似乎进入了高潮，人潮再次涌动。

关伊伊抬头的时候，却发现那救了她的男人已经不见了。

她忍不住摸了摸自己的手腕，仿佛还残存着刚才那灼热的触感，触电般的酥麻，让人忍不住……着迷。

“或许只是我的错觉吧。”关伊伊摸着手腕，心中莫名有了一种不好的预感。

因为距离太远，关伊伊看不大清楚清风明月的模样，她的主要目的也不是来听歌的，而是想要研究研究这两个高级仿真人形机器人，只是看现在这种情况，怕是不可能了。是以，她只能耐着性子等到演唱会结束。

她不敢跟这些人挤了，拼命地破开人群，找到了一个相对安静的角落，终于舒了口气。

“粉丝的力量太可怕了！”她心有余悸地感叹。

正这时，她眼前一晃，旁边突然来了一个人，高大挺拔的身影，戴着白色口罩，一双惑人的桃花眼……

关伊伊眼睛一亮，忙道：“同学，刚才谢谢你了。”

男人转头看了她一眼，淡淡地“嗯”了一声。

这应该是个冷淡寡言的人，关伊伊猜测着。毕竟只是萍水相逢，她也没有多说什么，只是笑笑便安静地站在一边。

一时之间，小小的角落竟多了丝静谧。

关伊伊：“帅哥，你也喜欢清风明月吗？”

“不喜欢。”他的声音带着些沙哑和鼻音，像是感冒之后的声音，刚才人太多，她没注意。

关伊伊想起自己包里正好带着感冒药，立刻拿出来递给男人。

“这是感冒药，你要不先吃一颗？”

男人愣了一会儿，才伸手接了过来：“咯咯咯……谢谢。”

指尖碰触的那一刹那，又传来一种酥麻的触感，像被电到了一般，关伊伊先是怔了一下，正想搞清楚，就见两人中间突然又拥过来一些人，顿时隔断了关伊伊的视线。

那感觉太短暂了，真的不是她的错觉吗？

两个多小时的演唱会终于结束，接下来，清风明月将抽取幸运观众参加后面半个小时的粉丝见面会。

关伊伊正准备离场了，却听广播里播报了一个熟悉的号码。

“最后一名幸运观众，是 3012 号！”

她一愣，拿起自己的票根看了看，难以置信，看来她运气似乎也不是那么差嘛。想到一会儿可以和清风明月近距离接触，关伊伊兴奋得不得了！

毕竟这种高科技机器人可是从来只在电视上看到过啊！

她顿时没有心思再去思考刚才的疑惑，而是兴冲冲地跟着其他幸运观众跑了。

啊，机器人，关伊伊来啦！

清风明月虽然属于高智能机器人，但是它们本身的程序也是早就设定好的，所以，并不能像平常的人类歌手一般，自由地和粉丝互动。然而饶是如此，现场的气氛也很是热烈。

相比较三次元的歌手，二次元的偶像更加让粉丝们激动。

好在粉丝见面会规模不算太大，按照排号，关伊伊很快就有了和清风明月近距离接触的机会。

关伊伊得到了与机器人偶像歌手握手和拥抱的待遇，对方触感柔软，甚至还带着人体的温度，如果不是那略显僵硬的神态，很难看出是机器人。关伊伊没忍住，当和清风拥抱时，手伸进清风的衣服里摸了摸。

哎，真的好软！

只是她还没来得及感叹，手就被猛地捏住了。

清风脸上依旧带着不变的温柔微笑，只是手上的力道却大得让关伊伊忍不住轻声“嘶”了一声。

清风道：“小姐，请不要随便乱摸，我知道我长得很好看，但是机器人和人也授受不亲哦。”

清风的声音不大，但是耳边夹着麦克风，是以，声音顷刻传遍了整个见面会现场。

现场顿时一静。

被这么多双眼睛看着，做坏事被抓包的当事人关伊伊整个人都差点冒烟了。

“哎，这小姑娘看上去纯良可爱，没想到胆子这么大。”

“可不是，她居然敢摸我们清风！！”

“一定要给她一个教训！”

……

各种各样的议论传进关伊伊耳朵里，她羞得整张脸都红彤彤的，想跑，手却被清风紧紧拽住，根本就跑不掉。

老天啊，她现在真想找个地洞钻进去，太丢人了！

好在主持人随机应变，笑道：“小美女，虽然我们清风很漂亮，但是要克制哦。我们清风明月的智能系统是当世最先进的，它们还装了专门的防盗系统哦。”

关伊伊努力让自己镇定下来，猫儿眼一弯，道：“清风小姐姐太迷人了，我一时没忍住，抱歉。我就是想看看清风小姐姐是怎么长的，我希望以后也长这样……”边说，她边挠了挠头，露出一抹羞涩又心动的笑容，两颊边的小酒窝一闪一闪，晃得人心软。

主持人是个将近四十岁的女人，看到这副小可爱的模样，顿时被勾起了浓浓的母爱，伸手揉了揉关伊伊的脑袋，笑道：“哈哈，小妹妹本来就是个小可爱啦！”

关伊伊继续低头装羞涩。

主持人心更软了，私心想多给关伊伊几个镜头，是以，又问了几个问题，这才把关伊伊放了下去。

一下了台，关伊伊便迫不及待地跑去了卫生间。

卫生间里，她对着镜子摸了摸头上的虚汗，一脸劫后余生的表情。

“天啊，吓死我了，差点就要成全民公敌了。”

她拍了拍胸口，打开水龙头，准备接水拍拍脸，却在低头的瞬间，从镜子里看到了一个黑色的人形倒影。

短发，是个男的。

关伊伊的心顿时一颤。

就在这时，肩膀突然被人一拍，她猛地跳了起来，转身就朝背后的人用力一推。

“色狼，受死！”

背后的男人没防备，本能地握住关伊伊的手。卫生间的地砖那么硬，摔下去肯定得头破血流，他脑子急转，用力一扯，环住怀中人的腰一转。待到关伊伊反应过来时，两人已有大面积的肌肤相贴。

像被蚂蚁咬过一般的疼痛闪电般传遍全身，关伊伊顿时愣住，完全不敢动了。

心跳犹如擂鼓，有那么一刻，关伊伊甚至以为自己的小心脏就要不受控制地从她的胸腔里蹦出来了！

那一瞬间，关伊伊的脑子像被糊住了一般完全无法思考，脑子里只有一个念头——这男人的皮肤真好，摸起来好舒服！

此刻，这个念头正在无限循环。

“你要干什么？！”

冷漠的声音唤回了关伊伊的神志，她顿时一个激灵，连忙从被诱惑的状态中回过神来，猛地从男人的怀里退出来。

那神情、那模样，仿佛面对的是洪水猛兽。

没有人知道，关伊伊身患怪病，就连和她相依为命的关父也不知道。

她本来以为自己已经痊愈，可是直到这一刻，在和眼前人肌肤相亲的这一刻，她才惊恐地发现——

她好像病发了！

关伊伊到底有什么怪病？

这个秘密她藏了十几年，就连最亲密的家人也不知道。其实这病也不会危及生命，但就是……太难以启齿了！

关伊伊患有皮肤饥渴症。

什么是皮肤饥渴症？用一句话来解释就是——被人触摸，被人拥抱，与人肌肤相贴时，想要碰触得更多、更久，会腿软、脸红、心跳加速……总之就是让人非常尴尬的症状！

关伊伊小时候缺爱，三岁时父母便离异了，她被判给了关父抚养。但是关父工作非常忙，小关伊伊基本都是由保姆陪着，有时候一个月也不能见到关父一次。

因为严重缺爱，所以关伊伊特别喜欢和别人肌肤接触。

只不过，在上学之前，她基本上都是一个人过，所以并没有察觉这种怪病的严重性。直到开始上学，她的同桌是一个特别温柔可爱的小孩儿，她就和同桌成了无话不说的好朋友。关伊伊成天黏着同桌，总想去摸摸她，抱抱她，亲亲她。

后来，同桌实在受不了关伊伊成天吃豆腐的行为，和她绝交了。

关伊伊受到了严重打击，想要和同桌重归于好，同桌却避她如蛇蝎，还送了她两个字——

"变态！"

需要强调的是，那个同桌是女孩子。

因为这件事情，关伊伊失去了人生中的第一个好朋友，也让她意识到了自己的怪异之处。后来她长大了一点，便开始学着克制这种莫名其妙的欲望，有时候实在忍不了了，便偷偷去进行心理治疗。后来，那迫切想要和人肌肤相触的欲望渐渐消失了，直到现在。

关伊伊想哭。

天啦，原来不是消失了，而是更加强烈了啊！

因为这突如其来的残酷事实，关伊伊一时之间竟忘记了这男人是在女厕所的事情。她深吸一口气，抬头，正准备道歉，却在看清男人的模样时，顿时瞪大了眼睛。

"是你？！"

面前的青年看上去二十出头，肤色白净，身材高挑。最引人注目的是那张脸，俊美程度不亚于当红的小鲜肉们。

桃花眼、薄嘴唇、宽肩窄臀大长腿，百年难遇大美男啊！

他耳朵上挂着口罩，只是现在口罩不像刚才把帅脸遮得严严实实的，而是挂在一边。饶是自诩不花痴的关伊伊也被这张脸给晃花了眼，愣了好几秒才回过神来。

熟悉的口罩，熟悉的穿着和声音，关伊伊很快就认出来是刚才对她伸出援手的口罩男了。想到刚才自己的胡思乱想，关伊伊脸色绯红，尴尬不已。

幸好她及时控制住了，不然更丢人！

关伊伊道："不好意思，我以为是色狼……不对哎，这是女厕所，你……你怎么在这里？"她说到一半，终于想起自己的初衷了，顿时用疑惑、惊讶又带着些痛心的目光看着大帅哥，心道，这个刚才还那么有爱心的大帅哥不会是……变态吧？

青年脸色冰冷，眉眼间的冷漠倒是让他太过俊秀的容貌少了些邪气，多了些锐利。

此刻，听到关伊伊的话，他先是一愣，随即嘴边便勾起了一抹嘲讽的笑："你这个借口找得可不怎么好。"

关伊伊一愣，道："什么借口？"

青年冷声道："看你的年纪应该还是高中生吧？现在的高中生尺度都这么大吗？女孩子还是自重一点为好，还有……我很讨厌说谎的人。"说罢，他不再看关伊伊，理平自己的衣服，像是遇到什么污垢似的，满眼嫌弃。然后，他转身便大步离去。

关伊伊站在原地愣了一下才反应过来，连忙追上去，本想拉住青年，但是想到自己的病，她只好伸出双臂站在青年前面，然后，一脸认真地解释道："我撒什么谎了？还有，补充一下，我不是高中生，我已经毕业了！"

两个月之后，她就是正式的大学生了。

卫生间门口。

青年顿住脚步，没说话，只是抬头望了望，露出了一抹嘲讽的笑。

关伊伊顺着他的目光看过去，顿时傻了：门上画着个小人，短发，没有穿小裙子。

这是男厕所。

"没撒谎？"

微微沙哑的冷嘲陡然在耳边响起，关伊伊羞耻地捂住脸，嗫嚅着道：

“我真的不是故意的。”

她只是看错了而已。

青年没等她说完，便直接迈步离开了，整个人连背影似乎都写着“不相信”三个字。关伊伊独自在原地待了许久，半晌后，深吸一口气，努力装作若无其事地离开。

没关系，反正只是萍水相逢而已，误会就误会吧，所幸以后也不会有交集。她这样安慰着自己。

只是，这突然病发的事情有些棘手。

想到以后会被人当作变态的日子，关伊伊便猛地打了个冷战。不行，她必须赶快采取措施！

想到此，关伊伊便待不住了，急忙打了车回家。

关父昨天出差了，所以家里只有她一个人。这让关伊伊松了口气，她现在不敢确定这个病到什么程度了，她不想让爸爸知道。

她打开微信，点开了备注为知心哥哥沈封的聊天窗。

伊伊：沈大哥，你在吗？

沈封是关伊伊在一个心理论坛上认识的。刚明确知道自己这奇怪的病时，关伊伊刚上初三。因为这个病，她不敢随意和同学接触，生怕被人当作变态，整天心事重重，都快得抑郁症了。

还好她遇到了沈封。

沈封年纪不大，据他自己所说，还没从心理学院毕业。他是关伊伊接触的第一个也是唯一一个心理医生，当然，关伊伊也是他的第一个病人。

两人认识至今已经四年了，虽然没有见过面，但已经不仅仅是医生和病人的关系了。这几年，因为沈封的帮助和引导，关伊伊的病基本就没有发作过，所以她很感谢沈封。

希望这一次只是意外。她安慰自己。

沈封一直没有回复，现在已经是深夜了，他应该已经睡了。

关伊伊有些失落。

因为演唱会的意外，她并没有什么睡意，在床上躺了很久都睡不着。

关伊伊又情不自禁地想到了今天遇到的那个俊美青年。嗷，皮肤不仅白，而且那个手感真的超级好哎，就像她最爱吃的芒果布丁一样，Q弹Q弹的。

“啊——”怎么办？怎么办？只要一想到那身白皮肤，她就……感觉抓心挠肺。

不行，关伊伊猛地摇了摇头，她一定要克制，绝对不能变成别人口中的变态！想到这里，关伊伊觉得自己必须找点事情来做，才能把那祸水给忘掉。

她还是去看看她家梦行千里大大更新没有吧。

关伊伊习惯性先去刷梦行千里的微博，虽然她家千里大大的微博常年长草。

只是她刚点开，却发现——

半个月都没更新的梦行千里突然更新微博了！

梦行千里：今天碰到了一个奇怪的女生，看上去是个乖乖女，挺善良的，但是，我就是觉得她在诱惑我，这是我的错觉吗？

轰！

这条微博一出，千里粉们都震惊了，纷纷回复：千里大大，你这是要深夜虐狗吗？！

梦行千里两年前开始在阅读网连载小说，刚开始因为科幻题材超级冷，无人问津，但是随着故事情节逐渐展开，曝光率增加，这一本名叫《轮回线》的科幻小说竟然大火！

《轮回线》已经连载了两年的时间，从一本刚开始点击量没有超过四位数，几乎人人都认为会扑街的小说，最后居然成了无数人追捧的神作。这可以说得上是科幻小说历史上的重要转折点，是一次里程碑式的崛起。

而梦行千里也从一个小透明一跃成为炙手可热的超级大神，如今微博粉丝近千万。

但是梦行千里非常的神秘，从来不参加任何有关小说的宣传活动，也从不开签售会，甚至连自己的自拍照也没有在微博上发过。所以，如今粉丝们除了知道梦行千里是一个男人，其他一无所知。

有人认为梦行千里太过高冷，对喜欢他的粉丝们太冷漠，所以有一段时间一些有心人借此攻击他。

然而即便如此，梦行千里依旧我行我素，最终只公开回答了一句话——你们看的是我的小说，不是我，我只是作者，不是明星。你们喜欢看小说就看，不喜欢也没人逼着你们。

有人认为梦行千里太狂妄，也有人认为梦行千里情商太低。但是无论那些有心人怎么抹黑梦行千里，依旧挡不住他爆红的大势，他最终成了当下中国科幻小说第一人，《轮回线》成了当下炙手可热的大 IP。

而梦行千里正是关伊伊最喜欢的大大（作家），亦是她最崇拜的偶像。

自从两年前无意之中看到刚刚开始连载的《轮回线》开始，关伊伊就被这个充满了神秘的科幻世界给深深吸引了。

随着《轮回线》的连载，她彻底成了梦行千里的真爱小天使！

她甚至因为这本书和这个人，想要进入 A 大传说中的和尚学院——男女比例 30 ∶ 1 的电气工程与自动化学院。因为据说，梦行千里曾经就是这个学院的学生！

最重要的是，A 大可以说是中国理工科最好的大学了，尤其是在人工智能这一方面，更是高校里的佼佼者。

虽然梦行千里很少谈论作品之外的私事，但是文如其人，《轮回线》的“三观”超级正。所以关伊伊固执地相信她家千里大大虽然冷漠，不过绝对是个好男人！而且梦行千里的“坑品”超级好，两年来从未断更，说双更就双更，从不食言。

就冲着这一点，关伊伊也要坚定自己真爱小天使的立场，一辈子都不动摇！

如今《轮回线》已经进入了收尾阶段，千万粉丝翘首以待，每天都蹲在坑底抓心挠肺地等啊等。粉丝们能够了解小说的进展，但是对于梦行千里的近况一无所知，因为梦行千里的“作者有话说”几乎是空白一片，他只是偶尔会在微博冒一下泡。

没想到，高冷的千里大大居然在半夜冒泡了。

关伊伊双手捧脸，感觉整个人快飞起来了。

不过这条微博有点奇怪哎。

难道真的如其他人所说，她家千里大大是铁树开花，春天来了，所以半夜起来撒狗粮？

关伊伊不过思考了这么一小会儿，这条微博就已经被疯狂的千里粉们攻占了。

转发量 4W+，评论 1W+，点赞 10W+！

千里大大这是要公开恋情的节奏？

这盘狗粮真的来得太猝不及防了，单身狗们表示伤不起啊！

唉，现在的女生啊，太不矜持了！

唉，现在的男生啊，太口是心非！

作为真爱小天使，关伊伊自然也被这条微博弄得措手不及，想到她家冰清玉洁的千里大大就要被一个女人给占有了，她的心……有些酸。

“唉——”关伊伊叹气，深切地觉得她今天有点倒霉，不仅病发，现在还“失恋”了。

“人生啊，你怎么就这么艰难呢？”

不过，她是小天使，所以，即使心里再酸，也必须祝福她家千里大大！

关伊伊心酸地躺在床上，长长地叹了口气，捂着心口，感觉心塞。良久后，她才拍了拍自己的脸，罢了，不想了，还是睡觉吧！

但不知是被祸水给刺激的，还是被梦行千里给吓的，关伊伊这一晚上都睡得不怎么安稳，好不容易睡着了，却又开始做奇奇怪怪的梦。

梦里，出现得最多的竟是没有穿衣服的、有着牛奶般丝滑肌肤的——

啊，祸水！

关伊伊第二天是被电话铃声给吵醒的。

她顶着两个黑眼圈拿起手机，按了接听，那头立刻传来一道清脆愉快的女声。

“伊伊，你起来没有啊？你不是说今天要去体育馆看比赛吗？比赛是九点半开始吧，现在都九点啦，你还不快点！”

此话一出，关伊伊本来有些昏沉的脑袋顿时清醒了。

她抹了把脸，忙道：“我马上就来，给我十分钟！”

6 月 11 日，这对于大部分人来说是一个很普通的日子，对于机器人爱好者来说却是一个特别激动人心的日子。

这一天，Robocon，也就是亚太大学生机器人大赛中国选拔赛将要在 B 市体育馆举行。Robocon 可以说是机器人大赛里很知名也很有影响力的一个赛事。

2002 年由“亚洲—太平洋地区广播电视联盟”（缩写 ABU，以下简称亚广联）倡导，每年举办一届，以选拔国内制作机器人的冠军队参与亚太区桂冠的争夺。亚太大学生机器人大赛国内选拔赛是中央电视台负责组织的在全国高校范围内选拔代表中国参加亚广联亚太地区机器人大赛的预选赛。关伊伊这辈子最大的梦想便是能够制作出自己满意的机器人，遇到这种赛事，自然不能错过。虽然不是参赛选手，但哪怕是作为一个普通观众，她也可以学到很多东西。

而且，她对自己有信心，不久的未来，她也会是参赛的一员！

白 T 恤衫加牛仔裤、帆布鞋，两分钟搞定。

关伊伊随便洗了把脸，抹了点面霜，便背起包火急火燎地出了门。

二十分钟后，九点二十分，她到了体育馆门口。

一看到她，正在门口张望的一个短发女生眼睛便一亮，朝她跑了过去，抱怨道：“伊伊，你怎么现在才到，比赛都要开始啦！”

关伊伊叹气道：“昨晚遇到点事儿，睡得比较晚，我睡过头了。”

“你昨晚不是去看清风明月的演唱会了吗？遇到什么事了？”短发女生，也就是关伊伊的闺密焦姣疑惑地道，“唉，昨天都怪我爸，害得我都没去看演唱会！”

和关伊伊一样，焦姣也很喜欢机器人，也是梦行千里的粉丝，两人约好了一起上A大。

“一言难尽啊，以后有时间再说吧，我们先进去。”关伊伊看了看时间道。

焦姣点头。

机器人赛事比不上明星演唱会，体育馆里的人不算太多，大部分是一些青少年以及一些科技公司。青少年们是因为兴趣和梦想，而科技公司便是为了挖掘人才。

参加比赛的都是高校高才生，不乏天才。

关伊伊松了口气，她现在特别怕和人接触，万一不小心病发了，那可真要丢死人了。

不过以防万一，关伊伊想了想对焦姣道：“饺子，帮我个忙。”

“什么忙？”

“跟我来。”

关伊伊带着焦姣去了卫生间，特意抬头仔细看了标识，确认是女卫生间，这才和焦姣走进去。

焦姣疑惑地道：“来卫生间做什么，你‘三急’……伊伊你干吗？”

她话音未落，整个人就被关伊伊抱住了。

不但如此，关伊伊还抱着她蹭了蹭。

焦姣顿时打了个冷战，咽了咽口水，小心翼翼地道：“伊伊，虽然我觉得你很可爱，很喜欢你，但是我们真的只能做朋友啊！”

“你在乱想什么啊？！”

关伊伊终于放开了焦姣，作乱的手也规规矩矩地收了回来，道：“我只是想验证一件事情而已。”

现在实验证明，当她和焦姣肌肤接触的时候，她的皮肤饥渴症并没有发作。那昨天，为什么在碰到那个男人的时候她却病发了呢？

难道是因为异性相吸？

焦姣见她愣住，疑惑地戳了戳她，道：“验证什么事儿啊？伊伊，我觉得你今天有点不大对劲儿啊，发生什么事了吗？”

关伊伊回过神来，摇头道：“没事儿，啊，比赛要开始了，我们快走吧。”

“对对对，快走快走，不然占不到好位置了。”焦姣一听，顿时拉住关伊伊就朝外面跑。

关伊伊本来跟在焦姣后面，但无意中一瞥，却看到了转角处一个有点熟悉的身影。她愣了愣，心思急转，瞬间做了一个决定。

“饺子，你先去占位置吧，我突然想上大号。”关伊伊停下脚步对焦姣道。

焦姣想了想，最终点头，道：“那我先走了，你速度快点，不要错过精彩处啦。”说罢，焦姣便快速跑走了。

等到看不到她的身影了，关伊伊才松了口气，转身朝目标走过去。

关伊伊私以为，与其忐忑地想着不知道何时病发，不如先把事情搞清楚，这样以后如果再遇到同样的情况也可以早点预防，免得再次出丑。

所以，她决定再和昨天遇到的那个大帅哥接触一次。

不过，她没有贸然走出去，而是先悄悄躲在暗处观察了一会儿。

很快，关伊伊便疑惑地挑了挑眉，这男人是在干什么？

她在这儿观察了三分钟，便发现他已经走过来走过去，像转圈儿一样转了好几圈了。随着时间流逝，他的眉头渐渐皱了起来，眉间起了一道深深的褶皱，似乎是遇到了很困扰的事情。

关伊伊灵光一闪，莫不是这人……迷路了？

虽然一个二十来岁的大男人还会迷路听起来挺搞笑的，不过关伊伊也想不出其他原因了。她想了想，终于走了出去。

“帅哥，你……是迷路了吗？”

关伊伊的声音一出，顿时让还在原地转圈的男人停下了脚步，他的脸色变化了几番，很快恢复了面无表情的状态：“不，我只是在运动。你跟踪我？”他口气不好，明显是认出了关伊伊，眉眼间都是冷漠。

谁跟踪你啊，长得帅了不起啊？

关伊伊差点没忍住直接呛回去，好在她及时想起自己的目的，忍住了。

她轻咳一声道："我只是来上厕所而已，正好看到你在这儿转圈。如果你没有迷路，那我就先走了。"

说罢，她当真转身就要走。

"等一下！"

她才走了两步，背后就传来男人故作冷淡的声音。

关伊伊停下脚步，回头问道："有什么事吗？我赶着去看比赛，有事儿你快点说啊！"

男人抿了抿嘴，沉默了片刻，才道："我也要去看比赛，一起过去吧。"

关伊伊眉头一挑。

刚才还那么嫌弃讨厌她的人，现在居然主动提出要和她一起去看比赛。都这样了，他还嘴硬地说自己没有迷路。

她抬头，打量了面前的男人一番。

只见那俊美的脸上虽然故作冷漠，但是那绯红的耳朵尖泄露了某人窘迫的心思。不知怎的，关伊伊看着看着就有些想笑，不过好在她及时忍住了，否则按照面前这个男人的爱面子程度，怕是会气得转身就走。

她现在目的还没达成呢，必须忍住。

关伊伊轻咳了一声，半晌后终于道："可以。"

此话一出，关伊伊敏锐地发现男人松了口气，他一脸严肃地道："走吧。"话虽如此，他却站在原地没动，而是看向关伊伊。

关伊伊悄悄地勾了勾嘴角，也不再为难他，主动朝前走。

关伊伊走在前面，男人落后她半步，两人都沉默地走着，没出声。关伊伊是在思考着该什么时候出手。她打量了一下周围，发现四周空荡荡的，没有其他人，悄悄地松了口气。

然后她装作不小心扭了一下脚，整个人朝男人倒去。

这意外出现得实在是太突然了，男人明显没有准备，正好被关伊伊碰瓷碰了个正着！

夏天的衣服轻薄稀少，关伊伊成功地达到了自己的目的，和他肌肤相贴了。瞬间，一股电流似的感觉从肌肤相贴处传遍了全身，她浑身一个激灵，在自己差点要沉迷“美色”，失去理智之前赶快回过神来，像避瘟神一般推开了男人。

发作了！发作了！

难道真的是异性相吸？！

关伊伊顿时觉得整个人都不好了。

男人猝不及防，被她推倒坐在了地上。

“对不起，我不是故意的。”关伊伊连忙道歉。

男人的脸微微扭曲了一下，他像是要生气，不知想到了什么，竟忍了下来，只是深深地吸了口气，若无其事地站了起来，道：“没事，继续走吧。”

关伊伊刚证实了自己的一半猜测，正是心慌意乱的时候，也不想再和身边这个炸弹待在一起，便点点头，快速地朝比赛场地走去。

她刚走进比赛场地，就见一个穿着印有一枚校徽的白色T恤衫的人突然朝他们走了过来。

“哎哟，我的老天啊，顾大男神，可算是找着你了！”一个二十岁左右、长着娃娃脸的大男孩一把抓住顾默，如释重负地道。

没等顾默回答，他目光扫到旁边的关伊伊，顿时眼前一亮道：“哟，小美女是你送他回来的吧？哎，你可是我们的大恩人啊！”

关伊伊扯了扯嘴角道：“举手之劳而已。”

娃娃脸却摇头道：“对你来说是举手之劳，对我们来说可是恩同再造啊！你不知道，这人就是个大路痴……”

“闭嘴，比赛开始了。”听娃娃脸越说越不像话，男人眉心一拧，出声呵斥，“走了。”说罢，转身就拉着娃娃脸走了。

“哎，你别拉我啊，我还没说完呢。”娃娃脸气急败坏，赶忙对关伊伊道，“小美女，我们赶着参加比赛，你中午能在这儿等一会儿吗？我们请你吃饭！”

关伊伊微笑着，没说话。

她是傻了才会等在这里，她现在迫不及待想要远离那个炸弹好吗？！

今年参加Robocon中国选拔赛的一共有三十所高校，比之去年少了两个，看似没有去年激烈，但其实今年的比赛更残酷。因为去年 A 大因为某些问题放弃了比赛。A 大是全国顶尖的理工科高校，尤其是关于人工智能这一块儿，更是数一数二的，取得了多个机器人比赛的冠军。

三十个参赛的高校，最后只有一半能进入复赛，只有最后的胜者，才能代表中国参加国际比赛。

今天是初赛，初赛的主题是“和谐社会”。

这个主题含义太广泛，所以可发挥的空间很大，但也正因为如此，想要出彩就更难。

关伊伊找到了焦姣，焦姣此刻正一脸兴奋地看着台上。

“伊伊，你看，舞蹈机器人哎，好神奇。”焦姣拍着关伊伊，满眼新奇地道，“真是没有想到，机器人跳舞也能这么厉害，这比我厉害多了啊！真是人不如机器啊！”

关伊伊因为刚才发现的残酷事实，现在心情正低落着。

她现在有两个猜测：第一，所有的男性对于她的病都有影响；第二，只有那个男人对她的病有影响。

关伊伊私心里希望是第二种，这样的话，她大不了以后远离那个炸弹就行了，反正也只是萍水相逢。

但如果是第一种，她想哭。

如果接触任何男性都会对她的病产生影响，那不就意味着她无法正常地谈恋爱了？

她才摆脱了高中，可以光明正大地谈恋爱，而不会被当作早恋，现在却要面对这么残酷的事实，老天爷这是在和她开玩笑吗？

想到此，关伊伊再次重重地叹了口气。

焦姣用肩膀撞了撞她，疑惑地道：“伊伊，你在想什么啊？”

关伊伊回过神来，失落道：“我在想我那悲惨的未来。”

焦姣一脸茫然，半晌后才小心翼翼地道：“你高考考砸了？”

“没有，分数大概 640 吧。”关伊伊摇头。

“那你在想什么悲惨的未来？”焦姣无语，“你这分数肯定能上 A 大的好吗？！我估了分，最多600分，上A大悬。”

关伊伊一脸沉痛地道：“不，你不懂我的悲伤。”

焦姣忍不住翻了个白眼道：“行吧，你就悲伤去吧，我继续看比赛。咦，伊伊快看，是A大的上场了！”

听到A大，关伊伊终于振作了一点，抬头朝台上看去。然而当看清台上的人之后，她蒙了。

那站在台上光芒万丈的男人，不就是那个……炸弹吗？

关伊伊顿时觉得她的未来更悲惨了。

上一个参赛高校准备的是舞蹈机器人，人和机器人一起跳舞，用舞蹈来表达和谐，也算是贴合主题。而A大用的是救援机器人。

A大模拟了一个地震灾后场景。

故事主要讲述的是：地震后，为了救援，机器人和人类一起合作，团结在一起，与生命赛跑。从故事主旨上来说，是很契合比赛主题的。

而且A大的学生们默契十足，整个表演过程很流畅。

因为初赛的比赛主题只会提前一天告知，所以其实各参赛高校准备时间是很紧张的。A大是第二十个上场的，说实话，这个位置其实挺尴尬的，因为在看了前面那么多高校的表现后，观众和评委该惊艳的都惊艳了，已经有点审美疲劳了。

这种时刻，要打动评委，比之前更难。

但是A大不愧是这方面的佼佼者，同学之间配合默契，不像前面参赛的一些高校，因为准备时间紧张和心理素质不过关，总会出一些问题。

从这一点来看，A大是加分的。

但是还不够，这还不足以成为制胜的关键。

直到，那个俊美的男人的出现。

故事中间，由于地震危害太大，有个救援机器人出现了损坏。而和它一起协作的人类，也就是那个对于关伊伊来说堪比炸弹的男人也受了伤，这个时候一般该他们退场了。

可是让人惊讶的是，男人竟然直接坐在地上，然后拆开机器人，拿出零件，开始修复。

他的动作非常快，而且精准。

外行人看不懂，可能只会觉得貌似很厉害，再加上他长得帅，便更加引人注目了。但是内行人看门道。机器人的组装一般是团队一起合作完成的，如果要独自完成，不仅需要很丰富的基础知识，还需要更多的时间。

每个参赛高校的比赛时间是有严格规定的，十分钟布置场景，一分钟调试机器人，然后只有半个小时的比赛时间。时间非常的紧张，而此刻A大已经用了一半的比赛时间了，也就是说，他只有十分钟的时间来组装修复机器人，剩下的五分钟还要走完故事剧情。

然而，关伊伊特地算了下时间，发现他一共只用了九分三十五秒就完成了！这简直不科学！关伊伊虽然还没有正式开始接触机器人制作，但是她对此也有一定的基础常识，所以很清楚，这个男人真的很厉害。

不光是她被镇住了，在场很多人也被镇住了。

“厉害，这速度拍马也赶不上啊！”

“何止速度啊，这人知识储备也太丰富了，人家都是组装一个部位，他倒好，直接组装了整个机器人。”

“羡慕嫉妒，明明可以靠脸吃饭，干吗靠才华啊，这不是在挤压我们的生存空间吗！”

焦姣也看得一脸神往，道：“啊啊啊，真的太帅了！伊伊，我们一定要考上A大！”

关伊伊原本的目标自然是A大，可是现在……

看着台上那个眉目俊秀、表情认真的男人，她犹豫了。

三十分钟一到，A大的比赛便完美结束了。直到最后离场的那一刻，一直冷漠着脸的男人才微微露出了一个浅淡的笑，但即便如此，也让很多人兴奋了。

“真帅！”

几乎每个女生都情不自禁地发出了这样的感叹。

而很明显，有脸、有才华的男人被记者盯上了。赶在他离开前，一个记者立刻笑着拦在他面前问道：“同学，你的比赛很精彩啊，请问你为什么会构想这样一个故事呢？你的灵感来源是……”

男人微微皱了皱眉头，道：“这不是靠我，是同学们一起努力的结果。”

那个记者还想问什么，却听他直接道：“不好意思，我还有事。”说罢，转身就走。

别人是恨不得多点上镜机会，他倒好，唯恐避之不及。

关伊伊在不远处目睹了全过程，再次在心里叹了口气。

这次国内选拔赛大概计划是五天时间，虽然关伊伊很不想再遇到那个炸弹，但是想到自己向往的机器人，还是忍不住每天都到场观看。

接下来的比赛多种多样，关伊伊看得眼花缭乱。

A 大顺利进入了复赛，初赛得分暂时和海城科技大学（以下简称海科大）并列第一。三十所参赛高校，最后只有十四所高校进入了复赛。复赛将以淘汰赛的形式选出六支队伍进入决赛。根据比赛规则，在复赛的时候，A 大将和海科大成为对手。

海科大是上一届的国内选拔赛冠军，代表中国参加了国际比赛，只是最后输给了日本代表队，只得了亚军。但不可否认的是，海科大的实力是很强的，一直都是 A 大的强力竞争对手。

比赛第二天举行的是舞蹈机器人比赛和家用机器人仿真赛。舞蹈机器人比赛中，A 大选择的是团体舞蹈，相比较其他的机器人，舞蹈机器人的关注度是最高的，也是最能调动观众气氛的。而团体舞蹈，视觉效果更好。

五天的比赛时间匆匆而过，A 大一直都稳定发挥，更是在最后竞答比赛中大放光彩，最后顺利取得了冠军，将代表中国去东京参加国际赛。

关伊伊每场比赛都准时到场，抛开其他的因素，这几天的比赛，她可以说是受益良多。

海科大虽然也不错，但是 A 大的突出表现让她更心动。

虽然很不想遇到那个炸弹，但是关伊伊最终还是决定第一志愿填 A 大。

6 月 22 日晚，高考成绩公布，关伊伊考了 641 分，在全市排名第三，也算是得了个探花的称号。焦姣比关伊伊差一点，但也考了 612 分，这个分数上A大应该是没有问题的。

8月4日，关伊伊和焦姣都收到了A大的录取通知书。

本来两人是约好一起去学校的，但是焦姣家里临时有事，会比关伊伊晚一天去学校。两人读的是同一个学院——电气工程与自动化，一个男女比例30：1的和尚学院。

8月29日，关伊伊独自一人踏上了去A市的旅程。

她坐在飞机上，靠在窗边，望着外面的蓝天白云，露出了两个深深的小酒窝，心情变得特别好，梦想似乎近在咫尺。

第二章

嘿，学长，你的皮肤有点甜

关伊伊下飞机的时候已经是半夜一点了。

偌大的机场此刻倒是比平常安静了许多，关伊伊提着行李箱抬头四处望了望，没看到熟悉的人，索性拿出手机，开机。

刚开机，手机就响了起来，是一个陌生的本地号码。

关伊伊略一思索，便大概猜到是谁了。果然，她刚按了接听，那头就传来一道陌生却又极其好听的声音。

关伊伊莫名有一种熟悉感。

“你好，请问你是关伊伊吗？我是顾默。”

顾默是关父朋友的儿子，关伊伊这次是来A大报到的。因为飞机延迟，到达A市的时间太晚，关父放心不下关伊伊一个小姑娘在陌生的城市走夜路，所以便拜托故友的儿子来接一下关伊伊。这人就是顾默。

怎想到那么巧，这位顾默竟然也是A大电气学院的学生，今年大三，关伊伊还得叫他学长。

虽然是故友的儿子，但其实关伊伊和顾默从未见过面，据说这位顾学长非常优秀。

关伊伊报了自己的位置，挂了电话，便乖乖在原地等了。

她正百无聊赖间，头顶突然传来一道有些熟悉的男声：“关伊伊？”

那声音虽然好听，却不掩清冷，仔细一品，似乎还夹杂着点儿性感。

关伊伊抬起头，那一瞬间，空气都仿佛凝滞了。

“是你？！”

两人异口同声地喊出声来。

虽然过去了两个月，但是无论是关伊伊还是顾默记性都特别好，更别说彼此在对方的心中都那么的特别。

是以，只一眼，两人便认出对方了。

站在关伊伊面前的是一个很好看的男人，二十出头的模样，虽然穿着一件白色衬衫，但是依旧掩盖不了他自有的性感魅惑，怎么看怎么邪气，就像是一个极其俊美的花花公子，让人明知道这人碰不得，但偏偏又舍不得那致命的诱惑。

最重要的是，这就是那个让她病发的人啊！虽然从选择了A大开始，关伊伊就明白他们可能会碰见，但是她怎么也没有想到居然这么早，还这么巧！

原来这个人就是她老爸故友的儿子顾默！

这两个月来，她用爸爸做了一下实验，发现自己的病依然没有发作。关伊伊把事情详细地告诉了沈封，最终沈封得出结论，关伊伊只对顾默一人发病。

也就是说，顾默就相当于她的病原体！

关伊伊努力告诉自己要淡定、要镇定，勉强地扯出一抹笑，对顾默道：“真巧，学长你好，我是关伊伊，很高兴认识你。”

她嘴角上扬，恰好露出整齐的八颗牙齿，颊边还带着两个小酒窝，分外乖巧。

关伊伊天生长了一张非常善良、乖巧的脸蛋：猫儿眼、小鼻子、小嘴，外加大杀器小酒窝。当她这样笑的时候，更是显得分外纯良，一看就是个好孩子，很容易取得别人的好感。小时候，每当她干了坏事儿，都是用这招把她老爸、各位老师以及小伙伴们糊弄过去的。

她本以为顾默就算性子再冷，此刻也该有点别的反应，但谁知顾默脸色都没变一下，只是抬起眼皮懒懒地看了她一眼，冷淡地点了下头，道："走吧。"

关伊伊愣了愣，心道，看来顾默真的挺讨厌她。

也是，她现在在他心中恐怕已经是个觊觎他美色的女变态了吧。想到此，关伊伊的心情莫名有些低落。

她的行李有些多，两个行李箱，背上一个大背包，手上还提着一个包。

关伊伊艰难地行走着，正气喘吁吁的时候，手上的行李箱和背上的背包被人抓住了，她抬头，一眼便看见顾默清冷的脸。

"还愣着干什么？走了！"他俊美的脸上带着些不耐烦，眉头微微皱着，那表情明显有点嫌弃，看上去凶巴巴的。

但是……

关伊伊低头看着自己空了的手，感受到背部的轻松，再看到前面顾默笔直的背影，不知怎的，忍不住便露出了一个笑。

她连忙追上去，走到顾默身边，抿嘴笑道："学长，谢谢你。"

顾默微微愣了愣，目光在那白玉小脸上的两个小坑上停顿了一下，才不耐烦地道："你太弱了。"

男生和女生在体力上本来就有着巨大的差距。关伊伊在心里默默吐槽着，不过表面上还是笑得甜美可人，道："学长你说得对，我以后会努力锻炼的！"

顾默"嗯"了一声，继续朝前走。

九月的天多变，两人刚走出机场，天上便开始飘起了雨，下得还蛮大。

看这雨势，关伊伊就顿住了脚步。她低头看了看自己身上穿的白色雪纺连衣裙，有点犹豫。夏天的衣服本就轻薄，她里面也没有穿背心，如果被雨淋湿，绝对要走光。

虽说这大半夜的也没几个人，但是……

关伊伊瞄了瞄旁边的顾默，叹气，旁边还有一个血气方刚的年轻男人，这多不好意思啊！

"女孩子晚上在外面不要穿这么少。"头顶突然传来青年有些冷淡的嗓音。

关伊伊正想着，身上突然一热，原是顾默把自己的衬衫脱下来披在了关伊伊身上。衬衫很薄，却足够大，关伊伊身子娇小，那衬衫披在身上直接把她全部罩住了，只露出了一个小脑袋。

一时之间，她鼻腔里全是男人陌生的气息。

顾默的动作很快，等到关伊伊回过神来，他已经走进了雨幕里。雨越下越大，影影绰绰间只能看到青年漂亮的背脊以及那在黑夜的衬托下显得越发莹润的肤色。

关伊伊情不自禁地勾了勾唇，赶快跟了上去。顾默自己开了车，不过从这里到停车场还有一段距离，是以等两人终于上车时，身上都湿透了。

尤其是顾默，晶莹的水滴正顺着他的身体流下来，沿着他结实的肌理缓缓而下。他的皮肤比一般男生白一点，淋了雨更显莹润，竟莫名有一种别样的性感。

关伊伊看着看着，脸蛋悄悄地红透了。

因为披着顾默的衬衫，关伊伊虽然衣服也湿了，但是至少躲过了走光的危险。见顾默浑身湿透，她有些不好意思地道："顾学长，谢谢你了。"

顾默开着车，目视前方，听到这话也没看关伊伊，只是淡淡地"嗯"了一声，道："以后记得晚上多穿一点。"见关伊伊看着他，他又补充了一句，"晚上流氓多。"说这话的时候，他一本正经。

不知怎的，关伊伊看着就想笑。

如果可以，她还真想对这位顾学长说一句——其实你看着更危险啊！

没办法，谁叫顾默长得像玩世不恭的花花公子呢。

顾默自己在A大附近有一套小公寓，两室一厅，麻雀虽小，五脏俱全。顾默自己住了主卧，关伊伊占了次卧，房间收拾得很整齐，看得出来这位顾学长是一个极其自律的人，家里的一切都安排得井井有条的。

唯一让关伊伊有点不习惯的是，只有一个浴室和卫生间。

不过好在她只是将就一晚。

“浴室和卫生间一起，冰箱里有牛奶，还有吃的，你饿了可以自己去厨房做。”顾默向关伊伊简单介绍了几句，“时间不早了，你先去洗澡吧。”

现在已经快到凌晨三点了，确实已经很晚了。

关伊伊点点头，便拿了换洗衣服直接进了浴室。

想着已经麻烦了顾默这么久，耽误了他这么多时间，心里有点过意不去，所以她准备洗快点，好把浴室让给他。

但是有时候越急，事情越做不好。

浴室比较小，因为洗澡的时候用了沐浴露，所以地上比较滑，关伊伊开门的时候一个没注意，脚就滑了一下。虽然最后她没有摔倒，但是因为惯性的作用，她扑倒在了洗漱台上，沐浴露、洗发露以及各种护肤品都被她弄到了地上。

“啊——”

关伊伊被吓了一大跳，本能地尖叫一声，看着自己刚换上的干净衣服又被弄得脏兮兮的，欲哭无泪。

“出什么事了？”

“嗯——”

关伊伊打开门想要重新回房拿一件干净睡衣，哪知道刚好与因为听到她的叫声而赶来的顾默撞在了一起。

因为还没有洗澡，所以顾默只是用干毛巾随便把自己的身上擦了一下，刚换了一条裤子，上半身赤裸着。这么一撞，关伊伊恰好撞进了顾默的怀里。顾默身材高大，大概有一米八几，而关伊伊最多一米六五，于是她的鼻子正好对着他的胸膛。

两人肌肤相贴，就像是小情侣之间拥抱一样，亲密无间。触电般的感觉再次席卷了她，她快要控制不住自己。

然而顾学长完全不知道关伊伊内心的纠结，他见关伊伊脸色苍白，猫儿眼波光流转，还以为这个小学妹被吓到了，不由皱眉，低头问道：“吓到了？”

他一边说，还一边伸出手，有些笨拙地轻轻拍了拍关伊伊的背。从他手掌处传来的炽热透过轻薄的睡衣传进了关伊伊的身体里，像是要把她灼伤般的温度让她差一点忍不住尖叫出声！

Oh，no！顾默你这个祸害，把你的手拿开啊！

那一刻，关伊伊脑海中顿时闪过两个字——

完了。

还好，在最后，关伊伊的理智战胜了欲望。

害怕自己最后做出什么不可挽回的变态事儿，关伊伊回过神来后猛地推开了顾默。顾默猝不及防，差一点就被关伊伊给推倒了。

顾默的眉头皱了起来，他看了一眼关伊伊，道："你怎么搞的？"

看着地上的一片狼藉，他的脸色有点阴沉。

他穿着一条宽松的卡其色休闲裤，上半身赤裸，一只手插在裤兜里，一只手撑在的洗漱台上，就像一只蛰伏的猎豹一般迷人却带着危险气息。

近距离看，关伊伊才发现顾默的皮肤真的很好，不是纯粹的白，而是白中透着粉色，看上去充满了生机和活力。

关伊伊立刻轻咳一声，掐断了脑里的绮思，低着头，努力不去看面前的致命诱惑："顾学长，不好意思，我刚才不小心把东西打翻了，我马上就处理好，请给我五分钟时间！"

说罢，她想要推开顾默，但是又怕自己一碰到他就控制不住自己，只好干笑道："学长，你能让我一下吗？我去换一件睡衣。"

顾默看了她一眼，这才移开了身子，让她过去。

一回到卧室，关伊伊就忍不住长长地呼出一口气，轻轻拍着自己正怦怦直跳的小心脏，心里一阵后怕。直到心里彻底平静下来，关伊伊才快速地换了睡衣，又用最快的速度整理好了浴室，根本就不敢再看一眼顾默，便马不停蹄地回到了房间。

然而顾默的白皮肤依然不受控制地在她脑海里无限循环，她快疯了。

正在她控制不住自己胡思乱想的时候，微博提示音响了，这是她特别为千里大大设置的提示音。

关伊伊眼睛顿时一亮，连忙点开微博，果然发现梦行千里更新微博了。

自从两个月前他更了一条疑似秀恩爱的微博之后，便又消失了。

梦行千里：今天又碰到了上次说的那个奇怪女人，她又……勾引我。

粉丝们顿时炸了——

大大，恩爱不是这样秀的，狗粮也不是这样撒的。

太伤心了，大大你变了。两个月不见，你居然一来就给我们撒狗粮，嘤嘤嘤，受伤。

撑死啦，撑死啦，谢绝狗粮。

虽然很伤心，但是还是祝福你吧，大大，希望你们生活和谐又愉快。

关伊伊本来就受了伤的小心脏又被自家偶像给戳了一刀，她揉了揉眼睛，也伤心地在下面祝福道：大大，祝你们有情人终成眷属，恩爱一生。

发完，她躺在床上叹了口气，终于闭眼睡觉。

同时，另一间安静的房间里。

身形修长的青年倚在床头，手里握着手机，正聚精会神地看着屏幕。橘色的灯光照映在他俊美的脸上，为他莹润的皮肤更添了一抹柔光。

他只是随意感叹了一下，发了条微博，没想到会出现这种情况。

也不知道他看到了什么，俊秀的眉微微皱了起来，让他本就有些痞气的脸越发的邪气，远远望去，竟莫名有一种危险的气息。

“有情人终成眷属？”他突然喃喃低语，有些沙哑的声音在这空旷的房间里显得性感又带着危险气息。

他皱着眉头像是在思考，良久后，他突然勾了勾唇，竟露出了一抹势在必得的笑意。他快速地在手机上按了一会儿，又发了一条微博。

梦行千里：《轮回线》典藏版9月1日上市，两年的时间，非常感谢各位陪着我一起走来。《轮回线》连载至今，已经进入了大结局，我也没有什么好回馈你们的，所以今天做一次抽奖活动。我将从粉丝中抽三人，每人赠送神秘大礼包一份，三天后开奖，谢谢大家。

千里大大做了抽奖活动？中奖的人将获得千里大大赠送的神秘大礼包？这个晚上，千里粉们被自家偶像接连刺激了两次，都快神志不清了。

这还是他们家那个宛如高岭之花的千里大大吗？

千里大大什么时候变得这么接地气了？

千里粉们的脑中不禁有了一个大胆的猜测——

千里大大，你是要结婚了吗？

所以这算是提前为结婚庆祝？

惊！

千里大大搞了抽奖活动，作为真爱小天使的关伊伊肯定举双手支持。但是，事情为什么发生得这么让人措手不及呢？千里大大居然已经要结婚了，这……这不是才撒了两次狗粮吗？会不会发展得太快了啊？！

虽然偶像脱单很值得高兴，但是关伊伊还是心情复杂。

这就像是自己养了许久的儿子被别的女人给抢走了一样，这做妈的哪怕要笑着祝福，但是也掩盖不了儿子去了别人家的事实。

她能怎么办？她也很无奈啊！

因为这天晚上发生的一连串意外事情，关伊伊一晚上没睡好，等到第二天一早起来的时候，两个黑眼圈光荣地上岗了。

顾默已经收拾好了，准备去叫关伊伊起床收拾，送她去学校报到。

虽然他并不想和关伊伊过多接触，但是这既然是长辈交代下来的任务，责任心让他不能置之不理，而且反正送完这一次就没有以后了。

哪知道他一眼就看见了关伊伊无精打采的模样，他眉心一跳，道："昨晚上没睡好？"

关伊伊自然不会把自己的心事跟顾默说，毕竟这男人便是导致她睡不好的罪魁祸首，要知道昨晚，顾默可是没少在她的梦里出现。

出现就出现吧，他……他还不穿衣服！伤风败俗啊！

关伊伊幽幽地看了顾默一眼，勉强笑道："还好，就是想到今天就要正式成为A大的学生了，所以有点激动、紧张。"

顾默理解地点点头，看着关伊伊时目光终于带了点温度。

这个小学妹看上去其实很单纯，怎么可能趁机吃他豆腐呢？

所以昨晚发生的事情，或许是他想多了。

而且她知道了他路痴的属性，也没有嘲笑他。

想到此，顾默轻轻拍了拍关伊伊的头道："不要紧张，你的成绩很好，只要好好学，肯定能取得一番成就的。"

嗞！

关伊伊差点就叫出声了。

青年温热的手掌轻柔地拍在她的头上，从他掌心传来的炽热温度仿佛要把她烧坏了一般，她的腿都软了。

眼看着她就要倒下去了，千钧一发之际，幸亏顾默伸手抱住了她。

被一个极品帅哥抱在怀里，怕是很多女生都会幸福得尖叫吧，这种白送的艳福不要白不要。

然而，关伊伊想哭。

她想要伸手去摸对方，男人却猛地移开脚步，瞪着她那只蠢蠢欲动的贼手。

顾默冷声道："关伊伊，你在想什么？还不起来！"

关伊伊这才回过神来，想到刚才自己那明目张胆吃人家豆腐的行为，脸色涨得通红：完了，完了，肯定要被当成变态了！

看来昨晚果然不是他的错觉，这个女人真的是在占他便宜。想到自己刚才还想要照顾一下这个乖巧的小学妹，他就觉得自己是个傻瓜！

虽然长相出众，但是顾默其实从小到大都不是很喜欢自己的这张脸。明明他从小到大都是一个乖孩子，从不惹是生非，但是就因为这张脸，他蒙受了多少的不白之冤啊！

一双桃花眼勾魂夺魄，总是不经意间便撩得别人脸红心跳。

很多女生爱慕他，明明他都已经明确地表示了拒绝，那些女生却当他是在欲擒故纵，和她们玩情趣。他明明洁身自好，却被人当作是花花公子。

顾默每每想到此，就怄得想要吐血。而现在，就连这个小学妹都不安分了，真当他是轻浮的花花公子吗，想摸就摸？！

顾大学长觉得自己受到了人格上的侮辱。

若不是碍着关伊伊是他爸故友的女儿，他绝对不会对这个轻浮的女生客气。不过是个刚成年的小姑娘，竟然就开始想着勾引男人了。不过他只是她的学长，于情于理，也轮不到他来管教。

倒是关伊伊偷偷瞅了瞅正黑着脸的顾默一眼，眼看着他脸色变幻，时而皱眉，时而狰狞，时而愤怒……关伊伊的小心脏就跟着抖啊抖。

不行，她绝对不能再让自己被当成变态！

想到此，关伊伊再次强迫自己从那身白皮肤的诱惑中抽离出来，艰难地从顾默的怀里出来，想了想，最终只憋出一句——

“顾学长，我刚才不是故意冒犯你的，就是……就是羡慕你皮肤好。”

为了让自己的说辞变得更加有说服力，关伊伊抬出自己的手给顾默看，继续道：“顾学长你看，虽然我比你白了一点点，但是皮肤没有你的摸上去光滑有弹性啊！我其实……其实就想问问你是怎么保养皮肤的。”

关伊伊越说越觉得自己说得有道理。如果她也能有一身顾默这样的好皮肤，以后她就不用再惦记着顾默了，犯病时，摸一摸自己就好了嘛。想到此，关伊伊立刻抬起头，猫儿眼亮晶晶的，满含期待，一眨不眨地盯着顾默看。

皮肤好？还向他请教怎么保养皮肤？这是对他一个大男人的夸奖呢，还是侮辱呢？顾学长险些一口老血吐出来。

关伊伊这是把他当傻子呢，真以为他会相信她这种蹩脚的说辞？从小到大，顾默见识了各种各样的搭讪和勾引方式，关伊伊这种手段还嫩了点。女人，都是肤浅的生物。

嗯，除了他家木木。

顾默不想再和关伊伊这个花痴周旋，直接冷着脸道：“别废话了，我时间不多，要去学校就快点。”说完，看也不看关伊伊，转身就开门走了出去。

只是刚踏出门口半步，他停了下来，突然转头对着关伊伊笑了一下，问道：“你觉得我皮肤很好？”

关伊伊傻呵呵地点头。

“你也想有我这么好的皮肤？”

关伊伊再次傻呵呵地点头。

顾默看了她一眼，突然呵了一声，道：“那你这辈子没希望了，回炉重造吧。我不用保养皮肤，没办法，你学长我天生丽质。”说罢，转身就出了门。

关伊伊看着他的背影，突然倒吸了一口冷气。

她……她真是小看这位顾学长了，看上去少言寡语的，原来是个自恋狂，而且嘴巴这么毒！他皮肤好，是因为他天生丽质；她皮肤不好，所以是她天生基因有缺陷？

关伊伊正震惊的时候，突然感觉自己的肩膀被拍了一下，下一秒，还没等她反应过来，一盆冰凉的水突然兜头浇下。

关伊伊瞬间被浇了一个透心凉。

“是哪个浑……”她猛地转过身，在看清背后的人的模样时，剩下的话倏地被堵在了喉咙里。

她瞪大了眼睛，问道：“这……到底是什么东西？硅胶娃娃？”

岂料这四个字一出，面前的“人”顿时怒目而视，而顾默的脸色立刻黑了。

幸好在顾默爆发前，关伊伊灵光一闪，叫道：“我知道了，这是机器人吧！”

这句话及时地救了她自己。

面前是一个和关伊伊身量差不多的女孩子，姑且先称之为女孩子：漆黑的大眼睛，长长的睫毛，整个儿是一个芭比娃娃的放大版，像人又不像人。

关伊伊试探似的伸手摸了摸“女孩”的皮肤，顿时惊讶地瞪大眼睛，兴奋得忘记了自己浑身湿淋淋的，说道：“学长，这是你的机器人吗？好厉害！”

萝莉机器人眨了眨眼，道：“你刚才吃我主人的豆腐，我要代表月亮消灭你。”边说，它边做了一个美少女战士的动作。

顾默额头上的青筋蹦了蹦，道："二宝，别闹。关伊伊，去换衣服，给你十分钟。"

关伊伊回过神来，本来还想再问问关于这个机器人的事情，不过见顾默冷漠如冰的脸色顿时闭了嘴，乖乖回了房间换衣服。

她一离开，二宝便邀功道："主人，我刚才帮你教训那个色女了，我做得好不好？"

二宝虽然也是仿真人形机器人，但是制作成本比不上清风明月，所以做不出高难度的表情，哪怕现在是撒娇邀功，也是面无表情的样子。

顾默扶额道："以后不许这样了。"

二宝顿时委屈地低下了头。

"不过这种精神值得肯定，只是方法要换一下。"顾默道。

二宝立刻满血复活，对着顾默敬礼道："是的，主人。"

关伊伊飞快地换好了衣服，顾默催着她快走。关伊伊本来以为自己没有机会研究那个机器人了，没想到最后二宝竟然也和他们一起去学校。

关伊伊道："它这样出去，会不会太高调了？"

顾默冷冷地看了她一眼，道："那你自己拿行李？"

关伊伊顿时闭嘴不言。

一路上，关伊伊像个好奇宝宝似的研究二宝，问道："学长，我怎么没在市面上见过二宝这种机器人啊？"

顾默虽然冷淡，不过这些问题还是会回答的："二宝出厂十几年了，机器人更新换代很快，市面上现在几乎没有这种型号的了。"

关伊伊好奇道："我可以摸一摸吗？"

顾默还没说话，二宝便捂胸道："拒绝！不可以吃我的豆腐。"

关伊伊嘴角忍不住抽了抽。

虽然这机器人挺神奇的，但是这性格到底是怎么设置的啊，难道是顾默的特殊爱好？想到此，她忍不住看向了顾默。

顾默道："你别乱摸它，它身体里安装有防盗系统和攻击系统。"说到这儿，他顿了一下，才道，"清风明月给的教训还记得吧？"

此话一出，关伊伊脸色顿时涨红了。

哪怕时隔两月，她现在依然没忘记当时有多羞耻。

到了学校，关伊伊报到之后，顾默没多言，直接和二宝一起帮她把行李搬到了宿舍。宿舍里还没有其他人来，关伊伊刚和焦姣通了电话，焦姣下午就到了，两人幸运地被安排在了同一间宿舍。

整理好行李，见顾默额头都冒了汗，关伊伊有点感动地道："顾学长，今天真是太感谢你了。"

顾默冷淡地道："没什么好谢的，要谢就谢你爸吧。"

关伊伊哽了一下。

"你自己熟悉一下宿舍和学校，我先走了。"说到这儿，他顿了一下道，"遇到什么问题可以给我打电话。"

关伊伊乖乖点头。

顾默说完，便带着二宝走了。

关伊伊在宿舍把床铺这些弄好时已经过了中午饭点了，她摸了摸瘪瘪的肚子，准备先吃点零食，等下午焦姣到了，再一起出去吃大餐。

焦姣是下午三点过到的。她父母有事，把她送到学校就离开了。

关伊伊帮着焦姣把东西收拾好，已经下午五点过了，两人又累又饿。

焦姣提议道："我们出去吃饭吧？"

关伊伊点头，现在只有美食能拯救她了。

两人商量了一下，准备先尝一尝学校食堂。她们学院的女生宿舍刚好靠着东区食堂，中间只隔了一个操场。

两个大学新生手拉手心情极好地在学校走着。

焦姣情不自禁地感慨道："大学真棒啊！"

关伊伊也跟着点头："可不是，终于自由啦。"

焦姣道："对啦，你知道我们学校最出名的男神是谁吗？"

"小花痴！"

经过操场时，两人正说笑着，没注意一个球快速地朝她们飞了过来，目标正好对着关伊伊的脑袋。

关伊伊一转头，便看见了这恐怖的一幕。

她简直吓傻了。人在受到惊吓的时候大都会反应迟钝，她很想躲开，可是在那一瞬间，却发现自己根本动不了。

焦姣也被吓死了："啊，伊伊，小心！"

完了完了，她要毁容了。

关伊伊沉痛地闭上眼，不忍目睹自己一会儿的惨状。

可是预期中的疼痛并没有到来，这时，关伊伊听到旁边的焦姣突然尖叫道："哇，好帅！"

关伊伊本能地睁开眼睛，便对上了一张笑盈盈的俊脸。

那人对她眨眨眼道："小美女，没事吧？"

关伊伊这才发现他的手上拿着那个朝她飞来的球。

这时，焦姣道："伊伊，还不谢谢这位大帅哥，刚才可是他救了你哦。"

关伊伊一听，忙道："刚才谢谢你了，我还以为我要毁容了。"

"没事，本来这也是踢球的人技术不好造成的意外，举手之劳而已。"他笑起来，一双眼睛像是弯成了月牙，配上爽朗的笑容，让人有些移不开眼。

白色背心、黑色休闲裤、白球鞋，阳光校草标配啊！

这是一个不比顾默差的极品帅哥！关伊伊的脑海里一瞬间便得出了这个结论。

她和焦姣对视了一眼，两人都从彼此的眼中看到了机会。

她们已经上大学了，意味着可以谈恋爱啦！现在面前正好有一个极品美男，最需要做的事情是什么？当然是紧紧抓在手上啊！

想到此，关伊伊露出招牌笑容道："我叫关伊伊，这是我的闺密兼同学焦姣，我们都是今年电气学院的大一新生，你……是学长吧？"

"原来是小学妹啊！你们好，我是沈一泽，电气学院大三的。"沈一泽笑道。

原来是同学院的啊，关伊伊和焦姣眼睛都亮了。想了想，关伊伊道："一泽学长，刚才真是很感谢你啊！正好现在到吃饭时间了，要不我请你吃饭吧？”

沈一泽倒也干脆，爽快地点了头。

为了照顾两个小学妹，沈一泽没有选择什么高级餐厅，听说关伊伊两人是准备去东区食堂，便也乐呵呵地去了。

他边走边介绍道：“我们学校有四个食堂，虽然东区食堂不是最大的，味道却是最好的，特别是麻辣烫，超级够味！”

于是，在沈一泽的推荐下，三人一起去吃了麻辣烫。

沈一泽性格开朗大方，关伊伊和焦姣两人又有心和学长打好关系，三人相谈甚欢。正吃得开心的时候，关伊伊随意一瞥，目光猛地顿住了。

“伊伊，你在看什么呢？”焦姣见关伊伊愣住，疑惑地在她面前挥了挥手。

沈一泽也好奇，两人便顺着关伊伊的视线望了过去，当看清进来的一男一女时，焦姣的眼睛顿时一亮：“哇，帅哥美女啊！”

倒是沈一泽眼睛微微一眯，突然道：“哦，是他啊！”

焦姣一听，忙问道：“一泽学长，你认识他们？”她其实最想问的是那个大帅哥，虽然是和沈一泽不同的风格，但是真的很好看啊！

沈一泽笑道：“别瞎想了，那两人是我们学校公认的情侣呢。”

焦姣顿时失望地叹气道：“唉，我就知道，帅哥永远是别人家的。”

而此时，顾默也看到了关伊伊三人。

关伊伊猝不及防与他目光相撞，本能地对他露出一抹尴尬而不失礼貌的笑。谁知，顾默只是看了她一眼，便面无表情地转过了头，和身边的女生说着什么。

关伊伊脸上的笑顿时一僵。

这时，沈一泽介绍道：“那男的，顾默，也是我们学院的，和我一届。那女的，卢越，传媒学院新闻系的，校花，不过就是眼神有点问题，居然看上了顾默。我沈一泽才是第一校草，顾默可是我手下败将。”说到这儿，沈一泽啧啧了两声，看得出对顾默挺不感冒的。

焦姣道：“我觉得那个顾默学长好熟悉啊，是不是在哪里见过啊？”

关伊伊闻言，道：“Robocon 国内选拔赛上，忘了吗？顾默当时是 A 大代表队的主力成员。”

关伊伊这么一提醒，焦姣立刻想了起来，忙点头道：“对对对，我就说怎么这么熟悉呢！哇，那顾默学长也太牛了啊！又有才又有颜，人生赢家啊！”

沈一泽不爽了，敲桌子道：“你学长我也很厉害好吧？当初要不是我临时有事，我也是参赛的主力成员。”

三人正说着话，却见顾默和卢越端着麻辣烫突然走了过来，然后坐到了他们这一桌。

卢越先笑道：“同学，这里没人吧？”

她肤色白皙，五官精致，笑容甜美可亲，披散着一头黑亮的柔顺长发，穿着一条白色收腰长裙，整个人都散发着温婉动人的气质，不愧是校花。

“没没没，学姐请坐。”焦姣顿时一阵激动，忍不住掐了掐关伊伊。

沈一泽更不爽了，不过为了不显得他小气，他倒也没有说什么，当作没看到，继续吃麻辣烫。

倒是冷淡的顾默突然开口道：“电气学院的课程很重，既然选择了这一行，那就好好学习，别想着其他的闲事。”

此话一出，几人都愣了愣。

关伊伊一顿，心中突然有了不好的预感。

果然，下一秒，顾默敲了敲她面前的桌子，严肃道：“关伊伊，我在和你说话，你听到没有？”

“咯咯咯——”

关伊伊顿时被嘴里的牛肉丸子呛了一下，剧烈地咳了起来。焦姣连忙把水递给她，一脸担心地道：“伊伊，你小心一点啊！”

喝了一口水，关伊伊终于缓了过来，这才对上顾默清冷的目光，尴尬地道：“学长，我以为你在和别人说话。”

可不是嘛，又不指名道姓，她怎么知道他是在和她说话。而且，刚才这男人还一副当作没有看到她的冷漠样子。

旁边的卢越目光闪了一下，笑道：“顾默，你和这位学妹认识？”

顾默吃着饭，淡淡地道：“她爸和我爸是朋友，我爸叫我看着她一些。”

卢越看了关伊伊一眼，笑道：“也是，身为兄长，是要看着点妹妹的。你说是吧，伊伊学妹？”

关伊伊再次露出尴尬又不失礼貌的笑容。

一旁的沈一泽嗤笑了一声，对关伊伊两人道：“学妹们吃好了没？吃好了，学长带你们参观学校。”

焦姣本来还想再问些什么，关伊伊却悄悄踢了她一下，示意她快走。

虽然心里有很多疑问，不过作为中国好闺密，焦姣看出关伊伊迫切想离开的心思，便体贴地闭了嘴。

关伊伊放下筷子道：“吃好了，一泽学长我们走吧。”然后，她又看向顾默，努力维持着笑容道，“顾学长，我们先离开了，你们好好吃着。”说罢，也不等顾默回答，她拖着焦姣就跟着沈一泽走了。

岂料，她刚走了两步，却听身后传来熟悉的男声。

顾默道：“好好学习，别只顾着情情爱爱。就算要谈恋爱，也擦亮眼睛，否则我告诉你爸。”

走出某人的视线范围之后，关伊伊终于松了口气，然后颤颤巍巍地问道：“一泽学长，你和顾默学长是有什么矛盾冲突吗？”

沈一泽笑了一下，意味深长地道：“你可以去逛逛学校论坛。”

因着沈一泽这话，在逛了一会儿学校之后，关伊伊回到宿舍，便开始逛A大的论坛，很快便知道了他们之间的爱恨情仇。

顾默和沈一泽都是学校里的风云人物，两人一同入学，又是同一学院，从军训开始，两人便是对手，容貌、才情、家世，甚至是身材，几乎能比的都比过了。

学生会主席竞选，顾默成了主席，沈一泽落败，成了副主席。然而很快，校草比拼，顾默以一票之差位居第二。沈一泽看不上顾默的故作正经，顾默看不上沈一泽举止轻浮。

也不知道从什么时候起，两人便开始针锋相对，互相看不顺眼。

搞懂了事情原委，关伊伊觉得自己很冤。虽然她确实垂涎沈一泽的美色，但这不是还没有开始行动吗？顾默至于一开口就威胁她要告家长吗？

他简直太幼稚，太无理取闹了！

最重要的是，关伊伊觉得顾默这是在公报私仇！

而这头，焦姣对于关伊伊隐瞒和顾默的关系很不开心，道："关伊伊，你还当我是你的好闺密吗？"她圆乎乎的小脸上满是威胁和不满。

关伊伊顿时一个激灵，急忙点头。

焦姣冷哼道："那你怎么不告诉我，你认识顾默这么重要的事情？你肯定不爱我了，说，你是不是移情别恋了？！"

关伊伊无法，只能耐心地安抚她生气的小闺密。

"其实我也是昨天才知道的，真的。"

被安抚了好一会儿，焦姣才终于大发慈悲地放过了关伊伊。

两人正笑闹着的时候，另外两个室友到了。很遗憾，她们两个是这一届电气学院仅有的两个女生，连一个宿舍也凑不齐，所以另外两个室友是传媒学院的。

两个女生似乎也是认识的，一个叫路小玥，看上去文文静静的，对关伊伊她们微微笑了笑。另外一个叫沈媚，长得很漂亮，艳丽夺目，只是眉眼间带着高傲，没怎么搭理关伊伊她们。

女生宿舍是最容易分小群体的，看得出沈媚和路小玥两人无意和她们多接触，她们也不在意。嘿，谁看不起谁啊，谁还不是小公主了？

第二天早上是开学典礼，下午开了个班会，选出了班长和团支书，说了些军训的注意事项，又发了军训服，便让他们自由活动了。

关伊伊想到接下来的半个月军训，想着多休息一会儿。焦姣倒是精力旺盛，听说沈一泽他们下午有篮球比赛，便兴冲冲地去看球了。班会结束之后，关伊伊和焦姣道了别，便准备直接回宿舍，谁知道刚走到女生宿舍楼下，便被一个意想不到的人拦住了。

"二宝？"

来人正是一身萝莉装的二宝。

二宝道："伊伊小姐，主人让我告诉你一些话。"

关伊伊有点疑惑道："什么话？"

顾默对她有什么好说的？

二宝一本正经地道："主人说，沈一泽人品不好，花心、滥情，就是一个中央空调，你不要去招惹他。还有，女孩子还是自爱一点好，不要太随便，三心二意。"

如果不是提前看了论坛那些爆料，她可能真要相信他的话。

不过，关伊伊觉得还是要为自己正名一下，道："二宝，你告诉顾学长，我肯定会好好学习的，我现在心无旁骛，一心学习好吗？还有，我哪里三心二意了？我还是母胎单身，OK？"

二宝道："嗯，我录下来了。伊伊小姐，请说到做到，主人说，他其实非常不喜欢告家长的。"

关伊伊皮笑肉不笑地道："那真是谢谢顾学长了。"

顾默不是很不待见她吗，怎么这么有闲心来管教她啊？还真把自己当她哥哥了？

很不幸，关伊伊猜中了。

虽然很不喜欢关伊伊这种花心的女生，但是顾默觉得，她好歹还没有沦落到不可救药的地步，又是他爸故友的女儿，他也答应了他爸和关叔叔要照顾一下她。所以，于情于理，他都要把她引入正途。

然而，这可苦了关伊伊了，她好不容易逃脱高中，还想着谈个恋爱放松一下呢，现在身边多了这么一个人形监控器，她感觉整个人都不好了。

新生总是容易兴奋的，因为第二天要军训，大家的情绪都比较高。虽然还不怎么熟悉，但是这不耽误几个女生一起花痴男神，尤其是顾默和沈一泽，这两个人更是被一直提起。

"顾学长和一泽学长都好帅啊，也不知道谁有那个福气，能做他们女朋友。”路小玥感叹道。

沈媚笑了一声，突然道：“焦姣，你和关伊伊应该和他们都挺熟吧？”

焦姣愣了一下道：“没有啊！”

沈媚却道：“你就别骗我们了，我都看到了，那天你们和沈一泽一起吃饭，而且顾默帮关伊伊搬行李，这是男朋友才干的事儿吧？你说是吧，关伊伊？”

搬宿舍那天其实她很早就到了，恰好看到关伊伊和顾默走在一起，看上去似乎挺熟悉的样子。

关伊伊道：“你误会了，顾默不是我男朋友，我可没那个能耐。”

顾默哎，那么可怕的顾默，对于她来说就像是炸弹的顾默，她哪里有勇气把这朵高岭之花摘下。

沈媚道：“现在不是，不代表以后不是。我看你们和他们玩得还不错的样子，莫不是想着钓到一个算一个？”

“喂，你什么意思？”焦姣一听，直接就爹毛了。

“我有什么意思，就是随便发表下意见罢了。”沈媚耸耸肩，话虽如此，语气却阴阳怪气的，“这两个男人可不是一般女生能够招惹的。关伊伊，我只是想提醒一下你，不要惹火烧身。”说罢，她轻蔑地看了关伊伊一眼。

焦姣生气，想骂回去。关伊伊拉住了她，对沈媚道：“你说得对，我就是一般人，还真承受不了。但，谁让我运气好呢？两个男神我都认识！不像有些人，贴上去，怕是人家也不屑认识一下吧？”

沈媚的脸色顿时阴沉了下来。

关伊伊对焦姣道：“时间不早了，我们睡觉吧，明天还得军训呢。”

焦姣悄悄给关伊伊比了个大拇指。

A 大的军训是非常严格的，第二天不到六点就响起了哨声，催促他们赶快集合。顶着烈日跑步以及各种训练，一天下来，关伊伊差点没虚脱。更可怕的是，晚上还要训练，直到九点才能完全结束。

焦姣崩溃了：“啊，我能不参加军训吗？太折磨人了。我问了在其他学校的同学们，他们都没这么严格。”

关伊伊也哭丧着脸道：“不能，A大的军训是要记入档案的，不能缺席。除非是出了意外或者病得很厉害。”

两人对视一眼，齐齐长叹一声。

焦姣顿了一下，突然道：“伊伊，要不我们明天偷个懒？我知道一个好去处，绝对不会被人发现的。”

关伊伊很心动，不过还是有点犹豫，道：“真的吗？”

焦姣道：“你放心，我都打探好了，不光我们两个，还有其他人呢。明天只要应付了教官点名，我们就可以悄悄溜走。”

关伊伊这才放心了。

晚上，她躺在床上，正要睡觉，突然想起今天是梦行千里开奖的时间。

虽然她觉得自己中奖的概率几乎为零，但还是忍不住心存希望点开了微博，结果——

她收到了一条私信。

最重要的是，这私信是梦行千里发的！关伊伊瞪大了眼睛，一度以为自己是在做梦。

梦行千里：独木成林，你好。恭喜你成为这次中奖者之一，你可以提一个愿望，只要我能做到，都可以满足你。

关伊伊高兴得不知道该说什么好，她看着屏幕，掰着手指头清点自己的愿望，却发现有许许多多，其中最大的愿望，当然是和梦行千里大神见面啦。可是想一想又不行，这样简直太直接了，关伊伊生怕偶像对她产生什么误会，犹豫几番，心中也没有个结果，便小心翼翼地回了一句：大大，我考虑一下可以吗？

梦行千里：可以。你什么时候想好了可以告诉我，我会尽量满足你的。

关伊伊顿时露出了痴汉般的笑容，觉得自己真是幸福到了极点。

独木成林：大大，你真好！我真是太喜欢你啦！

梦行千里：谢谢，我也要感谢你。当时若不是你，我可能就不会坚持下去了。

这头，顾默拿着毛巾擦着湿湿的头发，头发有些长了，柔软而顺滑地垂在额间，侧影变得柔和起来。他坐在电脑旁擦着头发，白皙的皮肤弥漫着淡淡的水汽，漆黑的眼睛一眨不眨地盯着屏幕上的微博界面。

片刻后，他冷漠的神色突然消散了，嘴边还扬起了点点的笑意。独木成林的头像宛如一个光点，逐渐在他漆黑的眸子里定格。

关伊伊应该怎么都没有想到，她心心念念的大神，竟然是顾默。当然顾默也不会知道，这个一直在微博上支持他的小粉丝，是关伊伊。

其实这次的抽奖活动，是顾默精心设计的，他故意让独木成林中奖，其目的就是要接近独木成林——这个在他难过的时候，一直支持他，不曾离开，看似渺小的小粉丝。他本来不这么急，只是想到独木成林的那句祝他有情人终成眷属，他就再也等不下去了。

两人之间所发生的一切，都是两个微博 ID 之间的联系，明明俩人素未谋面，在彼此的心中却成了最美好的存在。

顾默的《轮回线》第一章在千山小说网开始发表，独木成林就是他第一个粉丝。那时候科幻还是冷门题材，所以关注的人并不多。独木成林从《轮回线》的第一章，一直到这本书大火后，一直都在默默支持着梦行千里。她像万千浮光间的一点萤火，却始终为他亮着光。

《轮回线》还没有大火的时候，被一个名叫绿娆的作者抄袭，无论剧情还是设定，都和《轮回线》一模一样，只不过换了人名和文风，甚至连名字都几乎和《轮回线》如出一辙，叫《轮回路》。

一开始，顾默并不知道，直到有一天，一大批绿娆的粉丝跑到梦行千里的微博指责他抄袭，言之凿凿，不分青红皂白。彼时《轮回线》已经有了不少读者，于是两边的粉丝在微博上开战了。

双方各执己见，都认为是对方抄袭。顾默本来以为清者自清，并不打算理会，却没想到这场战役越演越烈，到最后累计的评论已经十几万条，作者界的许多大佬纷纷来围观，评论绿娆和梦行千里的笔风，眼看已经成了无法控制之势，网站迫于压力，也要求顾默先暂停更新，接受审查。

当时，见顾默一直没有出来澄清，那些黑子便以为他怕了，使劲地黑他。在千夫所指的时候，唯一一个一直坚定地站在他身后的人是独木成林。

顾默虽不在乎这些流言蜚语，但也不能再沉默下去了，便整理好了自己的发文时间以及设定初衷，每篇文章更新的日期和《轮回路》对比，正准备发声明的时候，绿娆的官微突然先一步发了申明。

有粉丝把链接私信给顾默，他打开一看，几乎要被气笑了。

绿娆的声明，不，应该说是绿娆对梦行千里的控诉，字字句句虚伪得简直令人发指。那是一篇很长的声明，大概陈述了《轮回路》的创作初衷以及自己并未抄袭的所谓“证据”，下方还附赠了一封律师函，指名道姓要同梦行千里法庭上见。

吃瓜网友看两位大神一前一后发布了声明，且都是真相的样子，简直宛如真假孙悟空。但更多的观众被绿娆的一封律师函给唬住了，只觉得官方的证明靠谱点，所以那个时候，几乎是一边倒地支持绿娆。

顾默很窝火，他关了电脑，冷静地坐了许久，脑海中不断闪过“不写了”这个念头。

一个原创的作者被人抄袭，还被倒打一耙，使本来就艰辛的事情越发棘手。写文本来就是他一时兴起，结果后来逐渐喜欢上了。他没想到一本小说也能引来这种事，有那么一刻，他对这个圈子很失望，甚至萌生了弃文的念头。

只是这本书倾注了他那么多心血，如若放弃，说不难过是假的。

顾默本来想把自己以前的章节全部删除，从此退圈，却没想到后台嘀嘀嘀地弹出来许多消息。他极为烦躁地点开，发件人是一直支持他的小粉丝独木成林。

——千里大大，我才听说了你的事情，不要着急，一定会有办法的。

——你还好吗？

——你听我分析，绿娆和网站签约的时间在你之后，她在声明上放的发文时间是伪造的，她一定是请了高手伪造证据。

在此之前，顾默其实一直知道独木成林这个 ID。

他不常回复评论，却珍惜他们的喜欢，独木成林在评论圈里出现得最频繁。但是发生了抄袭事件之后，很多粉丝都脱粉了，顾默没想到，这个时候居然还有人来支持他。

——我相信你，所以千里大大，你一定不要放弃，我一定会还你清白的！！！

后面三个感叹号十分醒目，顾默并不觉得一个普通小粉丝可以还他什么清白，所以并没有回复。

但是他到底还是因为这些话犹豫了。他深呼一口气，没有删除自己以前的文章，关了电脑，上床睡觉。翌日，顾默的手机一大早便嗡嗡振动着，他睡眼蒙眬地点亮屏幕，仍然是微博的动态，只不过这次他眯着眼看了几眼，蓦地清醒了过来。

独木成林的一条微博艾特（字符 @，微博常用 @+ 昵称表示提到哪个人或者通知哪个人）了梦行千里，内容是关于《轮回线》和《轮回路》两本书的调色盘（抄袭与原文进行对比的表格），从顾默发文到如今的所有章节，都和《轮回路》做了清晰的对比。因为微博图片有限制，独木成林便索性做了一个文件夹，保存到自己网盘上，每天无时间限制地分享给所有人下载，孰是孰非，在调色盘上一目了然。

剧情在一夜之间反转，绿娆那莫须有的声明全盘崩塌，虽不至于迅速令所有人倒戈，但顾默的处境总算不那么难堪了。

后来，独木成林又把绿娆的一个聊天记录公布到了网上，是绿娆和伪造证据之人的聊天记录，里面的消息几乎算是一出年度大戏，作者圈所有的龌龊暴露在光天化日之下，瞬间便引起了轩然大波。之后，绿娆的签约网站终于迫于巨大的压力，官方认定绿娆抄袭。

自此以后，绿娆成了过街老鼠，微博下面骂声一片，逐渐淡出了作者圈子。而因为这件事，顾默彻底记住了独木成林。虽然他们依旧互不相识，隔着电脑屏幕，甚至连互动都基本没有，但顾默知道，他们已经不只是偶像与粉丝的关系了。后来，他忍不住开始关注独木成林，一点点地从那些只言片语去了解她。

他知道了她是一个女孩子。

她可爱、纯真，就连她偶尔犯傻，在他心里都成了可爱。

顾默从未谈过恋爱，也从不觉得自己需要爱情这个东西，但是因为独木成林，他第一次有了一种想要尝试的冲动。

缘分或许就是这么奇妙，哪怕隔着冰冷的电脑屏幕，依旧挡不住命运的纠葛。

而现在，他终于忍不住了。

第三章 对你好，是因为你有一个好爸爸

再说关伊伊这头。

她那股兴奋劲儿一直延续到了第二天。

按照昨天的计划，关伊伊和焦姣两人悄悄地离开了军训队伍。焦姣带着关伊伊去了学校西区的一个小树林，那里不仅人少，而且特别凉快。

两人躺在草地上，舒服得简直想要睡过去。

因为天气热喝了太多水，关伊伊忍不住想上厕所了。旁边就是一栋教学楼，关伊伊给焦姣说了一声，便去找厕所了。

只是，有时候人倒霉起来真是伤不起。或许她天生就和厕所犯冲，没想到刚到卫生间，她便在男女厕所的夹角处撞到了她命中注定的那枚炸弹，也就是顾默！

顾默应该刚刚运动了，他下身穿着一条运动短裤，最要人命的是，他刚把衣服脱下来，上身竟然是赤裸的！

关伊伊猝不及防地撞上去，大面积的肌肤相触，让她整个人都不好了。

他脸色有点黑，斥道："关伊伊，你给我起来，否则我就不客气了。"

她有些没忍住，轻轻地掐了一下顾默滑嫩的脸。

顾默生平从未遇到这种事情，一时也被震惊了，两人互相瞪视，僵持了三秒，而后便齐齐地侧过了头。许是因为太过震撼，她甚至战胜了自己

的病，猛地站了起来，忙道：“我……我不是故意的。”

顾默清冷的面容染上了绯红，他本就是艳若桃李的长相，此刻更为诱人，与平时拒人千里之外的样子反差极大。

顾默擦了擦嘴，冷笑一声：“所以是有意的？”

“我……”关伊伊语塞，再解释也没用，并且确实占了人便宜，她只能低声下气地道歉，“对不起。”

顾默深吸口气道：“关伊伊，你是个女孩子，所以，不要再做这些莫名其妙的举动了，自重！”

关伊伊低头，不敢去看顾默，欲哭无泪。

“以后离我远一点。”顾默冷冷道，转身走了出去。

走到一半，他突然想起了什么，又道：“你现在不是应该在军训吗？”

关伊伊僵住了，几乎是颤抖着解释道：“我……我就是来上个厕所。”

顾默眯眼道：“专门从东区跑到西区上厕所？关伊伊，你当我是傻子是吗？”

关伊伊羞愧地捂脸，在心里道：不，我没有，我不是。

顾默再次冷笑了一声，也没说什么，转身就走了。

见此，关伊伊松了口气。

然而，她很快便知道她松气松得太早了。她刚刚回到小树林，还没来得及和焦姣说一句话，便听到了一道恶魔般的男声——

“关伊伊、焦姣！”

声音冷漠如冰，夹杂着浓浓的怒气，关伊伊和焦姣顿时倒吸了口气，齐齐转过了身，便看见了教官黑沉的脸。

完了！

教官冷笑着走向她们两个，一字一句地道：“敢在我的队伍里偷懒？呵，关伊伊、焦姣听着！”

他突然一声大喝，关伊伊、焦娇两人吓了一大跳，条件反射般立正报到：“在！”

“围着操场跑十圈，不跑完不许吃饭！”

偌大的操场，要跑整整十圈！关伊伊和焦姣对视了一眼，彼此都在对方的眼中看到了绝望。两人来不及唉声叹气，口哨声宛如摔地响起的鞭子，吓得两个小姑娘一哆嗦，立即跑了起来。

一圈、两圈、三圈，跑到第四圈两人便没了力气，焦姣垂着手，跟在关伊伊的身后，宛如一个没骨头的行尸，耷拉着头，上气不接下气："伊伊……你慢点……咱歇会儿，再……再跑下去，我就要累死了！"

教练站在操场对面，一脸的青春痘迎着阳光，如同他铁面的性格一般熠熠发光。关伊伊瞥了一眼他如鹰般的眸子，继续拖着灌了铅似的双腿往前跑。

"焦姣，坚……坚持一下。"

话虽这么说，关伊伊也知道自己坚持不下去了，简直想仰天长叹，她怎么就这么倒霉啊？似乎每次碰到顾默就没有好事！

焦姣抓狂道："啊啊啊，这次到底是谁出卖的我们？我要杀了他！"

关伊伊羞愧得低下了头，道："这次怕是我连累了你。"

她简单地讲了一下刚才发生的事情，猜测应该是顾默告的状。

焦姣顿时如遭雷劈，怒道："他真是白瞎了那张好脸，居然这么阴险又小气！"

夕阳的尽头，顾默突然出现，他环抱着双手，脸上不见一丝表情。但是他偏偏长得太帅了，哪怕什么也不说，什么也不做，仅仅站在那儿，就让人无法忽视了。

有人爱慕，就有人怒。

焦姣咬牙切齿地看着使自己沦落到如此地步的罪魁祸首，本着不能丢人的想法，终于有了些动力，"啊"地大叫了一声，撒开腿便狂奔了起来。

焦姣一腔闷气找到发泄的出口，大声嚷嚷着，匀速跑着的关伊伊很是诧异，然而她的双腿实在是提不上什么力气跟上焦姣。她喘着气，意识开始有点恍惚，正缓慢跑着时，脚下突然滚来一颗尖锐的石子，一下便扎到了她的运动鞋上。

"啊！"

关伊伊惊呼一声，扑通一下实打实地摔到了地上。那一瞬间，她差点没忍住，一句“救命”差点出口。好在最后她强行忍住了，但还是惨叫了一声，狼狈地坐在地上。

焦姣听到响动，慌忙地回头，只看到关伊伊匍匐在地，似乎痛得起不来了。

“伊伊！”焦姣吓得失色，也顾不上累了，连忙往回跑。

关伊伊这一跤摔得不轻，她撑着自己的身体坐起来，忍着剧痛扳过受伤的那只脚看了看，菱形的石子扎在鞋底，坚硬得仿佛一枚钉子。她脱了鞋袜，只见脚底有些乌青，脚腕儿则以肉眼可见的速度肿了起来。

“没事吧？没事吧？”焦姣急了，“这么严重，得马上送医院！”

这时，教官跑了过来，顾默竟然也跟着过来了。

教官看了一眼道：“送医院。”

顾默目光一沉，突然蹲在关伊伊身前道：“上来，我背你。”

关伊伊敢上吗？自然不敢啊！

就在她思考着该怎么拒绝顾默的时候，余光一扫，看到了不远处打篮球的沈一泽，顿时眼睛一亮，忙高声叫道：“一泽学长！”

沈一泽听到声音，跑过来一看，顿时皱眉道：“这……摔跤了？走，送医院。”说罢，根本没给其他人反应的时间，直接打横抱起关伊伊就走。

关伊伊顿时松了口气，忙道：“谢谢一泽学长了！”

顾默缓缓站直了身体，盯着两人离开的背影，目光暗沉。

沈一泽考虑周到，校医院人多，而且医生的水平普遍一般，关伊伊的脚看上去伤得不轻，还是去正规医院好一点。如此安排，倒也合情合理。

关伊伊垂眸，有些不好意思：“麻烦学长了。”

沈一泽道：“不客气，我是学长嘛，必须得照顾小学妹啊，更别说还是漂亮的小学妹了，哈哈哈。”

关伊伊也忍不住笑了。

焦姣要继续军训，不能跟着，只能请求沈一泽好好照顾关伊伊。

“伊伊，你坚持住啊，等我有时间就去看你。”

关伊伊点头道：“嗯，你放心，没事儿。你也加油。”

关伊伊到了医院拍了片子，医生直言她这伤需要好好养着，先住院观察几天。沈一泽晚上还有课，不能守在这儿，只得嘱咐关伊伊好好休息，明天再来看她。

“学长，今天真是太感谢你了，耽误你这么长时间，真的很抱歉。你先回去吧，我一个人可以的。”

沈一泽道：“那我先走了，你一个人注意点啊，有什么事给我打电话。”

关伊伊本以为自己会一个人度过这个孤独的夜晚，没想到天刚黑，顾默却提着保温桶来了。

他依旧冷着一张脸，看上去凶神恶煞，让人难以接近。

他把保温桶递给关伊伊道：“吃吧。”

里面的食材很丰富，居然还有炖的排骨汤，关伊伊顿时受宠若惊。她没想到顾默还能来看她，还给她带了吃的。

“谢谢学长。”

顾默坐在一边看着她吃。

关伊伊被看得挺不自在的，总觉得那目光让她压力山大。

好在，顾默终于开口道：“今天是我告诉你们教官的。”

关伊伊点头，她早就猜到了。

所以顾默现在和她说这些是什么意思？

沉默片刻，顾默才道：“你今天受伤，我也要间接负一点责任。不过我不后悔，偷懒是不对的，你懂吗？”

关伊伊干笑了一声：“我懂。”

顾默终于满意地点了点头，道：“嗯，你明白就好，所以这还是你自己的错。”

所以他这是特意来教训她的吗？

关伊伊深吸口气道：“学长你说得对，我错了，我以后再也不敢了。”

她发誓，她以后就算逃课也要绕着顾默走！

关伊伊正想着，却听顾默又道：“对了，我给你关叔叔打了电话，在你脚伤好之前，先住在我那里。”

没等关伊伊说话，他又补充道：“你不要误会，我还是很讨厌你，我之所以这样做，是因为你有一个好爸爸。”

关伊伊哽了一下。

关伊伊其实一点儿也不想和顾默住在一起。但是还没等她抗议，她爸就直接给她打了个电话，绝了她反抗的路。

她在医院住了三天，第四天跟着顾默回了家。

顾默一贯是冷漠无比的，只有二宝对于她的到来表示了欢迎，这让她受伤的心灵得到了些许安慰。

看来顾默还是很诚实的，他很讨厌她。

也对，一个三番五次占他便宜的女生，他肯定是讨厌的。

晚上，关伊伊躺在床上失落地叹气，顾默肯定在心里认为她是不检点的女人了。虽然她打定主意以后要远离顾默，但是现在他们还住在一起，而且按照两家的关系，怕是以后还会有交集。想到此，关伊伊觉得，还是有必要挽回一点儿形象的。

她想了想，给顾默发了一条微信：学长，那天在厕所，我真的不是故意的，我其实有些难言之隐。

顾默没有回她。

胸中像是聚集了一股子乱窜的浊气，她打开微博，思来想去，寻求出路似的给梦行千里发了一条消息。

独木成林：千里大大，我可以向你讨教一件事吗？

梦行千里很快回复：在，有什么事吗？

关伊伊当然不能说是自己，而是以一个朋友的身份，向梦行千里阐述了这件事情。

梦行千里顿了一会儿，才回复道：那个男生现在肯定对你朋友正处于反感当中，他应该是个很固执的人，误会既然已经很深了，如果一直解释，可能会适得其反。

独木成林：那应该怎么办？

梦行千里：我觉得多说不如多做，用行动证明自己。

关伊伊想了想，觉得梦行千里说得很对。现在顾默摆明了不想听她的解释，哪怕她现在告诉他自己生病了，怕也会被当作是别有居心吧。

独木成林：嗯嗯，我知道啦。谢谢千里大大。

梦行千里还颇体贴地回复道：没关系。以后你有什么烦心事也可以告诉我，我可能无法帮你，但是至少可以和你一起分担。

关伊伊简直感动得无以复加，她不禁感慨，自己的眼光果然极好，喜欢的偶像也是一个善解人意的人。梦行千里对于一个素未谋面的陌生人都这么关心，简直是个大好人啊！

她不知道，她心中的大好人其实正在盘算着怎么吃掉她！

独木成林：大大，《轮回线》是不是快完结啦？我最近看更新的章节，发现有许多伏笔都已经开始收线了。

梦行千里：是有这个打算，已经在收尾了。

关伊伊想了想也是，便回道：那大大要加油哟，《轮回线》是我最爱的一本小说，结局一定会很精彩，期待！

电脑这头的顾默忍不住弯了弯嘴角，勾出了一个美好的弧度，心情极好地回道：谢谢支持，对了，《轮回线》的游戏版权被天智游戏买走了，他们准备在A市举行一个《轮回线》的机器人模型展览，你有兴趣吗？

关伊伊立刻回道：有有有！

梦行千里：那行，我给你发邀请码，到时候你直接去取票，展览时间是国庆节。

关伊伊整个人都飞扬了起来：收到！谢谢大大！

梦行千里：我也很谢谢你的支持，时间不早了，早些睡吧，晚安。

关伊伊看了一眼时间，发现果然已经深夜了，便回了“晚安”。不过她还没什么睡意，翻了翻自己的消息列表，发现有许多来催文的小读者。

关伊伊这才发现，自己写的《轮回线》的同人文已经很久没有更新了。她打开存稿箱，把上次自己写的一半存稿补齐，改完错字之后，便在深夜发了出去，然后关机，睡觉。

第二天一早，关伊伊打开手机，手机突然疯狂振动，她点开一看，发现有 99+ 的微博信息。

关伊伊一脸疑惑地打开微博，便见微博热门主页上有“梦行千里点赞”这一条热门信息，点开就见梦行千里和独木成林的账号绑定在一起，下面是一个小粉丝发的关于梦行千里点赞的截图，评论数已经上万了。

关伊伊连忙打开自己的手机，不一会儿看完了事情经过，开心得简直要手舞足蹈。

原来清晨时，梦行千里突然给关伊伊的最新微博点了赞，被一个粉丝发博文贴了出来，所有粉丝立刻炸开了锅！

要知道，他们超脱世俗的千里大大，微博除《轮回线》必要的剧情讨论之外，简直就像白纸一样干净。平常鲜少见他在微博互动，更别提给谁点赞了。

如今他却骤然给独木成林点了赞，在粉丝的心中，可谓开天辟地头一遭。关伊伊也十分震惊，然而她震惊之余，发现有许多牙酸的键盘侠在评论里酸溜溜地讨论了起来：

点赞有什么了不起，写得也不怎么好。

就是就是，万一是千里大大手滑了呢！

故事乏味，剧情逻辑驴唇不对马嘴，就这东西还敢自称《轮回线》的同人文？

……

关伊伊倒并不在意这些人怎么说，她好奇的是，冷傲如梦行千里，这次的点赞究竟是本意，还是手滑？如果是本意的话，关伊伊深吸一口气，能得到千里大大的认可，她简直要开心死了！

网上的评论仍在发酵着，关伊伊被推到了风口浪尖。第一次有这么多人看她写的文章，不管是贬是褒，总归是一次很大的进步。

关伊伊扭捏了一个下午，终于在晚上，估摸着梦行千里应该闲下来的时候，按捺不住，给他发了一条消息：千里大大，你给我点赞……是因为手滑吗？

屏幕那端的顾默瞥了一眼，冷淡的眉梢不禁带了些舒缓的笑意。

这个白痴呀……

他回道：不是因为手滑，你写得很好。

想了想，他又加了一句：而且，我是你的粉丝哦，加油，期待更新。

关伊伊已经兴奋得快晕倒了。

她忍不住在屋里单脚跳来跳去，迫切地想和别人分享喜悦——她偶像夸她了，还说是她的粉丝！她跳得太兴奋，没注意撞倒了桌子上的果盘，发出砰的一声，尖锐又刺耳。

正在屋里和小粉丝聊得开心的顾默手一抖，差点按错键。

他目光阴沉地走出房间，看着关伊伊，冷冷地道："你疯了？"

关伊伊把果盘捡了起来，脸上还挂着笑，没有被顾默的冷漠吓到。她像是找到了发泄口，笑呵呵地道："对啊，我就是乐疯了！学长，你知道吗？我偶像夸我了，他还说是我粉丝！我太高兴啦！"

顾默像看傻子似的看着她。

转眼半个月的军训便结束了，关伊伊的脚也好了不少，可以自己拄着拐杖走路了。

她这几天一直心心念念着梦行千里说的机器人模型展览。因为腿脚不便，她本来是想约着焦姣一起去的，但是焦姣国庆有事，无奈，她只能独自去了。

《轮回线》这本书已经是超级神作了，它的粉丝是以百万为计算单位的，是以展览当天会馆里人山人海。还好关伊伊有梦行千里给的邀请码，可以直接拿内部票，不用和人挤。

当关伊伊看清展馆内的场景时，忍不住倒吸了一口气，随即便是大喜。

这简直就是机器人的迷你世界！

《轮回线》这本书主要讲了未来世界，人类和机器人共存。然而机器人虽然是人类发明的，却生出了自主意识，由中央智脑控制，机器人开始和人类争夺世界的控制权。机器人只要芯片不受损，便等同于不老不死。

他们的战斗力让人类恐惧，双方陷入了长久的对抗中。

不过，并不是所有的机器人和人类都是主战的，有一些机器人由人类创造，目的便是服务人类，所以他们亲近人类。

在这个奇妙神奇的世界里，充满着天马行空的想象力，却又立足于现实，让读者欲罢不能。

在《轮回线》的世界里，人工智能已经在全世界普及了，几乎家家都有，而人工智能也渗透了整个社会，家用机器人、工业机器人、娱乐机器人……处处都是它们的影子。

虽然这些超时代的机器人无法以真实模样出现在现代社会，但是天智游戏公司精心策划，至少每一个模型几乎都做到了外表与书里描绘的一致。

关伊伊是拄着拐杖来的。这副凄惨的模样给她带来了些方便，至少周围的人看到她，都会本能地离她远一点，这样倒是没人和她挤了。

关伊伊美滋滋地欣赏着各种各样的模型，看得眼花缭乱。

正在这时，广播响起——

“为了回馈粉丝，梦行千里将会在十五分钟后在中心展厅进行签售会，时间半个小时，将有一百本签名收藏版《轮回线》送给幸运粉丝……”

关伊伊张大了嘴，周围的人也愣了一下，随即便拔腿狂奔。

“梦行千里开签售会了！”

“梦行千里本人出现了！”

……

这个消息犹如狂风暴雨一般，飞快地席卷了全场，几乎所有的人都朝同一个方向奔了过去。

这个消息来得太突然了。关伊伊蒙了一下，等她反应过来的时候，便发现，身边的人几乎都跑光了。

她也急了，那可是梦行千里本人啊，她心心念念的偶像，她也很想见到本人啊！

关伊伊太激动了，以至于忘记了自己现在是个瘸子，于是……

悲剧发生了。

只听砰的一声！

“啊——”关伊伊猛地摔在了地上，没忍住，直接就惨叫了一声，“好疼啊！”

此刻周围的人都跑光了，她一个人坐在地上，周围冷冷清清，想求救都没门儿。再想到肯定赶不上梦行千里的签售了，哪怕关伊伊再坚强，此刻也忍不住吸了吸鼻子，眼圈都红了。

焦姣不在 A 市。

沈一泽的电话也没人接。

关伊伊纠结了一会儿，最终还是拨通了顾默的电话。

那头很快便接通了。

“什么事？”顾默的声音一如既往的冷淡，说话也直入主题。

关伊伊鼻子一吸，道：“学长，我摔倒了，好疼……”

“你在哪里？”那头，顾默沉默了片刻才开口。

关伊伊松了口气，还好顾默没有不管她。

关伊伊把位置发给了顾默，本以为要等很久，却没想到不到五分钟，顾默便出现在了她的身边。

关伊伊有点蒙：“学长，你怎么这么快？”

顾默抿了抿嘴道：“我来看展览。”

关伊伊眼睛都亮了：“学长，你也喜欢梦行千里吗？”

“腿怎么样了，还能站起来吗？”顾默没回答关伊伊的话，而是直接蹲下，检查关伊伊的腿，“要不要直接送医院？”

他从来都是不废话的人，看似冷淡，但其实关键时刻特别靠谱。

关伊伊本来有些惶恐的心奇迹般安定了下来。

只是，顾默虽然是好心，但是她可是有病的人，怎么能让顾默这个病原体靠近。关伊伊本能地缩回脚，见顾默诧异地看向她，她尴尬地道：“学长，你要不叫二宝抬我去医院吧。你既然来看展览，想必也喜欢梦行千里，等一会儿梦行千里要在中心展厅开签售会，我就不耽误你了。”

顾默眉头微微皱了皱，刚想说什么，就听关伊伊又道：“而且，我也想要签名书，学长，你帮我要我偶像的签名好不好？”

她捧着脸，嘴角勾起了甜美的弧度，露出两个小酒窝，猫儿眼也一眨不眨地盯着他。见顾默不说话，她伸手扯了扯他的衣袖，晃啊晃，像是在撒娇：“学长，你就答应我好不好？”

顾默轻咳了一声，有些不自然地移开视线道：“好。”

关伊伊脸上的笑容顿时更大了。

顾默不着痕迹地摸了摸胸口，那一瞬间，心中莫名冒出了关伊伊有点可爱的念头。他吓了一跳，连忙止住这种荒谬的念头。

顾默道：“你先在旁边坐着等一下，二宝很快就到。”

他一边说，一边伸手要去扶关伊伊。

关伊伊却先一步抓住他的衣袖，笑道：“我身上都弄脏了，我拉着你的衣服吧学长。”

顾默不置可否。

他把关伊伊安置好后，便被关伊伊催着赶去了签售会。

顾默今天来这里开签售会，是想要见独木成林的，所以也没继续停留，直接到了中心展台。不过，他并不想自己的真实长相被曝光，所以一直戴着口罩。

这让等着的粉丝有些失望，不过大家也理解偶像，毕竟不是那些追星族，书粉们还是很理智的。

只是独木成林似乎并没有出现。

他讲话的时候特意提到了独木成林，如果独木成林在这里，应该会有反应，然而让他失望的是，直到签售会结束，独木成林也没有出现。

他心中有些失落。

正这时，手机响了，是关伊伊。

顾默按了接听，关伊伊的声音便传了过来：“学长，签售会结束了吗？你什么时候回来啊？给我抢到签名版《轮回线》了吗？看到我的偶像了吗？

长得帅不帅？”

她一连问了好几个问题，语气中是藏不住的期待。

顾默回过神来，不知怎的，嘴角忍不住翘了起来。如果关伊伊知道他就是她喜欢的梦行千里，会是什么表情？顾默竟然有些期待。

“放心吧，拿到了。不过梦行千里戴了口罩，所以看不到脸。”顾默难得耐心地解释着，想了想，又问道，“腿怎么样了？”

关伊伊有些失望看不到偶像的脸，情绪明显低落了下去：“没什么大事儿。”

“嗯，我很快回去。”

结束了和顾默的通话，关伊伊想了想，点开微博，给梦行千里发了条私信。

独木成林：千里大大，我今天去展览了，但是好遗憾，我中途出了点事儿，没有去你的签售会，嘤嘤嘤！

梦行千里很快就回复了：出什么事了？严重吗？

独木成林：没什么，就是摔倒了，脚弄伤了。

脚弄伤了？

顾默看到这句话，猛然愣了一下，这么巧？

顾默没有深想，只是觉得事情有些巧，不过也太遗憾了，他本来准备今天给独木成林一个惊喜的。

梦行千里：没关系，好好养伤，下次我给你补上。

关伊伊嘿嘿笑了笑，回道：谢谢大大，你真好！

关伊伊这边惨兮兮地躺在床上养伤，不过因为有偶像的签名书和偶像的安慰，所以心情还不错。

谁承想，学校论坛因为她的事热闹了起来。

半个月的军训结束，同学们虽然每天累得像条死狗，却越发的朝气勃勃，这股朝气因为一些照片和视频更是到了顶点。关伊伊当时在操场上摔倒，最后被沈一泽公主抱的视频在论坛上被爆了出来。

焦姣在得知这一消息的第一时间就拨通了关伊伊的电话。然而彼时关伊伊被几个闹铃吵醒了之后实在不堪其扰，把手机关了机，蒙头大睡。

“您拨打的电话已关机。”

听筒里嘟嘟几声之后，电话自动挂断了，焦姣急得在原地团团转，又打开帖子，评论数刷新一次增加数十，一直被同学们顶到了论坛首页。故事中的两大校草万众瞩目，而无名无姓的女主角，只留下了照片上模糊的轮廓。

同学们广发扒皮帖，侃侃而谈——

啧啧，能让顾默和沈一泽争风吃醋的女生，真好奇长什么样子啊！

我看哪，就是一个矫情的绿茶妹，瞧瞧在一泽学长怀里多楚楚可怜，可怜顾默学长，怎么会看上这种坏女人！

胡说，我家顾默才不会喜欢这种女人。

顾默就是一个花花公子，我来说句公道话，楼主直接把人家照片贴出来，还取那样的标题，已经犯法了。

顾默是疑似有女朋友，况且人家当事人都没有说什么，你们在这里胡乱猜疑个什么劲儿？

……

大家七嘴八舌，焦姣翻看了一会儿，深觉毛骨悚然。俗话说唾沫星子淹死人，这句话果然不假。尤其是在传播速度那么快的网络上，围观者都是闲得发慌的吃瓜群众，关伊伊简直成了个活靶子。最重要的是，她这次可是卷入了两大校草之间啊，活脱脱的女生公敌。

焦姣也顾不得洗漱了，牙都没刷完就注册了许多小号，在泱泱水军里奋战，逮到说关伊伊坏话的就骂一顿。她的号被封一个又注册一个，实在不能注册了，她就匆匆赶到教室，借同学的手机继续骂，可谓为朋友两肋插刀，死而后已。

晌午时分，关伊伊睡醒以后打开手机，被吓了一大跳，只见焦姣给她打了几十个电话，她赶紧回拨了过去。

“喂。”焦姣很快接通，“伊伊，你怎么样，伤好些没有？”

“好多了。”

"你现在快打开咱学校的论坛，你被挂上去了。"

电话那头的焦姣深吸一口气，机关枪似的快速说着话，和关伊伊开了视频，把链接发给她，看着她点开。

关伊伊翻看了一会儿后，只淡淡地应了一声："我知道了。"

"就这样？你不给个别的反应？"

关伊伊无所谓地耸耸肩道："我还以为什么大事儿呢，这些都是胡说八道嘛，谁信啊！"

不过，她先是想到了沈一泽："焦姣，一泽学长知道吗？"

焦姣在视频聊天中见关伊伊一脸刚睡醒的惺忪样子，丝毫没有慌张或者震惊的情绪，焦姣实在诧异，以为关伊伊这是暴风雨来临前的平静。

"伊伊，你的处境可比一泽学长危险多了，一泽学长的小迷妹那么多，你就不怕走到路上被人泼油漆？"

关伊伊打了个哈欠，很是惬意地靠在了床头。午后暖洋洋的阳光洒了她一脸，原本瓷娃娃似的皮肤越发晶莹剔透："我不怕啊，这些消息的热度没多久就会降下去的。况且，那张照片拍我拍得很不清晰，不会有人认出我的。"

焦姣没想到关伊伊能如此淡定，很是佩服："女侠，你上辈子一定遁入空门了吧！"

关伊伊笑道："何出此言啊？"

"你是我见过最清心寡欲的人，帅哥当前宠辱不惊，被网友骂淡然处之，身处这十丈红尘，你却没一点烟火气，放心吧，你这辈子一定长命百岁啊！"

关伊伊听焦姣文绉绉的一番话，只觉好笑。她在一片暖洋洋的阳光下耷拉着眼皮，嗯嗯啊啊地应着，不知不觉，连手机都没关，就睡了过去。

焦姣关掉手机，幽幽地叹了口气，有句话怎么说来着——对，没心没肺的都睡得香！

这件事本来热烈讨论一番后，可能也就不了了之了，可是发帖子的楼主似乎是有预谋似的，贴出一张不怎么清晰的照片令事件发酵，到了高潮时，又扔出了关伊伊一张无比清晰的正脸照片，仍然是偷拍的，关伊伊穿着军训服，站在大太阳下，朝镜头投来探究的目光。

这下论坛彻底炸开了锅，和关伊伊同班的同学立刻认了出来：这是我们班同学，叫关伊伊。

这样一条评论直接被顶上了热门，底下一堆探究询问的人：

很好看哎，尤其是眼睛，又大又黑。

哇，这美女是纯素颜吧，我放大看了，真的！

怪不得顾默和沈一泽两大男神倒追，果然是个美人。

……

更有人高呼遇到了初恋，一堆求联系方式的。时不时有女生嫉妒，穿着马甲来酸几句，立刻遭到了所有人的围攻。

关伊伊还不知道她以为的小事眨眼间便发酵成了大事，她的高清无码素颜照被贴了出来，以后走在A大的校园里，怕是无人不知、无人不晓了。

顾默下课后，回到家打开门，发现屋子里没开灯，房间漆黑一片，静悄悄的。他顿了顿，有些不忍破坏此时的静谧，轻轻地换上拖鞋，连自己的脚步都放得轻缓，走进了自己的房间。

他早晨出门时忘带手机了，在图书馆泡了一天也并没有察觉，此时点开手机屏幕，发现数百条信息一齐涌了进来。“嘀嘀嘀”的手机提示音像一颗颗炸弹，蓦地在寂静的房间里炸开，震耳欲聋。

顾默连忙用被子捂着手机，关掉声音。

然而已经迟了，只听“啪嗒”一声清脆的开门声，而后客厅的灯便亮了起来。关伊伊梦呓似的在门外喊道：“学长，你回来了吗？”

“嗯。”顾默轻声应道，“我现在要做饭，你饿不饿？”

关伊伊从早上吃了早餐，一直昏睡到现在都没有吃东西，闻言很是实诚道：“饿。”

顾默走了出去，关伊伊一瘸一拐地跟在顾默身后，提着一条腿，看着顾默系上围裙，从冰箱里拿出蔬菜，开始做饭。

关伊伊疑惑：“不是二宝做饭吗？”

“今天我有空。”顾默并未回头，淡淡地道，“你想吃什么？”

关伊伊有些震惊：“学长，你会做饭？”

顾默淡然地道：“会一点。”

话虽如此，但是看到他流畅熟练的动作，明显不是会一点的样子哦。关伊伊有点佩服顾默了，平时看他的样子，感觉就是个贵公子，如何也无法把厨房和他联系在一起。然而就是这么一个看起来不靠谱的男人，厨艺看上去似乎还不错。

顾默的性格如果再开朗一些，不那么冷冰冰的，他简直是当今的完美男人。

许是察觉到了关伊伊炽热的目光，正在切菜的顾默回头，突然与她四目相对。男生的眸子漆黑一片，淡淡地扫了她一眼，没有停留。

关伊伊却连忙低下了头，脚上的石膏“砰”的一声撞到桌角，让她一阵疼痛。

关伊伊又羞又臊，像是偷窥被发现似的面红耳赤了起来，她捂住嘴把闷哼憋回去，深深地呼出了一口浊气。

还好顾默似乎并没有察觉到异常。

晚饭烧得简单，几道清淡的小菜、米粥，味道很好，不喜辣的关伊伊吃得很开心，饭后抢着收拾碗筷，却被顾默强硬制止了。

“学长，没关系，我只是腿受伤了而已，这种小事可以做的。”

关伊伊对自己混吃混喝的行径很是惭愧，抢着干活，目光殷切。然而顾默不由分说地从她手里把碗拿了过来，唤了声二宝，待机一天的小萝莉陡然间满血复活，洗洗涮涮了起来。

“走吧。”顾默擦干净手，难得对关伊伊解释道，“你最重要的事情，是养好腿上的伤，其他事情交给二宝就可以了。”

关伊伊点点头：“我知道了。”

顾默淡淡地“嗯”了一声，没再说话。

两人按部就班，像是陌生人似的，一晚上没有说什么话，气氛一度很冷。关伊伊有心想要找些话题来缓和气氛，却换来了顾默敷衍似的应答。

既然这样，关伊伊也破罐破摔了起来，心道：你不理我，我也不理你，看咱们谁拗得过谁！哎呀，谁还不是小公主啊！

本来她还很感谢机器人模型展览顾默给她带偶像签名书，可是顾默这个死样子，让她感谢的话都说不出来了。

顾默洗漱完回了房间，关伊伊睡了一天，此时精神得很，拄着拐杖在屋子里“嗒嗒嗒”地慢走。最后她索性抽出了一张光碟，坐在沙发上看起了电影。

为了不吵到顾默，关伊伊戴上了蓝牙耳机，把客厅里的灯全部关上了。

然而，荧幕上剧情过了十分钟，关伊伊才恍然发现，这原来是一部恐怖片。

她有心换掉，然而电影的第一个大高潮已经开始了，她好奇地往下看，可是越看越惊悚，越看越害怕，死死地抱住抱枕，抿着嘴大气都不敢出。

电影放了大半，关伊伊的神经始终绷得紧紧的，电影里的怪物似乎要爬出来了。

电影里鲜血淋漓的怪物露出獠牙，猩红的眼睛望向观众，关伊伊捂着眼睛，动了动身体。这一动不要紧，但遥控器恰好被她坐到了，她压住了音量键，立时，恐怖的背景音乐在她耳中惊天动地般响起，怪物也咆哮着冲向了镜头——

“啊！”

关伊伊吓得尖叫了一声，房间内的灯光立刻应声亮起，顾默快速冲了过来，一把抱住了快要摔倒的关伊伊：“怎么了？”

耳朵中的蓝牙耳机掉在了地上，关伊伊耳边归于寂静，她的心脏扑通扑通地乱跳，像是动力强大的水泵。

她脸色苍白地望了顾默一眼，勾起毫无血色的唇，挠着头笑了笑：“没……没事，就是这电影有些吓人。”

顾默方才冲出来时没有多想，此时才发觉，自己居然抱住了关伊伊。两人只隔了一层薄薄的睡衣布料，顾默已经感受到了关伊伊剧烈的心跳。

他立刻松开了关伊伊，脸色微红。

关伊伊回过神，指尖像是爬上了一只小蚂蚁，她来不及反应，小蚂蚁便带领着大群蚂蚁，轰轰烈烈地席卷了她的全身。她打了个哆嗦，惊恐地发现，自己的手指刚刚好像触碰到了顾默。

她千防万防的皮肤饥渴症，还是——

发作了！

关伊伊手指一颤，用强大的自制力控制住自己。

电影中的怪物仍在张牙舞爪，关伊伊却再也顾及不到其他，慌张、害怕以及自制力，统统化为虚无。

不可以，绝对不可以！

她死死地握住拳头，让指甲嵌进皮肉里，她终于清醒了些。

“我……”关伊伊不舍地从顾默身上收回手，牙齿不时碰撞在一起，发出清脆的“咯吱”声，“对不起，学长，我有点……不舒服。”

关伊伊努力控制住自己，松开手时，身体摇摇晃晃朝后栽去，像是喝醉了酒似的，脸颊酡红，她躺在沙发上咂了咂嘴，闭上了眼睛。

顾默皱着眉，觉得关伊伊简直是个神经病，但是看她的脸色实在红得不正常。

顾默神色冷淡地给关伊伊盖上薄毛毯，面无表情地把室内温度调到最低，还颇体贴地倒了一杯开水放到茶几上，然后回到了房间。

“咣当”一声，关伊伊耳尖一颤，眼睛睁开了一条缝。万物寂静，她撑起身子瞧了瞧顾默的房间，捂了捂自己发烫的脸颊。

关伊伊糟心地想了又想，想不出明天该怎么面对顾默，想来想去，就这么忧心忡忡地睡着了。

顾默做了个梦。

梦中，关伊伊一身校服，款款朝他走来，莞尔一笑，两颊的酒窝甚是迷人：“学长，我冷。”

顾默着魔似的盯着她。

关伊伊见顾默不理她，十分委屈地撇了撇嘴，一把拉住顾默的手，朝他扑了过来……

“关伊伊！”

顾默发出一声低沉的梦呓，蓦地睁开了眼睛。

和煦的阳光映入他的眼帘，他不禁有些恍惚。他摸了把自己头上的热汗，这才彻底清醒了过来。

原来是一场梦。

顾默猛地松了口气。

关伊伊一大早起来就呆坐在沙发上，心事重重。听到响动，她受惊了似的转过头，尴尬地打了声招呼：“早。”

顾默穿着大裤衩、白T恤衫，腿型笔直，脸色冷淡地看了关伊伊一眼。

关伊伊见此，倒是松了口气，冷淡总比厌恶好。幸好她昨晚及时控制住了自己，不然此时肯定更尴尬。

吃早餐时，沉默了一早上的顾默终于开口说话了：“昨天晚上……”

关伊伊连忙打断：“昨天晚上我看电视，看着看着就睡着了。学长，是你帮我盖的被子吧？谢谢啊！”

关伊伊发挥自己的厚脸皮功力，三言两语，轻飘飘地搪塞了过去。她手指哆嗦着，却强装镇定。

顾默抬头，漆黑的眸子盯着她，泄露出淡淡的疑惑情绪，又迅速散去。他冷淡地点了点头：“今天我一天都会在外面，你有什么事就叫二宝做，二宝处理不了的，打我电话。”

关伊伊点点头，故作淡然地抬头望了他一眼，想要从他的神情间看出什么端倪。

然而顾默并不给她机会，快速吃完饭，便起身拿起了外套。

“再见。”他说完就出了门，仿佛一个字都不肯多说。

关伊伊的反射弧实在是长得令人发指，顾默走后许久，她才后知后觉地红了脸。

“啊啊啊！”

关伊伊气得捶桌子，这都什么事啊！

此时，在A大校园内，帖子的讨论度已经到了白热化的地步。发帖楼主仿佛是个变态跟踪狂，自那两张照片发出来之后，楼主又发出来了许多张各个角度的照片，从开始到结束，原原本本地还原了事情的经过。

焦姣没有幸免于难，作为“三角虐恋”女主角的闺密兼室友被扒了出来。绯闻女主关伊伊最好的朋友、同宿舍室友，单这两个身份，焦姣走在路上都得戴墨镜、戴口罩，彻彻底底地夹起尾巴做人。

焦姣窝在宿舍，面对众多同学多天的深扒，吃不好、睡不好，一脸沧桑地给关伊伊打电话：“要不你拍两张自拍发帖子，表明身份，澄清你和一泽学长和顾默学长的关系。”

“一泽学长澄清了吗？”

焦姣摇头：“没有。”

“那顾默呢？”

“也没有。”

关伊伊一直认为“谣言止于智者”，如今顾默和沈一泽都没有说什么，她如果贸然站出来发帖子的话，说不定会弄巧成拙。

为今之计，与其跳出来当靶子，倒不如什么话都不说，反正她正在养伤，说不定等她回到学校，这件事早已经风平浪静了。

焦姣听完关伊伊的分析，也觉得有道理：“伊伊，那你好好养伤，帖子的动态我替你关注着。”

焦姣十分好奇顾默和关伊伊的近态，“三角虐恋”中的两个当事人已经住到了一起，这个消息所幸没有被发出来，要不然又是一记重锤。

帖子滚雪球似的越滚越大，到最后，已经成了A大无人不知、无人不晓的头条大新闻。两位男主角照常上课，该干吗干吗，女主角也没有出现，越发使这件事情扑朔迷离了起来。

帖子里分了几大派系，分别为：关伊伊的爱慕者，顾默的爱慕者，沈一泽的爱慕者，这三尊大神魅力十足，令无数迷妹迷弟发疯似的拥戴。

其中顾默和关伊伊的CP以及沈一泽和关伊伊的CP支持票数不相上下。三角虐恋中的关伊伊漂亮，并且和两大校草是同学院，只是关伊伊并未在众人面前现身，是个才女也说不定。

焦姣自从上次和关伊伊通完话之后，始终战战兢兢地刷着帖子。又逢A大电气学院的系花竞选，吧主新开了一个帖子置顶，关伊伊的事情总算是过去了。

然而不知道谁把关伊伊军训时的照片贴了上去，在一众P图精修的照片间简直如同一股清流。关伊伊因为“三角虐恋”的事，本来就关注度极高，此时又贴了她的照片，可谓一呼百应，成了当之无愧的第一名。

躺成系花的关伊伊丝毫没有听到学校里的消息，事实上，她活得简直比小尼姑还要清心寡欲。腿伤限制了她的行动，她没有地方可以去，就整天待在了家里，拄着拐杖一瘸一拐地满屋子乱转。顾默的书架上摆满了书，各种各样的都有，关伊伊在书房常常一坐就是一天，看书看得头昏脑涨。

顾默从上次被关伊伊吃了豆腐之后，便一直对她极为冷淡，两人一天都说不了几句话，像是同一个屋檐下的陌生人。

关伊伊有些心虚，顾默不理她，她也不理顾默，两人相处平淡，中间总像是隔了一张透明玻璃似的。

等关伊伊放下书，已经晚上了。二宝早已经做好了饭，方才门口有响声，应该是顾默回来了。她一瘸一拐地出了书房，顾默房间的灯亮着，许是吃过饭回房了。

“太太——”

二宝机械的女声十分甜美，它已经把关伊伊自动规划为这所房子的太太，开始不只是关伊伊，连顾默都被吓到了。两人苦口婆心，再三纠正二宝不要叫这个称呼，然而二宝的系统是早就设定好的，在它的理解中，和主人住在一起的异性，那就是太太。是以，欲哭无泪的关伊伊最后只能默认了太太这个称呼。

“饭有些凉，要不要给你热一下啊？”

“不用，我不想吃。”关伊伊靠着墙伸了个懒腰，叹了口气，“你收拾了吧。”

“好的。”

关伊伊准备好毛巾，钻进了浴室。她腿上有石膏，日常都是草草地擦一擦身体，已经有很多天没有洗澡了。

关伊伊在腿上包了一层厚厚的塑料袋，又用绳子缠紧，确保万无一失，才打开了花洒。温热的水刚刚流出来，先洗头的关伊伊淋湿头发，挤出洗发水，瓶子却被她碰到了地上，没有来得及盖上盖子的洗发水瞬间便流了一地。

关伊伊一头泡泡，她眯着眼，伸着手在地上摸索着。可是她一只脚撑着地，重心不稳，脚下一滑，竟直直地朝前栽去——

扑通！

寂静的房间内陡然响起了关伊伊的一声尖叫："啊！"

老天，又来！

她是和厕所与浴室有仇吗？

第四章
我们住在一起

正在房间看书的顾默立刻冲了出来。

“你怎么了？”

关伊伊满身泡泡，有些水流到了眼睛里，眼睛刺痛。她跷着腿，一只手扶着墙，好在没有栽倒在地。

“没事。”水声哗啦啦地倾泻而下，把她声音也浇得七零八落，“顾学长，你……你别进来，我没事……啊！”

又是一声尖叫，伴随着身体摔在地板上的闷响。顾默不再迟疑，打开门走了进去。浴室内水汽氤氲，明黄的灯光下雾气浓厚。顾默一眼便看到关伊伊趴在墙角，刚才那一摔十分结实，她龇牙咧嘴地揉着腰……那一瞬间，顾默的脑子里鬼使神差地冒出了一个词——美人如玉。

他赶紧甩甩头。

顾默只匆匆地扫了一眼就转过了身，一把扯下了旁边的大浴巾，朝关伊伊扔了过去。

“你没事吧？”

浴室房门打开，雾气逐渐散去。关伊伊连忙披上浴巾，瘸着腿扶墙站了起来。

“没事。”

她刚才摔的那一下幸好没有碰到伤口，没有什么大碍。

关伊伊头发滴着水，脸色酡红，咬牙想要朝前挪一步，可是尾脊骨陡然传来剧痛，疼得她又闷哼了一声。

顾默这才转过身，伸出手扶住了关伊伊的肩膀。

“确定没事？”他又问。

关伊伊抬头，两眼都疼出了眼泪，终于不再逞强，委屈巴巴地实话实说：“有事，摔着屁股了，疼得走不了路。”

顾默的脸上没有什么情绪，他弯下腰，极轻柔地抱住她的腿弯。关伊伊顺从地用双手环住顾默的脖子，缩成小小的一团。隔着浴巾，关伊伊倒是没犯病。

他走到房间把关伊伊放到床上，为她掖好被子，声音沉静地叮嘱了一句“好好休息”，便转身要走。

关伊伊深呼一口气，有些犹豫地喊了他一声：“学长。”

顾默回过头，神情诧异：“嗯？”

关伊伊不好意思地往被子里缩了缩，破天荒地带了些忐忑：“你能不能帮我吹一下头发？我屁股好疼，坐不起来。”

顾默想要拒绝，然而关伊伊神情恳切，表情像是小猫似的挠着心脏，他竟鬼使神差地点了点头。

关伊伊躺在顾默的腿上，隔着裤子，皮肤饥渴症倒是没有发作。女孩及肩的头发垂在一侧，顾默一只手拿着吹风机，纤长的手指插进关伊伊的发间，动作缓慢，像是不属于他这个高大身体能做出来的动作。

过了良久，满室寂静中尽是吹风机突兀的呼啸声，发丝逐渐干燥，顾默关上风机：“好了。”

关伊伊良久未动，顾默侧身一看，发现她闭着双眼，呼吸均匀，竟然不知道什么时候睡着了。

顾默双眸如漆，沉沉的光彩像是坠落到海里的星星。他始终是面无表情的，看不出来什么情绪。他轻轻把关伊伊放在床上，盖好被子，关上灯走了出去。

睡梦中的关伊伊并不知道顾默的离开，但是经过这一晚的事情之后，两人冷淡了许久的关系终于缓和了些，平日里会有短暂的交流，关系说不出来陌生抑或是亲密。

日子一天天地过去，关伊伊觉得这样也好。

腿上的石膏已经拆掉了，关伊伊不用拐杖也可以摇摇晃晃地自己走路，应该很快就能痊愈，她很开心。

而且她终于可以回学校了。

只是回学校的头天晚上，关伊伊起床扶着墙上厕所，却在沙发客厅上看到了一个男人的背影。

“顾学长？”她疑惑地喊了一声，然而越看越不对劲儿，那男人的背影小小的，丝毫没有顾默高大，且肩膀瘦弱，穿着卡其色的小西装，风格复古，在看不到容貌的情况下，甚至有些诡异。

关伊伊看了眼时间，墙壁上的时钟指针分明指到了零点，她和顾默一起睡的觉，她清清楚楚地记得，两人互道晚安时，家里并没有来什么客人。此时沙发上莫名其妙坐着一个男人，一身复古的装扮……

关伊伊简直不敢再往下想下去。

“你好。”她又唤了一声，“你是谁？”

沙发上的人蓦地转过了身。

关伊伊身体一僵——

只见那个男人，姑且可以称为男人，皮肤煞白，五官僵硬，尤其是那双眼睛，关伊伊几乎可以清楚地看到他的眼珠跟芭比娃娃似的转了转，他就像个大型的人偶！

男人的眉毛皱出僵硬的弧度，而后眼睛陡然弯起，笑了起来：“你好啊太太。”

“啊！”关伊伊大叫一声，“鬼啊——”转身慌不择路地冲进了一个房间。

顾默正在翻着一本书，关伊伊突然冲了进来，他还来不及反应，关伊伊便死死地抱住了他。

“学……学长，客厅里有鬼！”

关伊伊神色惊慌，抱着顾默的被子就要往他的被窝里钻。客厅里的男人步履轻盈地走了过来，站在门口歪着头，表情困惑，机械似的男声传了出来：“我吓到你了吗？”

“啊！”关伊伊又一声尖叫，死死抱住顾默的身体。

顾默一只手拿书，另一只手扶着床，勉强撑着关伊伊和他的身体，无可奈何地叹了口气：“不是鬼。”

关伊伊不经意瞥到男人向她走了过来，她身体一个哆嗦，那微不足道的力道便成了压死骆驼的最后一根稻草，顾默的胳膊脱力，两人一齐朝床下栽去。

扑通！

关伊伊蓦地察觉自己嘴角传来温热的触感，她诧异地瞪大了眼睛，便看到了顾默那张俊脸清晰无比地在自己眼前放大。关伊伊浑身汗毛立起，顾默和她亲在一起了！

顾默先回过神，立刻抬起头，还不忘拉着关伊伊的身体把她拖到床上。

他平静地抿了抿嘴，轻咳一声，像是什么都没有发生似的再次解释：“没有鬼。”脸颊却以肉眼可见的速度染上了一抹微红。

关伊伊鼻孔出着热气，她的五脏六腑几乎烧成了火焰山，浑身的汗毛似乎都要随着热气燃烧起来。

她耳中轰鸣了片刻，那个被她称之为“鬼”的男人突然上前，凑近了，瞪大无神的眼珠子盯着她：“太太，我是二宝呀！”

“二宝？”关伊伊的脑袋一瞬间卡了壳。

她无论如何也难以相信，那个穿着女仆装、娇滴滴的小萝莉，居然眨眼之间成了如此一个美少年。机器人界的奇葩，活脱脱的女装大佬，二宝活得真可谓放荡不羁爱自由。

之后，关伊伊目瞪口呆地听顾默讲完了事情的经过。

二宝在下午做饭的时候，硅胶皮肤被火烧坏了，于是那层皮已经送去修理了，如今眼前的这个美少年，是二宝的另一个男生模样。

关伊伊好奇地道："我怎么不知道这件事？"

"我才不要让别人看到我的裸体。"二宝僵硬地朝关伊伊抛了个媚眼，"太太，你不要垂涎我的美色哟！"

关伊伊的背后立刻起了一层鸡皮疙瘩。

二宝理了理自己小西装的衣襟，又向关伊伊送了个飞吻，说了一声"充电去了"，便走了出去。

关伊伊和顾默并排躺在一张床上，这才想起了刚才的事情，脸色顿时红上加红。她跳下床，匆匆告辞："学长晚安！"说罢，就如离弦之箭似的冲了出去。

顾默见关伊伊的身影走远，他伸出手，用纤长的指尖摸了摸自己的唇，半晌后，毫无理由地轻笑了一声，竟突然觉得……好像很有趣。

新生开学正是最热闹的时候，关伊伊因为腿伤，错过了学生会招新。她想了想，干脆加入了一个名叫机器人兴趣社的社团，反正她主要的目的就是为了学习制作机器人。

只是让她没有想到的是，机器人兴趣社的社长竟然是沈一泽。

沈一泽倒是很欢迎关伊伊的到来，毕竟他们这个社团其实也可以称得上是和尚社团了，社团里的女生寥寥无几。

沈一泽道："你来得很巧啊，我们社团马上要举办机器人交流展示，你要不要来看看？或者参加试试？"

"这么巧！"关伊伊有点兴奋，"具体是什么样的交流展示啊？"

沈一泽没有直接回答，而是先问："你知道机器人有哪些类型吗？"

这个关伊伊有了解，她回道："我国从应用环境出发，将机器人分为两大类，即工业机器人和特种机器人。"

所谓工业机器人就是面向工业领域的多关节机械手或多自由度机器人。而特种机器人则是除工业机器人之外的、用于非制造业并服务于人类的各种先进机器人。在特种机器人中，有些分支发展很快，有独立成体系的趋势。国际上的机器人学者，从应用环境出发将机器人分为两类——制造环境下的工业机器人和非制造环境下的服务与类人型机器人，这和中国的分类是一致的。

这些都是很基础的知识，关伊伊事先就认真学习过。

沈一泽满意地点头道：“说得不错，看来认真学习过。我们这个机器人交流展示，其实不分类型，只要是机器人都可以。学生毕竟比较穷，所以大部分都是一些小发明、小模型，不过也有很多很有意思的发明哦。”

关伊伊听着就更期待了：“学长，什么时候开始啊？”

沈一泽：“明天，你可以来玩玩。关伊伊，期待你的加入哦。”

关伊伊本来就对沈一泽很有好感，现在发现他对机器人也很热爱，两人连爱好兴趣都相同，她不禁有一种伯牙子期的知己感，她觉得自己有些蠢蠢欲动了。

大学嘛，不谈一场恋爱，都不好意思说自己是大学生！难得碰到一个志同道合，又这么符合她审美的帅哥，她觉得自己有必要主动出击。

想到此，关伊伊心里有了主意。

晚上和焦姣吃饭时，关伊伊一脸神秘地和她谈起了这件事。焦姣十分震惊：“你是说，你想追沈一泽？伊伊，你厉害啊！”

关伊伊虚心求教：“焦姣，我以前没有追过男生，你有没有什么经验分享给我啊？”

“噗，这种事儿你就别问了，我自己还是条单身狗呢。”焦姣一直摇头，“你如果问我哪里有好吃的，我还能说出个一二三，但追人这事儿我还真说不出来！”

关伊伊叹了口气，道：“说得也是哈，你一单身狗，问了也是白问。”

焦姣哼了一声，表示强烈的不满，道：“你现在也处于追求中呢，所以不要鄙视单身狗哦，否则可是会被单身狗大神诅咒的！”

关伊伊啧啧两声道：“你这就是嫉妒我有了对象。”

焦姣强调：“还在追求中，OK ？”

两人打了一会儿嘴炮，嬉闹了一阵，焦姣突然想起，问道：“说真的，你是真喜欢沈一泽啊？那你准备什么时候动手？”

“不着急。我的伤已经快好了，这几天就会从顾默学长那里搬出来。至于喜不喜欢沈一泽，嗯，反正我觉得他挺适合我的。那可是极品啊！”

两人在傍晚的校园里散着步，微风拂过，焦姣冷不丁地打了个哆嗦，回过头，便见到关伊伊微笑着，两颊的酒窝醉人无比。焦姣在心中叹气，看着关伊伊花痴的样子，忍不住唏嘘，帅哥会使人丧失理智，这话果然不假。

这个看脸的世界啊！

“对了，你要搬回宿舍，你和顾默学长说过没有？”焦姣若有所思，“万一你自作主张，他不让你搬出去怎么办？”

“没有。”关伊伊顿了顿，这才想起自己的计划里漏了一个顾默，“他照顾我，是因为我受伤，现在我的腿好了，他应该巴不得我早点搬出来吧。”

关伊伊正式加入了机器人兴趣社，第二天，兴趣社一大早便开始了机器人交流展示，这是内部的一个活动，不过也有一些外部学生慕名而来。

当然，大部分都是女生，而且慕的是沈一泽的名。

关伊伊只觉得大开眼界。

机器人的种类很多，这些大学生虽然水平可能比不上专家，却有很多奇思妙想，是以，现场的机器人真是五花八门。

比如旁边这个小组，小组正在进行的是一个足球机器人草稿设计项目，据说是为了明年的 RoboCup（机器人世界杯）做准备。关伊伊立刻两眼放光，RoboCup 啊！那可是多少 AI 爱好者向往的地方！像这种项目的经验和知识可是专业课学不到的。她立刻拿起笔记本，虚心求教，心中越发佩服梦行千里大神，随口一谈，给正迷茫的自己指了一条明路。

除了足球机器人，还有各种家用型机器人，只是这些智能性都不高，比不上二宝那种级别的。

关伊伊看得眼花缭乱。

沈一泽倒是挺贴心，见关伊伊对此这么感兴趣，于是陪在她身边详细地给她介绍。

他指着旁边的一个机器人模型道："这是救援机器人，这个你应该有了解。比如地震发生的时候，就会用到这种。"

沈一泽指着的是一个Quince救援机器人。

Quince只有儿童玩具汽车大小，装有四组履带式轮子以及六个电动马达，它的机械臂可以开门和递送食物或者其他补给，其优势在于其传感器设备，它的红外感应器同时也是二氧化碳传感器，能够监测人体呼吸和体温状况，可用来探索地震中的生命迹象。

沈一泽道："这些都是很实用的机器人，其实在现代社会，很多人对机器人的理解有误差，认为机器人就是那种仿真人形机器人，但其实机器人只是一个统称。相比于那种观赏性更强的机器人，我更喜欢研究这类实用的。"

关伊伊听得很认真，如果说之前她还带着一丝撩汉的心态，现在就已经完全沉浸在机器人的海洋中了，而且对沈一泽越来越佩服。

关伊伊真心地感叹道："学长，你懂得真多！"

"哈哈，我这算什么，比我厉害的人多了去了。不过，我在我们学校的学生中确实是佼佼者。"沈一泽笑嘻嘻地道，"虽然不是很想承认，但是有一个人，在这方面其实比我更厉害。"

关伊伊有些好奇地问道："谁啊？"

沈一泽耸肩："还能有谁，就是顾默啊！"

"顾学长？"关伊伊张了张嘴，想到之前在Robocon国内选拔赛的赛场上顾默的突出表现，又觉得很正常，"顾学长确实很厉害。"

沈一泽笑道："你应该和顾默挺熟的吧？顾默家里有一个仿真型的人形机器人你知道吧？"

关伊伊点头："二宝啊，知道。"

"就是它，它的智能水平可是很高的，不是平常的家用型机器人。"沈一泽解释道，"那种水平的机器人，可以算是现代科技水平的一个顶峰了。也不知道顾默是从哪里弄来的，简直让人嫉妒啊！"

这话关伊伊很是赞同，她也很喜欢二宝，比起天智推出的清风明月也不逊色，甚至感觉智能性还要高一点。怕是任何一个热爱人工智能的人看了二宝，都像是见到了绝世美人吧！

正想着，关伊伊无意中一瞥，眼睛突然亮了！

“哇，学长，那边那个舞蹈机器人跳的是街舞？”

沈一泽看了一眼，眼神突然有些奇怪。

关伊伊没听见沈一泽的回答，有些疑惑地问道：“学长，学长？你在想什么啊，想得这么入神？”

沈一泽回过神来，摇摇头道：“没什么。”

关伊伊也没在意，而是笑道：“我想看那个舞蹈机器人，那是谁做的啊？这么有创意！”

以现代的大学生的科技水平和经济水平，舞蹈机器人自然不可能是科技水平更高的仿真人形机器人，一般都是类人型的直筒形状。

面前这个似乎在跳街舞的便是一个双足舞蹈机器人，四肢关节比较粗大，看上去并不精致，甚至还有些粗糙。然而就是这个看似笨重的机器人，跳起舞来竟然还挺灵活。

关伊伊觉得越看越有意思，她也看过一些机器人比赛，其中大学生制作的舞蹈机器人是很难做得这么灵活的，平衡度看上去还蛮不错。

这让她很好奇制作它的人了。

沈一泽沉默了片刻才道：“那人你认识，就是顾默啊！”

“啥？”关伊伊一时有些蒙。

沈一泽道：“你刚进A大可能不太了解，顾默虽然脾气不怎么样，但是专业能力还是很厉害的。”说到这儿，他似乎有些不爽。

关伊伊倒不是很震惊于顾默的能力，而是震惊于那个一本正经的顾默竟然会制作这么有童心的舞蹈机器人。

沈一泽解释道：“去年的亚太大学生机器人比赛，舞蹈机器人小组用的就是这一款机器人赢得了校内赛冠军，本来要代表学校参加比赛的，可惜出了点意外，没用上。”

舞蹈机器人是一种娱乐机器人，集软件和硬件于一身，核心是控制系统，采用基于上下位机的控制结构，通过无线通信方式传输数据和指令。在音乐特征识别的基础上结合专家系统、模糊控制等手段，通过舞蹈动作与音乐的自动匹配、同步演示等方法，实现舞蹈动作与音乐协调一致。

大学生舞蹈机器人这类比赛，主要还是创意比赛。

但是有了好的创意，还要机器人匹配得上。舞蹈机器人对灵活度和平衡度的要求很高，当时顾默还是大二的学生，只是舞蹈机器人小组的成员之一，结果后来，是他解决了小组的大难题。

从此之后，顾默一战成名。

这时，舞蹈机器人那里已经围了很多人。几个舞蹈机器人跳完《小苹果》，又跳《海草舞》，虽然动作不算很标准，有点僵硬，但还是逗得大家哈哈大笑。

“哈哈哈，这机器人可真时尚！”

沈一泽在一边讲解，关伊伊听得入迷，不禁感叹道：“真是看不出来，我还觉得顾默学长很无趣，没想到还是挺有童心的嘛……呀，谁啊？！”

关伊伊正说着，肩膀便被人拍了拍，她吓了一跳，生气地转过头，却在看清来人是谁之后，顿时僵住了。

“顾学长？”

来人正是顾默，他看了关伊伊和沈一泽一眼，面无表情地道：“我很无趣？”

关伊伊干笑了一声，想要解释，却见顾默突然移开视线，冷淡地道：“我倒不知道我在你心里这么糟糕，是我平时对你太宽容了？”

关伊伊哽了一下。

她紧张得小心肝儿颤抖，就在她以为自己死定了的时候，顾默却再次幽幽地看了她一眼，扔下一句“记得早点回家”，便转身走了。

沈一泽目睹了全程，见关伊伊还呆呆地看着顾默离开的背影，不由挑眉道：“伊伊，早点回家是什么意思啊？你和顾默难道是亲戚或者是男女朋友？”

“不不不！”关伊伊忙摇头，她现在还想追沈一泽，怎么能让沈一泽误会，“我们不是亲戚也不是男女朋友，就是我腿受伤，我爸托顾学长照顾下我，所以我暂时住在他家而已。”

沈一泽摸摸下巴，笑得莫名其妙：“哦，住在一起啊！”

关伊伊总觉得沈一泽笑得有点奇怪。

还好这只是一个小插曲，两人很快就抛在了脑后，继续看展示。

不同于天智开发的清风明月和上次举办的机器人模型展览，社团的这个机器人展示才是真正的大学生真实水平展现，对于现在的关伊伊来说，其实更加有用，她反正是大开了眼界。

而且经过这一遭，她和沈一泽的关系也亲近了不少。只是顾默的突然出现让两人本来和谐的气氛有点尴尬，关伊伊特别怕沈一泽误会，而且想到自己背后说人坏话被正主听到，她也怕顾默记仇。

当关伊伊战战兢兢地回了顾默家，以为会迎来一场暴风雪时，却发现顾默似乎什么都没变，不，或许有一点变了。

比如，喜好穿黑色或白色的衬衣、T恤衫的顾默学长今天竟然穿了一件橘色衬衣。他本就是俊美得耀眼的长相，穿上这衬衣，越发衬得他丰神俊朗，平日被压下的邪气也冒了出来，看上去既帅气又危险。

关伊伊一时被男色所迷，看呆了。

顾默嘴角微挑，眼中不着痕迹地闪过一丝满意的笑意，道：“我很好看吗？”

关伊伊傻乎乎地点头：“好看。”

就在关伊伊沉迷美色不可自拔的时候，却见顾默突然靠近她，似笑似嘲地道：“那看来你上次占我便宜是故意的了？”

“啊？！”关伊伊顿时清醒了。

顾默道：“我不是很无趣吗？你怎么占便宜占得那么顺手？”

关伊伊涨红了脸，半天才憋出几个字：“学长，我……不是占便宜。还有，我错了不行吗？我不该背后说你坏话，你一点儿也不无趣，你超帅！”

见顾默不说话，只是看着她，她再次强调道：“我说的都是真的，比珍珠还真！”

想了想，关伊伊觉得还要加一把火，干脆眼睛一闭，使出从小到大的必杀技能，白皙的小手拉着顾默的衣摆摇啊摇，小脸带着酒窝笑得甜美又可爱，道：“学长，你最帅了！”

顾默看了她一眼，随即……转身就走了。

关伊伊手里空空的，站在原地愣了半晌，才自言自语道：“所以，这是还在生气，还是消气了？难道我的必杀技能失效了？”

而此时，顾默回了房间，摸了摸自己的脸，突然笑了。

关伊伊的腿好得差不多了，虽然走路不太稳，但至少可以自己走了。她准备这两天就和顾默提搬回学校的事情。现在，她每天上上课、逛逛论坛、看看八卦，日子过得很平静。至于关伊伊对沈一泽的追求计划，很不幸的是，沈一泽就是个神经粗壮的直男。

关伊伊也是第一次做这种事情，脸皮也薄，不敢直说，只能暗示。然而沈一泽压根儿就没看懂，更让她无语的是，沈一泽似乎还把她当成了好哥们。

而就在这时，关伊伊被人找上了。

找上她的也算是熟人——顾默的绯闻女友，校园女神，卢越。

对于卢越找上她这件事，她刚开始是蒙的。

没有了在顾默面前的温柔似水，卢越虽然表面上带着笑，眼神却似乎带着敌意，道：“学妹，可以一起聊一会儿吗？”

关伊伊点头。

卢越道：“学校人太多了，我们去附近的咖啡馆吧。”

因为和沈一泽、顾默之间的绯闻，再加上当选了系花，关伊伊最近的热度还是蛮高的，也算是 A 大的一个知名人物。

而卢越是校园女神，又是顾默之前的绯闻女友，两人加在一起的关注度就更高了，是以，两人才站在一起一会儿，就有好多人在打量她们了。

关伊伊果断跟着卢越一起去了咖啡馆。

关于卢越来找她的目的，她大概已经猜到了。

果然，刚坐下，卢越便直接开口道：“学妹，今天我找你是为了顾默的事情。听说你现在住在顾默家里？”

关伊伊道：“学姐，你别误会，我就是最近受伤了，顾默学长是因为我爸才照顾我的。”

卢越笑了笑道：“如果是这样就最好了。学妹最近已经听到了很多传言吧？我现在说这些话，你可能不喜欢听，但是作为顾默的未婚妻，我觉得有些话还是有必要提前说出来，免得造成更多的误会，你说对吗？”

未婚妻？

关伊伊顿时愣了愣，道：“学姐，你是说，你和顾默学长是未婚夫妻？”

卢越笑容淡然地道：“我们卢家和顾家是旧识，父母之间交情很深，我和顾默从小一起长大，我们的关系也是父母认可的。只是你也知道，学校是个很八卦的地方，为了避免麻烦，这件事我们都无意公开，所以还请学妹你也帮忙保密。”

关伊伊的手指忍不住轻轻颤了颤，那一瞬间也不知心中是什么滋味。她很快反应过来，露出一抹完美的微笑道：“原来如此，学姐你放心，我和顾学长没有什么特殊关系，学校里的传言都是假的。我只是最近脚受伤了，顾学长是遵照父命才照顾我的。”

想了想，她又加了一句道：“你放心，我已经有喜欢的人了。”

“哦？”卢越挑了挑眉，突然问道，“可以冒昧问一下，学妹喜欢的人是谁吗？是我们学校的吗？”

关伊伊低垂着眼道：“是沈一泽，一泽学长。”

卢越笑道：“原来如此，那就祝学妹你能早日得偿所愿了。”

关伊伊也跟着笑：“谢谢学姐的吉言了，我会努力的。学姐你放心，我绝对不会缠着顾学长的，我们……是不可能的，你别担心。”

卢越笑容温和地道：“哪里话，学姐的意思你明白就好。只是我今天来找你的事情，你千万不要告诉顾默，他最近在准备 Robocon 国际赛，你也知道这个比赛很重要，我不想他分心。”

关伊伊能说什么，只能点头笑道：“放心吧。”

谈完之后，卢越结过账之后便离开了。

关伊伊一个人垂头丧气地出了咖啡馆，深感郁闷。

她莫名其妙被一个帖子说成了第三者，还被原配唤来明指暗喻了一番，她觉得很冤，特别冤！

她不想回家，她现在都不知道该怎么面对顾默。

从搬到顾默家里开始，一切的一切放电影似的在关伊伊脑中闪过，她想要从中梳理出个完整顺序，可是画面千回百转，一会儿是放恐怖片时顾默抱住她的怀抱，一会儿是顾默有力的腰脊，抑或是两人吻上的那个瞬间……像是一颗种子，正试探着伸出那嫩嫩的叶子感受空气，准备长成参天大树。

只是没有想到，顾默竟然已经有了未婚妻。想到此，不知为什么，关伊伊的心中竟莫名有些生气。

傍晚时分，顾默依例骑车来接关伊伊下课。

路上，关伊伊犹豫了几番，才开口道：“学长，我的腿已经好了，以后你可以不用来接我了。”

“好了？”顾默声音淡淡的，反问一句，“你是能蹦能跳，还是自己可以走路回家了？”

关伊伊：好像都不能哎。

顾默冷淡地瞥了她一眼，道：“既然如此，那就别东想西想。我答应了你爸，会好好照顾你的。在你伤好之前，决定权在我这里。”

关伊伊顿了一会儿，终于鼓足勇气道：“可是顾学长，现在学校很多人都误会我们的关系了，这样不太好吧？”

“所以，你的意思是？”

关伊伊深吸口气道：“学长，要不我这两天就搬回学校吧，这样也不用麻烦你天天来接我了。而且我的脚虽然不能蹦不能跳，但是走路还是没问题的，就是慢一点，所以你不用担心。”

顾默沉默了半晌，对上关伊伊忐忑的视线，终于出声道："随便你。"

关伊伊顿时一喜，忙道："那行，我收拾一下，后天就搬回学校。"

顾默冷着脸点了头。

关伊伊和顾默平日相处中都会尽量避免直接接触他的皮肤，只因她的皮肤饥渴症越来越严重，偶尔碰到他的指尖，她都会像喝醉了酒似的近乎神志不清。她着实忧愁，恨不得每天把顾默裹成一个粽子挂起来，眼不见心不烦。

可是理智告诉她，不能这样做。

思虑良久，关伊伊决定和她的心理医生沈封见一次面。

点开对话框，关伊伊发送了一条信息：我最近的皮肤饥渴症越来越严重，沈大哥，我不知道该怎么办才好。

沈封道：皮肤饥渴症不会无缘无故地发病，具体情况需要面谈检测一下才好。伊伊，我在A市，你在哪个城市啊？

关伊伊惊喜地瞪大了眼睛，双手快速在键盘上打着字：真的？我也在A市呢！

沈封一个电话打了过来。

关伊伊接起，两人约定好了见面的地点，这才挂断了电话。

这个奇葩的病，这一次能够彻底解决吧？

关伊伊这样安慰着自己。

沈大哥那么厉害，这一次肯定能够帮她解决问题的！想到此，关伊伊失落的心轻快了不少。

翌日，阳光明媚，关伊伊头一次觉得自己的双腿有正在痊愈的征兆，虽然还有些跛脚，但是身体可以很明显地感觉到轻盈了不少。

顾默一大早便见关伊伊拿着牙刷在厕所哼着歌，调子轻快，许是被关伊伊的笑容感染，他的嘴角不自知地勾起一个弯弯的弧度。

关伊伊突然回头，连嘴里的泡泡都来不及吐，便突然呆住了。

顾默在笑！

啊啊啊——她没有看错吧，万年冰山脸的顾默居然在笑，难道泰坦尼克号绕过冰山了吗？

顾默的笑容分外好看，他眉眼弯着，薄唇轻抿，轻轻一笑，刹那间仿佛时光暂停了。

“看我做什么？”

顾默察觉到关伊伊的目光，陡然收住了笑容，面貌瞬间冷峻了起来。

关伊伊目瞪口呆，嘴里的泡泡流了下来。

她揉揉眼，几乎以为刚才出现了幻觉。

“没……没有。”关伊伊回过头继续刷牙，忍不住嘀咕了一句，“明明刚才对我笑了呀——”

这句话一字不落地传到了顾默的耳中，顾默忍不住揉了揉自己的脸颊，途经玻璃窗时看到了自己的倒影，勾唇笑了笑。

他顿时有些愣怔，他也是第一次见自己笑起来的样子，简直不像自己。

第五章
是恶魔学长，还是知心哥哥？

关伊伊和沈封约定后天见面。

到了见面那天，关伊伊紧张又期待。她一大早就起来打理自己，早早地到了约定的地点。虽然他们已经认识很久了，但是一直以来都是通过线上治疗的方式治病，如今陡然要线下见面，关伊伊还是很忐忑的。

等了没几分钟，头上突然传来一道温和的男声：“伊伊？”

关伊伊抬头，便看到了面前俊秀的男人，不禁微愣。

“沈大哥？”

男人笑着点头。

沈大哥跟她想象的样子有些不一样呢！

关伊伊忍不住多看了沈封一会儿。

他脸颊瘦削，却不同于顾默的锋利，边角侧影出奇的柔和。他的头发用发胶一丝不苟地梳了上去，露出光洁而又饱满的额头，俨然一副丰神俊朗的业界精英模样。

没想到啊，沈大哥竟然也是个极品啊！

沈封见关伊伊愣住，不禁笑道：“伊伊，你比照片还要漂亮。”

关伊伊回过神来，也笑道：“还说我，沈大哥，你怎么不早告诉我你是超级大帅哥啊！早知道你这么帅，我肯定早就出击了。”

沈封笑道："现在也不晚啊！"

关伊伊哈哈笑了一声，没继续这个话题。

"沈大哥看起来真年轻。"

"是年轻。"沈封道，"我年长你几岁而已，而且我现在也算是你学长吧。"

沈封正在A大心理学院读研一。

在关伊伊的想象里，沈封是一个犹如百科全书的老大哥，有妻有子，事业有成。此时她着实有些惊讶："沈大哥不但年轻，人也超级帅哎！"

沈封回道："彼此彼此，伊伊也是又可爱又漂亮。"

两人商业互吹了一会儿，这才进入正题。

虽然是第一次见面，但是或许是沈封温和的气质让人感觉很亲切，关伊伊的紧张慢慢消散了。沈封带着关伊伊来到楼下的咖啡厅里，招来服务员，叫了两杯鲜橙汁。见关伊伊有些诧异，沈封道："以前聊天时，我记得你说过喜欢喝橙汁。"

关伊伊这才想起来是有这么回事："沈大哥还记得啊！"

"我记性一向很好。"沈封对她眨了眨眼，"而且你对于我来说那么特别，我怎么会忘记有关你的事情。"

关伊伊忍不住笑道："沈大哥，你别撩我啊，我可是很凶残的！"

说到凶残，关伊伊莫名想到了被她占了很多便宜的顾默。

她叹气道："唉，也不知道我这个病什么时候能好。"

她再也不想被人当作变态了，尤其是顾默。

沈封看了她一眼，再次确认道："伊伊，你的皮肤饥渴症是只有面对顾默才会发作？"

说到这儿，关伊伊就更郁闷了，道："应该是的，我特意找其他人试验了一下，现在确实只对顾默有反应。"

沈封沉思了一会儿，才道："伊伊，皮肤饥渴症的发病概率是很低的。这种病症并不常见，而你更是其中的特例。正常的皮肤饥渴症患者，是接触每一个人的皮肤都会发病，而你只是在面对某一个特定对象才会发作，说实话，这种情况我还从未见过。”

“沈大哥，我这个问题很棘手吗？”关伊伊忍不住紧张地问道。

“别担心。”沈封见关伊伊都快急哭了，心一软，想了一会儿，才道，“伊伊，我知道你的性格是什么样子的，你很克制自己。但是我给你的建议是，当皮肤饥渴症发作的时候，不要克制，顺其自然。或许当你真的无所顾忌地尝试过那种感觉之后，就会不药而愈了。”

“沈大哥的意思是……”

“皮肤饥渴症，说白了，大部分是心理因素导致的。所以伊伊，遇事看开一点，你很聪明，也很开朗，调整好心态，一切都不是问题。我给你的建议是，不要克制自己，不要害怕。”沈封沉声道。

关伊伊顿时醍醐灌顶。

她不禁握了握拳，点点头道：“我明白了。”

回家的路上，关伊伊思索了一路。沈封的话逐字逐句在她的耳边又过了一遍，她想，如果自己的病只对顾默才会发作的话，那么每天面对顾默，坦然接受和他的触碰，病发时无所顾忌地按照自己心中所想——摸遍顾默全身，会不会到时候得偿所愿，久而久之，就腻了？

可是，这一刻，关伊伊莫名想到了卢越。卢越肯定是喜欢顾默的，有眼睛的人都知道，只是真的如卢越所说他们是未婚夫妻吗？如果是真的，为什么她在顾默家里住了这么久，却从没看见过卢越来呢？正常的未婚夫妻会如此吗？

关伊伊私心里自然希望那不是真的，否则的话，她就进退两难了。不追顾默，她的皮肤饥渴症或许会越来越严重；追了呢，那不是成了小三插足吗？

她的“三观”让她做不到！

思来想去，关伊伊想了许多中可能，终于一咬牙，做了决定。

她得先确定一下卢越和顾默的真正关系。

只是摸一下而已，又不是多大的问题，关伊伊决定近水楼台先得月，暂时不从顾默那里搬出去了。

但是她已经和学长说过要搬走了啊！

关伊伊左思右想，在小区门口停下了脚步。她揉了揉自己的腿，叹了口气，自我安慰道：“无妨无妨，就先说一个善意的谎言，下不为例！”

而后她偷偷摸摸走到角落，掏出了手机放到了耳边。

嘟嘟两声之后，关伊伊故作柔弱道：“学……学长，你能不能来楼下一趟？”

关伊伊本来以为顾默要问一句怎么了，然而她还没有组织好剩下的语言，顾默便言简意赅地应了声“好”，挂了电话。

一分钟不到，顾默修长的身影便出现在了楼梯口。

关伊伊深呼一口气，考验演技的时候到了！她弯下腰，捂着腿皱起了眉头，朝顾默所站的方向看了一眼，便摆摆手道：“学长，我在这里。”

顾默朝这边看了过来。

关伊伊轻轻呻吟一声，继续装柔弱：“学长，我的腿刚才又不小心扭伤了，你……能不能扶我一下？”

顾默已经走了过来，他漆黑的眸子仿佛笼罩了一层雾霭，看了一眼关伊伊的脚腕儿：“怎么弄的？”

“不小心……”

顾默却没有扶她，而是弯下了腰：“我背你。”

关伊伊连忙摆手：“不用，你扶我一下就可以了。”

顾默却斩钉截铁道：“上来。”声音强硬，带了丝命令的口气。

关伊伊还是第一次听到顾默这样说话，心头一颤，然而以她的方向只能看到顾默冷淡的背影，不知道他是怎么了。

关伊伊乖乖地趴在了顾默的背上。因为隔着衣服，再加上关伊伊有意避开肌肤接触，所以还好没有发病。

“谢谢学长。”

青年的肩膀宽阔而又强壮，一路上关伊伊的身体晃都没晃一下。顾默三步并作两步走上楼，把关伊伊放到了沙发上，径直去冰箱里取出了冰袋。

“哪里痛？”顾默弯下腰，已经抬起了关伊伊捂着的那条腿，作势要脱鞋袜。

关伊伊小腿肚猛地一颤，她连忙再次捂住了自己的脚腕儿：“学长，我自己来就好。”

顾默已经拿着冰袋按到了关伊伊的脚腕儿上。

他眉目冷淡，纤长的手指轻柔地在关伊伊脚腕儿处揉着，一股子清凉的感觉陡然蔓延到四肢百骸。下一刻，顾默便脱掉了关伊伊的鞋袜。

她的脚很小，白白的，圆润的脚趾受惊似的微微屈起。他刚刚触碰到关伊伊脚腕儿的皮肤时，关伊伊的脚再次一缩——

她干干地笑了笑，声音带了些喑哑：“学长，我自己来就好。”

这一次，顾默居然沉默地把冰袋递给了关伊伊。

他在一旁坐了下来，问道：“吃饭了没有？”

关伊伊摇头。

顾默便道：“二宝，去做饭。”

在客厅擦着桌子的二宝连忙“哎”了一声，二话不说走到了厨房。

关伊伊看着顾默的神色，看一眼，又看一眼。然而顾默不常笑，他所有的表情都是极其细微的，其面瘫程度简直要用放大镜才能看出来。故而关伊伊只看到他神色冷冽，一声不吭的样子竟有些……凶神恶煞。

然而箭在弦上，不得不发，关伊伊轻咳一声，打破了尴尬的气氛：“学长，我的脚腕儿又扭伤了，一时半会儿走不了，能不能，在你这里再多住几天啊？”

顾默顿了顿才点头，仍是面无表情的样子：“可以。”

耶！

关伊伊悄悄在心里欢呼一声，她就知道虽然顾默看上去不近人情，但其实还是蛮体贴的。

想了想，她试探地问道：“学长，你和卢越学姐关系很好吗？”

听到这个名字，顾默顿了一下，才回道：“你提她干什么？”

关伊伊手心紧了紧，又道：“听说卢越学姐喜欢你，你们是男女朋友关系，真的吗？”

顾默沉默了片刻，才皱眉道："这是谁乱传的？卢越是我的朋友，我们之间除了朋友关系没有其他关系。"

关伊伊的心就像是在坐过山车一样，听到顾默的回答，一颗心终于安定了下来。

还好还好，这样她就不是小三插足了！她可以放心追求了！

顾默又道："以后不要相信这些谣言，那些人就是太闲了，有时间不知道多读书？"

关伊伊无语了。

反正也得到满意的答案了，关伊伊舒舒服服地靠在沙发上，听着厨房锅铲碰撞的乒乓声响，小猫似的惬意地眯了眯眼睛。

顾默坐在关伊伊的另一侧，手中拿着一本书，骨节分明的手指不时翻动着书页，岁月静好。

对于如何才能在对方不反感的情况下摸遍全身，关伊伊想了很久，发现无论是以朋友的身份，还是学妹的身份，都是不可能的。

关伊伊想到另一种身份——情侣。

是了，只有情侣才会互相坦诚相待，做出任何肢体上的举动都不过分。关伊伊当下便决定，追求顾默！

然而此事任重道远，如果其他男人算是小山丘的话，顾默简直是一座巍峨高山。虽然知道此事成败各半，但是关伊伊还是想要试一试。

更何况，顾默又白又帅，如果能做他女朋友，似乎也不亏。

关伊伊在心中想着，不能急于求成，要先慢慢培养感情，反正来日方长啊。

此后多天，因为关伊伊有腿伤，顾默仍然每天接送她上下课。她的皮肤饥渴症顺其自然，她没有找顾默刻意引发，两人相处倒比以前自然了许多。只是，关伊伊发现，顾默似乎在有意无意地避着她。

关伊伊有些摸不着头脑，按理说自己伪装良好，该和顾默说话就说话，该开玩笑就开玩笑，一丝一毫的痕迹都没有露出来，顾默是不可能察觉的啊！她仔细想想又觉得不对劲儿，是不是自己显露出什么端倪，顾默知道了她的全盘计划，所以才会这个样子？

顾默锁好车，和关伊伊一前一后上了楼。回到屋里时，关伊伊想了半晌，才终于找到了一个话题聊，道：“学长，我有几个咱们专业方面的问题不明白，你能不能给我讲解一下？”

顾默已经换好了鞋，打算径直回自己的房间。闻言，他回过头，眉头微微拧起，像在犹豫。

关伊伊一动不动地盯着顾默的脸，然而以她的段位，自然没有从顾默的脸上看出什么情绪。

“好。”顾默应了一声，“你来我房间里吧。”

“好的！”关伊伊笑了起来，连忙从自己书包里拿出书和笔记本，跟着顾默一前一后到了他的房间里。

“坐。”

顾默坐在床上，给关伊伊拉开了凳子。

“把书给我。”

关伊伊连忙翻到自己要问问题的那一页，递了上去。

“今天教授讲到的这个问题，材料力学中稳定性与刚度的区别。如果此时满足强度要求，稳定性失效是因为变形引起的，和刚度不足是不是同论呢？”

“不是。”顾默草草翻看了一眼关伊伊的笔记，轻而易举地得出了结论，“这里，你记错了。教授说的是，刚度和变形有关，而稳定性是在强度和刚度都满足的情况下依然可能出现的现象，其变形过程是跳跃的。如果再深论的话，你明天去找材料力学的教授探讨。”

他合上书，顿了顿，又道：“这样简单的问题，只需要灵活变通就好了，不像你会问出来的。”

关伊伊听出了顾默的言下之意。

“哈哈。”关伊伊干干地笑了一声，“有些东西记得久了就不太清楚，再想起的时候，总是忍不住往深处想，想着想着就钻牛角尖。”

关伊伊面不改色心不跳，又拿过书，在自己记得密密麻麻的笔记中再翻了翻，又拉出一道题抛给了顾默。

关伊伊坐在顾默旁边，单手托腮，忍不住打了个小小的哈欠。顾默从小到大大概从来没有跟人正正经经地聊过一次天，他言简意赅，仿佛多说一个字都觉得是废话。

顾默房间里有和顾默身上如出一辙的松木香，并不是顾默洒了香水，而是洗衣液的味道，干干净净的，在顾默身上尤其持久，清冽悠长。顾默拿着笔在本子上演算了起来，不一会儿便得到了答案，开始给关伊伊讲解。

他条理清晰，比教授讲得还要多出几分道理。关伊伊由衷佩服，果然学长就是学长，又高又帅还是学霸，如果再生一张舌灿莲花的嘴，估计该走上人类进化巅峰了！

“嗯，知道知道……明白明白……哇，学长好厉害，我都没有想到。”

关伊伊是小学霸，顾默是大学霸，俩学霸凑在一起，心怀鬼胎的关伊伊很快被顾默同化，题海深不可测，两人很快便一起热火朝天地探讨起了科学。

过了良久，顾默把最后一个知识点给关伊伊讲解完，把她的书一合，递了过去，道：“晚安。”

关伊伊一怔：“啊？”

顾默有些疲倦地抬了抬眼皮：“十一点了。”

“这么晚了？”关伊伊接过自己的书，站起来道，“学长晚安，今晚辛苦学长了。”

回到自己房间里，关伊伊轻轻地呼出一口气，身体瘫软成了一团，躺在了床上。

顾默果然不愧是学校出名的高岭之花，果然难搞。

关伊伊气得捶床，想着自己一定上辈子欠了顾默好多好多钱，这辈子才会对他的皮肤那么疯狂！

别想了，别想了！

关伊伊闭上双眼，告诉自己快睡！

翌日一早，顾默刚起身下床，门口已经响起了“咚咚咚”的敲门声：“要迟到啦学长！”

关伊伊吃着二宝做的三明治，已经收拾好了。她敲了几下，见屋子里没反应，又敲，突然，门一下子打开了。

顾默冷淡地看着关伊伊：“知道了。”

“咣当！”

他再次把门关上了。

关伊伊咬着三明治，愣住了，方才学长是在生气？

可是明明在他的脸上看不到什么别的表情啊！不对不对，学长平常也是这个样子。关伊伊突然福至心灵地想，莫非学长做噩梦了？

顾默几分钟内穿戴整齐，拉开门，便见关伊伊若有所思。他朝前走了一步，道：“走。”

关伊伊连忙回过神，把二宝做的三明治恭恭敬敬地递了上去，道：“超级好吃。”

顾默瞥了一眼，仍是没什么表情，关伊伊却从他的眼神中读到了那么一丝嫌弃。

关伊伊觉得自己多想了，但是时间越久，关伊伊就越发肯定，顾默一定是在避着她。

又是一天颇为尴尬地过去了，晚上，关伊伊一早读完了梦行千里更新的章节，然后纠结良久，决定把最近发生的事情和千里大大说一下，上一次的烦恼因为梦行千里而找到转机，这一次千里大大有什么好的建议也说不定呢。

独木成林：千里大大，在吗？在吗？

这边的顾默躺到床上，打开微博，便看到了独木成林的信息。

梦行千里：我在。

顾默迅速回了独木成林的消息，眉头突然舒展，心情似乎好了些。

关伊伊想到就做，不大一会儿，便编辑好了一段话。大概意思是，她想追求一个学长，但是不知道为什么，对方一直在有意无意地避着她。

顾默迅速浏览了关伊伊发送的信息，刚舒缓不久的面色又一凛。

独木成林有喜欢的人了吗？

顾默沉默了许久，才回道：你现在的想法是怎么样的？

独木成林：我不知道，我想追求他，可是不知道该怎么做，又害怕他不喜欢我。

做戏就要做全套，关伊伊觉得，自己无论出于什么目的，总要说一声自己喜欢顾默。况且，她自己内心也有一点自责，她只能尽力地喜欢顾默，尽力不让自己往玩弄感情的浑蛋靠拢。虽然她最终的目的是为了治病，可是，想到顾默那张脸，她摸摸下巴，觉得假戏真做也不是那么难以接受的。

顾默看到这条消息，终于皱起了眉头。他的表情向来是平静的，此时难得露出了一点类似于懊恼或者愤怒的情绪，若是关伊伊此时看到的话，一定会大大吃惊，冰山脸皱眉生气的表情简直比各大星座的流星雨还要罕见，在关伊伊的心中，其难得程度不亚于江河倒流、铁树开花。

事实上，顾默之所以时常面无表情，是因为几乎没有什么事情让他猝不及防。他向来万事安排妥当，有一种自虐似的自律风格。

事事都是这样，什么在顾默心中都有一种合适的规矩，他是规矩的制造者，也是其履行者。

然而总不能事事都在掌握之中，就好像现在，喜欢了很久的女孩突然告诉他自己有喜欢的人了，他在看到信息的几分钟内，大脑都是一片空白。

怎么办？

向来处事不惊的他脑海中在那一瞬间竟然晃出了这三个字。

顾默告诉自己不能乱、不能慌，他冷静地分析当前的情况，漆黑的眸子宛如沉寂了数年的井水。很快，一个计划便出现在了他的眼前。

第一步，岔开话题！

梦行千里：上次的抽奖活动，你想好要什么礼物了吗？

独木成林：还没有哎！

顾默的手指快速地在键盘上敲着字：既然你没有想好的话，那我替你决定了吧。你在哪个城市？有空我们一起出来吃个饭，我有礼物要当面送你呢。

关伊伊目瞪口呆地看着这条信息，沉默数秒，陡然抱着枕头在床上翻滚了起来——

啊啊啊！

千里大大是要和她见面吗？她好开心、好开心啊！

关伊伊拿着手机，像刚刚获得了糖果罐子的小孩子，喜不自禁地回道：好啊，大大，我在A市。

A市，又是这么巧。

这头顾默微微挑眉：好。

现在独木成林已经有了喜欢的人，他不能再坐以待毙了，必须主动出击。他绝对不会让独木成林就这样被其他的狼崽子给叼走的！

关伊伊完全不知道她崇拜的千里大大正计划着吃掉她，她一脸幸福地回了梦行千里的消息：好的，大大，不见不散哟！

梦行千里：不见不散。

他面容冷淡，高高的鼻梁在他一侧脸颊投下漆黑的阴影，越发衬得他眉眼立体，边角侧影犹如被艺术家用美工刀细细打磨的雕塑，每一寸都透着生人勿近的冷硬。

顾默盯着手机屏幕，半晌后，突然勾唇笑了笑。

那抹笑容稍纵即逝，却极为明媚动人，像大提琴某根弦拨出的声音，周遭的时光尽数化成了水，一片水光潋滟。

欧耶！

她同意了！

第二步，乱出主意。

话头一转，从关伊伊的概述中，顾默从里面捕捉了一些有用的信息，比如，她喜欢的男孩子冷冰冰的（和他一样），不喜欢太主动的女孩子（和他一样），喜欢用冷暴力解决问题（和他不一样），于是当局者迷，且实践经验和理论经验统统为零的面瘫十级男言简意赅地出了许多连馊主意都算不上的主意。

其一，主动告白。

其二，持续纠缠。

其三，置之死地而后生。

前两种还可以理解，毕竟幸福需要努力争取，“精诚所至，金石为开”的道理大家都懂。第三种就意味晦涩了。

关伊伊虚心请教：“千里大大，第三种是什么意思啊？”

顾默的原话十分高大上，如下：既然很喜欢，就需要努力和大胆。勇敢地去告白，被拒绝了也没关系，就纠缠到他厌烦为止，把自己所有的感情全部揉碎展现给他。当他习惯了你的存在，也会慢慢地由厌烦转换为喜欢了。男人都是这样，俗话说烈女怕缠郎，反过来男方也是，女追男可只隔层纱啊！

完全相信自家偶像大大的傻姑娘关伊伊露出一脸恍然大悟的表情，连忙打了几个“明白明白，超级明白”的萌表情发了过去，心道：大大果然是大大，简直一语惊醒梦中人啊！

关伊伊当下便一拍大腿，决定了追求顾默行动的第一步——

告白！

关伊伊连夜拨通了助攻小姐姐焦姣电话。

“什么？什么？”电话那头的焦姣哈欠连天，陡然一个激灵醒了过来，“关伊伊女士，你要和顾默表白？”

关伊伊点头：“是的。”

“你确定不是在说梦话？伊伊，之前你不还喜欢一泽学长吗？怎么又莫名其妙地喜欢顾默学长了啊？说，你是不是看上了他的脸？不行不行，我组织下语言！”

关伊伊哽了一下。

“饺子，对对对，我是个死颜控，就是看上了他的脸！”

焦姣睡意全无道：“祸水啊祸水！像你这么花心薄情且理直气壮、坦然自若的诚实人，应该被当成大熊猫圈养起来，供芸芸众生瞻仰风采！”

关伊伊满头黑线：“焦姣，没开玩笑，我说真的。”

焦姣撇嘴："哼！"

关伊伊解释："我和他日久生情了。"

焦姣继续："哼哼！"

"超级超级喜欢他！"

"哼哼哼！"

关伊伊无奈："焦姣，真的，是真的！"

"好吧，姑且就信你一次。不过你大半夜打电话给我，就是为了说这个啊？"

"我……"关伊伊长出一口气，缓缓道，"我就是想问一下，表白应该怎么说，我那天要穿什么衣服，以及，需不需要准备礼物？"

焦姣沉默了半晌，才长出一口气，一字一句道："被恋爱折磨夜不能寐的伊伊小姐，请你现在躺在床上，开始睡觉。为了确保你表白成功，咱们明天见面从长计议。"

清晨的A大一片翠绿，边边角角都透着令人心旷神怡的生机。关伊伊急匆匆地赶往教学楼，前脚踏进楼梯时，身后突然传来了一声呼唤："关伊伊？"

关伊伊回头，便见沈一泽手捧着大束香水百合，笑着朝她走了过来。

"学长？"关伊伊疑惑，"你抱着一束花干什么？"

香水百合气味清淡，被凉爽的夏风一吹，香气便铺天盖地地朝关伊伊袭来。她用力嗅了嗅，不禁赞叹："真香啊！"

没想到沈一泽手一伸，便把百合递到了关伊伊的鼻尖："送你。"

"啊？"

关伊伊彻底愣了，还来不及多想，便听沈一泽解释道："我有一个朋友是开花店的，早上我经过他那里，他就捧了一束给我，说是存货太多，再囤下去就该枯了。"

沈一泽挠挠头，灿烂地笑了起来，道："我一个大男人，养什么花，正好遇见了你，索性就送你吧。"

送一个女孩子花是一件很容易让人误会的事情，再加上两人都是单身，还都是俊男美女，就更容易让人误会了。关伊伊瞅了瞅沈一泽，看他满眼坦然，一点儿羞涩都没有，就明白他可能真的只是顺手给她而已。

她叹了口气，突然觉得自己放弃沈一泽其实是一个很正确的事情。

虽然沈一泽蛮好，但是这也太大大咧咧了，典型的粗糙直男。

女孩子对鲜花都有一种出奇的喜欢，她当即便惊喜地接了过来，露出了一个比沈一泽还要灿烂的笑容道："谢谢学长！"

"不客气！"

正在此时，手提早餐的顾默正好看到了沈一泽把花递给关伊伊的这一幕，纤长的手指紧了紧，他漠然转身，把手里热气腾腾的早餐扔进了垃圾桶里。

关伊伊抱着鲜花回到教室时，这才看到了顾默发来的信息：图书馆门口，来拿早餐。

关伊伊看了一眼时间，消息可不就是刚才她和沈一泽聊天的时候发来的？她连忙回了过去：学长，我马上到！

顾默却很快回过了消息：不用了。

关伊伊：啊？

顾默：早餐不小心掉了。

关伊伊还是说了谢谢：没事，我一会儿自己去吃，谢谢学长。

顾默没回复。

关伊伊也没多想，找到焦姣，开始为自己的告白做准备。两个母胎单身凑在一起嘀嘀咕咕了半天。

于是，在当天傍晚，关伊伊约了顾默，穿一身白裙，在 A 大一个凉风习习的小湖边，略施粉黛，俏颜如花。见顾默的身影走过来，她不禁心如擂鼓。

学长，我喜欢你。

学长，我有一点喜欢你。

学长，其实，我有一点喜欢你。

不行不行！

关伊伊正心乱如麻地想着，再抬起头时，便见顾默已经走到了眼前。

“什么事？”一如既往的冷漠，关伊伊习以为常，将手从背后伸了出来，一朵含苞待放的百合花沾着露水，挺立在了顾默的眼前。

“学长。”事到临头，关伊伊倒不慌张了，她思绪稍定，笑了起来，“我喜欢你。”

顾默缓缓皱起了眉头。

他没说好，也没说不好，只垂眸盯着关伊伊手中的那朵花。

时间一分一秒地过去，风刮着落叶，发出窸窣的声响。关伊伊能听到自己的心跳，一声一声震荡着耳膜。

过了良久，漫长得像是一颗种子发芽，直到开了花，顾默才轻轻应答：“我不喜欢你。”

他抬头，眼睛像是两团漆黑的墨。

关伊伊一愣，便听顾默又道：“关伊伊，你到底是一个什么样的人？”

他从关伊伊的手中拿过花，皱起眉头，脸色阴沉，而后随手一扔，便抛到了湖里。

“学长——”

顾默已经转过了身，不再多言，径直离开。

关伊伊身体僵直，怔在原地。她想到了顾默可能会直接拒绝，但是没有想到顾默居然这么不留情面，好歹在她看不见的地方再扔掉啊！

顾默步履沉稳，面无表情地横穿过校园。他不知道自己心中是什么情绪，只觉得异常窝火。

早上沈一泽给关伊伊送花时的画面无止境地在顾默脑海中晃来晃去，而关伊伊，居然拿着沈一泽送给她的花送给自己，简直不可理喻！

顾默这才恍然发现自己也有些不正常。

他明明可以更好地处理这件事，而不是那么尴尬地把关伊伊弄得下不来台。可是，他不喜欢关伊伊，又为什么会想到要顾及她的感受？本来就是这个女孩滥情在先，和沈一泽暧昧的同时还和自己表白，是关伊伊自己的错。

对，就是这样。

连顾默自己都不知道，他忍不住翻来覆去为自己开脱，或许只有这个样子，对于方才的事情，他才能理所当然地觉得——

他没有做错。

关伊伊怎么也不会想到，自己的表白会因为沈一泽送的一束百合花而被拒得这么残忍。她站在原地木然了许久，耳畔的轰鸣声才逐渐消失。傍晚微风拂过脸颊，关伊伊摸了摸发凉的脸颊，揉了揉发红的眼眶。

没事，没事。关伊伊在心里安慰自己，然而眼眶已经通红。是她自己接近顾默的目的不纯，所以表白被拒也正常，没有什么好难过的，可是为什么心里还是这么难受呢？

她独自一人漫无目的地走着，天色黑了，她不知不觉就来到了A大附近的小吃街上。

“哎，伊伊，你怎么在这里？”一道熟悉的男声陡然响起，关伊伊转过头便看到了一张熟悉的脸。

“一泽学长？”

沈一泽一行人都是校篮球队的，球员们均穿着清一色的短袖、短裤，露出结实的手臂和小麦色的皮肤。沈一泽被簇拥在中心，脸上带着微笑，那笑容耀眼至极，英俊得仿佛一拧就能溢出荷尔蒙来。

沈一泽走过来，拍着关伊伊的肩膀，轻声道：“一个人？要不要来吃点东西啊？”

关伊伊看了一圈，笑道：“学长，你们这是出来聚餐？”

“是啊！”沈一泽道，“今天下午，校篮球赛，咱们专业赢了隔壁几个学院。”

“厉害！”关伊伊夸道。

沈一泽身后的男生们也跟着走过来，看到关伊伊，大家都在嬉笑。

“这位美女……”有人猛然一拍脑袋，“哎哟，我认识你，叫关伊伊是不是？前段时间特火的系花，是咱们阿泽的女朋友……”

关伊伊："咯咯，学长……"

话还没有说出口，立刻有人一拍沈一泽的肩膀，笑着揶揄："阿泽你小子可以啊，女朋友这么漂亮，以前都没有听你说过，要不是这次正好遇到人姑娘，你还打算藏着掖着到什么时候？"

关伊伊尴尬地笑着，想解释，但是压根儿就插不上话。

沈一泽对她无奈地笑道："小学妹你别介意，他们就爱开玩笑。"

关伊伊摇头道："没事。"

解释不清，关伊伊便只好当起了沈一泽的"女朋友"。物以类聚，人以群分，所幸沈一泽的朋友尽是阳光开朗的大男孩，开始拿关伊伊起哄一番之后，便邀她入了席，七嘴八舌地说起了沈一泽的窘事来。

"我看你心情不怎么好，怎么，谁欺负你了？"席间，沈一泽问道。

"没什么，就是告白被拒绝了，唉。"关伊伊叹气。

沈一泽一顿，道："你不会向顾默告白了吧？"

关伊伊沉重地点头。

沈一泽顿时给她比了个大拇指道："厉害。"

关伊伊再次深深叹息。

"不就是告白失败嘛，有什么大不了。"散席后，沈一泽搭着关伊伊肩膀道，"走，学长带你去兜风。"

关伊伊确实也不想回顾默家，想了想便同意了，坐上了沈一泽的爱车——一辆摩托车。

"坐好了！"

话落，摩托车便猛地启动了。

微凉的风吹在脸上，像是吹散了那些愁绪，关伊伊张开双臂，露出了一个大大的笑容。

与此同时，二宝拿着手机敲了敲顾默的房门："主人，太太的手机仍然关机，您看……"

顾默黑着脸打开房门，从二宝手里拿过手机。

“还没回来？”

“对。主人，太太不会出什么事吧？现在犯罪率那么高，太太又长得那么漂亮。”二宝担忧地道。

“看着家。”顾默回房披着外套走了出去。二宝只觉得一阵冷风呼啸而过，它条件反射般模仿了一下人类擦汗的动作，惊魂未定地感叹道：“主人今晚气压低得简直不正常！”

摩托轰隆隆地停到楼下，关伊伊取下头盔，笑道：“谢谢学长！我现在开心多啦！”

这边顾默下了楼，刚好看到了这一幕。

他双眼瞬间翻涌起波澜，然而转瞬便隐了下去，他平静无波地看了一会儿，转身上了楼。

关伊伊回到家时，屋子里静悄悄的。二宝正在寂静的屋子里直挺挺地站着，一根粗长的电线插到了它的脖颈儿后面，处于充电状态。

关伊伊打开灯，二宝的眼皮翻了一下：“太太，你回来啦！”

关伊伊疲惫地揉了揉头，问道：“学长呢？”

“主人今天很生气呢！”二宝伸出手僵硬地指了指不远处的餐桌，“给你留了饭，热一下就能吃了。”

“生气？”关伊伊反问，有些犹豫道，“为什么？”不会是因为她向他表白，所以他生气吧？这样的话，那他岂不是太小气了？再说了，告白被拒的是她，该生气的也应该是她才对吧？

不过，顾默的脑回路总是那么清奇，关伊伊也猜不透。

“你很晚了还不回家，主人担心你，刚刚出去了一会儿，没有找到，上楼就把自己关到了房间里，我敲门也不开。”

咦？

关伊伊眨眨眼，顾默不是因为她告白生气，而是因为她晚归生气？这似乎更不可思议了呢。

二宝毕竟是机器人，他说的“一会儿”不太具体。关伊伊皱眉想了一会儿，问：“他什么时候下的楼？”

"就在刚才。"

把所有的事情迅速在脑海中过了一遍，似乎从如麻的思绪里理出了一条线，她上前，拔掉了二宝的电线，问道："二宝，今天学长走得明明比我早，可是为什么会知道我没有吃饭的事情？"

"我和他说了呀！"二宝一脸自豪的样子，"太太，不吃早饭会让你反应迟钝，慢性病上身，引发低血糖，对身体很不好、很不好呢，所以我就告诉了主人，并且根据你的行程速度，和没有意外发生的情况下，算出了你的所在位置，就在图书馆门前！"

关伊伊突然想，早上顾默让她去拿早餐，自己那个时候在干什么？对，关伊伊一拍脑袋，立刻想了起来，自己那时候正在和一泽学长说话，按照二宝所说的，那个时候，同一个地方，顾默应该是看到了自己收下一泽学长鲜花的那一幕！

后来顾默不小心掉了早餐，她表白被拒绝，一直到刚才，顾默下楼找她，应该也是撞见了沈一泽送她回家。

啊啊啊！

关伊伊只觉得太阳穴一抽一抽地疼，这都是什么事？！关键是学长的态度，他不喜欢她，所以压根儿没有吃醋这一说，他肯定会以为她是个不检点的女人，一边表白，一边还和其他人暧昧。

难怪顾默会那么残忍地拒绝她，还扔掉她的花！

如果是她，肯定会更生气。

想到此，关伊伊整个人都不好了。

半晌后，关伊伊站在顾默的房门前，想了很久，才敲了敲门。

"学长。"

片刻后，顾默声音传了出来："什么事？"

"我……"关伊伊想要解释，可是毕竟事情无根无据，顾默也没有说他是因为这些事情生气，所以关伊伊想解释都不知道该从何解释。她顿了半晌，才轻轻道："没事，学长，我就是和你说一声，我回来了。"

"嗯。"

冷淡的回答，仿佛他并不在意关伊伊到底什么时候回家。

关伊伊心中闷闷的，洗漱完回到房间，坐在床头心烦意乱地刷着手机，突然蹦出来了梦行千里的更新推送。

《轮回路》迎来了结局之前的一个大高潮，前些日子被读者捧上了热门，慕名前来拜读的人越来越多，因为开头几个章节点击率已经破数亿，《轮回路》已经霸占金榜第一很久很久了。

读完最新更新的一章，关伊伊心情好了些，偶像就是有治愈人心的力量。关伊伊打开和梦行千里的聊天界面，逐字逐句翻着。半晌后，关伊伊深吸一口气，给梦行千里发送了一条信息：千里大大，汇报表白最新情况！

这次梦行千里没有很快回复，关伊伊把他当成树洞：很不幸，我失败了，他说不喜欢我，并且中间有很多误会，他看到我和其他男人接触，现在应该认为我是一个脚踏两只船不检点的女人。

说到这儿，关伊伊就觉得既伤心又委屈。

独木成林：千里大大，寻求救援，现在事情一团糟，我不知道该怎么办才好。

顾默的房间。

他本来有些糟糕的心情，因为独木成林的这几句话好了不少。

想了想，他回道：不用太着急，男人都是这样的，太容易得到反而不会珍惜，倒不如矜持一些，从现在开始，对他淡漠一点，务必把热情收敛起来，欲擒故纵才是上策。

关伊伊沉思了片刻，觉得梦行千里说得很有道理。

独木成林：嗯嗯，千里大大，我明白了，我会努力的。

顾默缓缓地勾起了唇。

第六章

那些撩人心弦的绯色梦境

虽然第一次告白就被残忍拒绝，但是有偶像的安慰，关伊伊还是很快就恢复了过来。

本来她也没想着能一次就拿下顾默。

就像千里大大说的，一次不行就两次，两次不行就三次，总有一次能成功。她就不信了，顾默会真的铁石心肠到底。

此后几天，关伊伊按照梦行千里说的“欲擒故纵”，数天下来，关伊伊和顾默的相处模式比陌生人还要陌生，一天下来，说的话超不过十句，两人进入了“冷战”状态。

二宝战战兢兢地夹在两人中间，体内芯片嗞嗞作响，数据库险些崩溃。

这天在吃晚饭时，二宝扭扭捏捏地对顾默道：“主人，我……”二宝欲言又止。

顾默眉头一挑道：“怎么了？”

二宝拉开衣服，在它的胸口有一个小小的显示屏，上面清清楚楚地显示着“内存已满，请及时清理”。二宝不自然地撇嘴，十分委屈地道：“近来您和太太的情绪都不对劲，我的芯片会根据数据库信息而生出对你们的反应。可是，您和太太之间应该发生了什么问题，我的芯片会根据你们这些天的心情、态度以及说的话来找出原因，但是容量有限，数据库已经超负荷了。”

二宝一番话说出来，关伊伊愣了愣道：“我和学长……情绪不对？”不会是她想的那样吧？关伊伊有心想问，但是注意到顾默难看的脸色，最终还是闭了嘴。

二宝委屈地点头，正想要再说些什么，顾默放下筷子，站起了身。

他表情冷淡地看了一眼关伊伊，而后望向二宝道：“数据清除。”

二宝瞪大黑白分明的眼睛，有些不情愿地道：“主人，请问您确定要删除最近一段时间内发生的所有事情吗？”

顾默毫不犹豫地道：“是。”

“好的。”

二宝的眼睛逐渐变得晶莹剔透，一串串犹如蓝色萤火般的数字在它的瞳孔中闪现，又迅速消失。关伊伊镇定地看着眼前的这一幕，心中发堵。

片刻后，二宝删除完数据，胸口的红色大感叹号终于消失，它眉眼弯弯地道：“主人，你清纯、高傲、可爱、美丽动人的二宝的清白之身又回来啦！”

关伊伊：你主人什么时候让你不清白了？

一整个早上，关伊伊和顾默犹如冷战的小夫妻一般，谁都不理谁，谁也不多说一句话，但是该客气就客气，该谦让就谦让，连空气都透着尴尬。

也不知道梦行千里大大提供的方法有没有用，关伊伊心里总有些发虚。一直这样冷战，她还是很不适应的，毕竟两人现在可是生活在一个屋檐下呢。

好在，很快，关伊伊就不用担心尴尬了。

十一月，Robocon 国际赛将要开始，顾默也是代表队的一员，将要代表中国去韩国首尔参加国际赛，这一去将近半个月的时间。

这让关伊伊松了口气，虽然她很乐观，但是脸皮也很薄啊！

顾默走的那一天，关伊伊没去送机，只是给顾默发了一条短信——顾学长，一路平安。祝你旗开得胜。

十一月中旬，A大代表队，包括参赛队员、指导教授以及翻译在内总共三十人，一起奔赴首尔。

比赛时间十天左右，为了早早地做好准备，A大代表队提前了两天到了首尔。

是夜，酒店。

为了让选手们有一个好的休息环境，中国竞赛委员会还是很舍得花钱的，订了高级酒店，虽然是两个人住一间。

顾默洗了澡，躺在自己的床上，这才想起自己手机还没开机。他一开机，便收到了很多未接电话和短信。顾默随意看了看，发现都是祝福和鼓励他比赛的消息。

他正准备关机睡觉，却扫到了一个熟悉的名字——

关伊伊。

纤长白皙的手指轻轻地摩挲着这三个字，鬼使神差地，他竟然回了消息过去。

顾默：谢谢，你在家好好学习。

这头，关伊伊看到这条消息愣了许久，她还以为顾默不会理她。

她情不自禁地露出了一个笑。

关伊伊：我会的，学长，你比赛加油，早点休息！

顾默：嗯。

哪怕只是一个字，但是关伊伊不知为什么，心中就是止不住地欢喜。顾学长其实也不算太讨厌她吧？她忍不住这样想着，那是不是她可以有点期待？

Robocon用中文翻译过来便是亚太大学生机器人大赛，这是一场国际性赛事，所以影响力很大。

这次参赛队伍有来自日本、美国、韩国、俄罗斯、泰国、中国、中国香港等二十个国家和地区的参赛队。比赛会进行同步直播，所以关伊伊在国内也能看到顾默。

比赛开始时间是早上九点，这次赛事，学校很重视。电气学院这边，还专门停了课，让学生们看直播。

第一天比赛是足球机器人大赛，这一项上，日本代表队发挥得尤其好。中国在这方面虽然崛起得比较晚，但后来居上，表现也不错。这场比赛，中国代表队的对手是泰国代表队，顾默作为参赛队员之一上场。

毫无疑问，中国代表队轻松获胜。

关伊伊也是这时才知道，顾默原来还能说一口流利的英语。他沉着冷静，口语流利，再加上一张俊脸，不但震慑住了现场比赛的一些队伍和采访记者，更是收获了一批迷妹迷弟。

中国人的向心力是很强的，尤其是在爱国上面，A 大代表中国参加国际决赛，这可是为国争光的大好事，好几个电视台都对这场比赛进行了直播，甚至还重播好几次。

足球机器人比赛之后，第二天便是救援机器人，第三天是舞蹈机器人，第四天是家用机器人。

前四天 A 大代表队都表现良好，尤其是队长顾默，表现尤其突出。但是这四天的比赛是不计入总分的。第五天，才正式开始本次比赛的决赛。

今年总决赛的主题也是“和谐社会”。

决赛这一天，关伊伊和焦姣两人早早地到了多媒体教室，占据了一个好位置。

九点，比赛正式开始。

第一个上场的是日本代表队，这个国家在娱乐方面可以说是别出心裁，哪怕是机器人这种硬科技的东西，最后也会演变成为娱乐服务的产品。

果然，日本代表队这次选择的是舞蹈机器人和机器人歌手，人类和机器人一起唱歌、一起跳舞，虽然没什么创意，却很好地展示了机器人的智能和水平，非常有商业化的前景。

中国排在第四个。

在国内选拔赛上，A 大用的是救援机器人，模拟了地震灾后救援场景。在总决赛上，A 大依然用了救援机器人，只是在具体过程中稍作了改变。

顾默依然作为主力，到时候会现场组装机器人。

关伊伊紧张地盯着屏幕中的顾默看。

不知道是不是她的错觉，她总觉得顾默的脸色似乎不对劲，白皙的脸上染上了两抹绯红，眉眼间也带着些疲累，看上去像是生病了。

想到此，关伊伊忍不住更加紧张了，担心地注视着顾默。

顾默组装完毕一个蛇形机器人，他站了起来，准备换第二个，可是突然，他的身形晃了晃，关伊伊一惊，下一刻，便见他突然笔直地倒了下去！

“顾学长！”

她猛地叫出声来，教室里也是一片哗然。

“啊，这是怎么了？”

“顾默晕倒了？！”

“糟了，比赛怎么办？”

顾默的突然晕倒给中国队造成了重大打击，虽然还有备用的辅助队员救场，但是水平上到底比不上顾默，结果很遗憾，日本代表队得了第一名，中国香港代表队得了第二名，而中国代表队只得到了第三名。

这个成绩对于其他国家来说或许不错，但是对于已经连续几年错失冠军的中国来说，意义并不大。

教室里，好些同学已经忍不住哭了出来。大家对这场比赛期望有多高，现在失望便有多大。

“顾默怎么会晕倒了啊？他生病了，难道不知道早点说出来吗？”

此刻，很多人都有着这样的想法。

哪怕顾默在前面的比赛中表现得再好，而现在，只是一个微小的错误，便让他的努力全部付之东流。

关伊伊没有心思去在意别人怎么说的，她拿出手机给顾默打电话，可是一直都没有人接，这让她更是忐忑不安，于是给他发起了短信：

学长，你怎么了？

学长，你看到我的消息就回我一下吧。

学长，我很担心你。

……

顾默没有回复。

关伊伊握着手机，咬着唇，心中有了决定。

医院里，顾默躺在病床上，手上扎着针，脸色苍白，两颊却透着异样的红。指导教授和队友们提着东西来看他。

教授拍了拍顾默的肩膀道："你好好养病，比赛已经过去了就别多想，这不是你的错，是我们失察了，如果能早点发现……唉。"

后面的话他没有直接说出来，叹息声却表达了所有。

"是呀，顾默，你别多想，反正比赛年年有。"

"身体养好才是最重要的。"

"再怎么样，我们还是得到了第三名嘛，也不错了。"

队友们都笑着安慰他，插科打诨地调节气氛，表示不在意。但是谁又能真的不在意呢？这次比赛，A大的同学、教授付出了多少努力，没有人比顾默这个队长更清楚。

他们的实力比肩冠军，他们也是冲着冠军去的，最后却因为他这个队长，所有的努力功亏一篑！

教授和队友们又说了一会儿话，才离开了病房。

如果昨天他不硬撑，早点把自己的身体情况说出来，是不是就不会输了呢？

顾默面无表情地看着窗外，许久后，他突然扯下针头，穿上鞋就朝门口走，刚准备拉开门，门却突然开了。

"Surprise（惊喜）！"

一捧黄色的康乃馨出现在他面前，他没防备，差点朝后倒下去。

一张带着些婴儿肥的白皙小脸从后面冒了出来，那双猫儿眼弯成两道月牙，颊边两个小酒窝一闪一闪。

"学长，惊不惊喜，意不意外？！"

顾默有些恍惚，有那么一瞬间，他觉得自己在做梦。

过了好半晌，顾默才找到自己的声音："你……怎么在这里？"

关伊伊理所当然地说："我当然是来探望你的啊！"

她背着包，捧着花，推着顾默朝房里走，一边走，一边疑惑地道："学长，你不知道，你当时突然晕倒吓死我们了。我这是代表顾叔叔来看望你的。咦，你在输液，那你刚才要干什么去？"

关伊伊把花放在桌上，看着输液瓶和针头，一脸狐疑地看向顾默。

顾默能说什么，他能说他心情不好，所以想逃避？

当然不行！

顾默面无表情道："病房太闷，出去透气。"

关伊伊道："那你怎么把针头取了？"

顾默顿了一下，才状似不耐烦地道："麻烦。"

"那也不能扯针头啊，你还在生病呢。"关伊伊不赞同地道，"你等一下，我叫护士来重新给你扎上。"

她一边说，还一边强硬地把顾默推到床上，严肃地道："你给我好好躺着，不许乱跑。"

等护士把针头重新弄好，关伊伊便开始兴师问罪了，道："学长，你怎么不回我消息？我还给你打了那么多电话，都没人接。"

顾默垂眸，道："不想回，而且我没让你来看我。你现在也看了，回去吧。"

关伊伊眼睛一瞪，本想生气，但是当看到顾默尚有些苍白的脸色时，心却突然软了下来。

"顾默！"她突然弯下腰，上床，腿岔开，压在他身上，"你怎么这么幼稚！"

她柔顺的长发垂落在他的脸颊上，呼出的气息尽数喷洒在他的鼻尖。

呼吸间全是女孩特有的味道，顾默的呼吸顿时一滞。

他别开头，凶巴巴地道："关伊伊，你在干什么？给我下去！"

他嘴巴上很凶，身体上却没动，完美诠释了什么是口是心非。

关伊伊隔着病号服拍了拍他的胸口，哼道："我又没做什么，你这么大反应干吗？顾学长，虽然我向你告过白，但是我还是很有原则的，不会饥不择食地吃一个病人的豆腐的！不过，你刚才的话让我很生气。"

顾默不语。

关伊伊继续道："不就是输了一次比赛嘛，你难道连这点失败都承受不了？我认识的那个顾学长，坚强勇敢，可没有你这么脆弱。如果是他输了比赛，他不会这么自怨自艾，而是会想着下一次一雪前耻！"

"顾学长，我有没有说过你很厉害？"关伊伊一字一句地道，"在我心里，除了我偶像千里大大，你最厉害了！"

顾默不想笑的，但到底没忍住，嘴角悄悄地翘了起来。

如果关伊伊知道了他就是梦行千里，不知道会是什么反应。

他轻咳了一声，道："行了，我知道我很厉害。你下来，女孩子不要做这么惹人遐想的动作。"

关伊伊慢悠悠地下来，嘟囔道："明明是你想太多。"

"你在嘀咕什么？"顾默睨她一眼。

关伊伊顿时端正表情，笑道："我就是在想学长你什么时候能出院。"

"明天就可以，本来也就是有点发烧而已。"

"什么叫有点发烧啊，你不能忽视任何小病，知道吗？"关伊伊不赞同地皱起眉头，"你不知道你当时突然晕倒了有多吓人。"

顾默心尖微微一动："你担心我？"

"当然！"关伊伊一本正经地道，"顾学长，你是不是忘了我向你告过白了？你可是我喜欢的人，我肯定担心你啊！"

关伊伊来首尔本来只是一时冲动，就连她自己也不知道为什么会这么做，想来想去，她只能把一切归结于为了她的病。

顾默是她的病原体，只有他好好的，她才可能痊愈。

这样想的同时，她却忘了，如果顾默不见了，那她的病不就不药而愈了吗？

顾默抿了抿嘴道：“你的脚不是还疼吗？”

呃……

关伊伊这才想起来自己之前撒的谎了，好在她反应很快，忙笑道：“已经好多了，医生说不要剧烈运动就好。”

“这样啊，那你准备什么时候搬出去？”顾默道。

关伊伊嘴角的笑都快僵住了。

她深吸口气道：“学长，我们不说这个问题，还可以愉快地做朋友。”

顾默眼中极快地闪过一抹笑意，道：“不是你自己提的要搬出去吗？”

“我现在反悔了不行吗？！”关伊伊气急败坏地道。

顾默勾了勾唇，没说话。

晚上的时候，关伊伊提出要陪床。顾默没拗过她，最终医院在病房里加了一张床。关伊伊坐了那么久飞机和车，很疲累，所以躺下没多久便睡着了。

月色如水。

顾默的目光不受控制地移到了那张白皙的小脸上，睡着的关伊伊看上去更无害了。她侧躺着，双腿微微弯起，一只手放在脑袋下，一只手握成拳头放在胸前，宽大的睡衣让她整个人看上去娇小又可爱。

不知道是做了什么好梦，她笑得露出两个小酒窝，小声地嘟囔着：“学长，我喜欢你嘛。”

那一瞬间，顾默的心猛地被刺了一下。

顾默再次梦到了关伊伊，这次的她穿着美丽的裙子，站在一片洁白的百合花田间，一步一步朝他缓缓走来。

她说：“学长，我喜欢你。”

那真是一场光怪陆离的梦。

第二天一早，顾默便可以出院了。

关伊伊去给他办了出院手续，跟着他一起回了酒店。

代表队的人都不在，总决赛结束之后，还会有五天的商业化机器人会展，主要是一些电子、游戏、智能化公司从中发掘一些可以投入市场的机器人。中国代表队也有属于自己的展览位，所以，代表队的人都去了。

关伊伊有些心动，好不容易出一趟国，还遇到这种盛事，如果不去看，那不是太亏了？

好在这次顾默很好说话，带着关伊伊去了会展。

在高校代表队中，最受欢迎的还是日本代表队带来的舞蹈机器人和机器人歌手，这种机器人的娱乐性很强，再加上现在二次元风的盛行，市场前景不错。

除此之外，还有其他的智能型机器人。

关伊伊算是大饱了眼福。

其实其中最多的还是家庭机器人，比如扫地机器人、洗碗机器人，甚至还有炒菜机器人。不过在看过二宝之后，这些机器人已经不能让关伊伊震惊了。

关伊伊还看到了中国天智的展台。

清风明月的出场吸引了很多人的注意，虽然日本的娱乐机器人也不错，但是清风明月动作更灵活，智能化水平更高，哪怕是外行都看得出其中的差别。

不但如此，很多公司还请了明星助阵，吸引了很多媒体。

由于有明星的加入，所以现场人气很高。关伊伊的脚伤还没完全好，动作不是太灵活，不知被谁撞了一下，她没站稳，整个人就扑到了顾默的怀里。

很不幸的是，顾默刚出院，身体还有点虚，面对关伊伊这九十多斤的重压，毫无防备之下，差点就摔倒了。

“嗯——”两人齐齐闷哼一声。

关伊伊捂着被撞疼的鼻子，忙道：“学长对不起。”还带着些鼻音。

她眼中泛起薄薄的水光，鼻尖红通通的，意外地竟有些可爱。

鬼神使差地，顾默伸手轻轻揉了揉关伊伊的鼻头，声音出乎意料的温和：“很疼吗？”

话一出口，两人都愣住了。

鼻尖传来的酥麻让关伊伊猛然退后一步，心跳有些快，她低着头，莫名有些不自在地道：“没什么。”

顾默张了张嘴，正想说什么，旁边却爆出一声叫骂。

“你再说一次！”

是中国代表队的队员，好像是和日本代表队的发生了冲突。

关伊伊也反应过来，忙和顾默走过去问道：“发生什么事了？”

有队友解释了一下。

原来刚才那几个日本代表队的队员故意讽刺了中国代表队几句，其中还提到了顾默，说他是弱鸡，说中国永远得不了冠军。

都是年轻人，火气本来就旺，直接就吵了起来。

若不是被及时拉开，他们怕是要打起来。

关伊伊听了前因后果，也非常生气，但是这里不是可以吵架的地方，他们现在代表的是整个国家，绝对不能给国家抹黑。

那几个日本队员见他们没动作，又笑道：“手下败将！输不起！”

他们说的是中文，语调怪怪的，但是声音很大，好多人已经注意到这边了。

“你说什么……”

顾默拦住想要冲过去理论的队员，面色阴沉地朝日本代表队走去。他步伐不大，目光沉静，可是不知为什么，在他的目光里，却让人感受到了危险。

他突然勾了勾唇，一字一句地道：“2002年Robocon正式开始，至今，中国共获得了五次冠军，而日本只获得三次冠军，我以为这个成绩已经说明了一切，所以你是有什么底气说手下败将四个字的？”

他用的是英语，在场的人几乎都能听懂，面色顿时有点奇怪。

日本代表队的成员更是脸色都白了。

“不过是一次小比赛就沾沾自喜，呵，也不过如此。”顾默冷笑着，

“手下败将是吗？你们放心，这四个字下一次会送给你们。中国，对于你们来说，永远是一座高山。”

虽然平时的顾默也是冷淡的，却从未表现出这么尖锐的一面。然而关伊伊不觉得可怕，她的心跳极快，那一瞬间，心脏像是恨不得要从胸膛中跑出来。

这就是顾默，一个尖锐却坚定又充满自信的顾默。

关伊伊走到他身边，几乎是崇拜地看着他，坚定地道：“学长说得对，不过是一次小比赛，有什么好得意的？我们中国可是蝉联过三届冠军的！”

这话她说得很骄傲，为祖国，为顾默，为所有热爱机器人的人，也为她自己！

关伊伊第一次真正意义上意识到身为中国人的责任。

周围人的目光简直要烫伤他们，日本代表队成员脸色难看，最后只瞪了顾默一眼，便灰溜溜地回去了。

队员们看着顾默，就像是看着一个英雄。

“不愧是我们顾队长，说得太好了！”

教授们也一脸欣慰地点着头，本以为这次的失败会削掉学生的锐气，没想到，倒是激起了斗志。

国内竞赛委员会的齐教授笑着拍了拍顾默的肩膀道：“你们能这样想就对了，一次小失败而已，我们需要做的是吸取教训，而不是沉湎于失败中。亚太赛只是其中一个赛事，今年失败了，明年再来。而且这次比赛结束之后，明年初，RoboCup又要开始了。你们记住，对于我们来说，亚太赛不是结束，仅仅是一个开始！”

关伊伊最后是和A大代表队一起回国的。

她年龄最小，性格开朗，长相漂亮，大家都拿她当妹妹。总的来说，这几天，关伊伊玩得很开心。

他们回去的那一天，风和日丽。

关伊伊和顾默坐在一起——这是其他学姐学长，甚至教授们一致特意给她留的位置。毕竟，她千里迢迢来看顾默，又都是单身男女，他们都认为她是在追求顾默。

当然，关伊伊确实是在追求顾默，虽然追求的理由可能有点与众不同。

短短几天的相处，关伊伊却发现自己似乎更加了解顾默了，这几天，她看到了顾默的很多面，脆弱的、傲娇的、自信的。

最让她印象深刻的，是他站在日本代表队面前打击他们的那一幕。

想到此，她捂着自己又开始加速跳动的小心脏，深深吸了口气。

窗外的日光洒在男人的脸上，本就白皙的肌肤仿佛变得透明了一般，更加莹润。关伊伊看到顾默的第一眼，就知道这是个很好看的男人。

然而，也仅止于此了。

她虽然颜控，但是她喜欢的从来都是阳光英俊型的，而不是顾默这种过于俊美的长相。

可是现在，她望着他的侧颜，眼神渐渐变得迷离。

“看什么？”

清冷的男声陡然唤醒了正沉迷美色的关伊伊，她脸色一红，轻咳一声道：“没什么。”

顾默淡淡地“嗯”了一声，便转头看向窗外，谁都没有发现他微微翘起的嘴角。

虽然没有得到冠军，但第三名也是一个好成绩。

在异国他乡的时候，他们人生地不熟，就没有庆祝。回到家乡，代表队的人便组织办了一个庆祝聚会。

关伊伊虽然不是队员，但是在首尔相处的那段日子，也和队员们建立了深厚的友情，所以，聚会这一天，她也来了。

大家都是成年人了，自然少不了喝几杯。

又都是一起奋斗拼搏过的好战友，席间气氛一直很热烈，关伊伊也被这气氛感染，不知不觉跟着喝了好多杯。

只有顾默，冷漠的气质让人不怎么敢去灌他酒。是以，酒过三巡，大部分人都醉了，就顾默最清醒。

“关伊伊，你喝醉了。”

顾默望着靠在他身上摇摇晃晃的关伊伊，眉眼间都是嫌弃。

关伊伊两眼迷离，只觉得自己像是泡在一片温温热热的水池子里，四肢百骸都提不起力气。她听到了顾默的声音，立刻开心地笑了起来，迷迷糊糊地道：“学……学长，来，喝！”

顾默铁青着一张脸，沉默不语。

夜深了，大家一个个告辞离去。

昏黄的街道上，顾默扶着醉醺醺的关伊伊，满身冷气。

他本来不是很想管关伊伊的，可是每次这样告诉自己之后，再见到关伊伊遇到问题，就忍不住又心软了。

一个女孩子喝了那么多酒，醉得迷迷糊糊的，再说，关伊伊长得还挺漂亮，谁知道会出什么事儿?

最后，顾默还是忍不住自己把这个“包袱”给接住了。

许是因为她醉酒，皮肤饥渴症竟然没有发作。关伊伊挨着顾默，那沁凉的肌肤让她忍不住抱住蹭啊蹭，还傻呵呵地笑道：“学长……嗯……好舒服啊！你的皮肤真的好好哦。”

顾默深吸口气，告诉自己要淡定。

幸好在他爆发前，出租车来了。

顾默抱着关伊伊，把她放到了后座，然后自己才坐了进去。

他一坐进去，关伊伊便又像一个没骨头的软体动物一样蹭了过来，最后抱着他的腰，闭上眼睡了。

关伊伊在他怀里倒是很安静，像是一个睡容恬淡的婴儿一般，偶尔无意识地咂咂嘴，脸上难得露出一派天真模样，可爱极了。

顾默僵着身体不敢动。

司机从后视镜望了一眼，笑问道：“帅哥，你女朋友还挺可爱。”

顾默黑着脸道：“哪里看出来她是我女朋友的？”

而且一个醉鬼哪里可爱了？

正说着话，出租车来了个急转弯，顾默猝不及防之下朝旁边倒了一下，靠在他身上的关伊伊便不受控制地撞了上去，重重地撞在他的肩膀上！

“嗯……疼……”

关伊伊摸着额头，皱着眉，迷迷糊糊地呻吟着。

顾默吓了一跳，以为关伊伊要醒过来了，正伸手摸了摸她撞红的额头，没想到却见她突然嘟起嘴道：“坏蛋，你欺负我！”

没等顾默反应过来，关伊伊便张嘴一口咬下去！

顾默哽了一下。

他猛然僵住，心神颤动。

他猛然回过神来，脸色铁青地推开了关伊伊。

幸好这时到家了，顾默抱着关伊伊快速地下了车，顶着司机奇怪的目光，脸色阴沉地回了家。

他刚把关伊伊放在沙发上，却见关伊伊睁开了眼睛，目光迷离。

顾默深吸一口气，冷静下来，快速地煮了醒酒汤，然后给关伊伊灌了进去。在此期间，关伊伊还欲行不轨，这一次，顾默毫不留情，冷酷镇压。

最后把关伊伊放到了床上，顾默才满头大汗地去了浴室。

他看着镜子里脸色通红的男人，蓦地沉下了脸色。

明早，等关伊伊醒来，他一定要好好教训她！

顾默在心中做了决定。

然而，第二天一早，顾默顶着黑眼圈打开门，正在准备早餐的关伊伊便对他笑道：“学长，你今天怎么起来这么晚啊？快，早餐做好了。”

她神清气爽，完全看不出一点儿做了坏事儿的窘迫。

顾默眯着眼道：“你还记得你昨晚做了什么事吗？”

关伊伊一脸无辜：“昨晚？昨晚我不就是聚会之后，回家睡觉吗？”

好吧，除了中间省略的重要情节，没错。

顾默无言以对。

关伊伊又道：“学长，我还想问你昨晚干什么坏事了呢，黑眼圈怎么这么重？”

顾默昨晚上做了一个噩梦，他梦见关伊伊一身红衣，化身为女鬼，追着他要亲亲。他惊慌之下跑得满头大汗，被女鬼关伊伊亲了一口又一口。他拼命狂奔，关伊伊在他身后“咯咯”直笑，声音空灵，让人毛骨悚然。

顾默陡然惊醒。

经过首尔一行，关伊伊发现顾默对她的态度好了不少。

关伊伊觉得，或许可以趁热打铁，再次表白。她问了问梦行千里，得到确定的回复之后，这日晚上终于鼓足勇气，敲响了顾默的门。

“什么事？”顾默开门，问道。

关伊伊捧着一杯牛奶，递给顾默道：“学长，我喜欢你。”

顾默没说话，只是目光深沉地看着她。

关伊伊再次深吸口气道：“你相信我，我是真的喜欢你，你可以考虑一下我吗？”

关伊伊说到“我喜欢你”四个字的时候，其实是很心虚的，良心受到了强烈的自我谴责，只有她自己知道她是为了皮肤饥渴症而接近顾默的。

哪怕，她决定追到顾默之后就做一个完美女友，努力对他好，却依旧不能掩盖她目的不纯的事实。

顾默会怎么回答她？

明明不过是几秒的时间，关伊伊却觉得漫长无比。

“关伊伊，你还要我再重复一遍吗？”

须臾后，顾默终于启齿。

他双眼如墨，表情冷漠，声音冰冷道：“我说过，我不喜欢你。我照顾你，只是因为你父亲和我爸爸是朋友，仅此而已。你以为我会喜欢你这样的？”

三心二意，花心大萝卜！

他顾默绝对不会喜欢上一个这样的女生，而且他的心中只有木木。

说罢，他不再看关伊伊，砰的一声关上了门。

关伊伊愣在原地，嘴角的笑容僵住了，有那么一刻，她觉得自己的心似乎被针扎了一般，不是很疼，却足够让她清醒。

顾默躺在床上，闭上了眼睛，一只手放到胸口。

“咚咚咚……”有力的心跳声不止，像是有什么他从未感受过的情绪要喷薄而出似的。又或者，像是有一颗他不知道什么时候种下的种子，在和关伊伊每天的相处之中，生根发芽了。

顾默觉得自己像是走进了一团迷雾之中。

他向来自律、克制，他以为自己只对独木成林有兴趣，现在却出现了关伊伊这个变数，之前是厌恶的，但是现在，似乎有些什么东西变得不一样了。

顾默生平最讨厌三心二意的人，他告诫自己，无论如何，哪怕再多变数，喜欢一个人都要从一而终。可是顾默不知道，从一而终的那些人，本来就经历了数不清的变数。

独木成林：千里大大，我想要放弃了。

关伊伊躺在床上，给梦行千里汇报战况，然而梦行千里只是简单回道：见面再谈。

上次梦行千里和关伊伊约定好了时间，但是因为双方的问题一再推迟，导致到现在也没有见面。

一说到和偶像见面，关伊伊的眼睛瞬间便亮了起来，本来有些低落的心情也好了许多。她决定暂时不去想那些不好的事情，大不了她以后离顾默远一点，再远一点，这样就不会担心皮肤饥渴症发作了。

想到此，她终于露出一抹笑，如释重负地回了一句：好的好的，大大，到时候见！

梦行千里回了一个“OK”的表情。

又是阳光灿烂的一天，关伊伊照旧起床，笑着和顾默打了个招呼，像是完全忘记了昨天的事情似的。

刷牙时她看了看自己的脸，心中有了一个新的决定，连续两次告白失败，再傻的人也该看清楚现实了，有再一再二，绝对没有再三，她的自尊只能让她大胆尝试这两次，两次之后没有不成功，她便应该放弃了。

况且，她的目的本就不纯，又怎么能要求顾默接受她呢。

或许也不会再有以后了，那她还是尽快搬出去吧。

只要不接触他，她就不用担心皮肤饥渴症发作。

看着她若无其事的样子，顾默微微皱眉，想要说些什么，张了张嘴，却一个字也没吐出来，想着或许这样也好。

只是，关伊伊还来不及和梦行千里见面，就忙碌了起来。

亚太赛结束之后，学校便开始为明年初的 RoboCup 做准备了。

RoboCup，翻译过来便是机器人世界杯，是一场比 Robocon 范围更广、知名度更高、影响更深远的世界性赛事。

和亚太赛一样，这次比赛也需要从学校里选出优秀的学生，成立代表队，代表 A 大参加比赛。A 大准备建立两个学习小组，优胜劣汰，胜出的那一组代表学校去参加全国各大高校的比赛。虽然，这次面对的范围是全校，但能够进入学习小组的几乎都是大二及其以上的学生，大一的学生基本没有希望。

这不是歧视，而是大一学生的知识储备远远比不上学长学姐们。虽然觉得希望渺茫，但是关伊伊犹豫了许久，最终还是决定报名试一试。

关伊伊想了想，决定去咨询一下沈一泽。

沈一泽专业水平过硬，成绩优异，肯定是能直接进学习小组的。果然，等关伊伊说明了来意，沈一泽就笑了。

“你来得不算晚，现在学习小组的人还没招够，你可以试试。虽然基本上只要大二大三的学生，但是这也不是硬性要求，只要你足够优秀，年龄和学级不是问题。伊伊，加油，我看好你！”

关伊伊心中的热血被沈一泽给点燃了。

她狠狠地点了点头，郑重道：“我会努力的！”

沈一泽笑了笑，递给了关伊伊一张申请表道：“那你先把这个表填了，然后三天后来考试。只要考试过了，基本就算敲定了。”

他本来还想告诉关伊伊他是二组的组长的，不过想到现在还太早，便闭了嘴，只是道："有什么不懂尽管来找我。"

关伊伊感激地点了点头道："学长谢谢你。"

"谢什么啊，我可把你当朋友的。"沈一泽耸耸肩道，"行了，考试分为笔试和实践考试，你回去突击学习一下吧。"

关伊伊点了点头，转身正要离开，沈一泽又像是突然想起什么似的，突然道："伊伊，你和顾默很熟吗？"

关伊伊愣了一下才道："我们的父亲是朋友，不算太熟。"

沈一泽这才笑道："那就好，我和他可是死对头，你可不能当叛徒哦！"

不知道为什么，她莫名有些心虚……

第七章
那些不为人知的小心动

RoboCup 属于极为有名的国际赛事，报名时间三月十五号截止，四月份是国内选拔赛，只有在中国赛区取得优秀成绩的才能代表中国参加总决赛，是以，A 大对于这次比赛也是极为重视的。

尤其是上一届的比赛，A 大在中国赛场上失利，无缘世界总决赛。

所以，这一次，A 大势必一雪前耻。

关伊伊认真填好了表，便开始准备三天后的笔试了。

虽然只是在校内选拔，但是也极为严格，除了笔试，还有一项面试，到时候是由学校专业的教授来主持。

这可是关系到她梦想的重要一步，她也没有心思去想那些儿女情长了，而是专心复习。

不过在此之前，这个消息应该和她家偶像大大报告一下。

是夜。

关伊伊吃了饭、洗了澡，笑着和顾默打了声招呼，便径直回了自己的房间。这几日，关伊伊一反前段时间的冷淡，对顾默恢复了最初的态度，不冷不热，就像是普通的学长学妹一般。

“二宝，一会儿记得给我泡杯热牛奶，我今晚要熬夜复习！”走到一半，关伊伊突然想起，便转头对二宝吩咐道。

“好的，太太，要加糖吗？”

“不用了，谢谢你啦二宝。”说完，她转身便朝房间走去了。

背后，顾默看着她的背影，不知怎的，眉头微微皱了起来。

明明是他自己想要和关伊伊恢复正常的学长学妹关系，可是为什么当真的回到最初的时候，他的心竟莫名有些不舒服呢？

而且，关伊伊不是说喜欢他吗？

难道就因为他拒绝了她，所以她就轻易地放弃了？

那她的喜欢未免太过廉价了。

关伊伊自然是不清楚顾默心中所想的。她本来准备这几天搬出去的，毕竟告白失败还住在一起，无论是她自己还是顾默都挺尴尬的。

不过哪知道正好碰上 RoboCup，宿舍虽然好，但是晚上十一点就要熄灯断网，不适合学习。顾默这边倒是又安静又方便，所以关伊伊想了想，决定还是暂时不搬出去了，只要尽量避免和顾默接触就好。

反正，顾默看上去也不是很待见她。

想到此，不知怎的，关伊伊心中莫名有些不爽。

独木成林：千里大大你在吗？告诉你个消息，我们学校要选拔参加 RoboCup 的成员，我也报名参加了。

梦行千里很快便回复了：那就提前祝你成功。

独木成林：要进去应该很难吧，毕竟这次要招的都是精英，基本都是学姐学长们。大一的学生应该很难进，毕竟知识储备还是比不上他们。

像他们自动化专业的学生，大一关于专业的课程只有一些基础课，比如机械制图、理论力学、计算机辅助设计等，这些知识太少了。

要制造机器人，是需要团队合作的，需要机械、电子、编程自动化等各个专业的通力合作才行。

关伊伊毕竟底子太薄，而且没有什么机会进入实验室。如今一学期过半，她除了本专业的课程，有些其他专业的课程也会去旁听，所以她虽然实践经验薄弱，但是理论知识比一般的大一学生丰富多了，这才是她敢报名参加比赛的底气。

只是饶是如此，关伊伊心中也有些没底。

毕竟到时候和她一起比的可都是精英。

她之所以把这个消息告诉梦行千里，主要还是想寻求鼓励，毕竟偶像的鼓励还是很有力度的！

话分两头，且说顾默这头。

他本来因为关伊伊的态度突然转变有些疑惑和郁闷，正好独木成林突然发来了消息，这让他暂时转移了注意力。

RoboCup？

按照独木成林所说，他们学校也会参加这个比赛，所以在为比赛做准备。而独木成林只是一个大一的学生。不知为什么，顾默的心中莫名有了一丝不好的预感。

他想了想，回道：你们学校是选拔学习小组成员吗？

独木成林：是的。

梦行千里：那不用担心，机器人制造本来就不是一个人能完成的。而且这种大学生的比赛也不会太难，你只要平时知识学扎实了，不仅仅是专注本专业的课程，多一点知识储备，基本没有多大问题的。不要紧张，我相信你！

不得不说，梦行千里真的是一个很温柔的人。

就好比现在，她不过是他千万粉丝中不起眼的一个，然而，对于她的烦恼和问题，他却很认真又体贴地给了回应和建议。

关伊伊笑了笑，心中豁然开朗。

偶像说得对，只要知识学得扎实就不用怕。她自问自己学习还是很认真的，而且对这一行算是有点天赋吧，所以有什么好担心的。

反正无论结局如何，她都是要走这一遭的。

独木成林：千里大大，你人真好！如果我喜欢的人是你就好了。

她这随意一说，却不知她家偶像大大看到这句话整个人都愣住了。还好关伊伊现在不在，否则就能看到成天板着个脸的顾学长此刻满脸通红，整个人似乎都要冒蒸汽了！

就在顾默抓耳挠腮纠结自己该怎么回的时候，独木成林那边又发了一条消息过来。

独木成林：哎，大大你不要当真哈，我就是开玩笑而已。你可是我偶像，偶像可是不容亵渎的！是需要用来膜拜的！所以儿女情长不适合用在你身上，你可是我们的神！

有那么一瞬间，他很想冲到独木成林面前告诉她，他也只是个正常男人而已啊！为什么儿女情长就不适合他？

他沉默了半晌，才回道：你高兴就好。

正在这时，二宝突然冒了出来，问道："主人，我热了牛奶，您要喝吗？"

顾默转头看向他，突然想起什么，问道："关伊伊还没睡？"

二宝回道："是呢，太太的房间还是亮的，她叫我给她送牛奶过去，看样子像是要熬夜学习。"说到这儿，二宝悠悠叹了口气道，"主人，我一直有一个疑问，不知该问不该问。"

顾默冷漠脸："那就别问了。"反正二宝所谓的疑问估计会毁"三观"。

二宝委屈道："主人，可是我憋不住了。"

没等顾默开口，二宝又继续道："其实我就是想问，您和太太难道就没有夜生活吗？还是你们的夜生活就是各自看书学习？可是夫妻不是应该睡在一起，一起过夜生活的吗？"

二宝继续道："所以我决定了，作为一个优秀的保姆机器人，我必须为主人你的幸福着想。牛奶我就不去送了，主人你去吧。夜深人静，正是培养感情的时候，我去充电了，就不打扰你们了。"说罢，也不管自家主人的反应，二宝放下牛奶转身就跑了。

顾默额头上的青筋跳了跳。

他深吸一口气，不想和二宝这个傻机器人一般见识。

然而，看着桌子上的牛奶，他纠结了半晌，最终还是不情不愿地端起牛奶，一步一步走去了关伊伊的房间。

他不是心疼关伊伊，他只是在为二宝完成任务而已。

对，就是这样。

顾默如此告诉自己。

他站在门口，深吸一口气，确定自己面色冷漠，抬起手正要敲门，门就突然打开了。屋里的人没有想到门口站着人，也没注意看，一不留神便砰的一声撞进了顾默的怀里。

“咝——”

两人异口同声地发出一声轻呼。

关伊伊本来是准备出去上厕所的，没想到门外会站着有人，走得也很急，所以就这样撞上了。

幸好顾默穿着衣服，两人没有直接地肌肤接触，否则……

她揉了揉鼻子，忍不住有些不满又委屈地瞧了瞧顾默。她都已经尽力避免和他的接触了，这人干吗还要自己撞上来啊？

顾默胸口被撞得其实也有点疼，不过他忍住了，毕竟当着女孩子的面揉胸还是有点不恰当的，哪怕这个女孩子是关伊伊。

“撞疼了？”片刻后，他先开口，声音中似乎还带着些关切，温柔又专注。

关伊伊的心冷不丁被电了一下，她一时之间愣住了。

顾默以为她撞疼了，眉头一皱，没等她开口，直接伸手就捏了捏她的鼻子。

“很疼吗？要不要擦点药？对不起，我没想到你会突然开门。二宝去充电了，我来给你送牛奶。”

或许是这一刻的气氛太好，没有了那些剑拔弩张和偏见，顾默的目光不知不觉温柔了下来。

然而，他摸了她，摸了她，摸了她……

关伊伊的脑海里只有这三个字在无限循环！

哪怕只是鼻子，那也是肌肤接触啊！

几乎是在瞬间，关伊伊整个人都不好了。

“学长——”有些压抑的声音响起，关伊伊靠上了他的肩头。

“关伊伊，你在干什么？！”几乎是一瞬间，顾默猛地回过神来，直接推开了关伊伊，脸色难看至极。

关伊伊迷迷糊糊了好几秒才慢慢地清醒过来，清醒的瞬间，她本来通红的脸色便忽地白了，一双猫儿眼中似藏了无尽的尴尬和恼怒。

她几乎是咬着牙道：“对不起，学长，我不是故意的。”

她抬头看着顾默，一眼便看出了顾默眼中的怀疑。她心口微微一疼，想了想，极力保持冷静，试探地问道：“学长，如果我说我有病，你信吗？”

顾默已经恢复了平时的冷静，他淡淡地瞥了关伊伊一眼，轻声道：“你觉得呢？”

果然……

关伊伊的心中顿时一阵沮丧。

她有些自暴自弃地道：“好吧，那就算是我故意的吧。”

顾默微微皱眉，正想要说什么，却听关伊伊突然又道：“可是，这也不全怪我啊！学长，你明明知道我喜欢你，还半夜三更跑到我门口来，你这是在勾引我，你明白吗？所以，这不是我一个人的错！要怪就怪你长得太好看了！”

顾默气得笑出声来，觉得这么正经地和关伊伊讨论的自己也真是傻了。他不是早就知道关伊伊是个厚脸皮吗？她不但厚脸皮，还是个女色狼！

他冷哼了一声，不想继续和关伊伊讨论谁对谁错，直接把牛奶递给她，转身便走了，一句话也没给她留下，就连背影都充满了怒气和冰冷。

关伊伊端着牛奶，看着顾默离开的背影，半晌后，重重地叹了口气。

顾默现在估计应该更加讨厌她了吧？

想到此，关伊伊的心中竟有些说不出理由的失落。

她回到床上，喝了牛奶，长长地叹了一声，这才关灯睡觉。算了算了，这些烦心事不能再想了，她现在最重要的是努力复习，争取进入学习小组。

理论知识倒是很好补充，但是动手能力这个就不容易了。

关伊伊想来想去，把主意打在了顾默家里的各种机器设备以及二宝的身上。

是以，这日，趁着顾默还没回来，关伊伊偷偷把二宝叫了过来，笑嘻嘻地道：“二宝，有件事想找你帮忙。”

“太太，你别对我这样笑啊，可怕！”二宝捂着胸，做出一个警惕的姿势。

关伊伊差点仰天翻个白眼，好在她忍住了，笑道：“你还不相信我吗？我什么时候欺负过你？”

二宝到底只是机器人，没有那么多心眼。

关伊伊继续笑道：“最近很流行汉服，我记得你好像很喜欢一套汉服是吧？”

二宝忙点头：“是呢，可是主人不给我买。”

关伊伊：“你帮我个忙，我买给你怎么样？”

“真的？太太，你不会叫我去杀人放火吧？我可是良民！”

“放心，我就是想研究一下你的身体。”

二宝都无语了。

“汉服哦，你不想要吗？”关伊伊继续诱惑二宝。

最终二宝很没出息地点了头。

三天的时间一晃而过。

这三天，关伊伊可以说是学习得废寝忘食，每天起得比鸡早，睡得比狗晚。不过这辛苦还是值得的，当看到笔试试卷的时候，关伊伊终于露出了一个笑容。

至少，这试卷上的题目，她大部分都会做。

来参加考试的大一学生只有寥寥几个。关伊伊本来是想拉着焦姣一起的，可惜焦姣非常有自知之明，觉得自己就不去丢人现眼了，反正她学这个专业的目的也不是制作机器人。

是以，这次关伊伊可以说是孤军奋战。

这次阅卷的老师都是专业的教授，速度非常快，早上才考完，晚上便出了成绩，关伊伊顺利进入了面试阶段。

面试安排在第二天早上十点，地点是学校大礼堂。

关伊伊兴奋得睡不着，整个人亢奋得不得了，一直在客厅里走来走去，终于晃得顾默忍不住了。

他从书上移开视线，皱眉看着关伊伊道：“你捡钱了？这么兴奋？”

关伊伊也是太过激动了，这里又没有其他人，实在想找一个人分享喜悦，终于忍不住道：“学长，我告诉你一个好消息！”

顾默挑眉看她。

要知道自从那晚的意外之后，两人又进入了一个奇怪的状态，虽然住在一起，可是交流几乎为零。

现在关伊伊竟然主动找他分享消息，也不知怎的，他的心中竟莫名地冒出了一丝得意。

“什么好消息？”他难得有耐心地问了一句。

“最近学校不是要招 RoboCup 学习小组的人吗？我今天过了笔试了！而且是 90 分哦！”关伊伊开心得露出了两个小酒窝，配上她的猫儿眼，整张脸都充满了可爱气息。

可爱？

顾默本来要扬起的嘴角又拉了下来。

他一定是眼睛花了才会觉得关伊伊可爱。不，应该说，关伊伊就是一个披着天使外衣的小色魔。

“不过是过了笔试而已，面试还不一定能过，别高兴得太早。”顾默本能地泼冷水。

果然，关伊伊的嘴角耷拉了下来。

她嘟着唇，有些不爽地道：“学长，你这人怎么这么冷漠啊！都不能鼓励一下我吗？就知道给我泼冷水。”

早知道她就不和他分享了。

关伊伊生气了，瞪了顾默一眼，不想再对着这张冷冰冰的脸，转身便回了房间。

哼，她和她偶像分享！

独木成林：千里大大，我笔试过了！

其实顾默话一出口便有些后悔，其实他平时并不是这样的人，但是不知道为什么，每次面对关伊伊的时候，他就忍不住毒舌。

明明他不是这样想的，无论如何，他也希望关伊伊好。

这段时间，关伊伊多少认真地复习，他是看在眼里的。刨除那些偏见，关伊伊其实是一个很勤奋用功的学生，为了自己的目标，她可以用尽全力。

他其实很欣赏这样的人。

这个世界上，有梦想的人很多，想追求梦想的人也很多，然而能够坚持下来的很少，关伊伊无疑是其中的一员。

他刚才是不是太过分了？

顾默犹豫着要不要去和关伊伊道歉，正这时，微博提示音响了。

他嘴角一扬，这是他特意为独木成林设置的铃声。

他点开，便发现了这么一条消息：千里大大，我笔试过了！

顾默的心中瞬间升起了一丝怪异的感觉，独木成林过笔试的时间太巧了，难道独木成林也是A大的学生？

虽然两人说好了要见面，可是在此之前，顾默依然对独木成林的一切充满好奇。

他定了定神，回道：恭喜你，继续加油！

独木成林：我会努力的，明天要参加面试！对了，千里大大，我可以问你一个问题吗？

梦行千里：你说。

独木成林：你经常做梦梦到一个人吗？明明现实里你并不喜欢他，在梦里却不止一次地梦到他。

顾默愣住了，那一刻，他的脑海中立刻浮现了关伊伊的模样，他顿时一个激灵，情不自禁地握紧了双手。

梦行千里：你为什么问这个问题？

独木成林：因为我做了这样的梦，在现实中，我很想离他远点，因为每次一靠近他，我整个人便不好了。可是在梦里，我很想很想接近他。

关伊伊摸着下巴，有些纠结。

也不知是不是她的病压抑得太久了，虽然平时她很克制自己，强迫自己离顾默远一点，可是这几日她经常做梦，梦里，她……她几乎是肆无忌惮地占顾默的便宜，有时候尺度之大，连她自己都觉得很羞耻。

她也不知道这些话要和谁说，虽然最好的方法是告诉沈封，然而，自从见面过后，想到沈封和自己离得这么近，有些话她便难以启齿了。

沈封可是一个男的，还是一个大帅哥，她怎么好意思告诉他这些羞耻的梦呢。

她想来想去，只能又让她家温柔的千里大大当一回知心哥哥啦。

如果没有了这个病，有一个原因可能是最合理的，那就是——

她可能喜欢上顾默了。

然而，关伊伊不敢这样深想下去。比起喜欢上顾默这个可能，她甚至更愿意是因为病。毕竟，她两次告白，顾默可都是明明白白地拒绝了。

他根本一点儿都不喜欢她，可能还有些讨厌她。

梦行千里没有再回复她。

关伊伊等着等着便睡着了，梦中她再次看到了某人。

而顾默这头呢？

顾默失眠了整整一晚，独木成林的那些话，把那些他不敢深想下去的念头从心底提了起来，让他再也无法逃避。

他明明在对自己说，他讨厌关伊伊，讨厌关伊伊那种三心二意、把感情当儿戏的女生，可是为什么，上次当听到二宝说她在医院的时候，那一瞬间，他心中最先升起的不是生气，而是担心呢？

仅仅是因为关伊伊是他父亲故友的女儿，是因为关叔叔的嘱咐吗？

有些事不能深想，一深想，可能便会掉进深渊。

第二天，关伊伊早早便起床去了学校。

虽然昨晚做了一夜不和谐的梦，但是面试最重，关伊伊抛开这些杂念，专心应对即将到来的面试。

是以，等到纠结了大半夜，终于决定要一心一意坚持对独木成林的暗恋，要对关伊伊冷漠而视的顾默睡醒起来的时候，迎接他的只有傻兮兮的二宝了。

“主人，快点起来吃早餐哦，这可是太太亲手做的。”二宝站在饭桌前道。

只见饭桌上除了早餐，还有一张字条——

学长，我先去学校啦。你早上起来记得吃早餐，我准备今天就搬回学校了，这顿早餐是谢谢你这么久以来的照顾。学长，这段时间真的很谢谢你！你真是一个好人！

关伊伊

搬出去？

顾默的嘴角顿时耷拉了下来，眸中是他自己都没察觉到的冷意。

面试的主考官是学院的刘教授，刘教授今年不到五十岁，却已经是业内知名的专家了，在许多国际赛事上取得过优异成绩。陪同的几位副考官也都是学院的优秀教师。

关伊伊的笔试成绩哪怕在高年级学生中也是很亮眼的，是以，刘教授对这位一年级的小新生还是有些期待的。虽然面试是十点准时开始，但是等轮到关伊伊的时候已经快到午饭时间了。

她进入了会议室，在里面看到沈一泽她不觉得奇怪，毕竟沈一泽早就说了他也进了学习小组。只是令关伊伊惊讶的是，顾默竟然也在。这事，顾默都没有告诉她！

学习小组虽然笼统分了两个组，但其实每一组里面又细分了很多小组——小型组、中型组、类人组、标准平台组以及足球仿真组。现在能在会议室里坐在教授们旁边的学生，只有两组的组长。

所以，沈一泽和顾默是组长？

关伊伊来不及仔细思考，刘教授便开始提问了。

“关伊伊？”刘教授面相比较凶悍，语气倒是蛮温和的。

关伊伊郑重地点点头：“各位老师好。”

刘教授道：“我看了你的笔试成绩，你虽然才一年级，但是成绩已经很突出了，理论知识蛮不错了。不过，实践经验呢？”这算是有点刁难了。

作为大一的学生，能进实验室的机会蛮少的，理论知识可以很快积累起来，实践经验却需要经过多番实验才能进步。

关伊伊想了一下，道：“实践经验……教授，组装扫地机器人和家用机器人算吗？”

“嗯？”刘教授的眉毛挑了起来，在座的其他老师也饶有兴趣地看着关伊伊。

倒是顾默突然想到了什么，脸色变得有点奇怪。

果然，下一刻，关伊伊就一本正经地道：“除了实验课，我平时能接触到的只有一些家用机器人，所以为了研究，我会拆开又重新组装它们。虽然不能制作一个新的机器人，但是组装一个家用机器人，这些我还是可以的。”

刘教授想了想，道：“嘴巴说没用，你现在动手试试。”边说，边示意学生拿了一堆零件过来。

“这是一个完整的扫地机器人的零部件，你能在半个小时内组装成一个完整的机器人吗？”

“可以。”关伊伊思索了一下，点头。

刘教授看了看表道：“好，那现在开始吧。”

扫地机器人由清洁系统和环境感知系统为主要构造，关伊伊先整理了一下零部件，初步判定这应该是最新上市的智能扫地机器人。

这款机器人主要是LDS激光雷达集合SLAM算法，可以智能构建房屋地图，规划清扫路线。

其实扫地机器人的配置不难，软件已定，主要就是各种硬件的组装。

关伊伊全神贯注进入了工作状态，除了刚开始有些缓慢，接下来的速度便越来越快，也越来越熟练。

刘教授等人都安静地在一边看着，看到这情景，刘教授终于露出了满意的笑意。在场的人心情最复杂的或许要属顾默了。

沈一泽只是单纯为关伊伊赶到开心和自豪，顾默却是唯一知道真相的那个人。

关伊伊之所以这么熟练，怕是拆了二宝吧。

不到半个小时，关伊伊用了二十五分钟便完成了所有工作。参加面试的紧张此刻已经消失无踪了，在自己擅长的方面，关伊伊的自信便被激了出来。

刘教授上前检查，确认没有问题之后，便笑道："行了，下个星期来报到吧。"

关伊伊先是一怔，随即猛地反应了过来，惊喜地道："教授，我这是被录取了？"

刘教授笑道："你的基础知识学得还不错，动手能力也可以。不过先不要高兴得太早，如果表现不好，到时候也会把你踢出去的。"

关伊伊立刻笑着保证道："教授，我一定会好好表现的！"

刘教授道："看你表现。你去一组吧，好好和学长学姐们学习。"

关伊伊重重点头："嗯！"

直到出了会议室，关伊伊都还有些头重脚轻的兴奋感，她没想到自己竟然真的通过了面试，而且是当场录取。这给了关伊伊极大的鼓励，她其实一直知道自己的梦想是很遥远的，虽然她很坚定，但是如果在追求梦想的过程中能够有些鼓励，那会让她更有动力和信心的！

这么大一个好消息，她自然要好好庆祝。这庆祝，她想到的第一人嘛，自然是焦姣啦。

最重要的是，她今天准备搬回宿舍，焦姣可是她的主要劳动力啊，她可要好好犒劳焦姣。

只是……

关伊伊刚走到宿舍楼下便看到了一个熟悉的身影。

她眨眨眼，有些意外地问道："学长？"

来人正是顾默。

他随意地斜靠在树旁，双手插兜，简单的白 T 恤衫加牛仔裤，明明是超级平常的打扮，结果愣是被他穿出了 T 台效果。

就这么一会儿的时间，已经有好几个女生来来回回路过很多遍了。

这风骚诱人的男人啊！关伊伊心中暗自感叹。

顾默看向她，目光平淡，声音却似带着些冷意："你要搬回宿舍？"

咦？

关伊伊愣了一下，顾默来找她，就是为了问这个问题？

关伊伊想了想，客气地回道："是呀，我的腿早就好了，已经打扰学长你这么久了，还是搬回宿舍好一点。"

顾默直直地看着关伊伊，过了须臾才突然道："不是因为昨晚我的话让你生气所以才搬走的？"

关伊伊愣了一下。

他不提还好，一提关伊伊就忍不住幽幽地瞥了他一眼。

"我为昨晚的事道歉。"顾默突然道。

关伊伊瞬间瞪大了眼睛。

没等她有所反应，顾默又道："你在我那里住了那么久，是不是要付我房租？"

关伊伊一双猫儿眼瞪得更圆了，付房租，顾默怎么不早说？！

顾默继续道："你也知道我家的地段很好，那个小区的平均租金，两室一厅的单间是每个月三千，你住了将近三个月，给你打个折，八千。"

关伊伊已经快晕了，半晌后，她才怯怯地开口："我没那么多钱……"

顾默勾了勾唇，可是此刻，在关伊伊的眼中，他如恶魔一般可怕。

他道：“你可以赊账，不过要加利息，就算你每个月五百块吧。”

关伊伊幽幽地看了他一眼，过了许久才道：“学长，我是不是哪里得罪你了啊？”他这么整她，这是该有多恨她啊！

顾默嘴边的笑意更深了，反问道：“你觉得呢？”

那就是得罪了？

关伊伊楚楚可怜地看着顾默，殷切地道：“学长，那我给你道歉，你可以收回刚才的话吗？”

顾默继续：“你觉得呢？”

关伊伊整个人都是蒙的。

当焦姣看到关伊伊时，便发现某人的眼神发直，一副生无可恋的模样。

焦姣还以为出了什么大事儿，忙问道：“发生什么事儿了？怎么这副表情，不是说面试过了吗？”

关伊伊哭丧着脸看着焦姣：“饺子，你有八千块吗？”

焦姣疑惑道：“八千块？你要这么多钱干什么？”

关伊伊嘤嘤嘤了两声，才叹息地道：“我不是要搬回宿舍了吗？今天顾默来找我要房租了！一个月三千，打个折，三个月算我八千，赊账的话，每个月加五百块利息！”

焦姣张大了嘴巴，也是一脸难以置信的表情。过了好半天，她才艰难地冒出一句——

“牛！”

话分两头，且说顾默这头。

其实他对刚才的自己也很惊讶，他也说不出为什么自己会去找关伊伊，反正等他反应过来的时候，他已经等在女生宿舍楼下了。

至于他说出的那些话……

顾默告诉自己这都是合理的！而且他是为了关伊伊好，就当帮她存钱了，免得她一有钱就学坏。

顾默这样说服着自己。

他不是舍不得关伊伊，一定不是舍不得！

他正自我催眠间，独木成林的消息便来了，瞬间便把他从地狱拖回了天堂。

独木成林：千里大大，告诉你一个好消息，我的面试过啦！

这个时间段……

看来独木成林果然是 A 大的。

顾默思索了一会儿，突然下定了一个决心。他明白自己正处于一个危险的阶段，为了避免继续胡思乱想下去，还是速战速决吧。

梦行千里：小木，恭喜你。要不抽个时间，我请你吃饭庆祝一下吧？我还差你一个愿望没有实现呢。

这头，本来打算吃大餐庆祝自己取得初步胜利，但是现在为了还债不得不去食堂吃饭的关伊伊，一颗本来有些受伤的小心肝，因为偶像这句话，顿时满血复活。

独木成林：好！

此话一出，关伊伊和顾默都松了口气。

既然是要去见偶像，那她必须以一种全新的美好形象出场，必须给千里大大一个好印象。

首先，需要买漂亮的新衣服，做个新发型。

可是，任凭关伊伊有再多的想法，现在都实现不了，因为——

她没有钱！

关伊伊立刻看向焦姣，只是还没等她开口，焦姣便捂住自己的小钱包，警惕地道："我这个月生活费都超支了！"

关伊伊遗憾地叹了口气。

那现在，看来只有一个办法了……

是以，当天下午，关伊伊回到顾默的家里收拾东西的时候，纠结了许久，终于对顾默道："学长，我能请你帮个忙吗？"

正在沙发上看书的顾默抬头看她。

关伊伊吞了吞口水，鼓足勇气道：“我觉得八千也是还，一万也是还，要不你再借我两千块，我凑个整数吧。”

有那么一瞬间，顾默觉得自己幻听了。过了好半晌，他才眯着眼睛，迟疑地开口道：“你的意思是想找我借钱？”

关伊伊不好意思地笑道：“那啥，学长，你就帮人帮到底，江湖救急。”

她本来是想找沈一泽借钱的，不过沈一泽今天好像有事，一直没找着人。于是关伊伊思来想去，只能硬着头皮来找顾默了。

只是看顾默这面无表情的样子，关伊伊有些沮丧，怕是……

“支付宝给我。”顾默冷不丁地开口。

关伊伊猛地抬头，瞪大了眼睛看着顾默，傻愣愣地报了支付宝账号。

“给你一个月时间，记得还钱，不然利息翻倍。”顾默拿出手机，直接给关伊伊转了两千块钱过去。

直到收款提示音响起，关伊伊这才算是如梦初醒。

她露出了一个大大的笑容，就连眼睛里都像是在发光一般，笑嘻嘻地给顾默鞠了一躬，道：“学长，你真是好人啊！你放心，我一定会按时还钱的！”

她每个月的生活费是两千块，但是从小到大，或许是为了补偿，关父每年都会给她很多压岁钱，所以其实她的小金库很可观的。只是她存了定期，要下个月才到期，才能取出来。

所以，关伊伊完全不担心还不了钱。

不过，她真的非常感激顾默解了她的燃眉之急。看来，顾默也没有表面看上去那么冷酷无情嘛。

她正想着，顾默又开口问道：“你今晚就要搬回学校？”

关伊伊回过神来，忙回道：“嗯，是的，我约了焦姣来帮我搬东西。”

“下雨了。”顾默突然伸手指着窗外，“你还能搬吗？”

关伊伊抬头往窗外一看，果然，也不知什么时候竟然开始下起了雨，而且雨势挺大的。

雨下得这么大，她还怎么搬？怕是连车都叫不到。

关伊伊正有些纠结，电话就响了，是焦姣。

电话刚接通，焦姣便道：“伊伊，下暴雨了。这鬼天气，怕是不好搬行李，你要不换一个时间？”

关伊伊本能地抬头看了一眼顾默。

似是察觉到她的目光，顾默突然回头，两人的眼神顿时撞在了一起。有人说过，当两个异性突然对上眼神，尤其对方还是个极其优秀的人的时候，自己会陷入一种很奇妙的境地——控制不住地心动，控制不住地被吸引。

就这么一瞬间，关伊伊的心像是冷不丁地被电了一下。她有些不明白那种感觉，但就是莫名地心跳加快，心慌意乱，甚至有些不好意思看顾默。

这……是为什么？

她愣在原地。

“伊伊？伊伊你在听吗？”

还是电话那头焦姣的呼唤让关伊伊回过神来，她的脸莫名有些红，连忙移开视线，假装认真打电话。

“啊，不好意思，刚才有点事儿。”关伊伊轻咳了一声，“那行，我今天就先不搬了。你早点休息，我就不回学校了。”

“行，那拜拜啦。”

结束了和焦姣的通话，关伊伊再次看向顾默，有些不好意思地问道：“学长，外面下雨了，我能够再住一晚吗？”

想了想，她又补充了一句：“我可以加房租！”

顾默的嘴角轻轻勾了勾，只是那弧度太浅而且消失得太快，关伊伊怀疑是自己眼睛花了。

过了须臾，就在她有些忐忑的时候，顾默终于开口道：“可以，不过今天的晚饭，你做。我不想吃二宝做的饭了。”

恰好刚充好电的二宝路过，听到顾默这话，立刻委屈地道：“主人，你是嫌弃我了吗？我哪里做错了？你告诉我，我改好不好？主人，别不要二宝，二宝很乖的。”

二宝今天没有用萝莉皮，而是用的美少年皮。

看到一个小萝莉撒娇，那是一种享受；看到一个男人撒娇，那就是……

“啧！”关伊伊起了一身的鸡皮疙瘩。

二宝还要啰唆，顾默便直接开口道：“再废话就拆掉你！”

此话一出，二宝立刻闭嘴了，只是那神情还是委屈巴巴的，并且，用楚楚可怜的目光看着关伊伊，眼里充满了哀怨。

躺着也中枪的关伊伊轻咳一声，忙道：“那好，学长你想吃什么？我现在就去做！”

“随便。”

关伊伊进了厨房，本来想要大展身手，好好感谢顾默的“慷慨”，厨房里的食材也很多，只是，呃，她会做的不多。

想来想去，她最后还是选择了最保险的一种。

“还是下面吧，这个最简单。”——也最不容易出错。

不过为了表示自己做饭做得很有诚意、很认真，关伊伊给顾默做的面里可是加了不少的好料——两个荷包蛋、火腿肠、西红柿……

总的来说，是非常有营养也很有分量的一碗面！

是以，这一晚，顾默撑得有些睡不着。

“轰隆隆——”

窗外的雨还在下，雨变得越来越大，还时不时亮起一道闪电，伴随着轰隆隆的响雷。关伊伊刚收拾了碗筷，拿着衣服去浴室洗澡，岂料，刚脱了衣服，只听一声惊天响雷！

她被吓得蹦了起来。

浴室的灯发出砰的一声，下一秒，灯一灭，浴室毫无意外地黑了下来。

关伊伊平时胆子挺大，但是她这人从小就怕黑。小时候，关父忙着工作经常出差，保姆家里有事，关伊伊就会一个人待在空旷的大房子里。这还不算最惨，有一次更惨，也是这种闪电打雷的暴雨天气，家里的电线坏了，整个屋子都黑漆漆的。

关伊伊还那么小，她打不通关父的电话，只能一个人把头埋在被子里，在那伸手不见五指的黑夜里瑟瑟发抖。

或许是小时候的阴影太深了，关伊伊现在虽然长大了，可还是怕黑。

是以，当浴室一暗下来，她控制不住，本能地大叫了一声。

而此时，顾默正躺在沙发上消食。

屋里刚黑下来，他还没反应过来，便听到浴室里传来一声惊叫。那一刻，他身体比大脑动得更快，几乎是听到惊呼的瞬间便蹿到了浴室门口。

毕竟家里就他们两人，顾默的人品那是绝对没问题的，所以关伊伊也没有反锁门，顾默直接就伸手打开了门。

恰好，窗外又是一道闪电闪过。

那一瞬间，顾默看清楚了浴室里的情况。

黑暗里，关伊伊裹着浴巾，像一个团子一样蹲在墙角。

"关伊伊？"

他听见细小的抽泣声，眉头微微一皱，突然蹲下身，脱下身上的外套披在关伊伊的身上，下一瞬，一只手穿过关伊伊的腘窝，一只手揽着她的背把她打横抱了起来。

关伊伊所患的皮肤饥渴症，严格上来说，只是一种心理疾病。

此刻，她全身心都陷入了害怕当中，便忽略了肌肤相亲带来的刺激。反而因为顾默的出现，她顿时有了一种安心的感觉。

她情不自禁地把头埋在顾默的胸口，有些依赖地唤道："学长——"

顾默抱着关伊伊到了沙发上，听到她柔柔的轻唤，心瞬间软得一塌糊涂，声音都柔了好几个调："我在这里。"

想了想，他又迟疑着补充了一句："伊伊，别怕。"

这轻声的安慰一瞬间便击中了关伊伊的心脏，曾经，当她遇到这种情况的时候，她最想听的就是爸爸对她说一声"别怕，我在这里"。

可是她一直没有机会听到。

后来，她长大了，也不需要了。

她以为自己早已不期待了，直到现在听到顾默的这句话，她的鼻头一酸，心中突然就特别的感动。

“学长，谢谢你。”

“嗯。”

除了屋外的雷声、雨声，偌大的房间里，他们只能听到彼此的呼吸声，清晰得犹如就在耳畔。

顾默莫名有些不自在。

“应该是电源坏了，我先去看看。”说罢，他站起来要走。

“不要走！”关伊伊却猛地拉住顾默的手，“学长，我……有点怕，你陪我一会儿好不好？”

许是此刻的关伊伊看上去太可怜了，顾默的心怎么都硬不起来，无法拒绝关伊伊的要求。

他沉默了片刻，才轻轻地“嗯”了一声。

想了想，顾默拿出手机，打开了手机的灯。

黑暗总算被驱走了一些，关伊伊也镇定了不少。发现自己还抓着顾默的手，她有些不好意思地放开，难得有些腼腆地道：“学长，我刚才是不是很丢脸啊？”这么大的人了，居然还怕黑怕得哭了，想到此，关伊伊自己都有些羞耻。

顾默淡淡地道：“还好。”

关伊伊早就习惯了顾默的言简意赅，也不介意，笑了笑道：“学长，我觉得我以前是错怪你了。”

“嗯？”顾默看着她。

关伊伊觉得现在的气氛甚好，她莫名有了一种倾诉的欲望：“我爸妈在我很小的时候就离婚了，我妈妈离婚之后就出国了，我爸爸工作忙，小时候我经常都是一个人待在家里。每次遇到这种打雷闪电的暴雨天气，我就最害怕了。那时候，我特别想爸爸能突然回来陪着我，告诉我他一直在。可是，等到我爸爸能陪着我的时候，我已经长大了。”

顾默沉默了片刻道：“我爸妈没离婚，可是他们待得最多的地方不是家，而是研究院，小时候，陪着我的只有二宝。”

想了想，他又补充道："没关系，一切都过去了，我们都长大了。"

关伊伊直直地看着他，突然笑了："学长，你知道刚开始你在我心中是什么样的人吗？"

没等顾默回答，她继续道："我觉得你这人冷酷无情、毒舌、超级不近人情。"

顾默的眉毛挑了起来。

"可是，现在我才知道我错了。其实，你是这个世界上最好的学长。"没等顾默生气，关伊伊便笑着道，"你其实就是刀子嘴豆腐心，还傲娇！"

顾默哽了一下。

她确定这是在夸他？

"学长，我有没有告诉你一个好消息？"顾默还没来得及反驳他不是傲娇，关伊伊突然转移了话题。

他顺口问道："什么好消息？"

关伊伊笑着露出两个可爱的小酒窝，开心地道："我明天就要和我的偶像见面啦！"

顾默的心登时咯噔了一声。

他记得，关伊伊的偶像是梦行千里，这会是巧合吗？

关伊伊和梦行千里约好了晚上见面，刚好是星期六，关伊伊没课，一大早便起来约了焦姣去买衣服、做发型。

昨晚上虽然发生了点意外，但是关伊伊的心情并没有受影响。

只是因为昨晚她的窘样被顾默瞧见，她莫名有些羞耻感，是以，她很早便起床，特意和顾默错开了时间。

只是没想到，焦姣临时有事，无法和她一起逛街了。

关伊伊正有些失落地走出学校，却意外地碰见了一个熟悉的人。

"沈大哥？"

不远处，沈封正和朋友聊着天，听到熟悉的唤声便抬头看去，见是关伊伊，沈封的嘴角便翘了起来。

“伊伊，好巧。”

沈封其实并不是正式的心理医生，他现在还是心理学院研一的学生，不过因为专业能力很强，而且经常跟着自己的导师实习，所以经验也算丰富。两人自从上次见面后，由于都是忙人，便一直没有机会再见面，现在突然碰到，自然有些惊喜。

沈封和朋友告了别，便直接朝关伊伊走过去，笑着问道：“今天周六，你怎么在学校，没出去透透气？”

他知道关伊伊所学专业课程很满，而且关伊伊平时学习也很拼命，所以平时网上聊天的时候，也会建议关伊伊不要太压抑自己，劳逸结合。

关伊伊叹气道：“我今天本来和我偶像约好了见面，想约朋友一起去逛街买衣服、做发型的，但是她临时有事，我只好一个人了。”

沈封看了看时间，想了想，道：“如果不介意的话，我陪你一起？正好，这段时间比较忙，也没有和你谈病情，今天就算做个回访怎么样？”

说到这个，关伊伊也很心动。

她追求顾默被拒，很明显是追求无望了，上一次沈封指出的那条路自然是走不通了。而且，昨天晚上停电的时候，她和顾默肌肤接触也没有犯病，她也正好想问问沈封这是怎么回事。

想到此，关伊伊果断点头道：“好，那学长我们边走边聊吧。先去中心商场怎么样？”

沈封忍不住伸手揉了揉她的头，笑道：“你是想打扮得漂漂亮亮的，然后去见你偶像啊？”

关伊伊抿嘴一笑道：“那是，第一印象很重要，我可要给我偶像留一个完美的印象。”

两人说说笑笑地向前走，谁也没有注意到不远处站着一个挺拔的人影。顾默目光深沉地注视着关伊伊和那个陌生的男人，即使听不到两人交谈的内容，也可以看出来两人的关系很好。

而且那个男人摸了关伊伊的头，这种亲密行为是普通朋友之间会出现的吗？

自从昨晚听到关伊伊说要和偶像见面之后，顾默的心便有些乱了。他心中有了一个很不可思议的猜测，再结合那些大大小小的巧合，他几乎是不受控制地猜测——

难道关伊伊和独木成林是同一个人？

虽然这种猜测很不可思议，顾默也无数次告诉自己或许是他想多了，毕竟在他了解中，关伊伊和独木成林根本是两个不同性格的人。

如果说关伊伊是一团热情的火，那么独木成林就是一只羞涩可爱的小兔子。

两者之间千差万别，怎么可能是同一个人呢？

但是偏偏这个念头就像是扎根了一般一直缠绕在他的心中，让他一整夜都没睡好。关伊伊早上起来的时候，虽然小心翼翼地尽量不发出声响，然而顾默还是在听到那细小的响动时醒了过来。

也不知是什么原因，他鬼使神差地跟着关伊伊出了门，悄悄地跟在她身后。

这种偷偷摸摸的事情顾默以前从没做过。

一路上，他都冷着一张脸，浑身散发着生人勿近的气息。

是以，虽然他因为那张长得很好看的脸受到了很多人的瞩目，但幸运的是没有人前来搭讪。

前方，关伊伊和沈封聊得很好，也不知道说了些什么，关伊伊笑得甜甜的。顾默冷眼看着，不知为什么，莫名觉得平时那可爱的小酒窝现在竟然有点刺眼。

关伊伊这人其他方面都挺好，唯独在男女关系上太不注意了！

她和那个男人是什么关系啊，有必要靠得这么近吗？

顾默的脸色越来越难看，就连他自己都没有发现，有那么一瞬间，他的眼中闪过了一抹嫉妒。

他告诉自己，他只是为了看着关伊伊，以免她吃亏。毕竟她年纪小不懂事，作为学长，还是关叔叔拜托照顾她的人，他有责任好好看着她，免得她误入歧途。

现在的小姑娘，很容易就被一张皮相给诱惑了。

想到此，顾默的脑海中不受控制地想到了很多不好的事情，关伊伊不会真的被那个人的脸给骗了吧？明明……明明他长得更好看啊！

他眼睁睁地看着关伊伊和那个男人进了女装店。

两个年轻男女一起进女装店，哪怕顾默没有任何恋爱经验，但没吃过猪肉难道还没见过猪跑吗？这明显就是小情侣一起逛街买衣服啊！

这头，关伊伊刚和沈封讨论了一下她的病。

她把自己告白被拒的事情告诉了沈封，遗憾地宣布这条路可能走不通了，又问沈封还有没有其他建议，也把昨晚的疑惑说了出来。

“沈大哥，你说我这病是不是快好了？”

沈封思索了一下道：“我曾经就说过你的病其实大部分是因为心理问题，从而让你失去理智。昨晚可能你太过害怕，所以忽略了心底的渴望。这是一个好兆头，只要正确引导，慢慢消除你心里的欲望，解开心结，或许这病就不药而愈了。”

想了想，他又补充道：“既然追求不成，那我们换一种方式，你尽量避开他，不要再有过多接触，先观察一段时间。”

关伊伊觉得沈封说得挺有道理的，于是点头表示同意。

正好看到了她喜欢的女装牌子，于是两人走了进去。

俊男美女的组合其实挺引人注目的，而且很容易让人误会。年轻的女导购明显也误会了两人的关系，笑着介绍道：“这位小姐，这边的几款衣服都是我们最新上市的新款，您看看这条裙子，很适合您呢，而且您皮肤白，人又瘦，穿上肯定很好看。”

导购拿起一条露肩高腰的齐膝小黑裙，又看向沈封，说道：“这位先生也可以看看，发表一下意见，是不是很适合您女朋友呢？”

“我们不……”

听到女朋友，关伊伊便要解释，她怕沈封觉得尴尬。

只是她才开口，还没来得及说完，便见导购小姐突然眼睛一亮，忙朝前走了几步，声音清脆又甜美地道："这位帅哥，欢迎光临，您是来为您女朋友买衣服的吗？有什么可以为您服务的呢？"

这导购小姐说这句话时声音也太甜了吧！

关伊伊感觉鸡皮疙瘩都冒了起来，她本能地转头看去，当看清进来的人时，瞬间难以置信地瞪大了眼睛，失声叫道："顾学长？！"

第八章
或许，那便是醋的味道

跟踪别人，被当事人发现了怎么办？

顾默有点尴尬。

他其实没想直接出现在关伊伊面前，只是他刚才也不知怎的，脑子一热，情不自禁就跟在两人的身后走了进来。

所以，现在该怎么办？

顾默努力板着脸，仿佛什么事儿都没发生似的样子，努力保持镇定，道："我……路过。"

对，他真的只是路过而已。

关伊伊狐疑地看着顾默，脱口问道："路过，你路过女装店，还特意进来？"

虽然这是事实，但是她为什么要这么直白地说出来？！

或许是实在看不下去这么尴尬的画面了，一旁，沈封轻咳一声，道："伊伊，这是你的朋友？"

关伊伊反应过来，连忙介绍道："这是顾默顾学长，我现在就住在顾学长家里，顾学长的父亲和我爸是好朋友。"

转头，她又对顾默道："顾学长，这是沈大哥，也是我们学校的，不过是心理学院的，现在正读研一。"

这个介绍看似没有问题，顾默却敏锐地察觉到其中细微的差别，他是顾学长，那个男人却是沈大哥，亲疏远近，一听便知。

这时，沈封上前伸出手，笑道："你好，我是沈封，很高兴认识你。"

顾默看了他一眼，最终还是伸出手和他握了一下，扯了扯嘴角道："你好，我是顾默，也很高兴认识你。"

明明是很平常的打招呼方式，可是关伊伊莫名就感受到了一种剑拔弩张的紧张感。

她轻咳一声道："学长，你这是要去哪里啊？"

顾默看了她一眼，没直接回答，而是反问道："你去哪里？"

关伊伊没料到顾默这样问，愣了一下才回道："呃，我就是随便逛逛。"想了想，她又补充道，"我不是昨晚告诉你我今天要去见我偶像嘛，所以我想打扮得礼貌一点，给偶像留个好印象。"

墨黑的眸中极快地闪过一抹暗光，顾默看着关伊伊，那目光莫名让关伊伊感觉到一些压力。

顾默问道："你要见的偶像是谁？"

关伊伊倒是没想那么多，她是恨不得全世界的人都喜欢她偶像，所以经常给身边的朋友推荐梦行千里和《轮回线》。

现在听到顾默这样问，她忙高兴地回道："我偶像啊，我偶像就是知名科幻大神作家梦行千里！学长，你不是知道的吗？对了，我记得你也喜欢千里大大，上次还给我带了他的签名书呢！"

除了她的第一句话，她后面的话，顾默已经没心思听了。

心里的猜测成真，那一刻，他也不知心中是高兴还是失落，甚至似乎还夹杂着一些慌乱。

原来，关伊伊真的就是独木成林。

顾默的心中像是突然迎来了狂风暴雨，他心慌意乱，甚至连平日的面瘫都有些无法维持，脸上罕见地出现了一丝茫然无措的表情。

关伊伊不知真相，见顾默愣在原地不说话，还以为自己的强行推荐让顾默生气了，不由小心翼翼地问道："学长，学长，你怎么了？我……是不是说错话了？”

顾默回过神来，双手情不自禁地握紧，表情有些紧绷地道：“我还有些事，我先走了。”说罢，也没给关伊伊反应的时间，直接转身就快步离开了。

关伊伊张着嘴，想说话，但是看到顾默散发着浓浓拒绝气息的背影终究是闭上了嘴巴。

她喃喃低语：“不是吧，我不会又把他给惹到了吧。”

顾默心思难测，关伊伊和他相处挺小心翼翼的，因为她也不知道会不会一句话没说对或者一个动作没做对就触了他的逆鳞。

这位顾学长的心思，可以归入世界级难题了。

想到估计又惹顾默生气了，她便有些失落。

虽然告白失败之后，她是想离顾默远远的，可其实内心深处，她还是知道，如果有机会，她还是很想和顾默好好相处的。

但可惜，顾默似乎并不愿意给她这样的机会。

她正暗自叹息着，耳边却突然传来了一声轻笑，沈封道：“伊伊，你这么失落？是不是……喜欢上刚才那个帅哥了？”

这话一出，关伊伊就顾不得失落了，浑身的毛几乎都爹起来了，她立马就开口大声地反驳：“怎么可能？”她怎么可能会真的喜欢上顾默！

关伊伊有些急迫地解释道：“我只是……只是……”

她“只是”了半天，也没说出个所以然。

倒是沈封伸手揉了揉她的头，失笑道：“这么着急干什么？我就是随便开个玩笑而已，你还当真了？”

关伊伊登时翻了个白眼，瞪了他一眼道：“沈大哥，这种玩笑不能随便开，会让人误会的。”

“行，我以后不逗你了。”沈封耸了耸肩，突然道，“刚才那个帅哥是不是弄得你病发的那位？”

关伊伊点头。

沈封挑眉道：“伊伊，你确定你只是因为被他的皮肤吸引了，而不是沉迷美色？”

她深吸一口气，怒道：“你不要把我说得像是个花痴一样，我可是一个正经人！”

“哦，正经人。”

沈封没有继续说下去，只是在关伊伊看不到的地方微微皱了皱眉头。他刚才可是注意到了，关伊伊说她的偶像是梦行千里的时候，顾默的眼神似乎有些不对劲。

沈封的心中忍不住有了一个看似不可思议但又合理的猜测。

他低头看了一眼身边正兴冲冲挑衣服的关伊伊，想了想，最终还是没有把自己的猜测说出来。

有时候，世界还是需要一点惊喜的。

关伊伊拉着沈封陪她买了衣服、理了发，眼看约定时间要到了，终于大发慈悲地放过了沈封。

和沈封告别之后，关伊伊就紧张又期待地到了约定的咖啡厅。

还有十分钟，千里大大就要出现了！

她深吸一口气，睁大了眼睛紧张地注视着门口。

时间一分一秒地过去，然而关伊伊等的人依旧没有来。

她有些沉不住气，眼看时间已经离约定时间过去一个小时了，想了想，终于还是给梦行千里发了一条私信。

独木成林：千里大大，你在哪里？你到了吗？

没有人回。

关伊伊坐在咖啡厅，看着天色越来越黑，街上的人越来越少，心渐渐沉了下去。

顾默家。

落在沙发上的手机响了一声，二宝判断出是微博消息提示音，立刻拿着手机去敲顾默的门：“主人，您的手机响了，有人找您。”

屋内没人回应。

二宝又叫了一声："主人！"

主人是不是出事了？

二宝虽然平时很人性化，但是终究只是一个AI，没有人的思维能力，只有芯片记入的各种程序。

正在二宝分析着是否要破门而入时，门突然打开了，手上的手机被抽走。没等二宝开口询问，砰的一声，门又被关上了。

二宝嘟了嘟嘴，从记忆库里搜寻了一下，才不满地道："讨厌，主人真讨厌。"

可惜，没人理会它。

此时屋内，顾默拿着手机，面无表情地看了半晌，才深吸口气点开微博私信。

果然是独木成林，不，或许现在应该说是关伊伊。

之前他突然得到这个真相，一时之间有些难以接受，脑子也晕乎乎的，回到家就直接进了房间发呆，倒忘记了和独木成林的约会。

可是，现在他还应该去吗？

如果他去了，他又应该以何种态度面对关伊伊呢？关伊伊又会如何对待他？

顾默想不清楚。

他期待了很久和独木成林的见面，但是从来没有想到，当有一天期待成真时，可能和他预想的情况差得很远。

他认识的关伊伊和独木成林是两种性格，现在她们却是同一个人。

该说这个世界太奇妙，还是太奇葩？

到底哪一个才是真的她？

半晌后，顾默烦躁地揉了揉头发，终于下定决心。

梦行千里：抱歉，我临时有点事，没来得及带手机，今天可能见不了面了。

就这样吧，他既然没有更好的处理方法，就先拖延一段时间吧。

顾默发送了消息，关掉手机，重重地叹了口气。

且说关伊伊这边，收到梦行千里的消息，她还没来得及高兴，在看清楚内容后，便失望地耷拉下了肩膀。她为了今天准备了这么久，说不失落难过是假的，只是她也无法怪梦行千里，只能感叹自己运气不好。

她心情低落地回到顾默的家里，二宝立刻迎了出来，萌萌哒地道：“太太，欢迎回家，您吃饭了吗？需要二宝给您准备晚餐吗？”

关伊伊摸了摸肚子，这才感觉到饥饿。她只顾着伤心遗憾了，都忘记吃饭这回事了。二宝现在提起，关伊伊想了想，便道：“没事，我自己下碗面吧，你去休息吧。”

在这里住了这么久，关伊伊和二宝已经有些感情了，她也无法把如此人性化的二宝单纯地当作一个机器人，所以对待它的方式就像是对待人一样。

只是，二宝却不买账。

关伊伊话音刚落，便听二宝抽泣了一声：“太太，难道你也嫌弃二宝了吗？”

关伊伊嘴角抽了抽，道：“这是怎么了？”

二宝伤心地道：“你们是不是都嫌弃我做饭不好吃啊？今天主人不吃二宝做的饭，太太你也不吃。你们是不是想把二宝送到回收站啊？”

关伊伊一愣，道：“你说学长没吃饭？是发生什么事了吗？”

二宝哀怨地道：“我也不知道，主人今天回来就好像有些不高兴，晚饭也不吃，也不理二宝。”

“好了好了，我们没有嫌弃你做的饭。”关伊伊见二宝这么伤心，忙道，“你去做两碗面吧，我一会儿端给学长。”

二宝立刻欢天喜地地去厨房了。

关伊伊本来低落的心情因为二宝倒是消散了不少。反正也不是见不到了，下次可以再约嘛。这样想着，关伊伊心里就好受多了。

待二宝把面做好，关伊伊首先便端着面敲了敲顾默的门。

“学长，我是关伊伊，二宝做了面，你吃吗？”

顾默平时虽然寡言少语，但是对她也算负责，于情于理，她都觉得自己应该感谢一下顾默。

“学长？”

过了许久，屋里才传来了顾默闷闷的声音：“我不吃了，你自己吃吧。”

关伊伊却没走，而是继续道：“学长，不能仗着年轻就不好好爱惜自己的身体啊！晚餐还是要吃的，不能因为心情不好就不吃。”

顾默没回答她。

关伊伊想了想，对二宝招了招手，轻声道：“有备用钥匙吗？”

二宝恍然大悟地点头：“对哦，我有备用钥匙啊！”

关伊伊示意：“那直接开门吧。”

屋里，顾默冷着这一张脸，回道：“我不想……你怎么进来了？”他话还没说完，就看见关伊伊端着面大大咧咧地走了进来，他的眉头顿时皱了起来。

关伊伊笑道：“学长，吃面吧！”说罢，直接把面放在了顾默的面前，笑眯眯地看着他。

她的眼睛本来就大，此刻笑起来，亮晶晶的，又隔得近，顾默能够清楚地看到她似乎毫无瑕疵的白皙的脸以及那两个又深又诱人的酒窝。

他狼狈地移开视线，浑身开始冒冷气，冷声道：“拿出去！谁让你擅自进我房间的？”

关伊伊愣了愣，没料到顾默的反应竟然这么大，一时之间，她有些茫然无措。

顾默努力忽视心中的异样，强迫自己冷着脸道：“出去，我不想再说第二遍。”

他的语气实在是太冷厉了，而且态度很强硬，关伊伊有些受伤。她本以为，两人就算不是朋友，关系也差不到哪里去吧。

只是每次她这样想的时候，顾默却总会给她重重一击，让她明白自己是多么天真。

关伊伊的脸色白了几分，顿了一下，她才道：“对不起，打扰了。”

说罢，她没再看顾默，直接转身走了。

背后，顾默张了张嘴，有些懊恼。

他……是不是太过分了？

“关……”

“砰——”

响亮的关门声堵住了顾默未尽的话，他看着紧闭的房门，又看着桌上热气腾腾的面，脸色更冷了。

这时，二宝突然走了进来，顾默冷眼看着它。

二宝道：“主人，太太很生气，超级生气，脸都气红了！所以，主人，你惨了。男人怎么能欺负女人呢，主人你死定啦！”

关伊伊第二天一早便提着行李箱回了学校宿舍。

她在这儿住了三个月，东西还是蛮多的，一次拿不完，是以，她就只收拾了一些重要东西先拿到宿舍。

因为走得早，她也没和顾默打招呼。

她们宿舍本来四个人，但是另外两人和她们关系不合，又不是同一个专业的，所以早就申请换宿舍了。而她们专业女生超级少，是以这一段时间都是焦姣一个人住在宿舍，她早就想关伊伊快点回来陪她了。

只是关伊伊这也回来得太突然了，大早上的，还不到七点，她就被开门的声音吵醒了。

看到是提着行李箱的关伊伊，焦姣惊讶地道：“伊伊，你这是搬回来住了？怎么这么突然？”虽然关伊伊好几次说要搬回来，但是因为中途总是有事情耽搁，是以每次都没有顺利进行。

焦姣本以为这一次也会不了了之了呢。

哪知道，关伊伊竟然一大早提着行李箱就一个人回来了。

关伊伊抿着嘴道：“不欢迎我回来啊？”

焦姣看了她好几眼，突然道：“你是不是和顾学长吵架了？”

关伊伊一僵，沉默片刻才道：“你怎么突然这么问？”

焦姣回道：“这很明显啊，如果你要搬家，顾学长那么有责任心的一个人肯定会亲自送你回来的。然而现在这么早，你就一个人，还板着一张脸，像是谁欠了你钱似的，明显就是不开心嘛。说说吧，到底怎么了？”

既然被焦姣说破了，关伊伊也不再掩饰。

她长长地叹了口气，有些落寞地道：“焦姣，我觉得顾默可能挺讨厌我的。”

焦姣惊讶地道：“为什么这么说？我觉得顾默学长对你挺好啊！”

关伊伊道：“他对我好，不是因为想对我好，不是因为我这个人，而是因为我爸爸拜托他照顾我而已。你也说了，他是一个很有责任心的人。”

焦姣瞅了她一会儿，突然道：“伊伊，你……你该不会是喜欢上顾默了吧？”

“怎么可能！”关伊伊像是被人踩到了脚一般，立刻跳起来反驳，“我怎么可能会喜欢上顾默！”

焦姣却道：“但是你现在看上去明明对顾默很在意啊！”

关伊伊心里咯噔一声。

半晌后，她猛地摇摇头，道：“算了，不说这个了，我今天心情不好，其实主要还是因为我昨天没有和我偶像见面成功，千里大大他临时有事。”

焦姣看她确实不想再提顾默，也不逼她，拍了拍她的肩膀安慰道：“那没事，反正来日方长嘛。”

总有一天，关伊伊会和她偶像见面。就好比，总有一天，关伊伊会看清自己的内心一样。

且说顾默这头，昨晚，他说了那些话，又被二宝教训了之后，纷乱的思维倒是平静了不少。只是他还是没有想到应该用什么样的态度去面对现在的关伊伊，也就是独木成林。

早上他好不容易做好了心理建设，结果起来一看，发现的便是空了的房间。

他看了看叠得整整齐齐的被子和已经空了的衣柜，愣在了原地。

二宝道："太太一大早就走了。"

顾默沉着脸道："为什么不告诉我？"

二宝道："太太叫我不要吵醒你，而且，你昨晚不是欺负人家吗？"边说，二宝边斜着眼看着顾默，看上去似乎有些不满。

"主人，你就作吧，把老婆都作没了，哼哼，看你打一辈子光棍！"

顾默无语了。

他本来有些失落的心情因为二宝倒是无法再失落下去了。

她走了也好，毕竟，他现在也不知道该如何对待她。

暂且放下这些纷乱的爱恨情仇不说，且说 RoboCup 学习小组。

关伊伊周一一早就去报到了。

由于她在面试上的优异表现，刘教授对她印象深刻，见到她，脸上露出了点笑来，温和地道："这样吧，你先去一组，多跟着学长学姐们学习一下，有不懂的就问。"

关伊伊点头。

只是让她没有想到的是，一组的组长竟然是顾默，也就是说她接下来好几个月都要在顾默的手底下工作。

关伊伊有些迟疑。

她现在已经认定了顾默肯定讨厌她，她也不是那种没有自尊心的人，既然别人都讨厌她了，她又怎么好整天在别人眼皮子底下溜达？

再说了，她也是有尊严的好吗？！

想了想，关伊伊最后还是决定换组。

"教授，我可以去二组吗？"

刘教授疑惑地道："为什么？一组有什么不好吗？"

关伊伊忙摇头道："不是一组不好，就是我和沈一泽学长关系不错，我想跟着一泽学长多学习。"

刘教授倒是不想为难她，只是……

他有些犯难地道："这事儿我先想想。"

无奈，关伊伊只好暂时回了一组。

一组的人都在，关伊伊是唯一一个入选的大一学生，大家对她都挺好奇。只是当时面试的时候，只有老师和两个组长在场，所以大家不怎么了解关伊伊的能力，这些目光中便多少带着质疑的意味。

顾默正站在最前面，关伊伊在门口顿了一下，才硬着头皮打了个招呼，得到顾默淡淡的一个点头示意。

她松了口气，快速地找了个位子坐下。

大家互相打过招呼之后，便在顾默的分工下开始工作。关伊伊只是低年级学生，大家自然不会把重要的事情交给她，毕竟把东西弄坏了，那得不偿失。

想着或许这就是个来学习的小学妹，大家便只交给了她一些杂事。

关伊伊也不急，做完了手上的工作之后，便专心地在一旁仔细观看学习。这些人里面有好些是上一届参加比赛的老人，包括两个组长，虽然在上一届并不是组长，但也是上一届的核心小组重要成员。

她看得专心，倒是没有注意到顾默什么时候离开了。

而此时，顾默正站在刘教授的实验室。

“教授，您找我？”

刘教授从实验里抬起头来，扶了扶眼镜道：“对了，那个你上次指名要的小姑娘说要转到二组去。”

此话一出，顾默便猛地沉下了脸色。

刘教授见顾默半天不说话，开口问道：“你同意关伊伊转组吗？”

顾默回过神来，勾了勾嘴角，眼中却无丝毫笑意，斩钉截铁地道：“当然……不同意。这是学校的安排，如果谁都可以因为一些可笑的问题就随意转组，那不就乱套了吗？没有规矩不成方圆，刘教授，您放心，我会重点照顾关伊伊的。”

“重点照顾”四个字他加重了音量，刘教授隐隐觉得有些不对，但是对于顾默他还是很信任的，所以也没有多想，便道：“那就好，关伊伊这个小姑娘还是蛮不错的，好好培养或许是一个好苗子。”

顾默沉下脸色，道：“教授，那我先过去了。”

刘教授点头：“去吧。”

顾默脸上的笑在他走出实验室的那一瞬间消散得无影无踪，他冷哼一声，咬牙切齿地想道，关伊伊居然想转组，然后投奔沈一泽？他以前就看沈一泽不痛快，现在就更是了，就算他现在还没有想好如何对待关伊伊，可是这也不妨碍他把沈一泽列为重点关注情敌！

在他说不之前，关伊伊绝对不可以先退出！

她不是喜欢他吗？还对他表白了，他怎么可能允许她这么快就移情别恋呢！

关伊伊还不知道自己已经快要大难临头了，在实验室待得很愉快。

RoboCup 学习小组，除了总负责人刘教授，两个小组还分别安排了三个专业的老师，一个负责电子工程，一个负责机械自动化，另一个负责内核编程。这几个老师都是学校的佼佼者，专业水平极其过硬，关伊伊受益匪浅。

机器人踢足球，听上去似乎有些不可思议。毕竟这是一个非常高难度的运动，就算是人类，不经过训练也是无法踢好足球的，对于机器人来说除了训练，还要加上制作。

如何让机器人的动作更灵活？如何让机器人之间相互合作？这些都是他们需要研究的问题。

“大家应该知道，机器人不同于人类，它的记忆功能不是与生俱来的，而是我们存储进去的。所以，首先在比赛上，要如何识别队友？”一名教授问道。

“这需要依赖主控机系统上的‘全局视觉系统’。”有人回答道。

教授点头道：“不错，在球场上方的摄像机就是整个球队的眼睛，通过它，整个球场现场信息进入主机，‘全局视觉系统’将之转化为一个数字坐标系，会对整个区域进行精确定位。在主机的眼里，整个球场就是一个坐标系……”

关伊伊听得很认真，这些知识她以前都没有机会接触，现在进入了这个领域，发现机器人的世界比她想象中更加复杂，但也更加有趣。

“RoboCup一共分为五个组，相信同学们在此之前应该都了解过。这场完整的比赛由小型组、中型组、类人组、标准平台组以及足球仿真组组成。我们之所以把你们分为几个小组，其实也是为了具体问题具体分析，这是一个需要团队合作的大工程……”

教授突然问道：“那什么又是小型组呢？有同学知道吗？”

教授在台上看了一圈，突然点了关伊伊的名：“关伊伊，你来回答一下吧。”

关伊伊做过功课，所以对于这种基础知识还是有些把握的。

她泰然自若地站起来，回道：“小型组又被称为F180，集中解决多个智能机器人的合作问题以及在混合集中分布式系统下高度动态环境中的控制问题。”

教授点头：“回答得很正确，看来是有好好做功课的。”

这一上午的时间，教授基本就是给大家普及了一下基础知识，然后分配了任务给各小组。

虽然是个打杂的，但是关伊伊人美、嘴甜又和气，而且这里面有好几个是上次参加亚太赛的队员，早就认识关伊伊了，是以，关伊伊很快就和大家打成了一片，中午的时候，还相约一起去吃午餐。

只是，刚有说有笑地到了门口，关伊伊的手就被人猛地抓住。

那一瞬间，触电一般的感觉猛地席卷了她的全身。

关伊伊控制不住地战栗了起来。

即使不抬头看脸，就凭这感觉，她也知道来人是谁了。

“顾学长——”

她想说：你快放手。

然而，话还未说出口，顾默就抿着嘴，直接拉着关伊伊就朝一边走了。

他们两人的组合蛮引人注意的，主要是前段时间学校就有关于他们的绯闻，现在看到两人当众如此亲密，大家都八卦地睁大了眼睛。

关伊伊想挣脱顾默的束缚，但是又因为犯病没有力气。

担心自己再待下去会出丑，关伊伊只好跟着顾默走。

“顾学长，你先放开我好吗？”关伊伊努力控制着自己的声音不要颤抖。她按照沈封所说，努力不去想肌肤接触的感觉，而是把思维转移到另一方面。

慢慢地，似乎真的起了些作用。

至少，她现在不会一下子失去理智，还能保持一丝清明。

顾默直接把关伊伊拉到了角落里，才放开了关伊伊的手。然而还没等关伊伊松口气，顾默突然逼近她，把她困在了墙壁和他的胸膛之间，来了个“壁咚”。

关伊伊有些不自在地别开头，道：“顾学长，你……找我什么事？”

她不想看顾默，顾默却捏住她的下巴，表现出与平时不同的强硬，逼迫她看着自己，道：“你要转组？”

关伊伊又战栗了一下，连忙用手拍开顾默的手，愣了几秒才弄懂顾默的意思，道：“呃，是的。”

她承认得这么直接，顾默的脸色立刻就冷了下来。

“你不想在我这一组，为什么？”他问道。

这应该怎么说？

伊伊一时不知道说什么，思索了一下，才支吾着道：“你……不是讨厌我吗？”

“我什么时候说讨厌你了？”顾默无语，搞半天，原来是自己让她误会了。他想了想自己平时的所作所为，顿了一下，道：“是因为昨晚的事情吗？那我向你道歉，我昨晚心情有些不好，对不起。”

关伊伊瞪大了眼睛，有些难以置信，顾默这是在向她道歉？

这是太阳打西边出来了吗？

关伊伊没有感觉到高兴，而是觉得很诡异，默默吞了吞口水，道：“学长，你不会是在来找我算账的吧？”

想来想去，她觉得顾默这可能是先礼后兵。

于是，关伊伊认真地道：“我有什么做得不好，你就直说，就是不要这么温柔了。”

顾默皱眉道：“你不喜欢温柔一点？”

关伊伊：“呃，因为这……有点恐怖。”

他到底什么地方让关伊伊误会得这么深了？！

顾默并不觉得自己以前做的有哪些不对，那么只有一个可能——

这难道是关伊伊为了顺利靠近沈一泽而找的借口？

想到此，他就冷着脸，有些凶神恶煞地道：“关伊伊，你不是说喜欢我吗？”

咦？

“所以在我同意之前，你不可以移情别恋！”

有那么一瞬间，关伊伊觉得自己幻听了。

她家顾学长这到底是什么脑回路？

第九章
关伊伊，继续喜欢我吧

首先，她向顾默表白，不是已经被他拒绝了吗？

然后，凭什么她移情别恋需要顾默同意啊？

关伊伊无语地看着顾默道：“学长，你是在和我开玩笑吗？”

顾默呵呵了一声，道：“你觉得我这像是在和你开玩笑吗？”

关伊伊觉得顾默一定是在哪里受了刺激，导致现在脑子不太清醒，所以她觉得还是先走为妙。

想到此，关伊伊便道：“学长，那啥，我还有事，先走了。”说罢，转身就想走。

顾默直接抓住她的手，因为急了一点，所以用力过猛，她猝不及防，直接撞进了顾默的怀里。

关伊伊立刻惊呼了一声，鼻子被撞疼了。

顾默却突然愣住了。

他们曾经有过比现在更加亲密的接触，只是那时候他心无杂念，毫不动摇，可是现在，他对她有了非分之想。

顾默情不自禁地伸出手直接抱住了关伊伊，阻止了她起身的动作。

关伊伊保持最后的一丝理智：“学长，你……放开我。”

顾默没有出声。

半晌后，才响起了男人清冽的嗓音。

他说："关伊伊，继续喜欢我吧。"

啊？

关伊伊的脑子快转不过弯了。

顾默这时却转移了话题，继续道："你不需要转组，你应该知道我的成绩比沈一泽好。你可以搬回来，我会一对一指导你，你应该知道我家有多少机器人吧？而且二宝也可以随你研究。"

"伊伊，你觉得怎么样？"他低头，声音放柔，边说边故意在她耳边吹气。

顾默很少这样叫她，一般都是直接称呼她的全名。关伊伊的大脑本就一团糨糊了，此刻她眼中是顾默俊美诱人的面容，身前是她朝思暮想的肌肤，耳边是他温柔清冽的嗓音，她彻底被迷惑了。

她愣愣地点了头。

顾默见此，眼中极快地闪过一抹笑意，终于大发慈悲地放开了关伊伊，一本正经地道："好，那现在去你宿舍收拾东西，下午给刘教授说一声，你不转组了，知道吗？"

关伊伊慢慢恢复了神志，一听这话，想到了刚才发生的事情，顿时整个人都不好了！

如果她没有猜错，那么刚才顾默是在勾引她！

关伊伊瞅着顾学长一本正经的脸色，又觉得自己是不是想太多。虽然顾学长长得确实蛮有风流气息，但是相处了这么久，她知道顾默是一个很正经的人，或者说是一个很传统的男人。

她现在猜测顾默在对她使用美男计，莫名有一种对一本正经的顾学长的亵渎！

"还愣着干什么？"顾默双手插兜，淡定地道，"你不饿吗？去吃饭。"

"呃，学长，刚才你说的那些……"关伊伊迟疑地开口。

"怎么，你是想言而无信？"顾默眯着眼看着关伊伊，那眼神像是在看一个大骗子。

关伊伊哽了一下，半晌后才郁闷地道：“算了，算我没说。”

顾学长这才满意地拍了拍她的头，夸道：“乖。”

关伊伊愣了一下。

不知道为什么，她总觉得睡了一晚上起来，顾默仿佛突然变了一个人，昨晚还那么冷淡，今天突然就变得魅力四射、热情奔放。

关伊伊猜不透顾默变化的原因，只能暗叹，果然是男人心海底针。

两人去食堂吃了饭。

顾默没给关伊伊犹豫的时间，直接就道：“去宿舍收拾东西吧。”

不等关伊伊回答，他直接进入了女生宿舍楼。

本来男生是不能进来的，但是顾学长对宿管阿姨刷脸比刷卡还方便，直接就大摇大摆地进去了。

恰好是午休时间，女生宿舍楼热闹得很。

一路上，关伊伊被众多的女生用奇怪、羡慕、嫉妒的目光注视着，除了刚开始有些僵硬，慢慢她也就淡定了，想着反正都发生了，再后悔也于事无补。她用脚指头想也能想到，或许明天，不，或许不用等到明天，今天下午估计她和顾默的绯闻可能又要占领学校论坛的头条了。

两人到宿舍的时候，焦姣也在。

她啃着个鸡腿开门，当看清门外的人时，差点没被鸡腿给噎死，指着顾默好一会儿才艰难地道：“顾学长，你怎么来了？”

关伊伊默默地从顾默背后走了出来。

焦姣迷茫地看着两人。

关伊伊轻咳一声道：“饺子，我来搬行李。”

“搬行李？”焦姣更迷茫了，“你不是今早才搬回来吗？又要搬到哪里去？”

关伊伊还没开口，顾默便直接道：“我家。”

“咯咯咯……”

焦姣顿时呛住了。

她都不想吐槽这事儿多奇葩了，早上搬回来，还没六个小时呢，这又要搬回去了。这些城里人可真会玩，她表示不懂，一点都不懂！

关伊伊不好现在和焦姣解释。

她今天早上提着行李箱回来，还没来得及把东西拿出来呢，现在……得，也不需要拿出来了。顾默直接拉着她的行李箱，示意她带上她自己，淡淡地道："走吧。"

"哦。"

关伊伊心情复杂地跟在顾默的身后，她默默地想，顾学长这是病得不轻啊！

两人出了校门，顾默就朝旁边停着的一辆车走了过去。

顾默道："上去吧。"

"啊……学长，你什么时候买的车啊？"她昨天还没看到，今天就有了，这速度有点快啊！

顾默却淡然地道："我借的。"

"啊？"关伊伊疑惑，"什么时候借的啊，你要用车吗？"

顾默勾了勾唇道："现在不就用到了吗？"

关伊伊告诉自己不要瞎猜，可就是控制不住自己啊！按照顾默这话，难道这车是他特意借来的，就为了接她回他家？

不知为什么，她总有一种被算计的感觉。

到了顾默家，关伊伊把东西收拾好之后，便准备回学校了，下午还有课呢。

顾默却突然拦住她，直直地看着她，道："关伊伊，你是不是该有点表示？"

啥？

"你不是要继续喜欢我吗？"

"所以？"

"所以，你要怎么喜欢我呢？"

关伊伊无语了。

她觉得不是她耳朵出问题了，就是顾默脑子秀逗了。

关伊伊看着顾默，严肃道："这位先生，你把顾学长弄到哪里去了？还有，你在哪家整容医院做的？虽然做得很好，但是你要假扮顾默，可不可以走心一点？顾学长可是很正经的！"

最后事实证明，顾学长还是那个顾学长，只是或许受到了什么刺激，突然开始抽风，而且抽风的时间有点长。反正，自从关伊伊重新搬回顾默家之后，就觉得曾经那个高冷的顾学长不见了，取而代之的是一个时而温柔、时而化身移动冰柜喜怒无常的顾默。

关伊伊战战兢兢的，就怕自己哪里做得不好。

男人的心思真的很难猜，关伊伊想了想决定向人取经。

她去找了沈一泽。

上次沈一泽救了她，她还没有好好感谢他，这一次正好请他吃饭。

沈一泽倒也爽快，他本来性格就开朗，也与关伊伊挺合得来，直接就和关伊伊约好了一起吃午餐。

沈一泽也不占关伊伊的便宜，把午餐地址定在了食堂。

按照他的说法是："我们学校食堂的东西挺好吃的啊，又便宜，又方便，多好。"

是以，关伊伊又被围观了。

她现在也算是学校的风云人物，先是和顾默传绯闻，后又和沈一泽关系匪浅，而学校里总是不缺八卦的人，于是，她和沈一泽刚在食堂吃饭没一会儿，他们的消息就已经被放到了学校论坛上。

顾默平时不上论坛，但是架不住他现在是"三角恋"的主角之一，总有好事者，仿佛不经意地经过他的身边，好心地告诉他这件事。是以，顾默很快就知道了关伊伊和沈一泽在食堂约会的消息了。

如果是以前，他肯定不会理会，可是现在……

顾默沉着脸，面无表情地进了食堂。由于他的洁癖，他平时是很少来食堂吃饭的，要么自己做，要么二宝做。

在万众瞩目下，顾默端着盘子，来到了关伊伊和沈一泽身边。

他淡淡地道："旁边有人吗？"

关伊伊在看到顾默的时候就有点傻了，倒是沈一泽挑了挑眉，眼中闪过了一丝玩味，点头道："没有，你坐吧。"

顾默不客气地坐在了关伊伊身边，是以两个人的午餐，在外人看来就变成了三人行。

旁边默默围了一堆吃瓜群众，偷偷关注着。

关伊伊等人毫不知情。

顾默突然开口对关伊伊道："吃了饭，一会儿和我去实验室。"

关伊伊被转移了思绪，忙点头。

现在最重要的事情就是努力学习，她恨不得一天二十四小时，除了睡觉、吃饭，所有的时间都泡在实验室里。

顾默笑了笑，这一笑，让周围响起了一阵吸气声。他不常笑，但笑起来便让人惊艳。不但如此，顾默还伸手轻轻地揉了揉关伊伊的脑袋，温柔地说了句："真乖。"

关伊伊默默地摸了摸被揉的脑袋，心道，顾学长又犯病了。

沈一泽不甘寂寞，突然道："伊伊，你不是要问我问题吗？是什么事啊？你说吧。"

关伊伊顿时被呛住了。

她还能问什么事啊，还不是关于顾学长"犯病"这件事。

可是，现在当事人就坐在她旁边呢，她怎么说得出口。

顾默眯了眯眼，问道："什么事？可以和我说说，说不定我能帮到忙。"

关伊伊吞了吞口水，快速地转动脑筋，过了许久，才心虚地道："哈哈，也没啥事儿，就是一些关于比赛的事情。"

顾默放下筷子，认真地看着她道："我不是说了，有不懂的来问我吗？为什么不找我？"

他面无表情的样子确实挺吓人的，尤其是用那双清冷的眸子深深地看着她时，不知怎的，她就觉得心口一紧，敏锐地感觉到他这是生气了。

“关伊伊，你在听我说话吗？”他再次开口，声音已经冷了几度。

关伊伊忙道：“啊，我在听啊，我就是看你平时那么忙，所以就不打扰你了。”

顾默却道：“如果是你，怎么会是打扰？”

啊？

关伊伊怀疑自己又幻听了。

顾默这话是什么意思？她读书少，别欺负她啊！如果她没理解错，顾默这话……怎么听怎么暧昧啊！这是在暗示她什么？

关伊伊不敢再深想下去，连忙悄悄在桌下伸腿踢了踢沈一泽，示意他快点救她于水火。

沈一泽也算讲义气，只是他挑了挑眉，突然道：“伊伊，我下午有篮球比赛，你来给我加油吧。”

“啊？”

沈一泽继续笑道：“有你加油，我说不定会更有动力啊！”

关伊伊还没开口，就听旁边啪的一声。

是顾默放下了筷子。

他站了起来，面无表情地看着关伊伊道：“吃完了没？吃完了就走。”

“可是，我……”关伊伊张张嘴，想说她约了沈一泽，现在走是不是有点不好，而且她为什么要跟顾默走？

顾默却没有给她反驳的时间，而是直接道：“你凑够房租了吗？”

关伊伊一听，顿时面色一肃，对着沈一泽道：“一泽学长，我先走了，今天这顿先欠着，下次我请你吃大餐。”

沈一泽倒没阻拦，而是问道：“那今天篮球赛你去不去？”

“走了。”顾默直接一拉关伊伊。

关伊伊只好快速地回道：“我有时间就去。”

顾默走得很快，他本来腿就长，关伊伊要小跑着才跟得上他。

“学长，学长，你慢点……呀！”关伊伊呼着气，没提防脚下的石子，往前一扑，眼看就要脸朝地摔下去，走在前方的顾默突然回头，千钧一发之际，顾默伸手接住了她。

只是因为太突然，顾默也没准备，两人一起摔在了地上。

“嗯——”顾默被关伊伊压在地上，闷哼了一声。

幸好是草坪，不算太硬，只是里面还是有些小硬块，这样摔下去，肯定是受伤了。

“对不起，学长，你没事吧？我马上起来！”关伊伊被吓到了，忙要站起来。只是她一动，放在腰间的手便一紧，她不受控制地再次扑进了顾默的怀里。

“学长？”关伊伊迷茫地抬起头。虽然身上隔着衣服，但还是有些肌肤会不经意接触在一起，她开始发晕。

顾默看着她，突然道：“关伊伊，你还没回答我的问题。”

“问题？”她有点蒙。

“我那天问你，你该怎么继续喜欢我。”顾默的声音轻轻的，阳光洒下来，让关伊伊有一种不真实的感觉。她模模糊糊地想着，自己这算不算是被勾引？

下一秒，没来得及说话，她便感觉天旋地转。

她被顾默抱着翻了一个身，顾默压在她身上，薄唇精准地落在了她的唇上。唇上湿润的触感让关伊伊猛地瞪大了眼睛，她难以置信地看着面前俊美的面容。

迷迷糊糊间，她听见有熟悉的声音在说——

“现在，我教你。”

焦姣发现，关伊伊一下午都心不在焉的。

自从中午和顾默离开，再回来之后，关伊伊就一直维持着这个状态——往常挂在脸上的笑意不在，眼神无光，整个人仿佛都处于一种游离恍惚的状态。

“伊伊，你到底怎么了？”学校体育馆内，焦姣和关伊伊都坐在看台上，台下是篮球赛场，正是沈一泽说的篮球比赛。

周围大部分都是女孩子。

沈一泽在学校人气很高，支持他的女孩子数都数不清。

刚才沈一泽又进了一个三分球，周围的女孩子像疯了一般，尖声着高呼沈一泽的名字。

“沈一泽加油！”

“沈一泽必胜！”

“啊啊啊，沈一泽好帅啊！”

……

然而和周围热闹气氛形成鲜明对比的是浑身散发着清冷气息的关伊伊，焦姣实在是忍不了，终于开口问了她。

关伊伊茫然地转头看她，道：“啊，怎么了？比赛结束了？”

焦姣无语地看着她道：“刚开始不到二十分钟呢，哪里有这么快？伊伊，发生什么事了，你怎么精神这么恍惚？”

关伊伊吞了吞口水，不由想到了今天中午在草坪上发生的那些事儿。

她不是没有和他接过吻，但那都是因为意外，而现在，却是他主动吻她，不是意外，而是实实在在犹如情侣一般的亲吻。

关伊伊当时就傻了。

她平时表现得再像老司机，可是，这也掩盖不了她实际经验为零的事实啊。

遇上这种情况，又加上皮肤饥渴症，她整个人都木了。还是最后顾默担心她把自己给憋死了，这才大发慈悲地放开了她。

“现在，你明白了吗？”顾默轻轻摸了摸关伊伊的脸，脸上罕见地带着温柔羞涩的笑。

明白？

明白什么？

关伊伊眨了眨眼，最后猛地反应过来，一把推开了顾默，看也不敢再看他一眼，直接就飞快地跑了。

她脑子乱乱的，也没有心思去实验室，而是一个人逃了两节课，在僻静的小树林里抓狂。直到焦姣打电话叫她来看篮球赛，她才勉强把这些事儿先放在一边。

然而，往日精彩的篮球赛似乎已经失去了吸引力。

哪怕赛场上有着各种各样的诱人帅哥，关伊伊也没有心思欣赏了，顾默一直在她的脑袋里徘徊。

关伊伊觉得自己快疯了。

她深吸一口气，决定向自家闺密求助，于是郑重地问道："饺子，你说如果有个人男人强吻一个女生，还让她继续喜欢他，这是什么意思？"

"啥？"焦姣茫然地看着关伊伊，突然反应过来，惊讶地道，"那个被强吻的女生不会就是你吧？"

关伊伊沉痛地点了点头。

"那个强吻你的男人是谁？告诉我，我帮你算账，居然敢占我家伊伊便宜，弄死他！"焦姣咬牙道，一脸的愤慨。

关伊伊幽幽地道："顾默。"

"你说谁？"

"我说今天强吻我的男人就是顾默！"关伊伊闭着眼，一口气说了出来，终于觉得憋在心里的郁气散了不少。

焦姣沉默半天，才道："那算了吧。"

关伊伊不解。

焦姣一本正经地道："那算起来，还是你占便宜了。你知道全校有多少女生想有你这个待遇吗？"

她拍拍关伊伊的肩膀道："伊伊，我觉得你就从了吧。"

"从什么啊，我和你说正经的呢。"

焦姣道："你是不是介意以前沈媚说的那些话？别相信她啦，其实顾默也就是长得花了点，我可是去具体调查过，那些绯闻都是那些女生强贴上去的，顾默可从来没有和她们有过什么接触。”

关伊伊：“我不是说这个，我自然知道顾默不是那种花心的男人。我是说，他怎么就突然强吻我？”

焦姣忧伤地看着关伊伊道：“伊伊，你这是在单身狗面前秀恩爱吗？一个男人吻一个女人还能因为什么？当然是因为喜欢啊！”

喜欢……

顾默喜欢她？

关伊伊正震惊着，就听旁边突然传来一阵阵几乎要把房顶给掀开的尖叫声——

“啊啊啊，顾默，那是顾默啊！”

“顾默来打篮球了？！”

“校园两大校草的巅峰对决啊！”

……

听到顾默的名字，关伊伊本能地朝赛场上看去，果然发现了穿着红色球服的顾默，她顿时就有些愣怔。

这还是这么久以来，她第一次看到顾默这么有活力的打扮。平常的顾默总是一个人待着，仿佛与这个热闹的世界格格不入。

可是现在穿着球服的顾默，虽然表情依旧冷淡，却似乎与这个赛场出乎意料的和谐。

焦姣也惊讶地看着赛场上，忍不住道：“没听说顾默今天要参加篮球赛啊？”

今天这场篮球赛其实规模不大，就是电气学院自家比一比。

这一场正是决赛，自动化专业对上电子科学与技术专业。

在场大部分女生都是奔着沈一泽来的，如果早知道顾默要来，怕是整个篮球场都装不下了。

而此时，赛场上。

比赛已经进入到下半场了，顾默中途上场，不仅是对手，就连自家的队员都很惊讶。倒是沈一泽想到了什么，若有所思地看了看顾默。

随着裁判吹哨，下半场比赛正式开始。

顾默就犹如入水的蛟龙一般，整个人气势全开，势如破竹！他没打上半场，所以现在体力很充足，接连进了好几个球，拉近了两方的比分。

己方加入如此猛将，队员们的士气都被调动了起来。

当然，他们高兴了，对手就有点糟糕了。

“沈一泽，接住！”

沈一泽伸手就要跳起来接飞过来的球，但手刚刚抬起来，球就被人中途劫走了。这已经不是第一次了，好几次传给他的球都被人中途给劫走。

而劫走的不是别人，正是顾默。

“承让了。”顾默对着沈一泽笑了笑，那笑容像是挑衅，尤其让人不舒服。

下一秒，顾默手一抬，对准篮框就投了过去。

“砰——”

成功进球。

“哇！”

看台上又传来一阵欢呼声。

顾默朝看台看去，对准某个位置，突然勾了勾唇，笑得恣意。

沈一泽顺着他的目光望过去，恰好看到了面色绯红的关伊伊，顿时他就哼了一声：“兄弟，你这是在向我宣战？”

顾默冷冷一笑：“你接吗？”

沈一泽拿起衣服一抹脸，嘁了一声，道：“接！”

他果然猜得没错，顾默这家伙把他当情敌了。沈一泽无意解释，毕竟这样才更好玩不是吗？

球场如战场，战场是情场。

顾默平时低调做人，现在却像是突然解了禁，像一只开屏的花孔雀一般，肆意地散发自己的魅力。

当然沈一泽也不遑多让。

两大校草巅峰对决，这精彩程度可比一场小小的篮球赛有看点多了。

没一会儿，得到消息的众人就把篮球场给占满了，女生尤其多。

关伊伊正被顾默刚才那一笑给弄得小心脏乱跳，转眼一看，她旁边突然坐下了一个人。

“卢越学姐？”

卢越优雅地坐在一边，温柔一笑道：“关学妹，好久不见。”

焦姣在一旁挑了挑眉，悄悄在关伊伊耳边问道：“你们认识？”

关伊伊莫名有些不自在。

她该怎么告诉焦姣，她曾经被这位外表温柔如水的学姐当作“小三”找过，或者说是警告过？虽然后来她向顾默求证了，证明卢越和顾默的关系并不是所谓的“未婚夫妻”，但是……

她摸了摸嘴唇，表情有些不自然。

卢越像是一点儿也没察觉关伊伊的不对劲儿一般，似是随意地笑问道：“听说关学妹进了 RoboCup 学习小组是吗？”

关伊伊点头。

卢越嘴角翘起：“我对机器人也很有兴趣，所以已经申请成为学习小组的后勤队长了，以后还请学妹多多指教。”

听到此，焦姣在一旁推了推关伊伊，低声道：“来者不善啊！”

关伊伊干笑一声。

她觉得继续坐在这里真的太难受了，身旁是虎视眈眈的“情敌”，球场上是扰乱了她心弦的坏蛋。关伊伊一点儿也不想掺和进这种“三角恋”中，再说，她也不认为顾默是喜欢她才吻她的。

毕竟顾默前不久才狠狠地拒绝了她！

她可没有自恋到觉得自己短短几天就让校园男神对她倾心的地步。

想到此，关伊伊决定先走为妙。

她轻咳了一声道：“学姐，我还有些事儿，就先走了，再见。”说罢，拉着焦姣就直接跑了。

焦姣愣了一下，叫嚷着：“喂喂喂，比赛正精彩呢，伊伊，你有什么事情这么急啊？”

关伊伊没理她，拉着她出了体育馆，才重重地呼出一口气。

“伊伊，到底怎么了？刚才不是还看得好好的吗？”焦姣疑惑地看着关伊伊，“你不想看你家顾学长啊？他那么帅，那么多女人觊觎他，你不把他看紧了，以后可有得你哭！”

关伊伊翻了个白眼道：“什么我家顾学长啊，我再次申明，我和顾默没有任何暧昧关系。”

焦姣不以为意：“都亲了，还没有暧昧？”

关伊伊叹气，把自己前面两次向顾默告白被残忍拒绝的事情告诉了焦姣，又着重点明了卢越对顾默的“一往情深”。

最后她总结道：“所以，顾默肯定不是因为喜欢我才吻我的。可能是因为我以前对他热情，现在对他冷淡，你也知道男人都是贱皮子嘛，他可能只是一时不习惯而已。”

焦姣还是有些迟疑：“真的只是这样吗？可我觉得不像啊！”

关伊伊悠悠地看了她一眼道：“你就别想了，你这个母胎单身二十年的人是不会理解的。”

焦姣沉默了几秒才反应过来，抗议道：“关伊伊，你不能歧视单身狗啊！”

关伊伊：“呵呵。”

且说球场上，顾默和沈一泽旗鼓相当，两人战得难分难舍，一时之间分不出胜负。顾默习惯性地往看台上看去，却发现关伊伊的位子上已经坐了其他的人。

卢越见他看过来，以为他是在看自己，对着他露出了一抹甜美温柔的笑，还招了招手。

然而，顾默突然皱了眉，视线移开，开始在看台上搜寻。

卢越脸上的笑容一僵，不知想到了什么，她的双手情不自禁地握紧，尖锐的指甲刺得手心的嫩肉生疼。

球场上一个分心，失去的可就是先机。

沈一泽瞅准了顾默走神，飞快地抢过球，伸手一抛！

“砰——”

又是一个三分球。

沈一泽擦了擦脸，拍了拍顾默的脸，得意地笑道：“承让了。”

这话他还给顾默了。

只是，顾默却没有因为他的挑衅生气，目光依旧凝在看台上。沈一泽皱了皱眉，跟着看过去，发现关伊伊不在了，顿时了然。

恰好，中场休息。

沈一泽走到顾默身边，好奇地问道：“嘿，顾默，你真喜欢关伊伊啊？”

顾默终于回头看他，半晌后才冷淡地道：“与你有关系？”

沈一泽道：“当然有关系，再怎么说，你不是把我当情敌吗？”他挑了挑眉，故意误导顾默，“伊伊挺可爱的，而且和我兴趣相同，这么合心意的女孩子可是太难找了，我是不会让给你的。”

正在这时，旁边一个队员来到沈一泽身边，笑道：“一泽，你刚表现得那么拼命，是不是特意给嫂子看的啊？不过嫂子好像中途走了哎。”

他们口中的嫂子正是关伊伊。

顾默眸色一寒，道：“不需要让。”

他拿起地上的矿泉水，打开，一口气喝完了剩下的半瓶，伸手一扔，矿泉水瓶就落进了垃圾桶里。

“开始吧！”

关伊伊自然不知道，沈一泽这个猪队友已经拖了她的后腿。她出了体育馆，又没课，索性直接去了实验室。

实验室里只有几个人，都致力于自己的研究。

关伊伊没去打扰，而是开始认真地做自己的事。

因为她现在还没有具体分组，所以也就不需要专注一种研究。刘教授的意思是，让关伊伊熟悉一下操作，然后自己选取她感兴趣和擅长的。

关伊伊心中已经大致有了选择。

机器人足球赛涉及人工智能、机器人学、通信、传感、精密机械和仿生材料等诸多领域的前沿研究和技术集成，实际上是高技术的对抗赛。RoboCup 是国际上最具影响力的机器人足球比赛之一，有着严格的比赛规则，融趣味性、观赏性、科普性为一体。

关伊伊一直想要制作一个接近于人类的机器人。

无论是外表还是内在，在她看来，机器人虽然是人类的产物，但也是一个生命。就比如二宝，二宝的智能性很高，它是经过一步步改进才有了今天的模样。作为一个保姆机器人，或许它有些地方不合格，但是在和它相处的过程中，关伊伊很多时候都有一种在和一个真正的人交流的错觉。

所以她准备加入类人组。

类人机器人以外的机器人感知世界的任务可以通过非人类的距离传感器来简化，而类人组中的机器人则不行。除了足球比赛，类人机器人还有技术挑战。类人组的众多研究问题中包括：动态行走、跑步、平衡状态下踢球以及视觉感知球、其他机器人球员、场地等。关伊伊还是初学者，所以要学的东西还有很多，不过她不急。

实验室里有往届参赛的足球机器人模型，教授们不限制他们的研究，只是不能随意破坏模型。关伊伊最近对各种机器人的构造产生了极大兴趣，致力于把各种机器人拆开再重新组装。

此刻，她挑了去年参赛的机器人，正准备开始拆，手机突然振动了一下，是焦姣发来的微信消息。

焦姣：伊伊，快上论坛！大事不好了！

下面是一条链接。

关伊伊顺手点开了链接，进入了一个热门帖——

机器人大赛公平性何在？花瓶也能进入学习小组？

而帖子的主角、标题上的花瓶指的正是关伊伊。

第十章 你是我的责任，亦是我的欢喜

发帖人是匿名的。

帖子里主要讲了电气学院的系花关伊伊靠着一张脸，勾搭了学校的两大校草沈一泽和顾默，从而成了 RoboCup 学习小组里唯一的一个大一学生。为了增强可信度，还附上了好几张关伊伊分别和两大校草的亲密照片。

照片也不知道是什么时候偷拍的，反正角度都特别刁钻，一眼看上去暧昧至极。

最终关伊伊被形容成一个水性杨花、用自己的美貌上位的坏女人。

三人都属于关注度很高的人物，尤其是这种三角恋的八卦，大家都很喜欢看。因此，帖子发出来没多久就已经火了，下面的留言已经有好几千条了——

不是吧，关伊伊看上去不是那样的人啊！

虽然照片看上去挺暧昧的，但是有可能是角度问题，反正这种事还是要眼见为实才行。再说了，当事人都没有说话，这爆料的人是谁啊？该不会是故意来黑关伊伊的吧？

我不知道关伊伊和这两位校草的关系如何，我和她同专业，感情上不清楚，但是专业上，关伊伊还是很厉害的，是一个很刻苦的学生。

同意楼上，楼主不要随意乱泼脏水。关伊伊的成绩非常好，老师们都很喜欢她，不是因为她的脸。

不要歧视一年级啊，大一学生难道就那么差，不能出一个厉害人物？

……

有不相信的人，自然就有很多黑子——

关伊伊太恶心了吧。

太不公平了！RoboCup 可是国际赛事，如果被这种老鼠屎搅进去，那最后丢的可是学校的脸啊！强烈要求踢走关伊伊！

同意楼上！机器人世界杯要求的可是实力，而不是一张脸，又不是拍电影。

……

因为当时关伊伊面试的时候，只有老师和两个组长在场，没有人看到关伊伊的实力，哪怕她的笔试成绩很高，但是也有人觉得是作弊。

楼主只是顺势把事情爆出来，自从关伊伊进了学习小组，其实早就引起了很多人的不满。

首先，学习小组人员是精挑细选，严格控制的。关伊伊上了，也就意味着有人被刷了下来。再加上她只是一个大一的学生，会有人觉得这是有人在背后操作也能理解。

关伊伊大致看完了帖子，面色就沉了下来。

她不习惯惹事，但是也不会任由别人随意把脏水泼身上。

到底是谁发的这个帖子？

她开始思索自己得罪了哪些人，若说学校里最恨她的，倒是有一个人。

关伊伊出了实验室，直接给焦姣打了电话道："我马上回宿舍。"

传言波及范围很广，就这么一会儿时间，学校里很多人都知道了。一路上，关伊伊被各种奇怪的目光注视着，她早已预料到了这种情况，面不改色，径直回了宿舍。

一看到她，焦姣就生气地道："我快被气死了，这些人是什么毛病啊，这么扯的事情都信？"

焦姣已经在帖子下面和人掐起来了，只是她势单力薄，被围攻了。

关伊伊拍了拍她的肩膀，示意她少安毋躁。随后，关伊伊勾了勾嘴角，纯良小仙女儿瞬间化为了凌厉小辣椒，冷声道：“别急，我关伊伊也不是那么好惹的。电脑借我用一下。”

焦姣把笔记本递给她，她嘴角的笑意更深了，打开电脑就飞快地动了起来。

那幕后人还真把她当软柿子捏？以为匿名就高枕无忧了？也不想想她的专业是什么！

且不说关伊伊努力地寻找幕后黑手，再说篮球场上，顾默和沈一泽完全放开，两人战得如火如荼，轰轰烈烈地比了一场，此时，两队的比分拉平，离比赛结束还有十分钟。

裁判宣布先休息三分钟。

沈一泽刚坐下，就有队员急吼吼地拿着手机跑了过来道：“阿泽，你快看，有人在给嫂子泼脏水！”

沈一泽和顾默目光都是一凛。

顾默直接抢过那人的手机，低头看了起来，越看脸上的表情就越冷，最后，他拿起衣服，什么话也没说，直接就朝门口走。

沈一泽一惊，拿过手机也看了起来。

看完，他脸都木了，忍不住叫唤道：“这谁啊？脑子有病吧！”

“可不是嘛，还说嫂子是花瓶，那是他们没看见嫂子的厉害。再说了，就算是花瓶，嫂子也是有实力的花瓶！”

“有才有貌，可不是遭人眼红嫉妒吗？”

“阿泽，你准备怎么办？”

沈一泽沉默了几秒，突然道：“你们以后别乱叫她嫂子了。”

“啥？”众人都傻乎乎地看着他。

沈一泽翻了白眼道：“我早说了，我和伊伊没暧昧关系，充其量，我就把她当……好哥们吧。”

众队员愣愣地看着他，过了好半天才异口同声地吐出一句话：“沈一泽，你莫不是眼瞎了吧！”

把看上去身娇体软、肤白貌美、可爱的萌妹子当哥们？这不是眼瞎还是啥？

“算了，你们爱信不信。”对上众人看傻子的目光，沈一泽心累地摆了摆手。

“那现在咋办？就看着嫂子……哦不，是伊伊‘兄弟’被欺负？”

伊伊兄弟……

沈一泽无语。

他叹气，拿过手机道：“还能怎么办，干架呗！”说罢，直接用自己的大号登录了论坛。

顾默刚出了体育馆，就听身后传来一声柔柔的呼唤——

“顾默。”

是卢越追了出来，她小跑着跟上了顾默的脚步。

顾默停住脚步，回头看她道：“什么事？”

卢越笑了笑，道：“至于这么冷漠吗？我们都这么多年的交情了。我就想问你，篮球赛还没有结束，你怎么中途走了？”

顾默只是目光冷淡地看着她，淡淡地道：“你到底想说什么？”

他们认识了这么久，卢越知道顾默不喜欢拐弯抹角。

卢越咬了咬唇，突然道：“顾默，你是不是喜欢关伊伊？我们好歹是朋友，我就是想提醒你一下，关伊伊她不是什么好人。”

顾默的眼神终于有了点变化，他过了半晌才道：“你什么意思？”

卢越沉默了一下，突然拿出手机，打开了一段录音。

关伊伊的声音传了出来：

“你放心，我已经有喜欢的人了……是沈一泽，一泽学长。”

此话一出，周围的温度便骤然冷了下来。

过了须臾，就在卢越期待着顾默生气的时候，却听顾默突然开口道：“卢越，你为什么会有这样的录音？”

他看着她，目光渐渐染上了冷意和厌恶。

他问她：“卢越，你为什么会变成这样的人？”

卢越的心顿时冷了下来，犹如沉入了寒冰地狱。

卢越和顾默算是青梅竹马，两人从小一起长大。

上次她对关伊伊说的那些话，大部分都是真的，除了与顾默是未婚夫妻这一条。没有一个正常的女孩能够抵抗住顾默的魅力，更何况朝夕相处了那么多年。

卢越也不例外。

当她明白何为喜欢的时候，顾默就已经住进了她的心里。

当心里装了一个人时，她便再也没有机会去接受其他任何人了。然而，当她深陷在这情网中，令人悲哀的是，顾默只把她当作朋友，对她没有一丝绮念。

认识这么久，卢越也很了解顾默。

如果她说穿了她的感情，或许她和顾默连朋友都没得做。所以，在没有把握之前，她苦苦压抑自己的感情，不敢对着顾默透露一丝一毫。

她小心翼翼地驱赶围在顾默身边的女孩，好在顾默自己也是一个冷淡的性格，哪怕这么多年他们的感情没有任何突破，顾默的身边依然只有她一个关系亲密的异性朋友。

直到，关伊伊出现。

女人敏锐的直觉让她明白有什么地方不一样了。

顾默自己的那个小公寓，就连她也从没住进去过，关伊伊却可以在里面和顾默朝夕相处。有着强烈领地意识的顾默，竟然可以任由关伊伊闯进他的世界，这意味着什么？

她不敢继续深想下去。

她不能忍受她珍藏在心里这么多年的人，被其他的女人捷足先登。

明明是她和他更早认识啊！

卢越的脑中瞬间闪过很多思绪，她不能慌、不能乱，她强迫自己冷静下来，装作不懂地道："顾默，你什么意思？"

没等顾默开口，她又继续道："你以为我做这些是为了谁？还不是为了你。知人知面不知心，我只是怕你心软被骗了而已。”

她用一种受伤的目光凝视着顾默，带着被误会的气愤。

她不信，他们这么多年的感情抵不过一个关伊伊。

顾默沉默地看了她一会儿，才道：“抱歉。”

卢越松了口气。

只是还没等她高兴，顾默便又道：“但是，我还是不建议你用这种方式。卢越，我很感谢你，但是以后不要再插手这些事了。我的事情，我自己会处理。”

卢越脸上的笑顿时僵住。

顾默道：“我还有事，先走了。”

说罢，他没再看她一眼，冷漠地转身离去了。

卢越站在原地，看着他冷淡的背影，握紧了双拳。

学校从来都是一个不缺八卦的地方，只是关伊伊曝光的频率有点高。而且这一次，明显是有人在背后操纵，热度一直没有下去，反而越演越烈。

当沈一泽的留言出现在帖子下方的时候，八卦的热度更是又掀起了一个高峰。

沈一泽：关伊伊是一个很优秀的学生，专业能力很高，那些造谣的人最好拿出切实的证据，不然就是诽谤。身为A大的学生，不会连这点常识都不知道吧？至于我和关伊伊的关系，我们只是正常的朋友关系，哪怕就算是我们谈恋爱了，与你有关吗？

沈一泽直接站出来挺关伊伊，这让两人之间的关系更加扑朔迷离。

八卦群众可不相信两人只是朋友关系。

沈一泽是有才有貌的校草，身边从不缺追求者，他不算太花心，只是也谈过几个女朋友，可从来没有为哪一个女朋友做这样的事，这让别人怎么不多想。

关伊伊不管别人怎么想，反正她是很感动的。

看到留言的第一时间，她就打电话给沈一泽道了谢。

沈一泽安慰她："没事，这就是举手之劳而已。而且那发帖的人也把我给骂进去了，我能让他好过？不过，伊伊，我觉得这事儿可能没完，你最好先做个准备。"

沈一泽预料的果然不错。

这个帖子的重点，不仅仅是造谣关伊伊和沈一泽、顾默的关系，另外一个重点是指责关伊伊走后门进了 RoboCup 学习小组。

敢情八卦不是最终目的，把关伊伊踢出 RoboCup 学习小组才是关键。

果然，没多久，刘教授就把关伊伊叫过去了。

关伊伊到了刘教授的办公室，看到的就是刘教授带着怒气的脸。见到关伊伊，刘教授压下了怒气道："关伊伊，过来吧。"

关伊伊发现办公室里不仅有刘教授，还有电气学院的齐院长。

她脑子聪明，很快就明白过来是什么原因了。

刘教授道："关伊伊，论坛上的事情我们都知道了，有人举报你用不正当的手段进了学习小组。"

说到不正当手段，刘教授的声音都加重了。

若说这次的事情，最生气的除了关伊伊，怕就是刘教授了。关伊伊可是他招进来的，现在有人质疑关伊伊走后门，那不是在打他的脸吗？

刘教授继续道："现在学院要重新检测你的能力，再决定你要不要继续留在学习小组，你愿意重新考试吗？"

一旁，齐院长道："关伊伊同学，这事儿院里也是迫于无奈，希望你不要多想。"

齐院长和刘教授关系不错，关伊伊这个名字他从刘教授嘴里听到过几次，而且都是夸奖的话。他了解刘教授，刘教授可不是一个轻易会夸人的人，所以关伊伊肯定很合刘教授的心意。

关伊伊倒是松了口气，能给她机会证明自己是最好的，就怕直接把她踢出去，那她可就真的要呕血了。

关伊伊郑重地点头道："院长，教授，你们放心，这次我绝对会全力以赴。"

齐院长点头道："那重新考试的时间就定在后天吧，给你两天时间准备，可以吗？"

关伊伊道："谢谢院长，不过，我有一个要求。我希望可以进行实践操作，到时候进行全校直播。"

她会用实力证明自己。

打蛇打七寸，她不会再给敌人攻击第二次的机会。

齐院长思索了一下，点头道："这样也好。"

他拍了拍关伊伊的肩膀道："你也不要有太大的心理压力，我们都相信你的实力，加油。"

"嗯，我会的！谢谢院长和教授能给我这次机会。"关伊伊认真地感谢道。

齐院长笑了笑，倒是对关伊伊有点刮目相看了。不管关伊伊能力如何，至少这个勇气和态度还是很让人满意的。

齐院长道："好，期待你的表现。我先走了，你家刘教授还有话和你说。"

"院长再见。"

待到齐院长离开，刘教授便叹气道："伊伊，你知道这次是谁举报你的吗？"因为是匿名，所以刘教授也不知道，希望不是他手下的学生吧，不然那可太糟心了。

关伊伊眸光一暗，道："教授您放心，我不会让她得逞的。"

那人以为躲在暗处就没事了？呵，笑话！

理工科的学生可不是那么好欺负的，尤其还是学习高科技的，真以为他们只会造机器人？

刘教授见关伊伊胸有成竹，怒气消了不少，也笑了："说到这次你能有机会重新考试，你还要感谢一个人啊！不是他努力说服校长，你怕是已经被踢出学习小组了。"

关伊伊一愣，问道："是谁？"

刘教授笑眯眯地道："顾默啊，你们小情侣看来感情不错啊！不过有时候在公开场合还是要注意一点，最好低调一点，你也知道，顾默这小子烂桃花比较多。”

关伊伊无语了。

刘教授到底是从哪里看出来她和顾默在谈恋爱的？不，不对，是那些人到底为什么会认为她和顾默是一对啊？他们眼瞎吗？顾默怎么可能看得上她？

关伊伊觉得自己有必要抢救一下，艰难地解释道：“教授，您误会了，其实我和顾学长真的没有任何超出友谊的暧昧关系，学长只是把我当学妹照顾而已。”

刘教授挑了挑眉，依旧笑眯眯的，回了关伊伊一句：“哎呀，不要不好意思嘛，又不是早恋，不需要藏着掖着了。你放心，我不会反对你们的。”

关伊伊心累地离开了刘教授的办公室。

只是她刚走了不远，就碰到了站在楼下的顾默。她有些犹豫是过去，还是悄悄地溜掉，毕竟刚发生了那让人羞涩不已的亲吻事件，她有些不好意思面对顾默啊！

最重要的是，她也不知道该如何面对现在的顾默了。

只是还没等她想出个所以然，顾默突然朝着她走了过来，她浑身都有些僵硬了——怎么办，怎么办，要不要转身就跑啊？

她总觉得现在的顾学长有点可怕。

顾默步伐不快，不过他腿长，没两步就走到了关伊伊面前，伸手便揉了揉关伊伊的脑袋，问道：“谈好了？”

这么温和的顾学长果然让人毛骨悚然啊！

关伊伊本能地退开一步，躲开了顾默的手，扯了扯嘴角道：“谈好了，后天会重新考试，到时候全校直播。”

想了想，她又补充道：“学长，谢谢你了，刘教授都跟我说了。”

顾默看着自己悬在半空的手，眸色暗了一下，才若无其事地收回手，说道：“不用谢，这是我的责任。”

责任……

是她想的那样吗？

关伊伊看着顾默，欲言又止。

顾默似乎没有注意到她的表情，淡淡地道：“不过，你以后自己注意点吧。”

“啥？”她歪头，呆呆地看着顾默。

她猫儿眼瞪得大大的；略带婴儿肥的脸也鼓起了腮帮子，让她看起来像只小松鼠；鼻子挺挺的，鼻尖上还带着淡淡的红；下面的小嘴儿水润润的，看上去像果冻一般柔嫩。

顾默的目光不由自主一寸寸地看过去。

关伊伊被看得浑身都僵住了，小心脏怦怦直跳。她极力想要忽视男人的目光，然而根本阻止不了自己的脑补，只觉得被男人目光扫过的地方都火辣辣的。

感觉自己都要冒烟了，她终于忍不住开口唤道：“学长——”

只是声音一出口，关伊伊自己便吓了一跳。

啊啊啊，刚刚那沙哑的、软糯糯的声音真的是她发出来的吗？顾默终于移开目光，嘴角微微地勾了勾。只是关伊伊低着头，没有发现，只感觉那目光似乎移开了，这才松了口气。

她轻咳了一声，感觉自己的声音正常了，才道：“学长，你要我注意什么啊？”

注意不要得罪人吗？可是这又不是她主动得罪的。

顾默看了她一眼，不知为什么，她莫名觉得他有些不爽。

他道：“我早就告诉过你不要去招惹沈一泽，他不是一个好人，这次不就是他的烂桃花招惹出来的事情？”

关伊伊偷偷瞥了他一眼，很想说一句：你也不遑多让啊！

不过，她学聪明了，自然不会傻乎乎地去惹顾默，而是道：“我觉得一泽学长挺好的啊，这也不是他能控制得了的，不能怪在他身上吧。”

顾默的脸色冷了下去，他冷声问道：“你喜欢他？”

“啊？”关伊伊没料到顾默突然变了话题，一时愣了一下，莫名想到了草坪上的那个吻，白皙的脸蛋忍不住红了。她心道，虽然她不想自恋，但是这样的顾默真的很像在吃醋的老公啊！

她嗫嚅着道：“哪有，学长你想多了。”

话虽如此，但是她那欲语还休、脸色绯红的模样一看就是春心荡漾，顾默自然而然就误会了。

他的脸色更冷了：“关伊伊，你的感情就这么随便吗？”

说罢，他直接就朝前走了。

关伊伊站在原地，看着突然冷漠的顾默，有些委屈。

难道在顾默的心里她就是那种随便的女生吗？所以，他吻她不是喜欢，而是因为她随便吗？

她有些伤心地想，她也不是故意的啊，只是她控制不了自己的病啊！

不然，哪个女孩子想被当作变态？想着想着，关伊伊就耷拉下了肩膀。

后天的考试，刘教授并没有定主题，而是让关伊伊自由发挥。虽然给了她很大的自由性，但是也正因为如此，她想要证明自己，就必须拿得出让人惊艳的作品和能力。

她让自己完全沉浸在学习中，不去想那些烦心的事情，思索了一下午，终于有了一个主意。

她决定做一个宠物机器人，或者说是改进更准确。

市面上早就有了各种机器宠物，关伊伊小时候就特别喜欢这类玩具，只是功能太单一，等到她长大了一些，就对这些没兴趣了。

她想要改进一个智能更高的宠物机器人，不仅仅是外表要像，重要的是智能性和灵活性都要有一个跨越。

想到此，关伊伊直接去二手市场收购了一大批被淘汰的宠物机器人和各种零部件。她现在的水平想要凭空创新还是不可能的，是以她第一个就想到了二宝。

二宝的智能水平不用说，在经过多次改进之后，已经比一般的保姆机器人高太多了。

关伊伊想要模仿二宝的智能构造，用在宠物机器人上。

是以，放了学，她就直接回了顾默的家。

让她松口气的是，顾默不在。

关伊伊在厨房找到了二宝，二宝今天化身美少年，看到关伊伊，顿时露出了可爱的笑容，道："太太，欢迎回家。饿了吗？二宝在做饭了哦。"

关伊伊对着二宝讨好地一笑，道："二宝，帮我一个忙好吗？"

二宝自认是一个优秀的机器人，立刻点头道："太太要我做什么，二宝赴汤蹈火在所不辞！"

关伊伊忙道："没那么严重，就是，我想研究研究一下你。"

"嗯？"二宝顿时想到了前几次不堪回首的经历，忙捂着胸道，"太太，您不能玷污二宝纯洁的肉体！"

关伊伊："你放心，我绝对不会把你弄脏的。不但如此，如果你配合我，我就送你一套水手服，怎么样？"

二宝想了想，伸手道："成交！"

是以，等顾默回到家时，便看见自家的保姆机器人已经被拆得只剩下一个头。

虽然他说过关伊伊可以用二宝研究，但是他也没想到关伊伊研究得这么彻底。

二宝看到主人回来，想要去迎接，但是突然发现自己只有一个头了，只能沮丧地道："主人，欢迎回家。"然后又问关伊伊，"太太，什么时候能好啊？"

关伊伊第一百零一次回道："快了，快了。"

顾默蹲在关伊伊身边，突然开口道："你这是在做什么？"

关伊伊正全神贯注地工作，没料到顾默突然离自己这么近，顿时吓了一跳，手上没注意，被尖锐的零部件划了条口子，血顿时流了出来。

"咝——"

她抬起手指，正想起身找个创可贴，手却突然被人抓住，下一秒，受伤的中指就进入了一个湿润的地方。意识到顾默在做什么之后，关伊伊顿时傻了。

“学长？”

顾默其实也是一时情急，当反应过来自己做了什么之后，他也有点尴尬。他放开关伊伊的手指，努力镇定下来，装作若无其事地道：“这样好得快一点。”

话虽如此，但还是好尴尬，两人一时之间都没说话。

就在两人尴尬得不知所措的时候，旁边突然响起二宝的声音——

“非礼勿视啊非礼勿视，主人我会不会长针眼啊？”二宝忧心忡忡地道，“主人，你们不能无视机器人啊，我也是有尊严的。”

关伊伊和顾默齐齐地看向它，问道：“尊严？”

二宝委屈地道：“我的尊严就是，坚决抵制一切狗粮，你们不能伤害单身AI！”

两人齐齐无视了二宝。

关伊伊轻咳一声道：“后天不是要重新考试吗？刘教授没给我定题目，让我自由发挥。我想试着做一个宠物机器人，所以就找二宝研究一下。”

顾默“嗯”了一声。

关伊伊其实有很多问题想问顾默，比如他为什么要吻她，对她说的那些话到底是什么意思。只是她怕得到的答案是她害怕的，所以她迟迟开不了口。

顾默倒是淡然自若，仿佛两人之间什么尴尬的事情都没有发生一样，说道：“那你好好研究，不过也不要太晚了，记得早点休息，有什么不懂的可以来问我。”

“好，谢谢学长。”

宠物机器人的制作不是很难，关伊伊熟悉了二宝的构造后，就开始绘制宠物机器人的制作图。

她准备做猫咪形状的机器人。

因为时间有限，关伊伊就直接用了各种成品零部件，而不是一点点自己做。她很快沉浸在工作中，身体和脚都做好了，她这才感觉到身体很累。

她从地上一堆的零部件中站起来，伸了伸腰，看了一下时间，发现已经过了晚上十二点。

明天还有课，她没打算继续熬夜，洗了澡便躺在床上准备睡了。

只是这一觉睡得却并不安稳，梦里，关伊伊又回到了那个草坪上。

她躺在上面，看着蓝天白云，下一秒，一个男人的身体陡然挡住了她的视线。或许是因为反光的问题，她看不清男人的脸，只隐隐觉得有些熟悉。她瞪大了眼睛，身体恍若飘在了云空中，找不到落脚点。

也不知过了多久，她听见那人在耳边说："关伊伊，你要继续喜欢我。"

梦里的她本能地问道："为什么？"

她听到一声轻笑。

"因为，我喜欢你啊！顾默喜欢关伊伊，你明白吗？"

"啊——"

关伊伊猛地从梦里醒了过来。

她擦了擦额头上的汗，捂着怦怦直跳的胸口，想到梦里的场景，觉得自己真是没救了。都说日有所日，夜有若梦，她会梦到这样的顾默，是因为她在期待吗？

关伊伊不敢继续深想下去。

她太怕自己会自作多情了。

关伊伊深吸一口气，告诉自己冷静下来。她看了看手机，发现才早上四点多。可是现在她没有了什么睡意，就怕还会继续做这种不可思议的奇葩梦。

这种事情……

她想了想，点开了微博，给梦行千里发了一条私信。

独木成林：千里大大，我能问你一个问题吗？

她正想着该怎么说，没想到就听到提示音，竟然是梦行千里回复她了。关伊伊有点惊奇，这么晚了，梦行千里还没有睡？

梦行千里：什么问题？

独木成林：千里大大，你这么早就起来了？

梦行千里：睡不着就起来了，你遇到什么事情了吗？

关伊伊咬着唇，开始打字。

同一时间，顾默躺在床上，床头的台灯开着，柔和的灯光照在他俊美的面容上，带出了不同于白日的温柔俊秀。

他目光专注地看着手机，轻轻启唇唤道：“关伊伊……”

独木成林：千里大大，事情是这样的。我有一个女性朋友，她曾经向一个男生告白过两次，但是都被那个男生拒绝了。可是最近，那个男生却变得很奇怪。

顾默的嘴角翘了起来。

梦行千里：怎么奇怪了？

独木成林：他强吻了我那个朋友，还要求她继续喜欢他。我朋友现在很苦恼，她搞不清楚那个男生的目的是什么。

梦行千里：那个男生是个什么样的人？

什么样的人？

关伊伊捧着脸想了一会儿才回道：那个男生平时很冷淡，虽然长得很好看，看上去像个花花公子。

花花公子？

顾默翘起的嘴角立刻耷拉了下来，却见关伊伊又发了一条消息过来。

独木成林：不过，他其实是一个很正经的人，不是那种仗着长相随意勾搭女生的男生。就是因为这样，我朋友才搞不懂那个男生的心思。

顾默的嘴角又翘了起来，这一次弧度更大了。

梦行千里：如果是这样，那就只有一种可能了。

关伊伊屏住了呼吸，紧张地看着手机。

梦行千里：那就是，那个男生喜欢你朋友。

关伊伊愣住了。

焦姣也说过这个可能，关伊伊却不敢相信，毕竟顾默前后的反应相差太大了，她怎么可能相信，前一晚还对她冷言相向的人，第二天突然就喜欢她了？

独木成林：可是，我朋友向他表白都被拒绝了啊！

梦行千里：或许是那个男生比较迟钝，直到现在才发现他其实也喜欢你朋友呢？你朋友现在怎么想的，她还喜欢那个男生吗？

顾默难得有些紧张，只是这条消息发出去之后，过了许久，关伊伊那边都没有回复，这让顾默的心忍不住更加忐忑了。

关伊伊会怎么回答？

正这时，客厅里传来一阵响声，随后是关伊伊痛呼的声音。

顾默没想太多，立刻打开门走了出去，问道："怎么了？"

客厅里没有开灯，只有外面的月光照进来，模模糊糊的，带着一丝暧昧。关伊伊坐在地上，捂着脚，表情有些痛苦。

顾默立刻蹲下身，捏住关伊伊的脚，低头便看到白嫩的脚指头红肿了一块。

刚才关伊伊起来上厕所，因为心中想着事儿，所以没有留意脚下，不小心就踢到了晚上没有收好的零件，大拇指顿时就肿了起来。

他皱着眉道："怎么这么不小心？"

关伊伊没料到顾默会突然出现，为了防止发病，她本能地快速夺回自己的脚，支支吾吾地道："对不起学长，是不是吵醒你了？"

昏暗的客厅里，顾默捏了捏自己仿佛还残存着女孩柔软肌肤触感的手指，过了半晌才道："关伊伊，你很怕我吗？"

关伊伊没想到顾默会突然问这个问题，一时不知道怎么回答。

正这时，灯光大亮。

是二宝。

二宝疑惑地道："主人太太，你们在干什么啊？呀，太太，你受伤了？"边说，它边快速地拿了急救箱，蹲下来给关伊伊上药。

刚才紧张的气氛因为二宝的出现顿时缓和了下来。

关伊伊松了口气道："学长，你快去休息吧，我没什么事。"

因为二宝在，顾默也没继续追问刚才的问题，只是淡淡地“嗯”了一声，转身进了屋。

关伊伊呼出一口气，对二宝道了谢，也回了房间。

脚趾上的疼让她的脑子清醒了不少，她看着梦行千里发的消息，思索了许久才回答。

独木成林：其实我朋友刚开始也并不是真正地喜欢那个男生，只是因为有些迫不得已的问题，所以才追求那个男生。

主卧里，顾默的脸色顿时阴沉了下来。

第十一章

你的喜欢只能属于我

顾默陡然想到了卢越给他放的那段录音。

关伊伊说，她已经有喜欢的人了，喜欢的正是沈一泽。他当时告诉自己不要去在意，毕竟录音这种东西是可以伪造的。

可是现在，他开始不确定了。

过了许久，他才再次问道：什么原因让你朋友去追那个男生的？

他想不出有什么迫不得已的原因。

这又不是电视剧小说，有人威胁？这不可能。

这头，关伊伊苦恼地皱着眉头——她该告诉梦行千里真实的原因吗？虽然她说的是她的朋友，但是难保有一天不会露馅，那到时候，梦行千里会不会把她当作变态？

关伊伊不想去赌。

独木成林：具体的问题我也不好说，只是她真的是迫不得已。

顾默眸色沉了沉。

梦行千里：那她现在喜欢吗？或者她有别的喜欢的人吗？

他步步紧逼。

独木成林：她不知道，应该暂时没有喜欢的人吧。

顾默冰冷的脸色这才缓了缓。

他不急，总有一天他会知道关伊伊那所谓的迫不得已到底是指什么。

梦行千里：既然如此，她为什么要抗拒那个男生的接近呢？顺其自然，说不定能成就一段好姻缘。

独木成林：但愿如此吧。千里大大，时间不早了，我先休息一会儿，你也再睡一会儿吧。

好姻缘哪有这么简单啊，关伊伊叹了口气，放下手机，决定睡一个回笼觉。

关伊伊后天要全校直播考试这件事已经在论坛上书面通知了，这是关伊伊自己要求的，她就等着那些要看她笑话的人到时候被打脸呢。

时间过得很快，转眼便到了关伊伊考试的时间。

沈一泽自告奋勇负责直播。

顾默也来了，只是安静地坐在刘教授的身边，对关伊伊说了句“加油”便闭了嘴。

实践操作之前，要先进行一场半个小时的笔试。

这次试卷不是一开始就准备好的，而是几位教授一起即兴出题，全校的学生都可以看着关伊伊做题，这让有心挑错的人也只能闭嘴。

半小时笔试结束之后，就直接开始实践操作。

关伊伊简单介绍了自己要做的机器人便不再多话，直接开始认真地组装，只是偶尔会解说几句。

为了这一场考试，关伊伊悉心准备，多次重复拆开、组装、再拆开的动作。

是以，这一次，她的动作非常的快。

“我要做的是猫咪机器人，有着猫咪的外表。”她淡定自若地介绍着，“市面上现有的宠物机器人智能水平不高，而且动作僵硬。我重新改进了一下，这种机器人不需要智能芯片，只需要一个拟态程序便可以。首先是它的四肢……”边说，她边从成百上千的零部件里准确地找出需要的部位开始组装。

关注这场直播的人还挺多的，不仅仅是电气学院的学生，还有其他学院的学生。

内行看门道，外行虽然看不懂，但是莫名觉得非常厉害。再加上关伊伊长得好看，美女认真工作的模样更加好看，手速快，准确度高，没多久直播观看人数就翻了倍。

四肢做好了，便是身体，然后是头部，最后是尾巴。

尾巴使用分段式的制作手法，加上触发式遥控接收模块，当猫咪机器人行走的时候，尾巴就会自行摆动。虽然现有科技做不到完全和真正的猫咪一样灵活，但是在经过关伊伊的改进之后，灵活性已经增强了很多。

最后在头部嵌入程序芯片，猫咪机器人就算制作完成了。

整个制作过程行云流水，一个小时不到，便已经全部完成。这主要还是归功于关伊伊的反复练习，不然再厉害，还是会出些小错或者耽搁时间。

“现在，只要对猫咪发出指令，便能控制它了。不过这只是低级的机器人，所以智能性不高，只能简单地做几个动作。”

说着，关伊伊便示范了一下。

坐下、站起来、直立、摇尾巴……这些简单的动作，猫咪机器人都很顺利地完成了。

几位监考的教授都点点头道：“不错，以你的年纪能做出这个已经不错了。”甚至可以说得上是天才，要知道关伊伊现在还只是大一。和她同级的学生大部分都还在学习基础的理论知识，别说完整地制作一个机器人，这些零部件能不能认识还是两说。

关伊伊笑了笑，突然从她随身带着的包里拿出了一个口袋，里面装的赫然是猫咪的人造皮肤。

关伊伊仔细地给猫咪贴了上去，这个过程需要耐心，倒是不需要多专业的技术能力。

猫咪机器人套上了人造皮肤，从外观上来看，和平常的猫咪也没有多大区别。这人造皮肤可是二宝特意指定的，按照二宝的萝莉喜好，纯白色猫咪加上蓝色的眼睛，小小的一只，看上去可爱极了。

而且，她借鉴了二宝的整体构造，这个猫咪机器人不仅具有观赏性，还具备语言系统和预警系统。

关伊伊拿着遥控器，轻轻按了一下，就见猫咪机器人突然开口——

“主人主人，您好，我是二猫，以后请多多指教。”

关伊伊又戳了戳猫咪的屁股。

猫咪机器人顿时转身后退了两步，尾巴垂下遮住自己的屁股，大叫道：“非礼啊，非礼啊，救命，救命！”

这些语言自然是早就设定好了的，猫咪机器人里面也有记忆系统，虽然存储空间没有二宝的大，但是简单的语言还是可以存进去的。

猫咪机器人边说边跑到关伊伊身边，用柔软的脸部蹭了蹭关伊伊，还人性化地发出了享受的声音。

因为早就试验过了，所以关伊伊倒不是很惊奇，对于在场的专业人士来说，惊讶了一下，也很快就冷静了下来。

机器人的世界本来就很奇妙，他们都习惯了。

但是观看直播的人习惯不了啊！尤其是那些其他专业的。

刚开始外表还是冷冰冰的机械的猫咪机器人虽然让他们惊讶，但也只是对技术的惊讶而已，可是当猫咪机器人套上了人造皮肤，又这么人性化之后——

我受不了！我一直以为机器人就是那种没有美感的机械而已，可是现在，嘤嘤嘤，这比真猫还要萌啊！

快被萌吐血了。

啊啊啊，我也好想要一只机器猫啊！

看直播之前，我对机器人的认识只在扫地机器人上，可是现在，关伊伊让我的观念颠覆了，原来机器人可以这么萌！

我就想知道，市面上有没有卖这种机器人的？我也想买一个，这比养真猫方便啊，还不用当铲屎官！

……

关伊伊顺利通过了考试，这一次再也没有人敢质疑她的能力。她就算是花瓶，那也是有实力的花瓶！

而出乎意料地，这只猫咪机器人靠着它的卖萌技能火了！

关伊伊刚结束了考试，走到门口，手机便响了。

是焦姣。

她笑着接通电话道："饺子，你是来恭喜我的吗？"

却听焦姣道："伊伊，你那只猫咪机器人卖吗？"

"啥？"

通过这一场现场考试直播，关伊伊成功摆脱了一无是处的花瓶称号。

不但如此，猫咪机器人竟然还在学校火了一把。

学校里是不允许养宠物的，爱心泛滥的女孩子们就只能偶尔到宠物店看看或者喂喂流浪猫狗解解馋。然而猫咪机器人的出现，瞬间击中了她们的爱心。这是机器人，不需要吃饭、睡觉、拉粑粑，只需要充电，别提多方便环保了。

是以，很多人都来问关伊伊卖不卖猫咪机器人。

包括焦姣。

关伊伊倒是想卖，但是这猫咪机器人其实充其量就是个小玩具，还是半成品，除了卖萌什么都不会，这种东西怎么好卖给别人。

焦姣却道："哎，你不懂，我们就是喜欢它的萌而已。"

关伊伊无言以对。

她思索了一下，才道："这样吧，等我再改进一下，到时候再考虑。"

"行啊，到时候第一个可要给我！"

关伊伊笑："当然。"

她虽然证明了自己不是花瓶，但是关于感情方面的流言蜚语依然很多。毕竟，就算关伊伊专业能力不错，这也不能说明她和两大校草没关系。

关伊伊这人不喜欢惹事，主张人不犯我，我不犯人，但若是真有人触到了她底线，她自然不会善罢甘休的。

所以，这事儿还没完。

就在大家还在讨论着技术怪电气学院系花和她的猫咪机器人的时候，有一个帖子却悄悄地登上了论坛首页，热度快速上升。

——论同时交往三个男朋友怎么办！

标题不算太劲爆，但是也挺有亮点，很多人看到这个名字都会好奇地点进去看看，这一看，就看出大问题来了。

帖子的内容主要讲了A大一个小有姿色的美女，如何在三个男朋友中游刃有余地周旋，还有时间和精力去勾搭校草的事情。

帖子并没有指名道姓，照片上的主角们也打了马赛克。

但是，学校就这么大，而且女主角就眼睛打了马赛克，瞎子也能认出来啊！

没一会儿，女主角的真实身份就被广大人民群众给挖了出来。

女主角不是别人，正是曾经对关伊伊阴阳怪气的前室友沈媚。

她在学校也算是个名人，传媒学院新生中最出众的一个女生，虽然成绩一般，但是架不住她爱出风头，每次学校有什么活动，基本都少不了她的身影。

她有几分姿色，穿着各种奢侈品，会打扮，也能歌善舞，在学校里还是有很可观的追求者的。沈媚长相清纯中带着艳丽，平日里也最爱装纯洁无瑕的白莲花了，在女生中不受欢迎，但是很多男生还就好这一口。

那个给关伊伊泼脏水的帖子便是沈媚策划的。

关伊伊虽然称不上厉害的黑客，但是学了这么久，追踪一个IP地址还是可以做到的，很快就黑进了沈媚的电脑。

这不看不知道，一看吓一跳，表面清纯的沈媚，其实私底下一点儿都不纯洁，不但同时交往了三个男朋友，还有数不清的暧昧对象，微信聊天记录里的那些话，关伊伊都不好意思看下去，那尺度够可以的。

一报还一报，沈媚不是想黑她吗？现在她就以其人之道还治其人之身了。再说了，她发的可是事实，不像沈媚胡编乱造。最后关伊伊选了一些不太黄暴的聊天记录和一些照片，整理了一下，便发了帖子。

帖子很快就火了，没多久便被顶成了热门帖。

沈媚不是想出风头吗？

这一次，她可是在全校师生面前出了一个大风头！清纯的白莲花一夜成为劈腿小能手，甚至能够赶上午夜直播女王了。

A 大的学生们算是大开了眼界。

而当事人沈媚呢？

话说当沈媚成了 A 大大热门的女主角的时候，沈媚正准备展开对校草沈一泽的第十次告白。她都想好了，告白的同时再顺便黑一下关伊伊。

沈一泽正好跑了步，准备去洗个澡，刚走到男生宿舍的楼下就看到了沈媚。

沈媚穿了一条白色碎花的短袖连衣裙，一字肩的领子露出性感精致的锁骨，散开的裙摆下是白皙纤细的小腿，踩着一双细跟的白色高跟鞋，披散着黑长直的头发，整个人散发着清纯可人的气息。

见到沈一泽，她露出了一抹恰到好处的羞涩笑容，羞答答地递过去一个小礼盒，软糯糯地道："一泽学长，送给你。"

沈一泽看着递到眼前的粉色小礼盒，想到刚才兄弟们给看的东西，一时之间僵住了。

"那啥，沈媚同学，这不太好吧。"

沈一泽没动。

这时，周围已经围了好些围观群众了。

沈一泽竟然知道她叫沈媚？

要知道，在前几次告白的时候，沈一泽可都是连她的名字都不知道的。沈媚心里一喜，这是不是意味着她有希望？

沈媚顿时勾唇一笑，自信地想道，男人果然都是同一种生物，没有男人能抵挡得了女人的温柔乡。

沈媚继续保持着害羞的模样，笑道："你收下吧，我……我喜欢你。"

多么美好的画面啊，就像是在拍偶像剧一样。而她，马上就要变成偶像剧女主角了。

沈媚期待地看着沈一泽。

沈一泽艰难地扯了扯嘴角，那一刻，莫名地觉得自己脑门发绿。

“一泽学长……”沈媚见沈一泽不说话，以为还不够刺激，于是默默地又靠近了一些。

眼看着她要挨到自己了，沈一泽被吓了一跳，连忙后退了好几步，也顾不得什么委婉不委婉了，脱口说道：“沈媚同学，男女授受不亲，我这人对别人的女朋友不感兴趣，你要是想找刺激，还是另找别人吧。”

沈媚蒙了。

她怀疑自己的耳朵出现了问题，否则为什么沈一泽说的话她一个字都听不懂？

沈媚艰难地维持着脸上的笑容，道：“一泽学长，你是不是对我有什么误会？”

沈一泽看她还不死心，又见旁边的人越来越多了，害怕自己明天起来成为“出轨门”男主角，连忙拿出手机，登录论坛，点开标红的那个热门帖给她看，直接道：“你自己看看吧。”

想了想，他又补充道：“沈媚同学，虽然我管不了你的私生活，不过还是给你一个建议——安全措施要做好啊！”

此话一出，沈媚的脸顿时忽青忽白。

而被焦姣拉着，一直在旁边围观的关伊伊和其他的人一样，忍不住噗的一声笑了出来。

这真是，善恶终有报，天道好轮回。不信抬头看，苍天绕过谁！

沈媚立刻转头看过去，目光怨恨地瞪着关伊伊。反正都暴露了，关伊伊也不怕，直接笑着对沈一泽道：“一泽学长，给你点个赞！”

周围人的目光像是毒蛇一样，沈媚感觉自己被羞耻笼罩了，她瞪着关伊伊，愤怒地道：“关伊伊，是不是你？是不是你发的帖子诬陷我？！”

关伊伊无辜地眨眨眼道：“我为什么要诬陷你？这位沈同学，我和你不熟。还是说，你做了什么对我不好的事情，所以觉得是我在报复你？”

她摸着下巴，一脸正直地补充道：“沈同学，我说得对吗？”

围观的众人瞬间都想到了关于关伊伊的那个帖子，顿时看沈媚的目光更加奇怪了。

“不会吧，那帖子真是沈媚发的啊？”

“我觉得很有可能，沈媚不是一直在追沈一泽吗？关伊伊和沈一泽关系好，说不定就糟了嫉妒，所以被黑了。”

“可不是吗？真是知人知面不知心。”

沈媚脸色涨得通红，跺了跺脚，怒道：“关伊伊，你给我等着，我肯定会曝光你的真面目的！”说罢，转身就捂着脸跑了。

关伊伊无所谓地耸了耸肩。

她正高兴着，肩膀却猛地被人拍了一下，她吓了一跳，转身就看见了黑着一张脸的顾默。

他说：“我打你电话你怎么不接？看男人就这么重要吗？这么晚了，还不回家吃饭？”

关伊伊总觉得有哪里不对。

而且，她哪里看男人了？

关伊伊一脸茫然，而半空中，顾默和沈一泽视线一撞，两人都勾了勾唇，火光四溅。他虽然对关伊伊没有男女之情，如果是对上的其他人那就算了，可偏偏，现在把他当作情敌的是顾默。

沈一泽玩味地挑了挑眉，突然拍着关伊伊的肩膀道：“伊伊，还回去吃什么饭啊，走，我请你吃大餐，庆祝你顺利过关。”

“我……”

关伊伊刚开了口，话还未说完，就听顾默冷笑一声：“最近房价又涨了，关伊伊，你知道吧？”

关伊伊顿时一个激灵，忙不迭地点头道：“一泽学长，我就不和你一起去了。”边说，她边扯了扯顾默的衣袖，露出两个小酒窝，讨好地笑道，“学长，我们回家吧。”

顾默这才勾了勾嘴角，摸了摸关伊伊的头，温柔一笑：“乖！”

关伊伊这招可以说是直接断了沈媚洗白的退路。

那些聊天记录和照片可不是假的，A大不缺技术怪，很容易就能辨别出真假来。所以，哪怕后来沈媚站出来控诉有人故意造假聊天记录和照片抹黑她，大部分人还是不信的。

她白莲花人设轰然倒塌，不说人人喊打，反正女生们对她更是敬而远之了。

关伊伊出过气之后，便不在意沈媚了，反正兵来将挡，水来土掩，她现在有更重要的事情要做。

关伊伊最近都泡在实验室里。

除了为RoboCup做准备，她又有了一项重大的事项，那就是研究宠物机器人。本来她没想这么拼的，可是想到每次顾默都用房租威胁她，她就觉得不能再坐以待毙了。

她现在必须挣钱，挣很多的钱，然后把钞票甩到顾默的脸上！

宠物机器人自然比不上真正的宠物，现代技术和关伊伊的水平都做不到。她决定发挥宠物机器人的卖萌技能，产品受众就定位于爱心泛滥的女孩子们。

不过由于技术和时间限制，关伊伊不准备开发其他的类型，只专心卖猫咪机器人。

焦姣自告奋勇做了关伊伊的销售经理。

每只猫咪机器人，关伊伊定的售价是六百块，接受特别定制——当然只针对猫咪的外表和语言等简单操作。不到一个月的时间，焦姣就接到了五十笔订单，如果不是关伊伊一个人时间和精力有限，她还能接到更多。

不过关伊伊也不想靠这个赚很多钱，所以也不在意。

这一忙，她就忙到了期末考试前夕。

这段时间，因为忙着工作学习，关伊伊都没有时间去想那些错综复杂的儿女情长，每天和顾默见面的时间其实也很有限，再加上她故意避开顾默活动的时间，所以两人的交流并不多。

而顾默也没有再对她做那些暧昧的举动，这让她着实松了口气。

她实在不知道该怎么面对顾默那忽冷忽热的感情，她到现在还没有弄明白顾默到底是什么意思呢。

反正，她是不会相信顾默喜欢她的。

五十笔订单，基础款一个六百块，定制款一个一千块，算下来，她赚了差不多四万块，都可以把明年的房租给顾默了！

这日，关伊伊把钱存进了卡里，又取了两万块的现金，底气十足地回了家。

她到家时，顾默正好也在。

他们虽然是同个学院，但是专业不同、年级不同，期末考试时间也不同。关伊伊明天才开始考试，顾默今天便已经考完了，所以回家比较早。

关伊伊今天是要来打脸的，自然不会刻意避着顾默。

见到顾默，她破天荒露出一抹甜美之极的笑，甜滋滋地唤道："学长，今晚请你吃大餐去不去？"

顾默表面上不动声色，但其实内心是有些受宠若惊的。

这段日子关伊伊的逃避他不是没有看到，只是他自己也无法完全搞清楚自己的内心，是以，他便没有再去逼关伊伊。只要她不出去"鬼混"，他现在对她的容忍度还是很高的。

顾默装作若无其事地问道："发生什么好事了？"

关伊伊矜持一笑，打开随身带着的小背包道："也没什么好事，就是发了笔小财，我今天来交房租！"

"交房租"三个字她加重了音量。

顾默眼中极快地闪过一抹笑意，道："这是你卖猫咪机器人赚的钱？"

关伊伊再次矜持地点头。

这可是她人生中最大的一桶金，四万块啊！对于一个普通的大一学生来说，已经是一笔巨款了！这让关伊伊如何不骄傲！

"这是两万块，您点一下。"

她亮晶晶的猫儿眼一眨一眨地看着他，表面上虽然保持着淡定，眼里却全是她自己都不知道的期待。

顾默的心突然就软了一下。

他伸手，捏了捏关伊伊的脸，没等关伊伊说话，便突然在她的额头上落下轻柔的一吻，声音柔如春水："伊伊，你做得很棒。"

额上柔软、湿润的触感让关伊伊直接呆住了。

像是触电一般，她全身都战栗了起来。

她连忙推开顾默，捂着额头，愣怔地问道："学长，你……这是什么意思？"

顾默微微一笑，轻轻撩起她脸颊旁的乱发，一本正经地道："提前送你的晚安吻，喜欢吗？"

关伊伊愣了一下。

这不是她的错觉，一定不是她的错觉。

顾默这是在撩她，绝对是在勾引她！

关伊伊顿时警惕地后退几步，与顾默拉开了一个安全距离，认真地道："学长，男女授受不亲。"

顾默挑眉："你也知道男女授受不亲？"

这话怎么听怎么有一股讽刺的意味。

关伊伊想到前几次她扑在顾默的怀里吃豆腐的事，轻轻咳了咳，脸色有点红，反驳道："我那是迫不得已，我对你没有任何非分之想。我保证，学长！"

顾默步步紧逼："为什么迫不得已？如果你不说个原因出来，那我可无法相信你说的没有任何'非分之想'。"

关伊伊说不出口。

她不想把那难以启齿的病告诉任何人，她不想看到别人异样的目光。

她低着头，有些沮丧。

顾默的眸色暗沉了下来，他上前几步，一字一句地问道："关伊伊，你到底怎么了？"

关伊伊心尖一颤。

她怕自己一激动就把真相给说出来了，只能避开顾默慑人的目光，垂着头道："学长，反正你不要再和我开这些玩笑了，我玩不起，也不想玩。"

说罢，她转身就要跑。

顾默却猛地拉住她，目光带着危险的气息，问道：“你觉得我是在和你开玩笑？”

关伊伊嘟嘴：“不是开玩笑是什么？我知道我以前的行为可能让你有些误会，但是我保证，学长，我绝对对你没有任何非分之想。我其实有喜欢的人了。”

她低着头，没有看到顾默的脸色瞬间阴冷了下来。

“关伊伊，你是不是要告诉我，你喜欢的人是沈一泽？”

关伊伊猛地抬头看向他。

顾默笑了一声，只是眼中没有任何笑意，道：“我是不是对你太好了，让你把我的话当作耳旁风？”

那一瞬间，关伊伊感受到了极度危险的气息。

顾默的声音更加清冷，他面无表情地看着关伊伊。

关伊伊忍不住想要后退，还不怕死地低声反驳着：“你什么时候对我太好了，明明就对我很凶。”

顾默眼睛一眯：“你说什么？”

关伊伊顿时一个激灵，狂摇头道：“没没没，我说学长你说得对，学长你最好，学长，我都听你的！”

顾默勾了勾唇，危险的气息突然散去了。

“什么都听我的？”他挑眉道，“那我叫你离沈一泽远一点，你怎么不听？”

关伊伊眨了眨眼，总觉得哪里有点不对劲儿。明明刚开始是她被吃豆腐了，她才是吃亏的那一方吧，怎么现在却成了理亏的一方？

“学长，你是不是……管得太宽了……”她低声嘟囔着。她和谁谈恋爱，和谁交朋友与顾默有什么关系？顾默又不是她家长！

顾默却冷哼一声道：“你爸托我照顾你，我就有责任监督你。自然，恋爱对象，我也要管。”

关伊伊愣了一下。

“那明明是你在做那些暧昧奇怪的举动啊！”

她的声音太小，除了自己没人听清，但是看她那个模样也知道不是什么好话，顾默眯眼：“你在悄悄说些什么？”

关伊伊哽了一下，急中生智道：“学长，你还没回答我的问题呢，你干吗亲我？”

顾默望天，耳朵尖有着可疑的绯红：“我说了，晚安吻啊！”

关伊伊眯眼道：“晚安吻？”

最后那个字，她自己都说得有些不好意思了。

关伊伊心脏怦怦直跳，忍不住猜测顾默会怎么回答她，有些忐忑，还有些期待，忐忑的是怕被嘲讽吧。期待？她也不知道自己在期待什么。

须臾后，顾默一本正经地道：“你觉得那是什么就是什么吧。”

他轻咳了一声，视线乱移，道：“你不是说要请我吃饭吗？还不快走？”

关伊伊晕乎乎地被顾默推着朝门外走了，边走还边在想，所以她觉得那是什么呢？

看顾默那个样子，她继续问下去估计也问不出什么了。关伊伊也不好再问，毕竟这种事还是挺羞涩的嘛，尤其她还是个女孩子，就更应该矜持一些了！

天气渐渐变冷，这种天气吃火锅是最棒的。

关伊伊索性不再思考那些糟心的事情，和顾默一起去了附近新开的一家火锅店，专心地吃。

吃火锅肯定要喝啤酒才爽，不过，顾默不仅对自己要求严格，对她也很严。关伊伊试探地提出要不要来点啤酒，没想到顾默只是沉默了一秒，便直接点了头。

顾默道：“不能喝太多。”

关伊伊立刻笑眯眯地点头道：“学长，你真好。”

她有时候嘴巴特别甜，要哄人的时候那些蜜糖一般的话一串串地往外冒。顾默虽然知道关伊伊这个特点，不过在听到“学长，你真好”的时候，依然忍不住勾了勾嘴角。

但愿关伊伊知道真相之后也能这么甜。他心道。

关伊伊心情不错，又太久没有敞开吃好吃的了，一时没忍住，就吃多了，也喝多了。啤酒虽然度数低，但是喝多了也醉人。再加上关伊伊酒量并不好，等到结束的时候，不出意外已经晕乎乎的了。

顾默半搂着她，叹气道：“都叫你少喝一点了。”

关伊伊靠在顾默的怀里，醉酒的情况下，皮肤饥渴症似乎消失了。但她还是觉得靠在顾默身上很舒服，她喜欢那种肌肤相贴的感觉。

关伊伊傻呵呵地笑着，抬头瞅着顾默，一双猫儿眼像是盛满了星光。

喝醉酒的她没有那么多顾虑，直接就问道：“学长，我有没有说过，你长得特别好看啊？”

顾默脚步微微一顿，眸色暗了暗。他们去的火锅店离家不远，是以，顾默没有叫车，而是就这样扶着关伊伊慢慢走了回去。

时间已经比较晚了，街上偶尔有两三个行人路过，但大都行色匆匆，谁也没有注意到他们。

黑夜仿佛给了他勇气，他低头，伸手轻轻摩挲了一下关伊伊柔嫩的脸蛋道：“没有。”

关伊伊笑：“那我现在说给你听好不好？”

顾默“嗯”了一声。

关伊伊嘴角的酒窝更深了。

“学长特别帅，最帅！”空旷的街上，她清亮的声音特别甜，直接甜进了人的心里。顾默嘴边的笑意更深了，突然起了坏心思。

他突然把关伊伊抱了起来，像抱小孩儿一样。相比于他的高大，关伊伊就显得特别娇小。她此刻脑子本就迟钝，等她反应过来时，她已经稳稳地坐在了顾默的手臂上，双手本能地搂着他的脖子。

“嗯……学长？”她歪头，嘴角翘起了可爱的弧度。

顾默轻声道：“喜欢这样吗？”

关伊伊狠狠点着头，孩子气地道："超喜欢！"

顾默继续道："那你喜欢我吗？"

"嗯？"关伊伊眨眨眼。

"关伊伊你喜欢顾默吗？"

关伊伊迟钝的脑子终于反应了过来，皱了皱小眉头，白皙的手突然捏住顾默的脸，带着委屈和不满地道："学长凶，不敢喜欢。"

顾默被逗笑了，清脆的笑声响起。他很少这样大笑，露出洁白整齐的牙齿，桃花眼都弯了起来，像一弯美好的月亮。

关伊伊看得入迷，傻乎乎地捧着顾默的脸道："学长笑起来真好看。"

顾默渐渐止住了笑，没有阻止关伊伊的动作，任由她捧着自己的脸，神色柔和地道："那你想我以后笑给你看吗？"

"只笑给我一个人看吗？"关伊伊抿着嘴，严肃地思考着。

顾默点点头，一步步地诱哄道："可以只笑给你一个人看，不过……"

"不过？"关伊伊皱着小眉头盯着顾默，有点不满。

顾默继续道："不过我有一个条件的。关伊伊，我的笑只有一个人能看到。"

"谁啊？"她莫名有些嫉妒那个人。

顾默轻笑了一声道："我女朋友。"

"咦？"关伊伊瞪大了眼睛，"学长，你什么时候有女朋友了？你讨厌，你怎么都不告诉我？还不要我谈恋爱！"

顾默却笑道："以前没有，不过马上就有了。"

正好，两人已经到了家门口。

顾默放下关伊伊，直接把她抵在门板上，捏着她的下巴轻轻摩挲着："关伊伊，我只会笑给我的女朋友看。所以，关伊伊，你愿意做我的女朋友吗？"

"做你女朋友有什么好？"醉酒的关伊伊脑回路有点奇葩。

顾默的声音更加柔和，他一字一句地道："我的笑，只有她一个人能看到；我的好，只给她一个人；我的所有，都是她一个人的，包括这个……"

他的唇终于印在了他觊觎许久的柔嫩唇瓣上。

“关伊伊，你愿意吗？”

这是一个轻柔至极的吻，柔软得像一根羽毛，轻轻地在她的唇上、心上拂过，让她感觉痒痒的，不禁沉迷其中。

氧气的减少让关伊伊此刻本就不太灵光的脑子更加迟钝了。

他的所有都是她的。

千言万语汇成了这一句话。

关伊伊想着想着，觉得还不错，迷迷糊糊就点了头：“嗯，我愿意。”

第十二章
打击情敌，宣布所有权

关伊伊就这样傻乎乎地把自己给卖了。

顾默眸色暗沉，直到关伊伊快喘不过气了，他才放开了她，一字一句地道："关伊伊，这可是你自己说的，可没有机会反悔。"

关伊伊茫然地道："为什么要反悔？"

从今以后，顾默学长就是她一个人的，她可以想摸就摸，想看就看，这种好事儿，她怎么可能舍得反悔。

顾默笑了笑，打开门把她抱上了床："你最好记住自己的话。"

否则，他可是会生气的。

而他生气的后果，关伊伊怕是承受不了。

关伊伊躺在床上，盖着被子，只露出脑袋，配上那张极度纯良的脸，乖巧得不可思议。

"记着的。"她点头。

顾默满意地勾了勾唇，拍了拍她的脑袋道："那睡觉吧，晚安。"说罢，在她的额上落下轻柔的一吻。

关伊伊摸着额头，傻呵呵地笑了笑，乖巧地道："学长晚安。"说完便闭上了眼睛。

屋里灯光熄灭了。

顾默又在关伊伊床边坐了一会儿，直到关伊伊睡着发出均匀的呼吸声，他才起身离开。他纠结了那么久，思考了那么多，最后还是败给了那一瞬间的心动。他倒是不后悔，倒是关伊伊，别第二天起来就忘得一干二净了。

想了想，他出了客卧，把二宝叫了过来。

二宝："主人，什么事？"

顾默道："刚才在门口发生的事情，你看到听到了？"

二宝委屈地嘟嘴："又不是我想看的，还不是因为主人你们乱来，不能进门再继续吗？万一被人瞧见，影响多不好啊！"

顾默没理会二宝的抱怨，直接道："刚才那段录像好好存着，然后拷贝一份给我。"

二宝的记忆系统会自动把看到的一切存起来，不过每周都会定时清理一次。

二宝瞪大眼睛，指着顾默，痛心疾首地道："主人，你变了。"

"嗯？"顾默今晚心情不错，难得顺口问道，"哪里变了？"

"你以前是个正经人，可是现在……唉！"二宝叹了口气，幽幽地道，"你已经达成了从正人君子到流氓的进化成就……"

顾默料得不错，关伊伊第二天起来便真的忘记昨晚的事情了。她就是有这个能力，喝醉酒发生的那些事儿，睡一觉起来就忘得一干二净了。

一大早，关伊伊便心情甚好地和顾默打招呼："学长早上好。"

顾默看了她一眼，问道："心情这么好？"

"当然啦，无债一身轻嘛。"关伊伊笑眯眯。

顾默又瞥了她一眼，道："你还记得昨晚的事情吗？"

"昨晚什么事？"关伊伊歪头疑惑地道，"不就出去吃了火锅，然后我喝醉了，就睡了吗？"

好吧，这样总结也没错，只是把某些关键情节给去掉了而已，没毛病。

关伊伊快速地吃了饭，道："学长，我去学校考试了，拜拜。"

“嗯。”

难得地，顾默的心里升起了那么一点失落。

关伊伊一连考了三天，终于考完了。期末考试结束之后，他们学院还特别举行了一个新年晚会，晚会结束，便可以正式放假了。

晚会要跳舞，跳舞就需要舞伴。

关伊伊本想和焦姣凑一对，但是没想到，焦姣竟然已经悄悄约到了舞伴。有异性没人性，焦姣就这么把她给抛弃了。

一个人参加晚会多尴尬，关伊伊正纠结的时候，沈一泽给她发消息了。

沈一泽：伊伊，新年晚会你有约舞伴吗？没有的话，我们凑合一下？

关伊伊有点惊讶：一泽学长，你也会没有舞伴？

这不可能吧？

要知道在A大沈一泽的受欢迎程度可是顾默都比不过的。

沈一泽发了一个无奈的表情过来，补充道：我也不想啊，就是来约我的女生太多了，我选谁都不好，万一造成人民内部矛盾多不好。

关伊伊：所以，你就把我推出去挡枪？

沈一泽发了一个拜托的表情过来，道：伊伊，你不知道，你现在在女生中的人气可是很高的，你出马的话，肯定会继续和谐下去的。

顾默一直误会关伊伊喜欢沈一泽，但其实除了刚开始被沈一泽的外表吸引，等到后来相互了解了，那点因为外表产生的喜欢很快就消失了。倒不是说她不喜欢沈一泽，只是这种喜欢已经和男女之情无关了。

沈一泽是一个很仗义的人，又对她有救命之恩，她慢慢地就把他当成一个兄长了。

沈一泽对她估计也是如此。

只是，他们的关系在别人的眼中可不是那么纯洁的。

比如顾默。

关伊伊答应了沈一泽的约，这可算是捅了马蜂窝了。

新年晚会是在期末考试结束的第二天晚上，当关伊伊和沈一泽携手进入了大礼堂的时候，一道冷冰冰的目光顿时便射了过来。

关伊伊条件反射般转头看去，一眼便看见了不远处面无表情的顾默。

“顾学长，他怎么在这里？”关伊伊有些疑惑，不知为什么，当对上顾默的目光时，她竟然莫名有些心虚。

顾默不是说他不参加新年晚会吗？怎么又来了？

关伊伊自然不知道，顾学长可是来抓奸的！

对于这种无聊的晚会，顾默一直都是没兴趣的，有那个时间，他还不如多看点书。但是，同住一个屋檐下，再加上心中还有些隐秘的心思，关伊伊的动向，顾默自然时刻关注着。

一发现关伊伊不但要参加新年晚会，还和沈一泽一起之后，顾学长便坐不住了。

关伊伊可是亲口答应了做他的女朋友的，怎么能还和别的男人暧昧不清呢？

今晚的关伊伊很漂亮，浅紫色的露肩小礼裙，白色高跟鞋，平日柔顺的黑长直发尾被烫鬈了，撩起一层用发夹别在后面，露出了她修长白皙的脖子和可爱的耳朵。

这是一身足够让众人惊艳的装扮。

然而顾默根本就没有心思欣赏关伊伊的美貌，他冷着脸朝关伊伊走了过去，没等关伊伊反应，直接就脱了外套披在了关伊伊的身上。

“学长？”

顾默直接拽住关伊伊的手，触电般的感觉再次席卷了关伊伊，她身不由己地被顾默拉了过去，只听顾默冷声道：“谁让你穿成这样的？关伊伊，你的胆子越来越大了，信不信我告诉你爸？”

“啥？”

顾默的突然出现让关伊伊有点蒙。

而且，她到底是干什么坏事儿了，还要被告家长？

关伊伊觉得，顾学长估计是又受了什么刺激，脑回路又变得奇葩了。

“跟我回去。”

顾默冷着脸，没给关伊伊反应的时间，直接霸道地拉着她的手就走。

可关伊伊是个病人，顾默还是病原体，关伊伊本能地直接把顾默的手甩开了。她的反应太大，一时之间，周围的气息顿时凝滞了起来。

“学长，我不是……”

关伊伊张了张嘴，想要解释，然而支支吾吾半晌，也不知道该如何解释。她瞅了瞅顾默冷漠如冰的脸，哎呀，顾学长的脸色看起来好可怕，不会气急了揍她吧。

她忍不住后退了两步。

顾默的脸色更冷了，气氛一时之间尴尬得不得了。

这时，旁边突然传来一声轻笑，刚才一直没有出声的沈一泽笑了起来，突然伸手揽住了关伊伊的肩膀，对着顾默笑道：“伊伊今晚可是我的舞伴，顾默，你不会是想和我抢人吧？”

他盯着顾默，眉眼间似是带着挑衅。

顾默的视线定在了他揽着关伊伊肩膀的手上，目光微微一暗。

关伊伊忍不住摸了摸手臂，疑惑道：“空调没开吗？怎么有点冷啊？”

她这一摸，才想起她身上还披着顾默的衣服，连忙脱下来递给顾默，道：“顾学长，你的衣服。”

顾默没有伸手接，过了须臾才道：“你不是冷吗？”

关伊伊还没开口，沈一泽却直接把衣服甩给了顾默，笑道：“不劳烦你了，我的舞伴，我负责。”边说，边直接把自己的外套脱了下来给关伊伊披在肩膀上。

正在这时，却见身穿晚礼服的卢越走了过来。

她笑靥如花，直接来到顾默的身边，亲昵地挽起顾默的手道：“你不是说你不来吗？怎么现在又来了？顾默，我们去跳舞吧。”

自从上次录音的事情后，她和顾默的关系便有些微妙了。她害怕顾默会因此厌恶她，这么久以来，好不容易才鼓起勇气找他，她此时表现得很正常，只有她自己知道心中有多紧张。

顾默没有立刻回答，他的目光投向了关伊伊。关伊伊愣了一下，不知为何，那一瞬间，心中竟莫名有一种不爽的感觉。

她看着卢越挽着顾默的那只手，咬着嘴唇别开了视线，心中却在想，顾默会答应卢越的要求吗？

虽然顾默亲口说过两人不是未婚夫妻，然而，青梅竹马一起长大，感情肯定很好吧。卢越应该是离顾学长最近的那个女孩了。

想到此，关伊伊竟有些紧张。

而这时，顾默终于移开了视线，淡淡地道："走吧。"说罢，挽着卢越，转身就走了。

两人相携而去的背影看上去特别的和谐，郎才女貌，犹如一对璧人。

关伊伊怔怔地看着两人离开的背影，脸上有着她自己都不曾注意到的怅然。

本来期待雀跃的心情似乎因为这件事儿突然变得有些低落，关伊伊魂不守舍地跟着沈一泽跳舞，好几次都不小心踩到了沈一泽的脚。

"嗞——"又被踩了一脚，沈一泽闷哼了一声。

关伊伊反应过来，忙道歉："对不起，对不起，一泽学长，我不是故意的。"

沈一泽倒没有生气，而是直直地看着关伊伊，突然道："心里现在是不是酸酸涩涩的？"

"啊？"关伊伊惊讶地看着沈一泽，脱口问道，"学长，你是怎么知道的？"

沈一泽却笑了，伸手揉了揉关伊伊的头，笑道："小笨蛋，我不但知道你现在心里犹如喝了半瓶醋那么酸，还知道你红鸾星动，桃花将近啊！"

见关伊伊还张着嘴，傻乎乎的样子，沈一泽实在忍不住了，哈哈笑了起来："走，我们去外面好好聊聊。"

关伊伊怔怔地跟着沈一泽去了大礼堂外面，冷风一吹，本来有些晕乎的脑子倒是清醒了起来。她忍不住缩了缩脖子，不经意地一瞥，却无意中看见不远处拥抱在一起的两人。

是顾默和卢越。

关伊伊顿时僵在了原地。

沈一泽顺着视线也望了过去，脸上的笑慢慢消失了。

他垂头，一眼便看见了关伊伊失落的脸色，本来红润的小脸带着些苍白，水润的唇瓣也被咬得发白，一双猫儿眼更是黯淡了下来。

他心中顿时生起一股豪情，一把拍在关伊伊的肩上，郑重道："是不是伤心？"

关伊伊抬头望他，却见他指了指她的心脏处，突然道："走，学长去给你出气！"

啊？

没等关伊伊回过神来，沈一泽拉着她就朝不远处拥抱在一起的顾默和卢越气势汹汹地走了过去。

两人的到来引起了顾默和卢越的注意，顾默皱着眉头推开了卢越。

卢越面色微微一变，好在天色昏黑，谁也没有发现她的异样。

沈一泽拉着关伊伊走到顾默面前，便直接对顾默道："你这是人干的事？"撩了一个不够，还一撩撩两个？这种不专一的行为让沈一泽尤其鄙视。他没想到，就连看上去一本正经、清心寡欲的顾默竟然也是这种人。

顾默自然听明白了沈一泽的言外之意，只是他并无意向沈一泽解释，而是冷冷地看了一眼两人牵在一起的手。

"我的事和你没关系吧？"

沈一泽对着顾默扬了扬他和关伊伊牵在一起的手，像是示威一般地笑了，道："你不是说过公平竞争吗？看你现在这架势，是要主动退出了？"

没等顾默回答，他嘴角露出一抹得意的笑，道："既然如此，那我就不客气了。"

两人像是在打哑谜一般，关伊伊听得一脸迷茫。她看着对面站在一起的一对俊男美女，心中有点不舒服，特别不想待在这里，想拉着沈一泽离开，却听顾默突然开口道："谁说我退出了？敢比吗？"

沈一泽啧了一声道："有什么不敢？现在就来！"

卢越在一旁笑着问道："你们这是在说什么呢？要比什么？"

两个青年对视一眼，眼中火光四溅，然后一起往前走。关伊伊被沈一泽拉着，朝前走了几步，却见前方的顾默停下了脚步，转头冷漠地对沈一泽道："放手，公平竞争。"

沈一泽想了想，突然放开了关伊伊的手。

他揉了揉关伊伊的头，笑道："两位美女要不要一起赏个脸？"

两个美女都愣愣地点点头。

两人都有点搞不懂沈一泽和顾默在搞什么，直到十分钟后，她们跟在两人的身后到了学校食堂。

五分钟后，桌子上摆了一堆矿泉水。

沈一泽对着顾默勾唇一笑，道："以水代酒，干不干？"

顾默面无表情地吐出一个字："干！"

话音一落，关伊伊和卢越便目瞪口呆地看到两大校草突然开始狂喝矿泉水，那架势，比喝酒还要狂。

所以，赏个脸的意思，就是要她们看他们喝矿泉水？

关伊伊和卢越对视了一眼，齐齐沉默了。

男人的世界，她们不懂，不懂。

这场矿泉水比赛开始得莫名其妙，最终还是沈一泽最先认输。

"呃——"

沈一泽忍不住打了一个响亮的嗝，他捂着凸起来的肚子，见顾默还在拼命地往嘴里灌，不由翻了个白眼，心道：现在这么拼命有什么用？早干什么去了？居然还敢玩脚踩两只船这种游戏！

他一把拍在顾默的肩膀上，问道："今天算我输了，不过兄弟，你得克制点啊！"

顾默终于放下矿泉水，瞥了他一眼，沉声道："这可是你说的。"

沈一泽耸耸肩道："就今天这一场而已，小爷我今天状态不好，改天再和你大战。”他看了看旁边的关伊伊、卢越两人，凑在顾默耳边小声道，“伊伊是个好女孩，如果你没那个意思，就别去招惹她！否则，我不会客气的！”

“说完了？”顾默脸色未变，桃花眼微微眯起，回了一句，“不用你客气。”

沈一泽眼睛眯了起来。

这时，卢越道：“时间很晚了，要不我们回去吧？”

边说，她边要去拉顾默的手，伸到一半，却见沈一泽突然挤进了两人中间。

他笑呵呵地看着卢越，非常绅士地道：“美女，这么晚了，要不我送你回家吧？”

卢越皱眉道：“不用，顾……”

“哎，你是住宿舍吧？”没等卢越说完，沈一泽便直接开口打断她的话，笑道，“你和顾默既然是朋友，应该知道顾默和伊伊一起住在外面吧？哈，这么晚了，就不要麻烦别人了，恰好我也住宿舍，正好送你回家。”说罢，也不等她反驳，他直接就拖着她走了。

女人的力气和男人自然是无法比的，待到卢越回过神来，已经被沈一泽带着走了几百米了，回头一望，心心念念的顾默早就和关伊伊离开了。

卢越简直要气死了，她冷着脸挥开沈一泽的手，怒道：“你有病吧？”

他们两人可不熟，沈一泽这种自来熟的做法让卢越气急，尤其是还当着顾默的面，如果被顾默误会了怎么办？想到此，她有些急，转身就想跑去找顾默解释。

沈一泽却拦住她道：“卢越，校花是吧？你看，别人小情侣相亲相爱，你跑去当电灯泡多不好是不是？妨碍别人谈恋爱是要受到惩罚的！”

“你别胡说，他们根本就不是情侣！”卢越立刻反驳，“沈一泽，校草是吧？有些事你不清楚就不要乱说，顾默根本就不喜欢关伊伊！”

沈一泽直直地看了卢越一会儿，突然笑了：“美女，你喜欢顾默吧？”

卢越愣了一下，才呛声道：“我喜欢谁关你什么事儿！”

沈一泽道：“谁说和我没关系来着？伊伊可是我罩着的小学妹，你现在要抢她心上人，当然和我有关系。”

卢越冷哼道：“哦，这么看重关伊伊，你莫不是喜欢她？啊——你干什么？！”她话说到一半，却见沈一泽突然伸手拉住她的手臂，轻轻一转，待她回过神来时，却发现自己已经被困在了墙壁和沈一泽之间。

“你走开！”

这是一个危险的距离，尤其是出现在单身年轻男女之间，更是充满了暧昧的气息。卢越长得漂亮，从小到大没少被人告白，但是或许是女神的形象太高大，就算是表白，那些男生也是温温柔柔、和和气气、羞羞涩涩的。

是以，卢越从未有过被人“壁咚”的经历，一时之间愣了一下，白皙的脸色不由自主地升起了些红云。见沈一泽没动，她牙关一咬，突然抬脚就朝着男人的脚狠狠踩了下去！

高跟鞋的威力不是盖的，沈一泽瞬间什么校草形象都没有了，抱着脚就跳起来惨叫，俊脸惨白。

他看着卢越，难以置信：“美女，你至于这么狠吗？”

沈一泽长得帅，而且性格开朗，从来不缺女孩子喜欢，见过的美女多了去了，也交过好几个女朋友，无一例外都是千里挑一的大美人，恋爱经验也算是丰富。当然他也是一个有原则的人，从不会仗着自己的长相乱搞。

他每次的恋爱也不是不认真，但总是长久不了，不是他嫌弃女孩子太黏人，就是女孩子埋怨他心里只有篮球和机器人。沈一泽也很干脆，从不死皮赖脸，女方提分手，他也就答应了。

只是每一次，分手之后，前女友就会哭哭啼啼地来找他，质问他为什么不安慰她，他心里还有没有她。

每当这时，沈一泽就蒙了，这不是都分手了吗，他为什么还要去安慰前女友？

说来说去，反正沈一泽是被前女友们的威力给吓到了。自从上次分手之后，他已经将近一年没有交女朋友了，或者可以说，他已经没有交女朋友的心思了。

恋爱太艰难，女孩子们的心思也太难猜。

钢铁直男沈一泽觉得自己的恋爱早晚要凉凉，是以，他就不去操那些心了。

关伊伊之前的那些暗示，他其实也不是没有意识到，只是，他实在是怕了女孩子，一点儿也不想可爱乖巧、聪明伶俐的小学妹最后加入前女友军团，所以便假装看不懂。现在，小学妹真的春心萌动了，沈一泽是很为此开心的。

虽然他们认识的时间不长，但是这小学妹格外合他脾性。

再说，凭他男人的直觉，也看得出来顾默其实对小学妹是有意思的。是以，卢越若是想要插足两个互相喜欢的人之间，于情于理，他都会阻止。

只是没想到，这看上去娇滴滴的校花，私底下居然这么暴力。

沈一泽痛得眼泪都要冒出来了。

谁说男儿有泪不轻弹的？那是痛得还不够惨烈！

“果然是最毒妇人心！”

卢越刚才也是急了，用的力气大了点，她本来还有些愧疚，然而此话一出，什么愧疚都烟消云散了。

她冷笑：“是呀，最毒妇人心，你还要试试吗？”

说着，她示威般地抬起脚，对他亮了亮那足足七八厘米的细高跟。月色下，那细细的高跟像是凶器在发光，沈一泽条件反射般后退了几步。

惹不起，惹不起！

“既然知道怕，那以后就别多管闲事。”卢越见他怕了，满意地放下脚，转身便踩着高跟鞋嗒嗒嗒地朝女生宿舍走去了。

学校里出了名的温柔校花，此刻在沈一泽眼里居然成了心狠手辣的小魔女。

不过，他忍了忍还是没忍住，在后面高声喊了一句——

“我不喜欢关伊伊，但正常人都看得出来顾默对关伊伊有意思啊！”

言下之意就是：你没戏了，趁早放弃吧。

卢越顿住了脚步，她仰着头，谁也没有看见那一瞬间她的眼圈通红。

她没回头，直接扔了一句："关你屁事！"然后，嗒嗒嗒快步走了。

突起有什么湿润的东西落在了沈一泽的脸上，他摸了摸脸，有些疑惑地喃喃自语："下雨了？"

话分两头，且说关伊伊这头，她莫名其妙地看了一场拼喝矿泉水的比赛，又莫名其妙地跟着喝矿泉水喝得快吐了的顾默回了家。

冬季的夜色静谧，只余浅浅的风声。

顾默僵硬着身体快步朝公寓走，而关伊伊在一旁胆战心惊地看着肚子明显鼓起来的顾学长，特别怕半途顾学长撑不住吐出来。

一路上，顾默都没说话，他走得很快，关伊伊小跑着跟在身后，小嘴紧闭着，啥声儿也不敢出。

浑身都散发着冷气的顾学长很可怕！

顾默回了家，第一件事就是转头把关伊伊抵在了沙发和他胸膛之间。

好险身上穿得有衣服，否则她可能又要发病了。

关伊伊心有余悸。

不过……

她抬头，觉得这姿势真是说不出的奇怪，期期艾艾地道："学长，你……你要干什么？"

他不会生气了要揍她吧？

关伊伊害怕地想着，努力想把自己缩成一团。

"我很生气。"半晌后，顾默突然这样说道。

我看出来了。关伊伊默默在心里嘀咕。

"关伊伊，你不听话。"他认真地道。

关伊伊委屈："我哪里……"

"你还顶嘴。"话未说完，顾默便冷着脸打断她，"你……"

原本他正要开口再说些什么，二宝的声音响起，明明是毫无起伏的电子音，关伊伊却莫名从里面听出了扬扬得意。

二宝道："主人太太，你们不要太感谢我哦，我帮你们谈恋爱。"

话音一落，顾默只觉得身上一重，下一秒不受控制猛地结结实实地压在了关伊伊的身上。二宝可不是真正的人类，它的力量很大，两人猝不及防，齐齐闷哼了一声，肌肤也紧紧地贴在了一起。

两人对视了一眼，关伊伊还没来得及发病，就见顾默脸色发白了。

“主人？”

只见顾默白着脸猛地从关伊伊的身上站了起来，看也没看二宝，直接朝着洗手间冲了进去。

很快，洗手间里传来了呕吐的声音。

关伊伊蓦然想到了二十分钟前，那几十瓶被他喝完了的矿泉水，恍然大悟。

刚才二宝太用力了，顾学长的肚子肯定被压到了。

“哇——”

听着洗手间时不时地传来的呕吐声，关伊伊贴心地在外面高声道：“学长，要不要我去给你买点胃药？矿泉水有什么好喝的，学长，你这喜好真奇怪，还一口气喝了几十瓶。”

洗手间的呕吐声戛然而止。

顾学长生气了。

顾学长生气的后果是非常可怕的！

好在关伊伊没有那个机会亲身感受了。

新年舞会结束之后，距离过年也就只剩半个月的时间了。RoboCup 学习小组的工作也暂时停止，大家都准备回家过年了。

关伊伊自然也是。

新年舞会结束的第二天，关伊伊就收拾收拾行李，早上五点过一点就赶去高铁站了。是以，等到昨晚被一肚子的矿泉水折磨得没睡好的顾学长起来，想要教育一下企图“出轨”的小女友时，便发现某人早就溜了。

回家过年的人太多了，关伊伊气喘吁吁地上了动车，坐到位子上时，拿出手机，这才发现顾默给她打了好几个电话，还发了短信。

顾默：关伊伊，你去哪里了？怎么不接电话？

关伊伊连忙给顾默回了个电话过去。

刚响了一声，电话就接通了。

顾默冷硬的声音传了过来："在哪里？"

关伊伊小心脏抖了一下，忙乖乖地回道："在动车上，学长，我今天回家了。"

顾默沉默了片刻，才道："为什么不告诉我？"

"那个，我昨晚本来想给你说的，但是……"但是昨晚你在生气啊，那么可怕，我不敢！

后面的话关伊伊没有说出来，她想了想，委婉地补充道："但是我忘记了。"

"到家了给我说一声，手机保持畅通。"说完，顾默直接挂了电话。

关伊伊握着手机，莫名觉得顾学长好像更生气了。哎，他到底在生什么气啊？关伊伊实在想不通，顾学长以前也不是这么小心眼的人啊，虽然喜怒无常了一点，但还是很讲道理的。

关伊伊住在 B 市，B 市也是个一线城市，离 A 市大概五六个小时的动车车程。关爸爸近年已经没有以前那么忙了，知道关伊伊要回家，还特意请了假，给关伊伊做了一桌子好吃的。

父女两个相处的时间少，但是近年来，关系亲近了不少。

关伊伊喜滋滋地吃着关爸爸给做的爱心餐。

"好吃就多吃点，想吃什么爸爸都给你做。"关爸爸笑眯眯地看着自家闺女，年近五十的他，脸上皱纹添了不少，然而依旧是温柔可亲的帅大叔。由于在闺女幼年时期很少陪在闺女身边，关爸爸一直都挺愧疚的，是以，一有时间就使劲地弥补自家闺女。

关伊伊其实早就看开了，关爸爸一个大男人要养一个小闺女也不容易，小时候，她不懂事的时候可能会埋怨，可是长大了，就明白爸爸身上的责任和压力有多重，心疼还来不及呢。

关伊伊连连点头，毫不吝啬地称赞："爸，你的厨艺太棒了，有爸爸真好！”

关爸爸揉了揉她的脑袋，笑道：“在学校过得怎么样？钱够用吗？”

“学校超级棒，我现在都会自己做机器人了！我现在还进了学校的RoboCup学习小组……”关伊伊兴致勃勃地和关爸爸分享她最近取得的成绩，就像是个亟待得到表扬的小孩子似的，青春活力，充满孩子气。

关爸爸听着听着，突然想起什么，问道：“你和你顾叔叔家的孩子相处得怎么样？”

关伊伊一时没反应过来。

“你上次受伤，还多亏了顾默这孩子照顾。哎，他小时候我就看出来，那小孩儿看上去虽然冷冰冰的，但其实很有责任心。”

“爸，你见过小时候的顾学长啊？”

“不止我见过，你也见过啊！”关爸爸像是想到了什么有趣的事情，“大概你两岁多的时候，你顾叔叔带着儿子来B市，我们两家聚了一下。你可能不记得了，当时你可喜欢顾默那小子了，人家要走，你还抱着人家的腰哭鼻子呢，还说长大了要嫁给人家小帅哥呢。”

关伊伊有点窘，怯怯地反驳：“那……那不是还小嘛，知道什么呀。”

想到那些不经意的亲密接触，还有那在草坪上的吻，关伊伊的脸不受控制地红了起来。原来，她那么小就见过顾学长啊！

关爸爸没发现关伊伊的异样，继续回忆往昔：“哎，可不是嘛，这一晃眼，你都成大姑娘了。”

大学不像高中，一切学习基本靠自觉。

关伊伊再也不用苦兮兮地赶寒假作业了，天天都不见人影儿。她刚回来那几天，几乎天天都有聚会，和老同学们交流了一番感情下来，转眼，就已经是腊月二十六了，再过几天就大年三十了。

虽然只有父女两人，但是这年还是要好好过的。

提前好几天，关爸爸就在为年夜饭做准备了，关伊伊负责出去买各种年货。这日，她收到了一条快递消息，说是有一个包裹到了。

关伊伊有点疑惑，她最近没在网上买东西啊，这是谁寄过来的？

她从快递点领了包裹，回家就打开了。

不是吃的、穿的或者用的，而是一堆零部件。

“这啥玩意？”

关爸爸瞅了两眼，笑了：“这谁送你的啊？这么别出心裁。”

快递单上也没有写寄件人的名字和联系方式，关伊伊想了想，拍了张照片，直接给发了朋友圈。

——哪个宝贝儿这么别出心裁啊，还送我零部件，想追我直说呀，还玩惊喜这一套？快来认领！

很快下面就出现了好几个点赞加喊“666”的，不过都是对这份礼物表示震惊，以及认为送礼物的人情商感人，倒是没人来认领。

就在关伊伊以为找不到的时候，一个眼熟的名字出现在了朋友圈里。

顾默：我。

关伊伊愣了一下。

顾默送她的，还是一堆零部件？！想到自己说的那些话，关伊伊整个人都不好了。

没等关伊伊从震惊和羞耻中回过神来，顾默就打了电话过来。

她连忙接通。

“学长。”

“作为你的学长兼组长，我有必要对你负责。”顾默开口道。

关伊伊愣了愣：“那堆零部件是？”

顾默言简意赅：“是给你的寒假作业。那是一个舞蹈机器人的所有零部件，你的作业是三天之内把它们组装好。”

顿了顿，他又补充了一句：“年三十那天我会去B市，仔细检查。”

“仔细检查”四个字他说得尤其清楚，关伊伊木然地看着一堆的零部件，第一次体会到了什么是顾学长的残忍。

三天的时间要组装一个她从未接触过的机器人，对于现在的她来说是一个不小的挑战。无论是RoboCup学习小组面试时遇到的扫地机器人，还是证明自己时用到的猫咪机器人，都是她曾经接触过的，所以虽然有难度，但是掌握了其中的规律之后，也不难。

然而现在是一个全新的机器人，关伊伊被难住了。

她非常了解顾默说到做到的性格，也不敢阳奉阴违，是以，把准备年货的事情全部推给关爸爸之后，她便开始闭关了。

舞蹈机器人，在上次机器人兴趣社交流展示上，沈一泽给她介绍过。然而顾默现在寄给她的舞蹈机器人明显不是交流展示上的那种，而是水平更高、制作更精密的一款。

好在关伊伊现在也算是有了点底子，再加上上次交流展示后，她还特意向沈一泽借过一个舞蹈机器人研究，所以，也不算完全摸瞎。

关伊伊先大致研究了一下，判断出这应该是一个类人形的舞蹈机器人。相比于亚太赛上比的创意，这一个更注重灵活度和平衡度。

第三天的时候，关伊伊查了很多资料，急得头发都一把一把地掉，还是没有完全把机器人组装完毕。毕竟她没有图纸，很多东西都需要自行摸索，这其中需要花费的时间就很多了，有时候一步错，就需要全部重来。

等到关伊伊有一天被关爸爸从房间里拉出来，才赫然发现今天竟然已经是大年三十了。

各家各户都在团圆，楼道里不时传来一阵噼里啪啦的鞭炮声。

关爸爸见关伊伊蓬头垢面、恍恍惚惚，叹气道："快收拾一下自己，一会儿家里要来客人了。"

"来客人？"关伊伊乖乖去浴室洗脸，问道，"谁啊？"

她家亲戚朋友不多，爷爷奶奶、外公外婆早就不在人世，她父亲是独生子，母亲虽然有兄弟姐妹，可近年来早就没联系了，一般来她家的客人都是她爸爸的朋友和同事。

果然，关爸爸随口回了句："一个老朋友啦，好多年没见了。"

关伊伊也就没在意了，她现在满心满眼都是那个舞蹈机器人，现在已经有了雏形了。那是一个轮式双足分离式机器人，双腿关节采用四个CDS5500舵机，采用的是MultiFLEX™2-PXA270控制器，控制器放在双腿之上，用以充当机器人的身躯，手臂安装在控制器两侧，她大概已经了解了，只是具体细化还需要时间。

而且，三天时间到了，顾学长真的会来仔细检查吗？

但是这三天顾学长都没什么反应啊！

虽然今天要来客人，但其实主角还是她爸爸，一般她就出来随便露个脸，乖乖叫下人就完事儿了，所以她并没有把这件事放在心上。

是以，当门铃响了，她打开门时看见顾默，顿时蒙了——他真的来了？

“顾学长，你怎么来了？”

顾默垂眸，似笑非笑地道：“我不能来？”

关伊伊惊讶得睁大了一双猫儿眼，小脸鼓起来，看上去像只受惊的小猫咪似的，可逗了。

旁边突然就传来一声轻笑，一个中年男声陡然响起——

“这就是伊伊吧，这么多年没见，没想到已经这么大了，果然女大十八变，越变越漂亮，比小时候还可爱。”

关伊伊回过神来，转头便看到一个四十多岁、长相清俊的中年男人。想到关爸爸说的老友，她有种不妙的预感。

像是知道关伊伊想问什么，顾默直接道：“这是我爸。”

第十三章
见家长?

有那么一瞬间，关伊伊觉得自己脑子不够用。

原来，她老爸期待的老友就是顾默他爸啊！

饭桌上，两个许久不见的老友一起喝着小酒絮叨着，聊聊逝去的青春，回忆往昔。关伊伊和顾默坐在一起，总觉得有些尴尬，只能沉默地扒饭。偶尔两个爸爸聊到她，她就应和几句。

倒是顾默看上去比平时话多了不少，彬彬有礼、知识渊博，把两个爸爸哄得很是舒心，尤其是关爸爸。关伊伊到底是女儿，和爸爸虽然亲昵，但是女孩子的兴趣和爸爸总是不同的。

关爸爸说什么，顾默都能接上，一大一小聊得兴起，很是投机。

关爸爸心里高兴，又开始和顾爸爸拼酒，俩中年男人酒量都一般，没一会儿就都醉了。

“老顾啊，你这儿子教得好啊，呃！”关爸爸打着酒嗝，脸色红彤彤的。

关爸爸跟着打了个嗝：“你女儿也教得好啊，漂亮、可爱还聪明！”

俩中年男人对视了一眼，开始了商业互吹。

作为被吹的对象，关伊伊和顾默都尴尬地坐在一边。因为有长辈在，所以两人都没喝什么酒，就连顾默也只是抿了几口，是以都清醒得很。

就在关伊伊思索着要不要先撤的时候，就听顾爸爸突然开口道：“你女儿好，我儿子也好，要不凑一块试试？”

说到这儿，像是想起什么似的，顾爸爸叹息道：“你说时间过得怎么这么快呢？我现在还记得以前我们一起读书的时候，约定好以后要给未来的孩子定娃娃亲，啧啧，转眼这么多年，娃娃都大了，这亲定得好啊！”

关爸爸也迷迷糊糊地跟着笑：“哎，可不是吗？”

顾爸爸道：“既然如此，要不我们就择个良辰吉日，把事儿办了？”

关爸爸想了想道：“结婚太早了，俩娃娃还在读书呢。”

一旁听着俩爸爸胡说八道的关伊伊松了口气，虽然是醉话，但是这……不是当事人都在场吗？她还真怕她爸真醉醺醺地把她嫁出去了，那可真是尴尬了。

只是，她这心也放下得太早了，下一刻就听关爸爸话锋一转道：“就先订个婚吧。”

关伊伊无语了。

“爸，你们胡说什么呢？快别喝了。”她尴尬地看向沉默不言的顾默，不自在地道，“顾学长，你别介意哈，我爸这是在说醉话呢。”

顾默面无表情地摇头道：“没事。”

关伊伊松了口气，却听顾默又沉着脸补充道：“我爸也在说呢，他们可能觉得我们很配吧。”

关伊伊噎了一下，很想问顾默到底是如何一本正经地说出这些话的，他难道不知道会让人误会吗？

见关伊伊没说话，顾默眼睛微微一眯道：“你介意？”

他的眼中隐隐闪过一道冷光。

关伊伊登时一个激灵，忙摇头，谄媚道：“不不不，我怎么可能介意，哈哈，学长这么帅，我高兴还要来不及呢，哈哈哈……”

此话一出，顾默的嘴角微微翘了翘：“眼光不错。”

关伊伊愣了一下。

她不是自恋，但是她真的觉得顾默这是在撩她啊！

恰好此时两个爸爸都醉了，趴在桌子上睡了过去，鼾声连连。

关伊伊吐口气，笑道：“学长，我们把我爸和顾叔叔扶到房间去吧，在这里睡会感冒的。”

顾默“嗯”了一声。

为了顾爸爸的到来，关爸爸早就收拾好了客房。两人合力把两个爸爸安置到了床上，顾默是客，关伊伊本不想顾默干活，但是顾默这人固执得很，她劝了几句，见没用，便只好和顾默一起把桌子、屋子给收拾了。

两个爸爸睡了，关伊伊想了想，问道：“学长，你要不要也去休息一下呀？”

顾默却幽幽看了她一眼道：“我事情还没干完。”

“什么事儿？我帮你吧。”关伊伊立刻乖巧地道。

顾默道：“检查你的寒假作业。”

关伊伊捂着自己的胸口，觉得自己受到了一万点伤害。

老天，为什么上了大学还要被寒假作业支配啊？关伊伊心里瑟瑟发抖，仿佛回到了黑色的高中时期。

顾默是一个很认真的人，既然说了必然会做到，只是关伊伊虽然很努力了，但是舞蹈机器人依旧只组装好了一部分。她颤颤巍巍地把自己的作业交上去，站在顾默的面前，像一只乖巧的鹌鹑，大气都不敢出。

“学长，我还没做完。”

顾默仔细检查那个舞蹈机器人，也不知道他按了哪里，就见那缺了一条胳膊、一条腿的舞蹈机器人开始跳起了《江南style》。

只是没动到半分钟，那舞蹈机器人就卡了一下，啪一声——散架了。

最怕空气突然安静。

关伊伊缩着脖子，努力地解释：“我真的好好研究了，就是……”

“这就是你研究了三天的结果？”顾默打断她的话，自动开启了嘲讽模式，“就你这水平还想制作机器人？你现在连最基本的组装都不行。”

虽然话有些刻薄，却是事实。

关伊伊张了张嘴，半晌后，沮丧地垂下了头，整个人仿佛都蔫了。

“对不起，学长，再给我两天时间好不好？我……我会努力的！”

过了许久都没听到顾默的回复，关伊伊更失落了，明明没有那么脆弱的，可是不知怎的，她就是觉得眼眶有点酸。正这时，她头上突然传来一阵温热，男人的大手罩在她的头顶，用力地揉了揉。

顾默道：“我还没有开始惩罚你，现在就开始哭了？”

关伊伊立马反应过来，条件反射般去擦眼睛，却是一阵干燥，她这才知道被顾默骗了，胆子突然大了，有些生气地瞪了顾默一眼：“学长，你怎么欺负人啊！你……太坏了！”

话一出口，关伊伊就恨不得咬断自己的舌头。

老天，就连她自己都觉得这责怪有些软绵绵的，不像是生气，更像是闹别扭。

顾默的眼中极快地闪过一抹笑意，他道：“我这么坏？我本来还想把图纸给你，既然这么坏，那就算了吧，直接给你惩罚吧。”

晴天霹雳！

关伊伊立刻讨好道：“学长，我说笑了，你别当真啊！”

顾默也不是真的生气，只是突然想逗一逗关伊伊，结果让他很满意。他想了想，突然改变了最初的主意，勾唇道：“不当真不行啊，谁叫我坏呢。不过鉴于你认错态度良好，我可以给你一点提示。”

“咦？”

“纸笔伺候。”

关伊伊立刻乖巧地递上笔和纸，就见顾默坐在桌前，握着笔，开始飞快地在纸上画了起来。他的速度很快，而且很熟练，像是根本不用思考一样，几分钟就画完了递给关伊伊。

“再给你两天时间。”

关伊伊低头仔细看手上的图，发现这是舞蹈机器人的一半图纸，登时一喜。她现在其实已经算是摸到门口了，虽然只是半张图纸，但是已经足够她用了。

关伊伊顿时咧嘴一笑：“谢谢学长，学长你真好！你是大好人！”

这话虽然是夸奖，但是为什么比说他是坏人听起来还奇怪呢？

顾学长嘴角抽了抽："好人卡就不必了。"

关伊伊本以为顾默和顾爸爸最多住一晚就会走，顾爸爸也确实第二天就走了，他假期不多，家里和工作上还有很多事情等着他，只是没想到，顾默留了下来。

他给的理由很合理："我爸妈又要回研究院工作，我一个人也没什么过年的心思。关叔叔如果介意的话，那我先回家也没关系。"

这话一出，关爸爸怎么可能舍得顾默一个人可怜兮兮地过年。

短短的时间，这一大一小就已经建立了很深的友谊，关爸爸别提对顾默多满意了，还拉着关伊伊让她好好向顾默学习，那模样都快让她吃醋了。

"爸，你这么喜欢顾学长，要不让他给你当儿子吧，反正我这个女儿也没啥用。"她酸溜溜地道。

关爸爸还没开口，顾默便在一旁幽幽地道："半个儿子还是可以的。"

啥？

关伊伊没听懂，倒是关爸爸愣了一下，随即若有所思地看了顾默一眼。

顾默认真地对关爸爸点了点头，两个男人的目光在空中交汇，短短几秒钟，就像是达成了什么共识一般。

最后顾默说："关叔叔，你放心。"

关爸爸叹了口气，又看了看懵懂的关伊伊一眼，想了想道："伊伊，这几天也没什么事了，你陪着顾默出去好好玩一玩。顾默好不容易来一次，你也要尽尽地主之谊。"

"哦。"关伊伊愣愣地点头。

转身，关爸爸又拍了拍顾默的肩膀，语重心长地道："加油，别让我失望。"

顾默一脸严肃地点头，郑重地道："我会的。"

关伊伊一脸茫然，这两人到底在打什么哑谜啊？她总觉得怪怪的。

既然关爸爸下了命令，关伊伊第二天一早就带着顾默出去玩了。他们都不是小孩子了，关伊伊也不知道顾默喜欢什么，便挑了 B 市出名的几个地方给顾默自己挑。

结果，顾默什么都没选，而是道：“去看电影吧。”

电影哪里不能看？

关伊伊正想问，就听顾默补充道：“我喜欢清静一点。”

关伊伊了然，顾学长果然还是那个冷僻的顾学长。

今天是初二，市区里热闹得很，随处可见各种手挽手的小情侣，尤其是电影院里。关伊伊两人好不容易从人群中突围而出，她擦了擦大冬天被挤出来的汗，心有余悸地道：“学长，我们进去吧。”

顾默却脚步一转，朝着卖饮料和爆米花的地方走了过去。

“两杯可乐，一罐爆米花？”店员问。

“嗯。”

关伊伊在一旁疑惑地道：“学长，你不是说这是垃圾食品吗？”

“你不喜欢吃？”

关伊伊摇头：“看电影吃这个才像看电影嘛。”

这时，店员笑了笑道：“帅哥，挺疼人啊！美女，好好把握呀，好男人。”

顾默严肃地点了点头：“嗯。”

过年自然是看喜剧片，关伊伊捧着爆米花，时不时地哈哈大笑，专注于电影的剧情。

“哈哈哈，学长你快看，这男主真逗！”

她一时入迷，随手就拍了一下顾默的大腿。

她完全不知道自己又间接占了便宜。

顾默幽幽地看了自顾自笑得开心的关伊伊一眼，道：“关伊伊，你最近胆子见长啊！”

“学长，你说什么？”关伊伊专注于剧情呢，没听清顾默的话，一副无辜单纯的模样。

顾默深吸口气，默默地闭拢了双腿，道：“没什么，你继续吧。”

他望了四周一眼，发现周围好多小情侣搂在一起说说笑笑，你喂我一个爆米花，我亲你一口……有那么一瞬间，顾学长感到了憋屈。

电影真的很好笑，关伊伊看得很满意，整场下来，肚子都笑疼了。

见时间还早，关伊伊问："学长，你有没有什么想去的地方？"

没等顾默回答，关伊伊突然瞥到了不远处的夹娃娃机。由于是过年，夹娃娃机旁边已经围了很多人，时不时地传出来一声欢呼。

关伊伊眼睛一亮，忙道："学长，我们也去看看吧，好久没玩那个了！"

顾默嘴唇动了动，须臾后，终究点了头。

关伊伊顿时兴奋地拉着他的衣服朝娃娃机跑过去。

来这里的基本都是些小情侣，技术不重要，重要的是气氛。前面好几对试了试，娃娃没抓到，倒是狗粮撒了一大把。

关伊伊他们排了一会儿队，终于轮到她了。她换了币，正要上手，旁边突然就伸过来一只手，熟悉的男声响起——

"我来。"

顾学长都开口了，关伊伊自然要乖乖听话。

顾学长面色沉稳，举止大气淡定，一看就是个高手。他本来就长得好看，现在又在做这么浪漫充满少女心的事情，吸引了好多女孩子的目光，没多久，旁边就围了好些人。

关伊伊也兴奋地期待着："学长，加油！"

投币、移动、压下！

众人都屏住了呼吸，只见一个粉色的垂耳兔被夹住，慢慢地被抓了起来，眼看着要抓起来了，夹子一松，垂耳兔就笔直掉了下去。

"啊，就差那么一点点了。"

"喊，还以为多厉害呢，还不是徒有其表。"

……

关伊伊愣了一下，忙笑道："意外意外，学长再来一次，是不是太久没玩了，所以不熟练？"

顾默面无表情地点了点头，继续投币。

然而，或许今天就是顾学长的滑铁卢，把手上的币都快用玩完了，结果一个娃娃也没有抓到。

“哎，帅哥，抓不起来就快让位啊，这里这么多人等着呢。”

“可不是嘛，别逞强了。”

关伊伊偷偷瞅了瞅顾默的表情，发现本就沉着脸的顾学长此刻脸色更是冷了好几度，他那么高大的个子站在娃娃机面前，被旁边的人嘲笑着，关伊伊不知怎的就有点心疼。

“我来吧！学长，你喜欢哪个娃娃？我夹给你。”也不知道哪里来的勇气，关伊伊一脸认真地道，“你别伤心，这抓娃娃本来就是靠技术的。”

一直沉默的顾默终于开了口，一脸的困惑：“我距离、重量、引力都算了，按照理论情况，绝对不应该失败。这台机子肯定有 bug（缺陷）！”

关伊伊尴尬而不失礼地一笑：“所以，还是要理论结合实践。”

说罢，她拿着手上最后一个币扔进去，动作干脆又利落，没几秒钟，那个粉色的垂耳兔就被夹了出来。

顾学长深吸口气，努力保持面瘫，仿佛看不出刚才连抓二十次都失败了的尴尬。然而，关伊伊眼尖，发现他白玉般的耳朵尖此刻绯红一片。

顾默：“时间不早了，我们回去吧。”

关伊伊忍不住勾了勾唇，莫名觉得此刻的顾学长有点可爱。

“送你的。”她随手一扔。

顾默本能地接住，低头便看见了那只他刚才夹了二十次也没有夹出来的粉嫩嫩、萌萌哒的垂耳兔。

他抬眼望去，恰好看见关伊伊嘴角深陷的酒窝，甜美得醉人。

“顾学长，你已经很厉害了，夹娃娃这种小事儿就让给我们这些平凡人啦。”她拍拍顾默的肩膀，“毕竟你也要给我们留条活路呀，这社会才会安定嘛。”

顾默捏住了垂耳兔的耳朵，嘴角弯了弯。

他轻声道：“谢了。”

“啊，没关系。”他这么郑重地道谢倒让关伊伊有点不好意思，她挠挠头，笑道，“我们现在去哪里玩？”

顾默沉默了片刻道：“回去吧，你不是还要赶寒假作业吗？”

真是哪壶不开提哪壶，顾学长果然还是顾学长。

关伊伊深吸口气，努力挤出一个微笑道：“好。”

关爸爸出门访友了，家里就只剩下他们两人。关伊伊虽然和顾默一起住了那么久，但是两人独处的时间真的不算多，毕竟身边总有一个神出鬼没的二宝。

她挠挠头道：“学长，要不你看会儿书？”

她去做作业了，总不能让顾默一个客人干坐着吧，却听顾默道：“没事，我看着你做作业。”

“真是麻烦顾学长了。”

她真是信了他的邪，高三老师都没有这么严格呢。

关伊伊可怜兮兮地坐在书桌前，把顾默给的半张图纸拿出来。进入学习状态后，关伊伊忘记了顾默的存在，开始专心研究。

万变不离其宗，舞蹈机器人再怎么改变，最基础的构造是差不多的。

再加上半张图纸，关伊伊动作很快，很快就把舞蹈机器人组装完成了，前进、后退、转弯、横向跨步、前滚翻、倒立、伏地、起身等动作它都能完成，只是每个动作间隔的时间比平常多了两秒，而且动作迟缓。

“不对，肯定是哪里错了。”

关伊伊喃喃自语，随手就把刚组装好的机器人拆开。

然而，她重复做了好几次，依旧找不到关键的问题。

“啊啊啊，到底哪里错了？！”她有些抓狂，把自己柔顺的头发揉成了鸡窝，气呼呼的样子像一只小松鼠。

顾默看着看着，情不自禁勾了勾唇，笑出了声。

关伊伊立刻憋屈地看向他，委屈道：“学长，你不能嘲笑我啊，这会打击我积极性的。”

“想要我帮你吗？”顾默转而问道。

关伊伊眼睛一亮，忙点头。

顾默嘴边的笑意更深道：“我帮你也不是不可以，但是你必须答应我一个条件。”

“什么条件？”关伊伊警惕，“不会是很过分的条件吧？你不能为难人啊学长。”

顾默道：“放心，肯定是你能做到的，不会过分的。”

关伊伊实在被这个舞蹈机器人给弄晕了，想了想，终于点头：“好，成交！”

话音一落，顾默便拿着笔在纸上写写画画了起来：“你现在遇到的问题是，机器人的稳定性太差。要保证舞蹈机器人的稳定性，必须使外力产生的转矩小于或等于机器人自身重力产生的转矩，算出两个舵机和运动控制卡的宽度之和……”

顾默不疾不徐地讲解着，关伊伊听着听着，眼睛就越来越亮，一直以来解不开的难题似乎有了答案。

“你接着算下去，按照我给你的思路理一理。”顾默顿了一下，“已经给你这么多提示了，明天早上，我就要看到最终成果。”

关伊伊如醍醐灌顶，连连点头道：“学长，我这次保证完成任务。”说罢，便在纸上计算了起来。

她认真的样子当真挺好看的，虽然没有了笑起来时的甜美，却多了一丝稳重和沉静，就像是陡然长大了一般，让人不由自主地产生信任感。

那一瞬间，顾默的脑海中不由自主地冒出了一个念头——

关伊伊天生就适合这个专业。

他想到了无论是独木成林，还是关伊伊都说过的那个梦想，心中有什么东西开始悄然改变了。

制造机器人，真的能让人这么开心吗？

他这样想着，也这样问了。

关伊伊握着笔，认真地道：“我喜欢研究机器人，当看到机器人在我手中诞生的时候，我就觉得特别有成就感。”

顾默依然不解：“为什么会喜欢上机器人？”

关伊伊皱眉思考了一下道：“没有为什么吧，反正就是喜欢啊！学长，你为什么突然问这个问题，你难道不喜欢吗？”

顾默没有立刻回答，而是神色凝重地思考了起来。

他喜欢机器人吗？

半晌后，他才道：“对于我来说，没有喜欢和不喜欢，只有任务完成与否。”

“什么意思？”关伊伊没听懂。

顾默却没有再给她解释了，而是道：“行了，你还是快做作业吧，别明早交不了。”

关伊伊顿时一个激灵，忙埋头苦算。

皇天不负有心人，虽然过程很艰难，但是关伊伊熬了一晚，第二天早上，顺利重新组装完成了这个舞蹈机器人。

当看到它完整的样子时，关伊伊愣住了。

类人型的机器人，因为机械的外表其实和人类差别很大，可是不知道为什么当看到这个双足双手的机器人，她就像是看到了顾默。

她还没来得及再次测试机器人，敲门声响起。

门外，关爸爸突然道：“伊伊，你起来了吗？顾默要赶九点的车，你去送送他。”

关伊伊一把拉开门，捧着机器人道：“学长今天就要走？”

顾默从关爸爸身后走了出来，看了看捧着机器人傻乎乎的关伊伊，突然笑了，那笑犹如一闪而逝的流星，短暂却绚丽无比。

关伊伊一时看花了眼，虽然她看过几次顾默这样笑，免疫力却一点儿也没有提高。

顾默语带笑意地问道：“你送我吗？”

寒假很快就过去了。

A 大开学比较早，正月十二，关伊伊就已经收拾好行李回学校了。她想了想，没有回顾默的家，而是直接把行李拉到了学校宿舍。

焦姣已经到了，一个月不见，她们还挺想念对方的。

她一开门，就熊扑在关伊伊身上，笑道："欢迎欢迎，你终于舍得回家了，不让我独守空房了。话说，你就这么回宿舍，顾学长同意了吗？"

提起顾默，关伊伊脸上的笑就僵了一下。

她垂下眼道："我回宿舍和他没什么关系吧，不需要他的同意。而且他那房租那么贵，我住学校能节省不少钱。"

焦姣摸着下巴，上下打量着关伊伊，突然开口道："伊伊，你不对劲啊！你不是说要追求顾默吗？近水楼台先得月啊，你怎么会舍得放弃那么好的机会？"

关伊伊故作平静地道："顾学长那种的难度太高了，我扛不住啊，所以我决定放弃了。"

"真的？"焦姣怀疑地看着关伊伊，"你说，你是不是有什么事情瞒着我？这根本就不是我认识的那个勇敢的关伊伊！"

关伊伊沉默了一会儿，终于叹了口气。

她正想要开口，手机便响了。

来电人，顾默。

关伊伊吓了一跳，差点就把手机给扔了。

焦姣连忙接过去，无语地看着关伊伊道："我就说你有问题吧，顾学长打个电话你都吓成这样？"

电话铃声还在响。

关伊伊的心怦怦直跳，她甚至紧张地吞了吞口水。

"早死晚死都要死，你还是先接吧。"焦姣道。

关伊伊点头，深吸一口气，按了接听。

"喂，学长。"

"你在哪里？"顾默道。

关伊伊道："我……我在学校宿舍，我正要给你说呢，这学期我就回宿舍住了吧，免得再麻烦你。"

“关伊伊，你这是在逃避吗？”没等关伊伊回答，他直接道，“我上次说的事情，你考虑得怎么样了？”

来了来了，她就知道躲不过。

时间回到十天前，顾默回 A 市的那天。

由于关爸爸有事儿，所以最后是关伊伊送顾默去车站的。她捧着舞蹈机器人亦步亦趋地跟在顾默的身后，忍不住问道：“学长，你怎么不多玩几天啊？”

顾默转头看她：“你希望我多玩几天吗？”

关伊伊其实私心是不怎么希望的，毕竟寒假作业真的太让人受不了了。不过现实自然不能这样说，她只能笑着道：“当然希望啊！”

谁知顾学长似乎完全没有听出她这话的敷衍，不按常理出牌，问道：“为什么？”

见关伊伊一脸茫然，他继续问道：“为什么希望我留下来多玩几天？”

这个……是中国式客气话啊！

关伊伊很想这样说，然而一对上顾默墨色的瞳孔时，却一下子卡了壳。

彼时，他们已经到车站了。

人来人往间，关伊伊就怔怔地站在原地，在顾默的目光中渐渐失了神。

半晌后，还是顾默先叹了口气，不等关伊伊反应，他突然伸手拿走她手上捧着的机器人，检查了一番道：“做得不错。”

他话题转得太快，让关伊伊有点跟不上。

“还是学长教得好。”她客气又真诚地道。

顾默看了她一眼，突然道：“既然如此，那你要怎么感谢我？”

啥？

关伊伊抬头惊讶地看着他。

顾默却突然弯下身子，目光紧紧锁住关伊伊的眼睛，一字一句地道：“你不是还欠我一个条件吗？现在，是你履行的时候了。我的条件很简单，都要分别了，关伊伊，你不送我一个分别吻吗？”

关伊伊差点喷了。

“学长，你别开这种玩笑啊，会让人误会的。”关伊伊一脸严肃地道，“接吻不是情侣之间才做的事情吗？你不能为难我啊！”

顾默却伸手扣住了她的后脑勺，大庭广众下，直接强硬地吻了下去。

关伊伊瞪大了眼睛，咫尺之间是顾默放大的俊颜。

她听见他说：“我们本来就是情侣，谁会误会？”

关伊伊的反应是趁着皮肤饥渴症没发作，一把推开顾默，看都不敢看顾默，转身就以百米冲刺的速度跑了！

她直到回了家，才从慌乱的状态中解脱。

顾默是开玩笑的吧？

她刚这么想，便看到了顾学长发来的微信消息，是语音消息，还有一个音频文件。

关伊伊颤巍巍地点开第一条，顾默的声音顿时传了出来——

“关伊伊，落跑很有意思吗？你什么时候变得那么害羞了？你占我便宜时的胆子呢？”

关伊伊忍不住捂住了脸，真的好丢人啊！

顾默还在说：“逃跑也没有用，这可是你先挑起的。”

她什么时候挑起的啊？她怎么不知道？

“如果忘记了，那就点开文件吧。”

关伊伊鼓起勇气点开了音频文件。

首先响起的声音，她感觉有点熟悉。

下一刻，她反应过来，那好像是她自己的声音啊！

“学长笑起来真好看。”

“那你想我以后笑给你看吗？”

“只笑给我一个人看吗？”

“关伊伊，我的笑只有一个人能看到。”

“谁啊？”

“我女朋友。”

……

“做你女朋友有什么好？”

“我的笑，只有她一个人能看到；我的好，只给她一个人；我的所有，都是她一个人的……关伊伊，你愿意吗？”

“嗯，我愿意。”

听完，关伊伊整个人都已经僵住了。哪怕房间里并没有人，她依然忍不住羞耻地捂住了脸。

片刻后，她终于想起这是什么时候发生的事情了，喝酒误事，喝酒误事，喝酒误事啊！

这时，顾默的消息又到了，不是语音。

他问：关伊伊，这可是你自己挑起的，你点的火你要负责。

关伊伊想了想，鼓起勇气回道：可是学长，我那天喝醉了啊！

顾默道：喝醉了也是你自己说的话，你是个成年人，必须得为自己的言行负责。我给你时间考虑，但是你知道我耐心有限。

关伊伊：考虑什么？

顾默：考虑是光明正大地做我女朋友，还是搞地下情，你自己选择吧。

这两种选择有什么不同？

关伊伊：顾学长，为什么？

她想问他这样做的原因是什么，是喜欢还是什么？

然而，喜欢这个词她没有勇气说出来。

那头顾默沉默了几秒，才回道：“关伊伊，你傻吗？我做得那么明白了，你还不懂？这个智商是怎么进A大的？”

关伊伊捂着心口，觉得心一抽一抽地疼。

顾学长果然还是那个冷酷无情的顾学长，哪怕他现在正做着近似表白的事情，却还是那么刻薄又毒舌！

转眼一晃，就已经过去十天了，关伊伊却依然没有想出个所以然来。

顾默喜欢她吗？

她没有那个自信，但是心底深处的期待让她心惊，她在期待着顾默喜欢她。

当意识到这个事实的时候，关伊伊的第一反应不是高兴，心情反而更加沉重了。恋爱是个技术活，她实践经验为零，实在没有信心在与顾默的恋爱关系中占据有利的位置，她猜不透顾默的心思。

沉默了许久，关伊伊最终还是问道："学长，你喜欢我吗？"

那头顾默没有回答她，沉默在他们之间蔓延，哪怕隔着电话，她的心跳依然很快。随着沉默的时间越来越长，她心底的失望也越来越浓。

就在关伊伊想要放弃，准备挂电话的时候，顾默终于出声了："今晚回家和你说。"

关伊伊的心突然就多云转晴了。

刚挂了电话，她就对上了焦姣似笑非笑的目光。

焦姣笑嘻嘻地打趣道："没想到啊没想到，我们伊伊真的春心萌动了，看来好事将近啊！"

关伊伊难得有点羞涩："瞎说什么，八字还没一撇呢。"

"哟，这就是承认了？"焦姣用肩膀撞了撞关伊伊，挤眉弄眼道，"看来顾学长魅力真的很大，你这棵青涩的小树苗真的要开花了。"

"别乱猜啦，我又没说我喜欢顾默，而且顾默没说喜欢我啊！"

焦姣对天翻个白眼："都这么明显了，还需要说吗？"

关伊伊忍不住勾了勾唇，如果是顾默的话，来一段浪漫的恋爱似乎也不错。而且，她也不用担心她的病了，到时候想摸就摸，反正顾默是她男朋友！

想到此，关伊伊莫名对今晚的见面多了几分期待。

她和顾默约好了七点见。

关伊伊没有拿行李，反正顾默家里，她的东西还没拿走。

而且，假设他们真的恋爱了，那住在一起也没什么，顾默总不会还问女朋友要房租吧。

这种期待、快乐的心情一直维持到了顾默家门口。

她从未想到有一天自己也会遇到这么狗血的事情，直到，她透过未关好的门看到了屋里抱在一起的两人。

她陡然想到了新年舞会的那一幕，月色下的一对璧人。

她该做什么？进去质问？不，她还没有那个资格。

她站在门口不远处，睁大了眼睛看着屋里的那一幕，有那么一瞬间，心尖生疼。

关伊伊猛地转过身，连电梯也没有坐，直接从楼梯跑了下去。她一口气冲到了楼下，冷风呼呼地刮着，吹得她的脸很疼。

她本能地伸手搓脸，却意外地摸到了一阵湿意。

你在哪里？

关伊伊，接电话！

……

关伊伊一个人静静地待在实验室里，手机一直在不停地响，顾默先给她发了很多条短信，后来看她不回，又开始给她打电话。

电话铃声让她心烦意乱。

大抵是她前期幻想得太美好，所以当看清现实的时候，才会感觉到这么残酷。

两次，她两次看到了顾默和卢越拥抱在一起，两人之间那种亲密，似乎是没人能插进去的。

当然，她也不想插进去。

如果第一次算是巧合，那么不可能第二次还是巧合吧？

更何况，还是在顾默的家里。

孤男寡女共处一室，多暧昧的一幕啊，让人想不多想都不行。她真是看错了顾默，果然相由心生！

想罢，她拿起手机，直接按了挂断，最后想了想，甚至直接关了机。

她现在一点儿也不想听见顾默的声音，心塞！

为了不让自己胡思乱想，关伊伊决定投身学习的海洋中。

经过上学期一两个月的磨合，她对于足球机器人越来越了解了，已经不再是曾经的那个天真小白。

她从随身带着的包里拿纸笔时，却触到了一个冰凉坚硬的事物。

关伊伊愣了一下，才反应过来是顾默给她布置的寒假作业——那个舞蹈机器人。

舞蹈机器人早就组装完成了，圆圆的脑袋，粗壮的四肢，圆滚滚的身体，看上去竟有一种莫名的可爱。她本来还想把舞蹈机器人还给顾默的，现在……

关伊伊冷着脸狠狠地捏着机器人，只听啪的一声，也不知道她捏到了哪里，舞蹈机器人开始蹦了起来，更让人无语的是，竟然还自带音效。

关伊伊仔细观察，发现机器人动起来的节奏是——

“像一棵海草海草……随波飘摇！海草海草海草海草……浪花里舞蹈！海草海草……”

等关伊伊反应过来时，才发现自己竟然不由自主地跟着动了起来。

简直魔性！

前有《江南 style》，后有《海草舞》，看起来一本正经的顾学长其实一点儿也不正经嘛，关伊伊默默吐槽。

她把舞蹈机器人随手甩在一边，深呼吸，学习！

经过多方面考虑，最后关伊伊加入了标准平台组。标准平台组是一个机器人足球组，所有的团队使用同样的机器人比赛。机器人的操作是完全自主的，即没有人为或者计算机外在控制。

而现在使用的标准平台是 Aldebaran 机器人公司开发的 NAO（世界上应用最广泛的人型机器人）。

RoboCup 标准平台比赛（SPL），由于环境的动态性，需要 NAO 机器人根据场上情况稳定地确定自身位姿状态。

是以，现在关伊伊他们有一个亟待解决的问题——找出一个让 NAO 机器人更准确、快捷的自定位方法。

而现在，关伊伊他们内部就因为这个出现了分歧。

关伊伊毕竟只是新人，哪怕表现不错，但到底没有多少话语权。当然不管别人怎么看，她自己的研究之路是不能停的。

学习果然让人沉沦！

她通过建立NAO的色表，对场地环境进行建模，让NAO模拟出标准球场上的工作。她正奋笔疾书时，实验室的门突然开了。

沈一泽走了进来，看到埋头在书里的关伊伊，有点惊讶："伊伊，你来得这么早？这也太勤奋了。"

"一泽学长！"

关伊伊回过神来，对着沈一泽打了个招呼，一本正经地道："学习使我进步，学习使我清醒，只有学习才是世间唯一的净土！"

沈一泽却笑了一声道："别逗了，以前也没见你这么用功过。"虽然关伊伊一直以来都很勤奋，但是这刚到学校，还没开学就沉浸在实验室里，就有点夸张了。

他揉了一把关伊伊的头发，成功把本来柔顺的黑发揉成了鸡窝，才挑眉问道："说吧，是不是又被欺负了？"

没等关伊伊回答，他又道："不会又是顾默吧。"

一听到这个名字，关伊伊顿时就蔫了。

"一泽学长，我觉得我可能失恋了。"她叹气。

沈一泽道："啧，年轻人嘛，失恋犹如家常便饭，有什么大不了的。天涯何处无芳草，何必单恋一根草，是吧？"

关伊伊再次深深叹气："但这棵草发育得太好，抵得上千万棵草。"

沈一泽拍了拍她的肩膀道："既然如此，那你现在是想要连根拔起，还是要藕断丝连？"

关伊伊想了一下，郑重道："我觉得我可能要先去买点农药。"

"要我陪你吗？"沈一泽笑了笑，"你学长我今天就舍命陪君子了，陪你一起喝酒。"

半个小时后，关伊伊和沈一泽两人到了一家小酒馆。

沈一泽道：“确定要喝酒？”

关伊伊点头：“一醉解千愁！”

“那不要喝多了。”沈一泽想了一下，“我本来还想等会儿带你去看场商演，你别一会儿喝醉了后悔啊！”

“什么商演？”

沈一泽道：“今天中心广场有一家酒店开业，准备举办一场机器人的商演，时间大概是晚上九点吧。这家酒店挺有钱的，除了租赁了一些机器人，还请到了天智开发的清风明月。清风明月你知道吧？”

清风明月这名字一出，关伊伊登时睁大了眼睛，高兴地道：“真的？那我们现在就去啊！”

“不喝酒了？”

关伊伊想了想，直接去超市买了几瓶啤酒道：“喝这个吧，又解渴又不醉人。”

事实证明，关伊伊真的对自己的酒量一无所知。

几瓶啤酒对于很多人来说可能只是微醺，但是对于她来说，便足以让她智商下线了。

新开的酒店手笔很大，开业这一天，酒店基本只用各种机器人做员工，光迎宾机器人就好几种，其中美女迎宾机器人是最常用的一种，展厅工作人员可以采用不同的控制方式来启动机器人智能讲解功能。

除此之外，还有迎宾娱乐机器人。这种机器人的外表比较卡通，胸口有屏幕（触屏），能够语音讲解、语音资讯、语音对话。

除了迎宾机器人，这家酒店还租赁了许多服务型机器人。

比如服务生机器人。

迎宾机器人相对比较笨拙，而服务生机器人智能更高，可以识别更多人的面孔和声音，还可前跑后退、上下楼梯、开瓶倒酒等等，反正让关伊伊大开了眼界。

除了机器人展馆和体院馆，关伊伊还没有一次性看到过这么多机器人。在学校实验室里她倒是能接触到很多机器人，但大部分都是模型。毕竟机器人造价不菲，学校资金有限。

清风明月是机器人里的明星，是作为压轴上场的。

此刻，演出台上，是一个机器人组成的小乐队。

弹钢琴机器人、弹吉他机器人、打鼓机器人，而最中间是几个NAO的舞蹈机器人，这和他们要参赛的机器人很像。

NAO机器人是身高五十八厘米的双足机器人，十个机器人组成一个队，正在跳《小跳蛙》呢。

由于这别开生面的开业模式，酒店里人已经爆满。

当清风明月上台后，气氛更是达到了顶点。

隔远看，清风明月和真人无异。在现代，机器人并不是一种普及的东西。虽然几乎所有人都知道机器人，但是平常人能够接触到的一般就是扫地机器人这种很低级的家用机器人。

是以，当一次性看到这么多各种各样的机器人，都大开眼界，感觉自己瞬间进入了未来科幻世界一般，情绪都很激动。

关伊伊有点醉，沈一泽本来看着她，可是人太多了，转个身的工夫，她就不见了。

“伊伊，关伊伊？”沈一泽皱眉高声唤道。

然而他的声音很快就被淹没在了人潮中。

而此时，关伊伊在干吗？

喝了酒的关伊伊反应比平时慢，她刚看到一只机器猫从眼前跑过，想也没想便追了过去。在此之前，关伊伊自己也制造过猫咪机器人，不过她当时水平还低，所以机器人多有不足。

寒假期间，焦姣又给她接了几个订单，也收到了一些以前的顾客反应的问题。

关伊伊可是一个热爱学习的学霸！学霸哪怕醉了酒也不忘学习。

酒店租赁的机器猫是仿生机器猫，它不仅可以像真实的猫一样活动，还可以听懂各式各样的指令，比起关伊伊的猫咪机器人，明显这里的机器猫智能水平更高。

关伊伊的猫咪机器人之所以会有那么多人喜欢，其实主要还是她用了仿真皮肤，给了机器人可爱的外表以及各种卖萌技能。

但它的缺点也很鲜明，那就是反应稍显迟钝。

关伊伊职业病犯了，抓住机器猫就准备拆开研究。哪知她刚拆了一半，肩膀便被人拍了一下，她掉线的智商总算上了线，还以为自己被抓到了要赔钱，谁知转过头去，却看见了一张熟悉的脸。

“你怎么会在这里？”

第十四章
或许，这就是喜欢吧

顾默罕见地穿着一身西装，从上到下都看得出精心打理过，配上他的盛世美颜，简直要闪瞎人眼。

然而，盛世美颜此刻却阴沉沉的。

关伊伊醉得不深，见到顾默的瞬间，酒意几乎就被吓没了，她甚至还忍不住打了个嗝。

呵，真是冤家路窄。

关伊伊口气不好："我怎么就不能在这里了？这酒店你家开的？"

顾默沉默了一会儿道："算是吧，这是我爷爷的，我身为独子独孙，这也算是我的。"

关伊伊哽了一下，心道，有钱了不起啊！

她"哦"了一声，转身就想走，顾默却一把拉住她的手腕，那一瞬间，她的脑海中不受控制地出现了他和卢越拥抱的那一幕，她猛地甩开他的手，严肃地道："学长，男女授受不亲，你自重。"

这是他曾经对她说过的话，现在她还给他。

顾默脸色冷了一下，见关伊伊一脸冷漠，抿了抿嘴："你今天为什么没来找我？为什么不接我的电话？"

她怎么不知道顾默的演技这么好呢？

明明是他想左拥右抱，坐享齐人之福，现在还这么一本正经地质问她。

关伊伊直接气笑了。

她说：“我可不想去当电灯泡，影响你泡妞。”

“你说什么？”顾默皱了一下眉头，闻着空气中的酒香，眉头蹙得更紧，“你喝酒了？”

“顾学长，你不要装作这么若无其事好吗？”关伊伊实在忍不住了，她也受够了这种被吊着的感受，“我以前做的一些举动可能让你误会了，你可以在心里把我当作那种轻浮的女生，但是这不代表我必须陪你演这一场戏。”

没等顾默开口，她深吸口气，继续道：“今天我问的那个问题是我唐突了，你就当我是开玩笑吧。”

顾默皱了皱眉，陡然想到了不久前来找他的卢越。

他看着关伊伊这一副气急败坏的样子，突然心情极好地笑了：“你吃醋了？”

“谁吃醋了？顾学长，我以前怎么不知道你的脸这么大呢？”关伊伊一顿，冷哼，“顾学长未免太自恋了！不错，你是长得帅，但是这并不代表所有的女生都会喜欢你。”

“你是看到了卢越是吗？”顾默却并没有生气，而是似笑非笑地道，“你看到那一幕了，所以生气了是吗？”

“顾学长，我都说了，别那么自恋。”关伊伊咬着牙，打死不承认自己是吃醋了，她视线一扫，恰好看到朝她跑过来的沈一泽。

沈一泽见到关伊伊完好无缺的样子松了口气，跑过来，正想说什么，却见关伊伊突然握住了他的手。

沈一泽顿时蒙了。

顾默更是立刻沉下了脸色，眼中全是危险的气息。

关伊伊却一脸镇定地道：“顾学长，我正想和你介绍呢，我恋爱了，这是我男朋友。”

没等顾默开口，关伊伊笑嘻嘻地道：“其实也不用介绍，你们两个应该很熟啦。”

沈一泽默默看了关伊伊一眼，想说什么，却被关伊伊掐了掐手，想了想，还是决定配合这个失恋了的幼稚女孩。

沈一泽一脸认真地道：“伊伊说得对，顾默，我听伊伊说这么久以来都是你在照顾她，真是太感谢你了。你什么时候有空？我们一起吃个饭吧，聊表我的谢意。”

顾默没回答他的话，而是看向关伊伊，墨色的眼睛深深地看着关伊伊，一字一句地道：“你说的是真的？”

关伊伊心口一紧，若无其事地道：“当然。”

顾默沉默了许久，他阴冷的脸色仿佛让周围的温度都降低了一般。过了许久，他才冷冷地道：“我不信。”

所以，他酝酿了这么久，就想到了这三个字？

这时，有人来找顾默。他也算是少东家，应酬蛮多。

想了想，顾默对关伊伊冷笑了一声，道：“回头再找你算账。”

她居然敢牵别的男人，还和别的男人联合起来气他！

顾默想到此，嘴边的冷意更浓了。

再次深深看了关伊伊一眼，他这才转身走了。

待他离开，沈一泽便道：“伊伊，你们是不是有什么误会？”

关伊伊垂眼不满道：“哪有什么误会！”都是眼见为实！

“学长，刚才谢谢你了，我不是有意占你的便宜的，哎，我就是……”她说了半天也不知道到底要说什么。

沈一泽接话道：“你就是吃醋了是不是？”

关伊伊不说话了，她叹了口气，酒意早散了，因为顾默的突然出现，她也没有什么心思继续看商演了。

想了想，她道：“学长，我想回去了。”

“走吧，我送你。”

关伊伊没有多少时间沉浸在“刚明白了自己的感情就失恋了”的悲伤

里，接下来，完全进入了 RoboCup 备战状态。

四月初，中国赛区的比赛便会开始。而在此之前，学校会对两个组进行测验，确定最后参加比赛的名单。

顾默作为一组组长，并没有加入任何一个比赛小组，而是全面把控小组的进程。许是知道时间很紧，顾默这段日子也没有特意去找关伊伊，两人似乎进入了一个相对冷却的状态，除了平日里打招呼，几乎没有过多的话语。

关伊伊也不知道自己是怎么想的，她不想和顾默谈，但是顾默这样完全不理她，她又觉得不满。

这种不满不好给人说，又发泄不出来，最终关伊伊只能化不满为力量，每天想的只有学习，一有时间就往实验室跑。

两组测试前一晚，晚上十点，实验室还是灯光明亮。

关伊伊一个人待在实验室里，重复组装、拆开、再组装的过程。经过前期的一些实验，标准平台组这边已经初步确立了比赛的赛程。

标准平台组的比赛，主要分为 3VS3 足球比赛以及技术挑战赛，主要研究内容可以分为五个部分——机器视觉、基于视觉的全局定位和导航、多机器人协作、双足步态和稳定性研究以及行为和策略。

关伊伊的努力没有白费，她虽然是唯一的大一生，看似基础最薄弱，但是天赋和努力会让人逆袭，她不但帮助小组解决了机器人的自定位，还让机器人的平衡度变得更高。

但是稳定性问题一直没有得到解决，如何让 NAO 机器人稳定性和平衡度一起增加，而不是只能顾其一，这几天关伊伊一直在想这个问题。

她之前想过的用基于 KD 树的最近邻搜索实现特征匹配建立色表，对复杂场地环境的颜色识别建立标准场地模型，根据单目视觉测距来实现 NAO 机器人的自定位的方法，现在再看，定位倒是解决了，却忽略了稳定性的问题。

周围安静得厉害。

实验室里，静得只能听见她自己的呼吸声和机械碰撞的声音。

关伊伊正苦心研究时，一道脚步声却突然响起。

咚咚咚，脚步声在空旷的过道中发出回声，像是踏在人的心上似的，关伊伊莫名地想到了无数关于实验室的闹鬼传闻。

每一个学校都流传着无数的鬼故事。

关伊伊平常对这些是不关注的，但是架不住室友焦姣是一个八卦爱好者。她自己八卦就算了，还秉承着什么好东西都要和闺密分享的原则，强行灌输给了关伊伊。

是以，关伊伊太熟悉实验室闹过的鬼有哪些了。

“没那么倒霉吧。”

脚步声越来越近了，关伊伊的小心脏怦怦直跳，整个人都僵硬了。

就在这时，咔嚓一声，实验室的灯突然熄灭了，一只冰凉的手突然拍在了她的肩膀上。

“啊，鬼……呜！”关伊伊没忍住，刚想尖叫一声，嘴巴却被人突然捂住。下一秒，她整个人便被推到墙壁上，被禁锢得动弹不得。

耳边传来一道沙哑的男声：“不许叫，否则就……”他顿了一下，阴冷地笑了一下，“就吃掉你。”

关伊伊没忍住，眼泪掉了下来。

“嘤嘤嘤，别吃我啊，我……我半个月没洗澡了，太脏了。”

此话一出，关伊伊便被人放开了，只听头上传来一道充满了嫌弃的男声：“关伊伊，作为一个女孩子，你怎么这么不爱干净？会嫁不出去的知不知道？”

咦？

和刚才刻意装出的沙哑声音不同，这嫌弃的声音真是熟悉得不能再熟悉了，最近几乎夜夜在她的梦里出现。

所以，哪怕一片黑暗，看不清楚脸，关伊伊也立刻认出了来人。

“顾默，你这样有意思吗？”

关伊伊气死了！她气得学长都不想叫了，直接以下犯上，直呼名字。

顾默随手在墙壁上按了一下，下一秒，实验室的灯再次亮了起来。这还是继上次之后，两人第一次独处。

顾默看着气鼓鼓的关伊伊，嘴角勾了勾道：“现在胆子倒是挺大，刚才怎么胆小得像个包子？”

关伊伊瞪了他一眼，不想理他。

她拒绝和这个有着恶趣味的浑蛋说话。

关伊伊再次把目光放在研究上，开始写写算算。

“这么简单的问题都不懂？”顾默直接坐到关伊伊身边，“关伊伊，你是猪脑子吗？”

他自来熟得仿佛忘记了两人已经闹翻了，正处于冷战中。

关伊伊被他讽刺得脸色通红，怒道：“要你管！”

“看来几天没管你，你胆子还真变大了。”顾默嗤笑一声，直接抢过她的笔道，“如何提高 NAO 机器人的稳定性？这么简单的问题都想不出，不是猪脑子是什么？知道什么是粒子滤波算法吗？”

粒子滤波算法是一种基于概率计算的迭代算法，不仅能有效实现对机器人的全局定位，还可以提高其稳定性。

“咦？”

顾默没等关伊伊回答，直接开始在纸上演算了起来。关伊伊认真地看着，眼睛越来越亮。

半晌后，顾默放下笔，似笑非笑地道：“猪脑子，现在承认了吗？”

灯光下，他平日的冷漠似乎都消失不见了，只余那温柔的眉眼。

关伊伊脸一红，想要别开视线，顾默却突然低头在她嘴角落下一个轻柔得像羽毛的吻。

她还没意识到自己被占便宜了，就被顾默接下来的话弄了个手足无措。他说：“关伊伊，你上次我问我的问题，现在我回答你——我喜欢你。顾默喜欢关伊伊。”

关伊伊很没出息地落跑了。

老实说，听到那句“顾默喜欢关伊伊”时，关伊伊差点就没控制住，激动地答应了。但是想到不久前看到的那一幕，关伊伊顿时蔫了。

一次可以是巧合，两次呢？

她虽然很想告诉自己可能只是误会，但是，她控制不住啊！

好在，这次顾默没有强迫她，任由她跑了，甚至还没有打电话，只是贴心地发了一条微信给她——

“暂时先放过你，但比赛结束之后必须给我一个回答。对了，我不接受反驳。”

关伊伊愣了一下。

不行，明天要两组PK，她不能再想下去了，现在，睡觉！

关伊伊深吸口气，拉起被子捂着脸，闭眼。

第二天，八点半，两组成员集合。

现在是二月底，中国赛区四月初正式开始，也就是说他们只有一个月的时间准备和磨合。刘教授几位指导教授的意思是，最晚两天，他们就必须定下正式参赛队员。

所以，这次校内的比赛没那么麻烦。

首先是关于RoboCup的基础知识笔试，然后是每组之间进行模拟实战。

两天的小比匆匆而过，两组的水平差距不大，最后顾默代表的一组以微弱的优势险胜。

指导教授对参赛队伍进行了重组，并没有说哪一组赢了，就只能是那一组参加，而是选取了优秀的队员，重新组成了一个新的队伍。

顾默当之无愧地成了队长，而沈一泽成了副队长。而关伊伊这段日子的苦练也是有回报的，在小比中表现优异，最后被选为了正式参赛队员。

刘教授道：“我们只有一个月的磨合时期，只有团结，才能取得胜利！大家不要搞个人主义，机器人的比赛需要的是团队合作，不要以为你们成了正式队员便可以高枕无忧。我告诉你们，不是！我们需要的是最优秀的队员，是最精英的学生！你们记住，从现在开始，就已经进入残酷的比赛了，稍有不慎，便是淘汰出局的下场！明白了吗？！”

关伊伊等人站在下面，异口同声地吼道：“明白！”

刘教授威严的表情缓和了些许，道：“好了，你们现在可以给我们的队伍取个名字，记住要有气势一点！”

大家纷纷发表自己的意见，各抒己见。

最后，眼看要吵起来了，刘教授才道：“这样吧，顾默，你是队长，你想一个吧。”

顾默的实力大家有目共睹，所以对于他来取名基本都能接受，队伍里有好多还是他的粉丝。只有沈一泽撇了撇嘴，对关伊伊道：“我就是比赛的时候状态不好，所以才输给了他，不然，这个队长可是我的！”

若是以前，关伊伊可能还不会在意这些话，但是现在……

她忍了忍，还是没忍住道：“一泽学长，输了就是输了，要愿赌服输哦。”

沈一泽道：“伊伊，你变了。说，你是不是叛变了？”

关伊伊无辜地道：“我本来就是顾学长那一组的，肯定要支持我们组长啊！再说了，顾学长确实蛮厉害的。”

沈一泽：“我就知道，你们这些恋爱中的女人啊，智商降低得很厉害！”

而这边，顾默沉思了一会儿，才道：“星火队，星星之火，燎原之势，永不熄灭！”

他的声音清冽如水，字字句句清清楚楚地传到了每个队员的耳中。

“从今天起，我们就是星火队！”

仅剩一个月的备战时间，所有的队员都全神贯注地投入进来，这时，后勤队的作用便显示出来了。

作为后勤队的队长，卢越便经常出现在实验室，尤其是顾默身边。

一个是校草，一个是校花，又是传说中的青梅竹马，俊男美女，郎才女貌，天作之合。而且，大家都不是傻子，自然看得出卢越对顾默的意思，是以，大家都表示善意的祝福。

关伊伊见此，心头倒是哽了一下。

自从上次表白过后，顾默便再也没有对她说过类似的话，甚至都没主动来找过她说话，这让她更拿不准顾默的心思了。

“顾默，先休息一会儿吧。”中午时分，后勤队负责把饭抬了过来，卢越手上端着两份盒饭，走到顾默身边，递给他一份，笑道，“给，有你最喜欢的糖醋排骨。”

顾默接过道了声：“谢谢。”

窗外柔和的阳光照进来，洒在他们两人身上，映出了两道美好的剪影。

关伊伊咬着筷子，眉头皱得紧紧的。

哼，花心大萝卜！

她狠狠地戳着碗里的红烧肉，仿佛戳的是顾默那张写满了花心的脸。

她正想着，头上突然多了一道阴影，下一秒，一块红烧土豆从天而降，落在她的碗里。

“长这么多肉了，就少吃点红烧肉吧。”

熟悉的男声让关伊伊心尖一颤。

她抬头，便看见了顾默面无表情的脸。

“顾学长？”她张张嘴，一时以为自己在做梦。

顾默顺势坐在她身边，突然道：“别太感谢我，我只是不想我以后的女朋友变成一个大胖子。”

所有的感动倏地一下就飞走了。

关伊伊冷笑一声道：“哦，那你未来的女朋友真是要感谢你了。”

“嗯，不用谢。”

好吧，虽然某人的嘴巴很毒，但是，关伊伊没发现，她皱起来的小眉头已经完全舒展开了，就连小酒窝都冒了出来。

顾默继续道：“快点吃，吃完工作。你那个水平，不再努力点，早晚被踢出星火队。”

关伊伊：嘴巴这么毒，真是白瞎了一张好脸！

不远处，卢越盯着这一幕，嘴边的笑意慢慢消失，终于下了一个决定。

她掏出手机，给顾默发了一条信息——

顾默，明天我过生日，你一起来吧。

由于这段日子卢越在星火队频繁出没，她的二十一岁生日，星火队的人基本都去了。卢越在酒店订了一个大包厢，这晚，作为寿星的卢越无疑是全场瞩目的人。

她今天格外漂亮，一条蓝色星空长裙，头发微鬈，妆容精致，一颦一笑都让人惊艳。不光是在场的男生，好多女生都看呆了。

“校花果然不愧是校花。”沈一泽坐在位子上，吃着瓜子，感叹道，“还挺有气质。伊伊，你和她比起来，差得有点远啊！”

只是卢越有点凶，想到那次被赏的一脚，沈一泽还觉得隐隐作痛。

关伊伊顿时扔给了他一记眼刀：“怎么，一泽学长，你看上人家大美女了？”

此话一出，沈一泽差点没被瓜子壳噎住。他忙摇摇头道：“怎么可能，你学长我是那种只看脸的男人吗？我找女朋友，是要内在美的好吗？！”

关伊伊表示呵呵，当她没看见他都看直了的眼睛吗？

沈一泽严肃地道：“伊伊，你还是多担心一下你自己吧，这可是强力情敌啊，你还是把你家顾学长看住吧。”

“顾学长又不是我的，你别乱说。”关伊伊咬唇，“而且，我又不喜欢他。”

沈一泽一脸冷漠：“你说这话，是把我们当成瞎子，还是把你自己当成傻子呢？”

关伊伊道：“有什么区别？”

“前半句的意思是，你喜欢顾默这么明显的事情，有眼睛的人都看得到；后半句的意思是，这么明显的事情，你是傻子吗，以为我们不知道？”

关伊伊：“吃你的瓜子吧！你不说话，没人当你是哑巴。”

沈一泽还想说些什么，目光一扫，突然道：“顾默和卢越单独出去干什么？老天，不会要表白吧，伊伊，你还不快上！”

关伊伊猛地看过去，只扫到了两人相携离去的背影。

卢越生日的第二天，A大的论坛因为一个帖子，突然又炸了！

早晨，一个名为《爆！冷漠校草脚踏两只船？两大美女为其争风吃醋？！新任系花原是小三？！》的帖子突然出现在论坛。劲爆的标题，加上三位主角都是风云人物，没多久便成了超级火帖。

帖子的男主角是顾默，两个女主角分别是关伊伊和卢越。

主要讲述的内容是：顾默和卢越是早就互许终身的青梅竹马，本是令人欣羡的一对。然而，半路杀出了一个程咬金关伊伊。关伊伊的出现让顾默在两大美女中摇摆不定，最后甚至为了小三，狠狠伤了卢越这个原配。

不错，关伊伊便是这个恶毒的抢别人男友的小三。

如果光是文字描述，大家基本就一笑而过了，但劲爆的是，这次还有实锤——照片和视频，照片有好几张，有关伊伊和顾默的，也有她和沈一泽的；视频就更直接了。

关伊伊点开视频，视频是有些模糊，但是近视眼都能看清楚里面的主人公。

视频里，一开始便是激情的画面，卢越和顾默抱着吻在一起。很快，顾默便推开了卢越。卢越哭着问道："为什么？"

顾默只沉着脸道："对不起。"

卢越又问："是不是因为关伊伊？"

顾默依然只给了"对不起"三个字。

卢越面色惨白地道："明明以前不是这样的，你以前不是这样的……"

视频到这里便戛然而止。

关伊伊屏住呼吸看完了，就连她自己看了这个视频之后，都只有一种猜测——因为她的破坏，导致顾默和卢越这对爱侣分开，她是个该死的小三！更别说是那些不明真相的吃瓜群众了。

她本来是不知道这些事儿的，还是焦姣及时告诉她的。

论坛里已经吵翻了，大部分人都给关伊伊定了性——认为她就是个恶毒的小三，在论坛里骂得很难听，全是各种人身攻击。

关伊伊越看越气，她气顾默被人给亲了，也气那些胡编乱造的人。她正撸起袖子，准备查是谁污蔑她，刷新一下，却发现帖子已经被删除了。

咦？

她正疑惑着，却突然发现有一个新帖出现在了热门区。

标题顾默，发帖人也是顾默！

关伊伊点开，发现帖子只有几句话——

我是顾默，我和卢越确实一起长大，但是我们只是朋友，从来没有超出朋友之外的关系。我两年前就有了喜欢的人了。大家谨慎发言，如果再人身攻击，请记得查收律师函。

这真的是她认识的那个顾默？

他两年前就有了喜欢的人，两年前他们根本就不认识，所以顾默喜欢的人是谁？如果他有喜欢的人了，为什么又要向她表白？

有那么一刻，关伊伊觉得自己差点喘不过气来。

顾默到底把她当成了什么？替身吗？

她食不知味地吃着饭，目光游离时却猛地一顿——门外，卢越捂着脸，哭着跑走了。

关伊伊正发愣，却见顾默从门外走了进来，直接来到她身边，拉着她的手腕就走。还好现在是冬天，她穿得厚，才没有导致皮肤饥渴症发作。

顾默走得很快，关伊伊踉踉跄跄地跟在他身后，忍不住叫道："学长，你干什么？！"

直到走到了僻静处，顾默才停了下来。

"关伊伊，对不起。"

一站定，关伊伊便听到了这句话。

她微微一愣，不自在地道："你说对不起做什么？"

顾默严肃地道："我没想到卢越会这样做，昨天晚上她说有事和我单独说，没想到她会趁机拍下视频，还发到论坛上。还有上次，你是不是看到卢越抱我了？她是向我表白了，但是我拒绝了。抱歉，是我疏忽了，再也没有下次了。"

"你……你给我说这些干什么？"

顾默挑眉道："我在向你解释。"

关伊伊咬唇，不爽道："向我解释干什么，你不是两年前就有喜欢的人了吗？你该去和她解释啊！"

"你在吃醋？"

关伊伊猛摇头道："怎么可能？！我只是……只是生气。既然你两年前就有喜欢的人了，为什么还要对我说那些话，做那些事？学长，我尊重你，敬佩你的学识，但是不代表我就要和你玩感情游戏。我玩不起，也不想玩。"所以，别把她当傻子！

顾默的嘴角缓缓地翘了起来，那一瞬间，他心情好得不得了。

他道："关伊伊，你想知道我两年前喜欢的是谁吗？"

她当然想。

关伊伊顿时睁大了眼睛看着他，却听他道："可是现在我不想告诉你。"

关伊伊哽了一下。

她额上突然一热，是顾默落下的一吻。

"等时机到了，我就告诉你。"他理了理她鬓边的碎发，严肃道，"现在，好好比赛吧。"

她虽然很想知道顾默两年前喜欢的是谁，但是顾默说得对，现在最重要的是比赛，她也没有时间去思考这些爱恨情仇。

一个月的时间很快过去了。

4 月 10 日，刘教授和另外两名教授带着星火队到了 Z 市，在酒店住了一晚之后，第二天一早，便去了比赛主办方报到。

从 2016 年开始，根据中国自动化学会对机器人竞赛管理工作的要求，原中国机器人大赛暨 RoboCup 中国公开赛中 RoboCup 比赛项目和 RoboCup 青少年比赛项目合并在一起，举办 RoboCup 机器人世界杯中国赛，即 RoboCup China Open。

所以，中国赛区这边，除了大学生的比赛，还有中小学生的比赛。

大学组，11 日，各参赛队伍报到。12 日，是调试时间。

中国赛区，比赛时间一共是三天，吸引了来自全国25个省、自治区、直辖市以及香港、澳门等共400多所学校，一共500多支代表队来参加。其中，大学组就有300多支参赛队，比之亚太赛的规模大了好多倍，其竞争可见有多激烈。

中国赛区的比赛项目主要有四大类——足球机器人、救援组、家庭组以及RoboCup Junior。其中第四类是青少年组的比赛项目。

关伊伊虽然是标准平台组的成员，但是要参加的并不只是这一个项目。救援组和家庭组的比赛，会从标准平台组挑队员参加。

这次比赛是在Z市国际

会展中心举办的，关伊伊等人需要提前熟悉比赛场地。这次A大代表队一共有二十名参赛队员，清一色的本科生，最大不超过大三，参赛阵容非常年轻。

关伊伊了解到其他学校甚至有研究生和博士生组成的队伍，这让她忍不住有些紧张，她一个大一的学生，真的能赢得了那些学长学姐？

晚上，关伊伊翻来覆去睡不着。

她给梦行千里发了消息。

独木成林：千里大大，明天比赛就要开始了，我现在好紧张。参加的还有研究生和博士生，我一个大一的，太菜啦！

梦行千里很快便回复了：不要慌，比赛靠的是实力，不是年龄。并不是年级越高，实力越强。你要相信自己，你努力了这么久，难道不能给自己一点儿信心？

独木成林：可是，我还是紧张，我……有点怕。

隔壁的房间，顾默躺在床上看着手机，目光微微一顿。

他思索了一下，拨通了关伊伊的电话。

关伊伊正等着千里大大的回复，手机突然便响了起来。看到来电提示，她吓了一跳，愣了一下，才按了接听。

“喂，学长？”

“关伊伊，出来，我有事找你。”

"呃……等一下，我都睡……"话未说完，手机里便传来嘟嘟嘟的声音，顾默竟已经挂了电话。

关伊伊本不想去，可是三分钟后，敲门声响起。

门外，顾默冷声道："关伊伊，快点。"

她无奈，最后只能穿上衣服，打开了门。

"学长，到底什么事？"

顾默没说话，而是拉着她的手腕就走。

关伊伊叹气，他又来这招。

顾默拉着关伊伊上了酒店顶层。酒店顶层有一个室外的咖啡屋，虽然现在已经快十一点了，不过还在营业。顾默要了两杯咖啡，带着关伊伊找了个位置坐了下来。

四月的天气还是比较凉的，而且现在是晚上，风吹在脸上，让关伊伊忍不住抖了一下。

深吸了口气，她实在忍不住了，问道："学长，你找我到底什么事？外面这么冷，要不我们回去说？"

顾默面瘫着一张脸道："我有点紧张。"

"啊？"

他继续道："明天就要比赛了，我紧张，所以找你出来透一透气，怎么，你不愿意？"

关伊伊瞪大眼睛，有些难以置信地道："学长，你会紧张？"

"我也是正常人，怎么不会紧张？"

关伊伊道："可是你这么厉害。"

"厉害不代表不怕输。"顾默望着星空，"我是队长，我肩负着整个队伍的责任和希望。我已经输过一次了，我怕再输一次。"

许是夜色掩去了他的清冷，那一瞬间，关伊伊竟莫名觉得看似无坚不摧的顾学长其实也有脆弱的时候。

那一刻，她忘记了皮肤饥渴症，忍不住握住了他的手，温热的手掌让她的心似乎也跟着热了起来。

“不，学长，在我心里你是最厉害的。”她看着他，一字一句，无比认真地道，“上一次只是意外，这一次，你放心，我们都会陪着你的，我一定好好看着你，绝不会让你再生病了！”

顾默轻笑出声，嘴边荡起的微笑就像一道流光，晃花了关伊伊的眼。

直到嘴边传来柔软的触感，她听见他在她耳边轻声道：“那关伊伊，你知不知道，在我心里，你也很厉害？”

4月13日这一天，RoboCup中国赛正式开幕！

上午，标准平台组的比拼开始了。为了鼓舞士气，顾默也参加了这次比赛，誓要把第一场仗打漂亮。

这一天是小组赛，最后决出十六强进入淘汰赛。

比赛分为上半场、中场休息、下半场，每场十分钟。比赛停止时计时也停止，每场比赛超出十分钟的时间为“废时”。中场休息时，参赛者可以更换机器人或程序。

关伊伊提前看过往届比赛视频，比赛环境大同小异。

标准平台组的场地是7.4米×5.4米的绿色地毯，其中边线线宽50毫米，中心园外直径1250毫米。掷界外球线位于场内，与边线平行，距侧边线400毫米，长4米。

比赛时，机器人在无人控制的状态下，只允许场地上的机器人之间和机器人与Game Controller（游戏管理者）之间的交流。机器人之间的语音交流是无限制的，可以使用麦克风或者扬声器。

而比赛的无线通信，只允许机器人内嵌网卡和举办方提供的接入点之间的通信。其中的两个接入点，一个连接各自运行的Game Controller的PC，参赛者需要自带网线，会分配到一个IP地址块，用于计算机和机器人之间的通信。

参赛者是不能对参赛机器人进行任何硬件上的改动的，A大也只是在参赛机器人的背部贴了星火队的标识——A大校徽加一簇鲜红的火苗，可以说是很形象了。

“大家检查一下机器人。”顾默沉声道，“每一个部件都要认真对待，不许出一点差错，懂吗？”

“明白！”

“1号确认无误。”

“2号确认无误。”

……

小组赛上，A大只要正常发挥，进入十六强势完全没有问题的。很快，A大的第一场比赛便开始了。

第一场，星火队对战南工大队。

比赛一开始，星火队便势如破竹，拦截、抢断、直塞、传中、射门！

“进了！”

开场三分钟星火队便率先进球。

现场观看的人顿时发出一阵惊呼声。关伊伊等人屏住呼吸，紧张地看着赛场上。南工大总体实力还不错，但是和A大相比还是有一定差距。上半场，星火队连续进了两个球，而南工大颗粒无收。

下半场，南工大又因机器人自定位错乱，让星火队收获了一枚乌龙球。

胜负已定。

最终，星火队以3：0的成绩赢了南工大。

中午休息之后，下午，星火队又对战了一场，依然以绝对的优势获胜，最终以小组第一的成绩顺利进入了十六强。

虽然还是第一天，但现场的气氛已经火热了，比赛也越来越激烈。A大除了标准平台组顺利进入了十六强，小型组、类人组、救援组也取得了不错的成绩。其中由沈一泽带队的小型组表现更是优异，小组赛上打得对手毫无还手之力。

第一天的胜利让大家都很开心，紧张的情绪去了不少，为了保留精力，以最好的精神状态面对明天的比赛，吃过晚饭之后，大家都早早休息了。

这一晚，关伊伊睡得很好。

第二天，开始淘汰赛。十六个团队分成四组进行车轮战。上午，星火队以首战2∶0、再战3∶1、三战2∶1的佳绩，再次以小组第一的成绩跻身八强！

下午，便是八进四的比赛。四分之一比赛采取单场淘汰赛制，这一次，星火队遇上了一个种子团队——C大的天狼队。在上半场的时候，双方势均力敌，以2∶2的成绩结束。中场休息时，星火队总结失误。

“天狼队的机器人防守很厉害，而且很会踩线，上半场我们因此错失了两个球。”

“对，所以，我们需要瓦解他们的防守。”

“可是该怎么办？”

众人陷入了困扰之中。

关伊伊思考了一会儿，犹豫地道：“我觉得我们不需要把目标全部放在他们的防守上，你们发现没有，天狼队的前锋其实平衡度比较差，上半场一共摔倒了两次。我们可以拖住他们前锋，这样他们肯定会派人营救，然后我们便可以各个击破！”

关伊伊作为唯一的一个大一学生，虽然平时表现得还不错，也能很勤奋，但是大家并不怎么看重她，大一的学生再厉害能厉害到哪里去。

但是没想到，她观察力竟然还挺敏锐。

最终，顾默总结道：“就按关伊伊说的做，抓紧时间，调试机器人。”

下半场比赛很快开始了，果然，星火队按照计划拖住天狼队的前锋，然后各个击破，两分钟后，完成第一次进球！

星火队策略的变化打乱了天狼队的节奏，最终下半场星火队以2∶1的优势胜出，成功晋级四强！

这个阶段性的好成绩让星火队等人暂时没有太大的压力了，但是依旧不能放松警惕，他们的目标从不是前四强，而是冠军！

而四强的决赛才是最激烈的，这时，遇到的竞争对手都是和他们同一水平的团队。

14日晚上，晚饭之后，星火队开了一个小会。

顾默对前两天的比赛做了一个总结。

目前，进入四强的除了标准平台组，还有小型组、类人组和救援组。

这些项目在国际总决赛中也有，只有取得优异成绩，才能前往总决赛，顾默作为总队长，重新把这几个项目参赛的队员规整了一番。

标准平台组为星火队一队，小型组为二队，类人组为三队，救援组为四队。

其中一队的队长是关伊伊曾在亚太赛中国赛上见过的那个娃娃脸男生章则，今年大三，性格活泼爽朗，对关伊伊不错。二队和四队的队长是沈一泽，而顾默亲自担任三队的队长。

分完队之后，顾默总结道："明天便是四强决赛了，你们不要为这点成绩沾沾自喜，真正的战斗刚刚开始。今晚大家回去早点休息，好了，散会吧！"

15 号，中国区决赛正式开始。

上午，标准平台组半决赛，A 大对战南大。

南大的实力雄厚，同样也是以小组第一的成绩晋级四强，这一战，势必是一场比前几次更加困难的战斗，只许胜不许败！如果输了，那只能与冠军绝缘了。

比赛开始前五分钟，章则让大家检查机器人，调试程序。

三分钟后，章则问道："有问题没有？"

"没有，队长，一切正常。"

章则点头，神色严肃道："好，准备比赛！"

南大果然很厉害，在上半场的比赛中，双方机器人便紧紧交缠在一起。开局两分钟，星火队便抢到球，躲过第一个对手，第二个，第三个……

"要射门了！"

众人紧张得屏住了呼吸，己方机器人做好准备，就要用力一踢！然而，就在这时，机器人却被对方机器人撞倒——

"好无赖！"

"功亏一篑了。"

大家都很失望，没想到中途南大竟然会用这么无赖的打法。

章则沉声道：“先不要急，稳住。”

四分钟时，南大进球。

六分钟时，星火队终于再次抢到球，这一次终于进球。

八分钟时，南大再次进球。

然而接下来的时间，双方搅在一起，星火队几次抢到球，可是都被拦住。当然，南大也没占到太大的优势，一声哨声之后，上半场结束。

星火队和南大打成1：2，星火队处于劣势。

中场休息。

“怎么办？如果再这样下去，我们下半场肯定输了！”

“下半场如果拿不到绝对优势，我们将会被淘汰。”

大家的面色都很焦急，他们虽然猜到了南大很厉害，却没有想到这么难缠。星火队的机器人好几次抢到球，可是南大看得很紧，他们每次要进球时，都会出意外。然而，南大非常会踩线，很会利用比赛规则，根本无法判定他们犯规。

“我现在算是知道他们为什么会以小组第一的成绩进入四强，而且和他们比赛的队伍为什么会骂他们骂得那么厉害了。”

大家对视一眼，齐齐叹了口气。

一时之间，他们根本想不到好的办法来克制南大的策略。

难道，他们这次真的要输了？

就在大家一筹莫展的时候，一道清亮的女声突然响起——

“我有一个办法，或许可以一试。”

第十五章 与你并肩而战

在此之前，关伊伊观看了南大的参赛视频，不仅仅是今年，还有以前的。而且昨晚，她特意找了一下前面和南大比赛过的对手，对于南大的作战方案有一定的了解。南大的机器人灵活度和平衡度很高，在前几次比赛中，很少有参赛机器人摔倒，这就使得南大很喜欢让机器人围堵对手机器人，导致对手机器人摔倒，从而抢球，并争取时间。

无疑，这是一个很强劲的对手。

当然，任何一个团队都不可能是毫无弱点的。

南大的弱点便是，机器人的识别能力相对较低，相对的抢球反应能力便低。星火队想要胜利便只能从这方面下手。

章则道："你说来听听。"

关伊伊点头，道："南大的机器人灵活度和平衡度不错，而每次比赛他们就是仗着这个优势，死死地缠住对手的前锋，让对手就算抢到球，也难以进球。我觉得，我们应该抢占先机，快、准、狠，让他们没有时间做准备。我们的机器人识别能力和定位球的能力很高，这是我们的优势。所以，我的策略便是，我们增加一个前锋。"

章则思索了一下，道："你的意思是制造烟幕弹，扰乱他们的视线？"

关伊伊点头，道："比赛中途他们只有一次暂停机会，我们只要在他们反应过来之前多进几个球，然后后半场拖住对手，守好球门，尽量不让对方进一个球！”

听罢，章则的脸色缓和了不少。

“好，就用这个策略！”章则拍了拍关伊伊的肩膀，笑道，“小学妹，前面真是小看你了，继续加油！有这么好的点子，怎么不早点说出来？”

关伊伊不好意思地道：“我也是自己瞎想，不确定能不能行。”

现在她的想法能得到大家的肯定，这让她忐忑的心镇定了不少。

章则笑道：“不要怕，有什么想法就大胆地说出来。我们星火队的宗旨就是要打破陈规，勇于创新。你的想法很好，自信一点啦！”

关伊伊露出小酒窝，笑道：“谢谢队长！我会更加努力的！”

章则一脸深沉地道：“嗯，看来我们顾大队长的眼光果然不错啊！”

有了应对策略，大家心中都镇定了不少，重新调试好程序之后，下半场比赛也开始了。

南大用先前的无赖打法已经赢了很多个队，其间也不是没有团队变换策略来对付他们，但是无一例外都输了。所以，他们对于自己是很有信心的。

但是南大也没有想到，这个世界上原来还有其他团队比他们更加的厚脸皮。

开赛两分钟，星火队抢到球，南大想要故技重施，几个机器人一起围堵过来，却没想到，这竟然是一个烟幕弹，A大机器人传球、躲避、奔跑、射门！

进球！

开赛三分钟，星火队成功拿下第一分。

四分钟，星火队再次进球，领先两分。

五分钟，南大要求暂停，重新调试程序。

比赛再次开始，南大重新变换策略，避开烟幕弹，终于锁定星火队的真正主力。然而这一次，星火队不再热衷进球，也换了无赖打法，南大三次抢到球，结果都无功而返。

十分钟满，下半场比赛结束。

星火队以 2 ：0 的成绩赢了南大。

直到裁判宣布星火队胜利前，关伊伊都处于一种不真实的幻梦状态中，当听到星火队胜利时，她才终于如梦初醒，然后，突然被抱住。

一个、两个、三个……

“嗷嗷嗷……我们赢了。”

“真的赢了！”

大家搂在一起，关伊伊恍惚中看着队友们脸上灿烂的笑容，也忍不住咧开嘴笑了，他们赢了，采用她的策略后赢了，而且赢得这么漂亮！

上午的比赛很快全部结束。

标准平台组的冠军争霸赛被安排在了下午，他们上午的比赛是最早结束的，关伊伊等人收拾好之后，便去观看了其他三个队的比赛。

A 大在小型组的比赛上一直都是很厉害的，往年的比赛也是以胜利居多，技术水平一直处于领先地位，这一次也是，小型组顺利取得了冠军。

类人组也是，带队的顾默可是创造了智能化水平处于世界顶尖水平的二宝，由他带头的类人组智能化水平比其他团队高了不少，最后毫无意外取得了冠军。

至于救援组，则只拿到了第四名。

下午，标准平台组最后的决赛。

这一次，星火队将要与他们的老对手科大对战。

科大的水平不用说，科大曾是最早在中国举办少年班的学校，这么多年来，科大不知道培养出来了多少人才。在机器人研究这一行，他们的天才不比 A 大少，综合实力可以说是势均力敌。

开赛前五分钟，双方交缠在一起，各自都抢到过球，但是最终谁也没进球。

第六分钟，科大再次抢到球，星火队机器人拦截未果，科大拿下了上半场第一个球，成功得到一分！

顾默面色沉凝，突然道：“先暂停比赛。”

比赛暂停，星火队围在一起，齐齐看向顾默。

章则道："顾队长，你有什么好点子吗？科大的实力太强，如果一直这样纠缠下去，我们会很吃亏。"比赛只有四分钟了，科大得一分，而他们颗粒无收，形势对他们很不利。

顾默看向关伊伊，突然道："关伊伊，你有什么想法？"

关伊伊没想到顾默会突然点她的名，愣了几秒才反应过来。思索了一下，她道："我们的硬件条件差不多，科大的机器人在速度方面有着明显优势，但是我们的优势也很明显，我们的控球能力比他们厉害，我觉得可以从这方面入手。至于具体怎么实施，我还没想到。"

章则也点头道："我同意伊伊说的，或许我们可以重新设置一下传球线路？"

"嗯，不错。"顾默思索了一下，道，"重新设置传球线路，守门员重新调试，着重提高敏锐度。"

比赛重新开始。

修正问题之后，星火队发挥得果然不错，打了科大一个措手不及。

第九分钟，星火队终于进了第一个球。

最后，上半场比赛双方以 1 ∶ 1 的成绩打平。

下半场比赛，科大也重新调试了程序，暂时放弃了速度，增加了平衡度。双方再次激烈地交战在一起。

第五分钟，星火队进球，拿下一分。

他们守好球门，围堵对方前锋。但是科大反应也很迅速，重新调试，放出烟幕弹，在第八分钟的时候拿下一分！

比赛还剩下两分钟时间，双方球员都在争取射门，但是很遗憾，最终谁也没有再拿到关键的一分。

下半场，比赛再次打平。

平局之后，裁判宣布，双方进入点球阶段。

机器人点球，在一个进攻方和一个防御方守门员之间进行。点球时限为一分钟，只有在一分钟之内进球才能计分。

“好紧张啊！”说完之后，关伊伊才反应过来自己竟然把心里话说了出来。好在大家都和她一样，倒没人嘲笑她。

头上突然传来一阵温热，关伊伊抬头，便看到了顾默沉静的脸。

顾默道：“不用紧张，我们肯定会赢。”

很神奇，顾默的这句话让关伊伊本来忐忑的心情突然平复了不少。明明顾默这句话那么狂傲，可关伊伊就是觉得顾默说得对，他没有傲慢，也不是自信，而是笃定。

可是为什么，顾默难道会未卜先知？

在她思索间，点球已经开始了。

五个点球，科大和星火队都成功进球三个，众人一阵哗然。

“难道这次又要打平？”

顾默摇头，道：“不，我们赢了。”

没等关伊伊仔细询问，裁判就宣布结果了。

分数 3 ∶ 3，但是星火队有两个球进球时间快于科大，并且超过两秒，也就是说星火队赢了！

大家对视一眼，片刻后，欢呼出声！

冠军，冠军！

星火队再次取得一个冠军！

领奖台上，顾默穿着红白相间的队服，挺拔的身姿如松，俊美的脸似乎在发着光，吸引着无数人的视线。他沉静的目光在台下搜索了一圈，突然定在一个位置。

关伊伊猛然抬头，那一瞬间，视线交错。

顾默优美的唇翘起了一个美丽的弧度。

他拿着话筒，斩钉截铁地道：“星火队，没有弱者。”

这次三天的比赛，A 大总共获得了三个冠军、一个第四名，是一个非常好的成绩。其中标准平台组、小型组、类人组和救援组都可以参加世界总决赛。

15日，闭幕式结束之后，为了庆祝这个好成绩，刘教授终于大方一回，举办一个庆祝会，请大家狂欢一晚。

关伊伊这次表现突出，刘教授还专门点名表扬道："继续加油，争取在总决赛上再接再厉。"

关伊伊郑重点头道："我会努力的！"

努力了好几个月，终于取得阶段性胜利，大家的兴致都很高。刘教授等老师们知道自己待在这儿可能会让大家放不开，所以喝了一圈便自觉离开了，把场子留给了学生们。

老师一走，大家就都玩疯了，还让服务员抬了几箱啤酒过来。

顾默虽然看上去冷冰冰的，平时大家还挺怕他的，但是相处了这么久，又加上今天可是特殊的日子，是以大家胆儿都肥了，纷纷想凑上前去灌酒。

但是谁做这个出头鸟呢？

众人的视线纷纷投向关伊伊。

关伊伊只能硬着头皮上："学长，这些日子谢谢你的照顾了，我敬你一杯。"

顾默看了她一眼，竟乖乖喝了。

关伊伊松了口气，情不自禁露出一抹笑。

有人开头了，其他人就放松了，一个接一个地去向顾默敬酒。顾默今晚格外好说话，竟来者不拒。关伊伊有点担心，这种喝法，顾默受得住吗？

因为是女生，所以大家对关伊伊还蛮宽容，她象征性地喝一点也就完事了。而且关伊伊知道自己酒量差，后面乖乖地把酒换成了雪碧。

酒过三巡，好多人都喝倒了，顾默也没有意外地醉了。

醉的人有点多，作为在场唯一清醒的几个人之一，关伊伊也不得闲，需要把人安全送回去。大家都知道，关伊伊和顾默比较熟，所以毫无意外地把顾默分给了关伊伊。关伊伊拒绝无果，只能认了。

把其他几个人送走，关伊伊看向躺在沙发上似是睡熟了的顾默，有点纠结。幸好是初春，衣服穿得还比较严实，她不用太担心和顾默肌肤接触会发病。

她伸手轻轻拍了拍顾默，唤道："顾学长，你醒醒，醒醒……"

顾默却突然伸手抓住她的手，灼热的温度瞬间让她头皮一麻。那种会令人上瘾的触感，让她毫无抵抗之力，身体不受控制地朝顾默靠上去。直到，顾默突然睁开一双醉意蒙胧的眼睛，冷声道："关伊伊，你又要占我便宜。"

关伊伊顿时一个激灵，连忙缩回自己的手，退后两步，惊恐地看着顾默："学长，我……我不是故意的。"

顾默又慢慢闭上了眼睛，满脸醉意，低声嘟囔着："不是故意的，那你为什么要抱我？关伊伊，你喜欢我是不是？"

后面的声音越来越小，直至再也听不见。

顾默睡了过去。

他这是……还在醉酒状态？

关伊伊松了口气，再次慢慢地靠近顾默。睡着的顾默没有了平日的冷漠，眉眼间似是还带着些稚气，看上去温柔可亲。

关伊伊蹲在他面前，忽然长长叹了口气，无奈地道："学长，我是因为有病啊！"

也只有这个时候，她才敢吐露这些难以启齿的心思。

"你以为我想被当成变态吗？"她叹气，情绪低落，"要不是这该死的皮肤饥渴症，我怎么可能会做这么羞耻的事情！最讨厌的还是你，如果不是你，我的皮肤饥渴症就不会再次发作！"

对，这一切都是顾默的错。

如果不是他的出现，她的病又怎么可能会发作？

她自顾自地生着气，没有发现沙发上的男人眼皮微微动了动。

因为头天晚上大家都玩得比较晚，又几乎都喝了酒，所以第二天都起来得比较晚。下午的时候，大家坐车回学校。

关伊伊和顾默坐在了一起。

顾默靠着窗，偏着头，关伊伊抬眼，只看见他眉头微微皱着，精致的侧脸绷得很紧，像是遇到了什么世纪难题。

回学校的路程蛮长的，大概要五六个小时。关伊伊觉得不能一直这么干坐着，便鼓起勇气，开口问道："学长，你在想什么啊？"

顾默回过头来，看向她，目光锐利如刀。

关伊伊被他这种目光看得小心脏乱跳，莫名有一种大事不好的感觉，干笑一声，道："学长……呃，你这么看着我干什么啊？"

顾默沉默了片刻，突然道："关伊伊，你知道皮肤饥渴症吗？"

关伊伊的心登时咯噔一声。

"顾学长，你怎么突然问这个问题？"她不自主地捏紧了手指，干笑道，"这种奇怪的病，我怎么知道啊？！"

顾默轻笑一声道："你这么紧张干什么？"

关伊伊忙摇头道："哪里，我……没有紧张！"没等顾默再开口，她又道，"学长，我突然想起来，我还有作业没做，我看书了。"

说罢，她赶快从书包里掏出一本书，装作认真地看起来。

顾默眸色一深，看着关伊伊毛茸茸的头顶，意味深长地笑了笑。

皮肤饥渴症，一种心理性疾病，症状是渴望肌肤相触和爱抚。如果是这种病的作用，那么以前关伊伊的那些奇怪行为便有了解释。

想到此，顾默突然想到了一个人——沈封，心理学院研一高材生，上次陪关伊伊逛街的那个男人。

或许，当时是他误会了。

关伊伊和这个男人一起，应该是因为这个皮肤饥渴症。

皮肤饥渴症的产生，大部分是因为童年缺乏亲人的关爱和爱抚，尤其是母亲的爱。他想到了关伊伊的家庭状况，三岁时，父母便离异，而这么多年，她的母亲似乎从未来看过她。

他幼时，虽然父母很少回家陪他，但是他有二宝陪着，而且父母也是在他能够照顾好自己的时候才放手的。

想到此，顾默的心中慢慢生起了细密的疼，不是痛苦，而是心疼。

他看向关伊伊，突然伸手揉了揉她的头顶，柔声道："关伊伊，你是不是忘记了些东西？"

关伊伊抬头迷茫地看着他："什么？"

顾默勾了勾唇，明明是美好的弧度，关伊伊却莫名地感受到一股凉意。

果然，只听顾默道："你是不是该给我一个答复了？"

关伊伊顿时惊天动地地咳了起来。

"关伊伊，你怎么了？是生病了吗？"咳声惊动了前面的刘教授，其他同学的目光也投了过来。

关伊伊忙摇头道："没什么，没什么，就是刚刚不小心呛了一下。"

刘教授见她脸色红润得很，看上去精神不错，也就相信了。

关伊伊松了口气。

她看着顾默，低声道："学长，你……你不是说比赛结束之前不逼我的吗？"

顾默扬眉道："现在比赛已经结束了。"

"不算，这只是国内赛，还有总决赛呢！"关伊伊据理力争，"再说了，你……你明明说过你有喜欢的人，还喜欢了两年！我……我才不会当别人的替身呢！"

顾默眉头一挑，意味深长地道："所以，你不答应我，是因为你吃醋了吗？"

"怎么可能？！"关伊伊忙摇头，"我也是有尊严的，我才不会和心里有人的男人在一起！"

"哦，这就是吃醋嘛。"

关伊伊无语了。

她气鼓鼓地别开脸，不想理顾默了。

"生气了？"顾默凑近她，呼出的热气尽数喷洒在她的耳朵上，染红了白玉般的耳垂。他轻笑一声，补充道："好了，我不逼你了。总决赛结束之后告诉我吧。"

说罢，他伸手揪了揪关伊伊的耳朵，见关伊伊果然目光变得迷离，不禁笑意更深。

皮肤饥渴症吗？

呵，还挺有趣。

这次总决赛的地点是在澳大利亚，时间是 6 月 17 日到 22 日，总共六天时间。

是以，距离总决赛，他们便只有一个月的准备时间了。中国赛区的胜利只是其中一步，接下来还有更激烈的战斗等着他们。

所以，关伊伊等人一回到学校，休息了一天，便又进入了紧张的备战当中。

每天都与机器人打交道，有时候也是一件很枯燥的事情。直到焦姣突然告诉她，以前买了她的猫咪机器人的一个同学想要请她吃饭，她才终于从枯燥的学习中脱离了出来。

关伊伊问道："请我吃饭，为什么啊？"

焦姣道："人家是要感谢你啊！你不知道，这次你的猫咪机器人可是起了大作用了！"

原来，这位同学前不久深夜回学校的时候，不小心遇到了抢劫。眼看着就要被劫财劫色的时候，是猫咪机器人救了她。关键时刻，猫咪机器人发出尖锐的警报声，并且用自己的身体挡住了抢匪的致命一击，这才等到警察赶来，抓住抢匪。

所以，这个同学想要感谢关伊伊。

关伊伊对此也很意外，其实那个猫咪机器人就是个花架子，虽然安装了预警装置和战斗系统，但其实它的战斗力很有限。她想要具体了解一下这件事，所以同意了那个同学的邀请。

两人约在一家中餐馆。

这位同学订了一个包厢，关伊伊打开门，看到包厢里的人时，惊讶地道："沈大哥？"

包厢里除了那个感谢关伊伊的女同学沈可欣，还有沈封。

沈封见到关伊伊也有点意外，问道："伊伊，难道那个猫咪机器人是你卖给可欣的？"

关伊伊点头："是我自己做的。"

沈可欣是A大传媒学院新闻系的大一新生，和关伊伊同一级，长得清丽可人，仔细一看，竟然和沈封有点像。

沈可欣笑着站起来，伸手对关伊伊道："伊伊你好，我叫沈可欣，这位是我哥，没想到你们居然早就认识，真有缘。"

原来是兄妹。

关伊伊也觉得好巧，跟着笑道："我也没想到。"

沈可欣道："其实我早就听说过你了，一直都很想和你认识一下。这次要多谢你做的这个猫咪机器人了。"

关伊伊心里想道，不会是因为那些绯闻吧，连其他学院的学生也认识她了啊？

这时，沈封解释道："你和一泽认识吧？一泽是我堂弟，是可欣的堂哥，他夸过你好几次。"

"原来是这样。"关伊伊感叹，"这个世界可真小啊！"

既然都是熟人，气氛顿时轻松了起来。

沈可欣人如其名，是一个很温柔可爱的女孩子。她解释道："这次如果不是笑笑，我可能就真的凶多吉少了。"

"可欣，可以详细说一下吗？"

沈可欣点头道："当时我拒绝了抢匪，踢了他一脚，想跑。抢匪恼羞成怒，抽出刀想来砍我。千钧一发之际，是笑笑突然跳起来挡住了抢匪的刀，然后发出警报声，这才惊动了附近的居民赶来救人。对了，笑笑的行为完全是自主的，我当时吓坏了，没来得及下命令。"

"咦，这样啊……"关伊伊有点疑惑，按理说猫咪机器人的智能化水平并不高啊，居然能有这些行为。

沈可欣又道："对了，我今天除了感谢你，还想找你帮个忙。"

她从包里把猫咪机器人拿出来，有点伤心地道："笑笑为了救我受了伤，现在都启动不了了。"

"我先看看。"关伊伊接过来检查了一下，"身体受损程度不大，应该是芯片损坏了。我现在手上没工具，只能拿回去修，你看可以吗？"

沈可欣直点头道：“当然可以，伊伊麻烦你了。”

关伊伊笑道：“没什么，这也算是售后服务嘛！”

沈可欣性格好，又有沈封在，三人聊得很愉快。吃过饭之后，沈可欣还要赶回去上晚自习，所以就先回学校了。关伊伊想着既然正好遇上沈封，那就干脆再好好聊聊她的病。

五月的天气正好，不冷不热，关伊伊和沈封两人便不着急，准备慢慢走回学校。

“最近进展怎么样？”沈封开口问道。

“什么进展啊？”

“你不是在追求你的病原体吗？”沈封勾了勾唇，笑道，“追到了吗？”

一听这话，关伊伊就忍不住叹气，道：“我都被拒绝两次了，不过，他前段时间又说喜欢我，我不知道他的话是不是真的。沈大哥，你说我现在该怎么办？”

沈封沉默片刻道：“如果是为了治病，当然是要赶快同意。但是，伊伊，你确定你只是想治病吗？”

关伊伊沉默了。

沈封说得对，她现在真的只是想治病吗？

如果只是为了治病，那么顾默心中另有他人，这对于她来说，不是更好吗？这样，她便不再有负罪感了。

可是为什么她现在就是矫情，不想同意？

沈封见此，轻轻揉了揉她的头，道：“你为什么不相信他说喜欢你是真的？如果有什么误会，你其实可以和他开诚布公地谈一下。伊伊，好好问问你自己的心。好了，到你宿舍了，你上去早点休息吧。”

关伊伊点点头道：“嗯，谢谢你，沈大哥。我先上去了，你也早点回去休息，拜拜。”

打完招呼，关伊伊便进了宿舍楼。

天色渐黑，远处的天边还有着火红色的彩霞，女生娇小的背影散发着灵动的气息。沈封看着关伊伊进去之后，这才转身准备离开。

他刚转身，却看到了一个意外的人。

“顾默？”沈封疑惑挑眉，“你找我？”

顾默目光微沉，道：“我想和你谈一谈。谈一谈关于关伊伊的一些事，比如，皮肤饥渴症。”

沈封挑眉道：“这些事情，你为什么想到找我？”

顾默勾了勾唇道：“或许我应该叫你沈医生？或者说是关伊伊的专属心理医生？”

自从上次顾默碰见沈封和关伊伊在一起之后，也不知道出于什么心理，他开始有意识地调查这个沈封。而沈封是心理学院的高才生，按理说与关伊伊应该没有任何交集。但是他们两人之间看上去似乎很熟稔，联想到关伊伊的病，一切的不对劲似乎便有了解释。

沈封看了他一眼，须臾后，笑了笑说：“好。”

是夜，关伊伊今晚难得早睡，只是躺在床上，却没有什么睡意，脑子里不停地闪过沈封说的话——

“伊伊，好好问问你自己的心。”

她的心，现在就连她自己都有些迷茫了。

理智上，为了治病，她应该答应顾默的告白，各取所需。

然而感情上，只要想到顾默那位从两年前就住进他心里的“白月光”，关伊伊的心便淡定不了。

想了许久无果，关伊伊索性给梦行千里发了信息。本来最近她是想和梦行千里见面的，但是梦行千里说等她比赛结束之后，给她一个大惊喜，于是见面又被推迟了。

独木成林：千里大大，我可以问你一个问题吗？

梦行千里很快回复道：可以，你说。

独木成林：还是我那个朋友的事情。她不是追求一个男人吗？那男人拒绝她之后，现在却向她表白了。

梦行千里：那他们现在在一起了？

独木成林：不不不，我朋友还在纠结。她追求那个男人本来是为了治病，但是她又不确定那男人是真的喜欢她，还是把她当替身。

梦行千里：你知道你朋友为什么会纠结吗？

独木成林：为什么？

梦行千里：因为她真的喜欢上那个男人了！

女生宿舍楼下，顾默突然勾了勾唇，心情极好。他找到关伊伊的电话，直接打了过去。关伊伊正被梦行千里说的这句话给震得手足无措，看到顾默打来的电话，差点没吓得直接把手机扔了。

“喂，顾学长，你……”她按了接听，话还未说完就被打断。

顾默说：“关伊伊，现在，下楼。”

“我已经睡了，有什么事明天说吧。”

“你是要我上去接你吗？”顾默直接道，“还是你想我直接在女生宿舍楼下叫你的名字？我数十声，你如果不下来，我就真叫了。一、二……”

“停停停！我马上下去！”

顾默的唇再次上扬了些许。

关伊伊咬牙，套上衣服便用百米冲刺的速度跑下楼，还没来得及发火，却见顾默突然上前几步，伸手一拦，便把她抱进了怀里。

关伊伊顿时僵住：“学长，你……”

好在她穿的是长衣长袖，没和顾默直接肌肤接触，否则现在又该成变态了。关伊伊正庆幸地想着，下巴却突然被抬起，没等她反应，男人火热的唇便猛地落了下来。

她浑身都发软了，脑子晕乎乎的，被男人搂在怀里，毫无反抗之力。

过了许久，耳边传来一声轻笑，她听到有人说：“关伊伊，这是你欠我的利息。”

关伊伊觉得自己要疯了。

她一直知道自己的病很奇葩，但是从没想到能奇葩到这个程度。第二天一早，她是在顾默的家里醒来的，一推开门，便对上了顾学长微笑的脸。

她茫然地道：“学长，我……怎么在这里？”

今天的顾默格外温柔，嘴边一直带着淡淡的笑意，整个人都散发着一种春风如意的气息。他走到关伊伊面前，捏了捏她的脸，道：“当然是跟着我走回来的啊！”

没等关伊伊说话，他就轻笑道：“皮肤饥渴症这病还真的挺有意思的，威力还挺大。关伊伊，你是不是每天都在盘算着怎么占我便宜啊？”

关伊伊猛然抬头，咬着唇后退几步，道：“你说什么呢，什么皮肤饥渴症啊？”

“你不知道什么是皮肤饥渴症啊？”顾默嘴边的笑意加深，“那我示范给你看。”话音未落，他突然脱下衣服，拉过关伊伊的手放在了他裸露的胸膛上。

酥麻的感觉瞬间袭来，关伊伊情不自禁地靠了过去，直到自己的手被人拉离那光滑的肌肤，她才头皮一麻，简直恨不得找个地洞钻进去。

顾默道：“现在知道什么是皮肤饥渴症了吗？”

顾默知道了，他知道了！

她会被当成变态，会被他讨厌。

那一瞬间，关伊伊的脸色猛然变得苍白，脑子里空白一片，转身就想跑，可她刚迈了一步，腰肢便被人紧紧搂住。

她咬着牙，声音有些颤抖地道：“你放开我！”

“笨蛋！”

男人的力气太大，她根本反抗不了，更何况，还有那让她绝望的病。她的身子被转过去面对着顾默，她低着头，不敢看他。

她头上突然传来一声叹息，下一刻，顾默突然蹲下身子，柔软的唇落在她湿润的眼角。

“我话都还没说完，你跑什么？”他边说着，边轻轻擦去她那溢出眼角的泪珠，“关伊伊，我最想说的是，欢迎你每天都来占我便宜。就像这样……”余下的话尽数消失在相贴的唇里。

关伊伊睁大了眼睛，那一瞬间，她仿佛看到了心田里的一朵花。

曾经种下的某颗种子，渐渐发芽，直到现在终于开花。

第十六章
星星之火，永不灭

关伊伊再次搬回了顾默家里。整个搬家过程，她都是蒙的，整个人像是踩在棉花上，没有什么真实感。

她就这样和顾默在一起了？

顾默知道了她的病，没有嫌弃她，还欢迎她去占他便宜。

顾默边收拾行李，边对焦姣道："这位学妹，你什么时候有时间？我和伊伊请你一起吃个饭。"

焦姣看了看发呆的关伊伊，又看了看男朋友气势十足的顾默，她恍然大悟。

她忙笑道："有有有，我什么时候都有空！学长，以后就拜托你好好照顾我们伊伊了。"边说，边伸出手，一脸严肃认真。

顾默也伸出手，一脸郑重地道："放心，我会看好她的。"

"那我就放心了！"

气氛严肃得像是托孤现场。

虽然不是第一次住在同一个屋檐下了，可是这一次，关伊伊莫名有些紧张，还有些难言的期待。

顾默应该是真的喜欢她的吧？否则，他怎么可能不嫌弃她有那么奇葩的病？

对了，顾默是怎么知道她患有皮肤饥渴症的呢？

对此，顾默回道：“我去找沈封谈了谈，关伊伊，对不起，以前是我误会你了。”

关伊伊忍不住问道：“你不嫌弃我这个病？”

顾默似笑非笑地道：“我可是你的病原体，这个世界上，你只会对我一个人的身体感兴趣，作为你的男朋友，我觉得很有安全感。你觉得我会嫌弃吗？”

“好吧，这么一说，好像也有点道理。”关伊伊无语。

“所以，我该高兴不是吗？幸好让你发病的是我。”

否则，他就该郁闷了。

关伊伊还是不放心道：“你为什么要和我在一起？”

“关伊伊，你脑子坏掉了吗？和你在一起，当然是因为喜欢你。”

“可是……你是说你两年前就有喜欢的人了啊！”关伊伊咬唇，“顾默，我告诉你，我很凶的。我才不当替身，你如果敢欺负我，我绝对让你好看！”

顾默眼中极快地闪过一抹笑意，道：“那你要怎么让我好看？”

“我……我天天缠着你，不给你自由！”关伊伊凶巴巴地威胁。

“好啊，欢迎。”顾默无所谓地道。

关伊伊不开心地强调道：“我可没有和你说笑啊！你还没回答我的问题呢！”

顾默叹了口气，坐在沙发上，突然伸手一揽，关伊伊猝不及防地坐在了他的大腿上，腰上被男人搂得紧紧的：“关伊伊，你想知道我两年前喜欢的是谁，是吗？”

关伊伊点头。

“可以，只要这次比赛你能取得好成绩，我就告诉你。不但如此，我还会给你一个大惊喜。”

关伊伊忙道：“你发誓？”

“我发誓！”

关伊伊就这样又和顾默开始了同居生活，总的来说，还是挺满意的。每天不用去食堂抢早饭，偶尔还可以吃到顾学长亲手做的大餐，关伊伊表示很满意。

虽然正式在一起了，但是由于还要准备比赛，所以他们也没有多少时间谈情说爱，反而大部分时间都在谈论学习，比如现在——

“学长，笑笑的芯片还能修好吗？”关伊伊问道。她后来仔细检查了一下，发现芯片受损太严重，凭她的能力很难完全修复。

顾默检查了一会儿，道：“还是换新的吧，就算修好了，也维持不了多长时间的。”

“换了芯片，那以前的记忆就都没有了。”关伊伊叹气，“那就不是笑笑了，可欣会伤心的。”

顾默微微一顿，道：“机器人本来就是这样，它们本来就不应该有自己的思想。既然是按照程序运作的，那就应该一切照程序走。”

“不，我不这样认为。”关伊伊摇头道，“机器人虽然是人类的产物，但是他们也是一种生命啊，既然是生命，那肯定就有自己的思想。如果只是一个冰冷的机器，那就不应该称作机器人。学长，你也看过梦行千里的《轮回线》吧？这本书里，写的就是这样一个故事。机器人也是有思维的，虽然现在我们的科技水平还达不到，但是我相信，总有一天，它们的智商会和人类一样。”

顾默冷声嘲讽道：“然后像书里一样，开始反抗人类，和人类大战吗？关伊伊，你想得太天真了。”

关伊伊不满地道：“那是因为人类先要销毁它们，所以它们才反抗的。学长，怎么感觉你好像对机器人偏见挺大啊？”

顾默沉默了片刻，才道：“你想多了，我只是陈述事实而已。芯片受损这么严重，哪怕修好了，也最多维持几个月时间，这有什么意义吗？最后还是要换一个新的芯片。”

“那如果把笑笑换成二宝呢？这次如果是二宝受伤了，你也会这么做吗？换一个新的芯片，消除它的所有数据和记忆，变成一个全新的机器人。

那，还是二宝吗？”

顾默抿了抿嘴，没说话。

关伊伊还要再说什么，门突然被推开，穿着水手服的二宝端着夜宵进来道：“主人，太太，先休息一会儿，吃点东西吧。学习虽然很重要，但是身体更重要啊！”

依旧是毫无起伏的声音，然而关伊伊莫名地从这平淡的话里听出了它的关心。

顾默怔了一下，伸手接过道：“嗯，你去充电休息吧。”

关伊伊脑中灵光一闪，突然有了一个主意。

晚上，趁着顾默睡了之后，关伊伊悄悄唤醒在充电的二宝。

“太太，有什么事吗？”

关伊伊问道：“二宝，你是什么时候开始待在顾默的身边的啊？”

“是主人七岁的时候哦，距现在，已经十四年啦。”二宝骄傲地挺了挺胸脯，“我可是看着主人长大的，我可是金牌管家！”

关伊伊眼睛一亮，道：“那你有顾默小时候的视频吗？”

“当然有啦，主人小时候可是个小正太，超级可爱的。”二宝也有些兴奋，“太太，你不要告诉主人，我是悄悄留下来的。”

“放心，我绝对保密。二宝，你给我一份吧。”

“太太你要来干什么？”

“我想更全方面地了解你家主人啊！”

二宝想了想，接受了这个答案。

两个小时后，关伊伊心情复杂地关掉了电脑。

“太太，你不开心啊？”二宝一直在旁边陪着她。

想到视频里看到的那些东西，关伊伊心情确实有点低落，还有对顾默的心疼。

“二宝，顾叔叔他们一直都那么忙吗？”她从来没想到，看似云淡风轻的顾默，幼时，竟也是一个人生活过来的。她是因为父母离异，但是顾默的父母据说感情很好啊，难道工作就真的那么重要吗？

想到那么小小的顾默，一个人躲在床上流眼泪，关伊伊的心就难受死了，简直母爱爆发的节奏。

二宝道："老主人和夫人都在研究院工作，他们专业能力很强，有源源不断的研究项目需要他们去开发，自然就没有时间来陪主人了。"

关伊伊问道："顾叔叔他们到底在研究什么啊？"

"人工智能啊！"二宝回道，"我就是老主人他们亲手制作出来的。中国虽然近几十年发展很快，经济实力也跻身强国之中，但是在人工智能方面，中国一直落后于其他发达国家，所以在这方面，国家投入了很多人力、物力、财力。老主人他们是这一行的尖端人才，没办法，国家需要他们嘛！"

关伊伊敲了敲二宝的头道："没想到，你还挺爱国。"

二宝骄傲地挺起胸脯道："那当然，我可是中国制造！"

关伊伊摸着下巴道："所以，这就是学长排斥人工智能的原因？"

二宝不爽地反驳道："谁说主人排斥人工智能啊？他对我可好了，而且主人可是这方面的天才！不过说到这个，我倒想起一件事。主人当时大学填志愿的时候，是想读法语专业，但是后来好像是老主人他们给他改了志愿，他当时好像很生气，都闹离家出走了。"

"离家出走？"关伊伊震惊地瞪大眼，这么严重！

不行，她必须搞清楚这件事。想到视频里小顾默躲在被子里哭的那一幕，关伊伊就淡定不了。

她本来就是个急性子，想到就做，直接就冲去了顾默的房间找他。顾默的房间没有反锁，而且关伊伊有备用钥匙，所以直接就打开了。

屋里，顾默正睡得香，陡然一阵凉风传来，啪嗒啪嗒的脚步声顿时惊醒了他。

"发生什么事了？"顾默从床上坐起来，沉声问道。

呃……

关伊伊刚才只凭一时冲动，事到临头了，才发现自己完全没有想出好办法。按照顾默好强的性子，她如果直接说，说不定会让顾学长恼羞成怒呢。

她正暗自纠结着时，窗外突然一道闪电掠过，下一秒，惊雷声响起！

关伊伊浑身一抖，灵光一闪道："学长，打雷了，我害怕！"

顾默接受了这个答案。

一分钟后，关伊伊抱着自己的枕头和被子成功地上了顾学长的床。

两人并排躺在床上，屋里昏暗一片，只余窗外时不时掠过的闪电光。

"学长，我睡不着，我们来聊天吧。"

"这么晚了，有事明天说，睡觉。"顾学长的声音很是冷硬。

关伊伊委屈地道："可是我害怕啊！学长，你还是我男朋友吗？你再这样，信不信我踹了你，找别人啊？！哼，肯定有男人愿意半夜和我躺床上聊天的！"

"关伊伊，你的胆儿肥了啊！"

"哼，那你聊不聊？"

"说吧。"

"学长，我觉得这样聊天，才比较有谈恋爱的感觉。"关伊伊转身，突然扑进顾默的怀里，双手抱住他的腰。隔着衣服，皮肤饥渴症没发作，但是人体灼热的温度传进了彼此的四肢百骸。

顾默僵着身体，不敢动。

"不是要聊天吗？快说。"他的声音冷冷的。

关伊伊靠在男人的胸前，听见了他一次比一次还快的心跳声，忍不住悄悄翘起了唇，心道：闷骚。

"学长，你喜欢研究机器人吗？"

"不喜欢。"

"那你为什么要学这个专业？"关伊伊步步紧逼，"而且学得这么好。别给我说是因为你聪明啊，我们都知道，这一行光有天分还不够，还需要努力！"

"话都让你说完了，所以你想让我说什么？"

话音刚落，嘴上突然一热，他微怔。

这是关伊伊第一次在清醒的状态下主动吻他。

唇一触即离。

顾默眸色一深，伸手想要按住关伊伊离开的脑袋，却听耳边传来女孩轻快的笑声，她说：“学长，我有没有告诉过你，你是我的偶像啊？”

“你的偶像不是梦行千里吗？”

“以前只有他，可是现在加上你了。他是我最喜欢的作家，你却是我最崇拜的男人。Robocon 国内选拔赛，第一次看到你上台比赛的时候，当时，我的心里只有一个念头。学长，你猜是什么？”

“是什么？”

“我当时想，这个男生真的超好看。虽然他毒舌又冷漠，路痴还死要面子，但是那一刻，我却想，总有一天，我要变成和他一样厉害的人！”

顾默笑了，伸手用力地搂住怀里娇小柔软的身体，恨不得揉进他的骨血里。

他吻了吻她柔嫩的耳朵尖儿，轻哼道：“关伊伊，小心思还蛮多啊！看来，我明天要好好清理清理二宝的内存了。”

笑笑，也就是沈可欣的机器人，最后还是用了原来的芯片，在做决定之前，关伊伊特地问了沈可欣的意思。相比较全新的机器人，沈可欣想要的只有原来的笑笑。或许以后它会经常需要维修，但是至少它还是笑笑，是那个愿意为了她，冒着被损坏的危险来救她的笑笑。

关伊伊把各方面的利弊都告诉了沈可欣。

对此，沈可欣道：“对于我来说，笑笑不是一个机器人，它就是我的家人，难道我们会因为家人生病，就放弃他们吗？”

关伊伊想到了二宝，不禁会心一笑道：“你说得对。”

不是只有同族才可以成为家人，猫咪、狗狗、小鸟……甚至机器人，有时候正是因为有了它们的陪伴，才算是有了一个家。

RoboCup 国际赛时间很快到来。

6 月 15 日，星火队启程前往澳大利亚墨尔本。比赛正式开始的时间是 17 日，但是他们人生地不熟，所以准备早两天过去熟悉一下，毕竟一个北半球，一个南半球呢！

竞赛委员会那边已经给他们安排好酒店了，关伊伊等人一下飞机就有委员会的人专门接待，身边还有翻译、助理一直跟着。

六月，正是南半球的冬季。

不过澳大利亚是亚热带与温带交叉型气候，所以哪怕是冬季，温度也不太低，众人里面穿着一件薄毛衣，外面套一件长外套就可以了。

关伊伊一出机场，便忍不住深深吸了口气，感叹道："这里的空气真好啊！"

这次 A 大参赛队员一共有 30 个参赛队员，参加国际赛的是标准平台组、小型组和类人组。至于救援组，考虑到时间和技术，他们暂时放弃了这个项目。

这次国际总决赛总共有来自全球 38 个国家，4000 多名学生参加。中国这边，大学组的除了 A 大，还有科大和南大几个学校。

虽然之前是对手，但是在异国他乡，他们也是朋友和家人。当天晚上，委员会这边便组织了一个晚会，让各个学校的参赛选手们交流一下学习和感情。

16 日，大家上午去熟悉了比赛场地，下午便都待在酒店休息或者学习，为了明天的比赛做准备。顾默作为总队长，要忙的事情很多，所以关伊伊便没有去打扰他，乖乖和其他队员待在一起学习。

他们观看了往年总决赛的视频，分析对手的优点和弱点。

这次无论哪个组竞争都很激烈，标准平台组这边，最难缠的对手有美国代表队 Sun、德国代表队 Moon 以及日本工大代表队 Fire。

中国代表队这几年表现出来的实力不怎么好，连续几年错失冠军，所以这一次参加的代表队都很有压力。

他们不能再输了！

冠军，不仅仅代表着第一名的实力，更代表了一个国家的实力。他们是学生，是国家培养的未来人才，这其实不仅仅是一场机器人之间的交流，也是各国之间科技水平的一个对比。

关伊伊虽然是第一次参加这种国际性赛事，可是想到上次亚太赛国际赛的时候，遇到的那几个日本代表队的人，她心中的战意便再也压抑不住！

晚上吃饭的时候，他们便遇到了这几个老熟人——日本代表队Fire的成员。

Fire也认出了顾默几个，几人交头接耳地用日语在讨论着什么，时不时地笑几声，看着他们的目光似是带着嘲讽。

“那些是中国队的。”

“哦，就上次那几个手下败将。”

“长得帅了不起啊，弱鸡！”

星火队这边有懂日语的人，一听到这话，顿时站起来要冲过去。顾默拦住人，冷声道：“几句不好听的话能要了你的命吗？你们也听着，不许惹事，难道想被取消参赛资格吗？”

“难道就任由他们嘲笑？”

“那就在赛场上赢了他们！”

顾默永远是最理智的那个人，也只有这样的他，才能成为星火队的队长。他不会因为别人的嘲笑失去镇定；相反，他永远是最冷静的那个人。

这就是顾默，星火队的队长。

关伊伊看着他沉凝的侧颜，突然无比的自豪。

旁边的沈一泽推了推关伊伊，挤眉弄眼地道：“哇，看呆啦？小花痴！”

关伊伊回过神来，脸一红，倒是没否认，还特自豪地道：“我男朋友，看看怎么了？！我就对我男朋友犯花痴，哼！”

沈一泽无语了。

为了不起冲突，众人憋着气吃完饭就回房间了。顾默说得对，不需要和那些人逞口舌之快，还是比赛台上见真章。

17日早，当地时间八点半，RoboCup国际总决赛正式拉开帷幕！

顾默带领类人组，关伊伊在标准平台组，所以两人暂时分开了。

总决赛的赛制是第一天和第二天是小组赛，小组赛出线之后，进入淘汰赛，22 日是最终的决赛。

标准平台组这边，星火队排位比较靠前，所以率先结束比赛。而且星火队运气比较好，小组赛上，星火队暂时和几个强队错开，顺利进入了淘汰赛。

沈一泽带领的小型组也很顺利地进入淘汰赛。

最倒霉的还是类人组，小组赛对上了美国代表队 Sun，最后以 2 ： 2 的成绩打平，艰难地进入了淘汰赛。

国际总决赛里，对手实力更强，只有十六强能进入淘汰赛，因此能进入淘汰赛实力其实已经不错了。当然，星火队必然是不能满足于这个成绩的。

小组赛结束后，当天晚上，星火队开了一个内部分析会议。

“我看了比赛视频，简单做个总结。”顾默面色严肃，“小型组这边发挥得还不错，但是小组赛只是热身，德国的 Moon 已经连续取得了两届冠军，他们将是你们最大的对手，当然前提是能进入四强。沈一泽，你作为队长，必须协调好所有队员的工作，时刻保持冷静。”

虽然平时沈一泽和顾默挺不对付的，但是这种时候沈一泽还是非常靠谱的。

他点点头道：“我明白。”

“至于标准平台组这边……”顾默扫视了一圈，突然皱眉，“章则呢？”

“队长去上厕所了，都快半个小时了，我给他打个电话。”关伊伊边说边拿出手机，还没来得及拨，章则的电话就来了。

“喂，队长……你说什么？你在哪里？我们马上过去！”

顾默皱眉道：“怎么了？”

关伊伊忙道：“不好了，章队长和日本代表队的人起了冲突，现在受伤了！”

顾默的脸色顿时一变。

众人赶过去时，现场已经被控制住了。两国委员会的人已经协调完毕。这一次，双方都有过错。Fire 的人先出口伤人，而章则没忍住，直接动手。

这错处不好说，最后两方只能私下协商了，毕竟闹大了，对哪方都不好。

不过章则和Fire动手的那个队员，两人都必须禁赛。

毕竟无规矩不成方圆。

Fire那边倒好，只是一个普通队员，影响不大。章则却是星火队标准平台组的队长，队长禁赛，明天马上就要进行淘汰赛，这绝对是一个巨大的打击。

章则也知道自己做了错事，既后悔又愧疚："早知道，我就该忍忍了。"

"现在说这些也晚了。"顾默思索了一会儿，道，"先重新选一个队长出来，章则，你有推荐的人选吗？"

章则突然看向了关伊伊，关伊伊的心顿时一紧，果然，下一刻就听章则道："我觉得关伊伊蛮适合的。虽然她才大一，但是专业水平大家有目共睹。而且人也冷静，上次中国赛的时候，关伊伊表现得就很好。所以，我推荐关伊伊。"

"可是我……"

"哎，别可是了，我也觉得伊伊不错。"

"是呀，上次决赛的时候要不是她，说不定我们都输了。"

所以对于关伊伊做队长，大家接受度还是蛮高的。

关伊伊还没来得及说话，就见顾默突然看过来，道："那从现在开始，关伊伊，你就是标准平台组的队长了！"

"可是我第一次参加……"

"你只需要回答到底有没有信心做好这个队长！"关伊伊话未说完，就被顾默直接打断。

她抬头扫视了一圈，对上队友们信任的目光，终于深深吸了口气，重重地点头道："有！"

比赛第三天正式开始淘汰赛，为双败制。

标准平台组这一次终于遇上第一个强力对手美国代表队Sun，遭遇比赛以来第一个败绩，以1：2的成绩输给了Sun，落入了败者组。好在最后星火队调整战术，在败者组连续击败三支代表队，终于闯入四强，进入决赛。

小型组更惨，直接对上德国的 Moon 和澳大利亚代表队，连输几场，遗憾地被淘汰，止步十六强。

至于类人组，倒是顺利进入了四强，不过也失去了连胜的战绩，平了两场。可以想见，接下来的比赛将更加的艰难。

决赛当天，标准平台组这边首战竟对上了日本队 Fire。在淘汰赛上，Fire 表现很好，以三胜一平的成绩进入了决赛，是最有可能赢得冠军的代表队之一。

章则虽然不能参加比赛，但是可以旁观。新仇旧恨加在一起，星火队直接被点燃了战火。

“我们绝对不能输给他们！必须赢！”

“不错，厉害的队伍那么多，就他们狂，就应该让他们知道什么是天外有天，人外有人！”

大家战意满满，不能打架，那就比赛上让他们输。

上半场时，双方以 2 ：2 的成绩打平。

中场休息时，关伊伊道：“Fire 的机器人灵活度很高，但是平衡性差。下半场，我们改变策略，各个击破，速战速决！”

“明白！”

星火队重新调试机器人，十分钟后，下半场比赛正式开始。

比赛三分钟时，星火队进球。

五分钟时，星火队再次进球。

七分钟，日本队顺利抢到球，可惜没进，踩线。

八分钟，星火队第三次进球。

九分四十秒，星火队第四次进球！

十分钟，哨声响起，比赛结束，星火队以 4 ：0 的成绩碾压日本队！

众人对视一眼，齐齐欢呼出声。

“赢了，我们赢了！”

“哈哈哈，让他们狂，最后还不是被我们碾压。”

对比星火队的兴高采烈，日本队的人脸色极其难看。虽然能进入四强其实已经是强队的象征，还可以争夺季军，但是，他们输给了曾经不屑的队伍，自尊心受到了严重打击。

关伊伊等人才不在乎他们怎么气得内伤，也没时间去在意这个。

比赛的时间很紧凑，下午，他们将与美国队Sun进行冠军争夺战！

中午，星火队再次开了一个小会。

标准平台组和类人组都进入了最后的冠军决战，类人组那边的对手是日本Fire。虽然在标准平台组这边，日本队输给了星火队，但其实他们在类人组上的实力更强。

大家一起集思广益，想出最适合的策略。

“Sun的防守很好，你们看出他们的阵型和跑位了吗？”关伊伊作为标准平台组的队长，首先面色严肃地发言道，“Sun很聪明，按照他们现在的阵型和跑位，我们很难突破他们的拦截进球。但是他们有个致命的弱点，那就是他们控球比较弱，我们可以从这方面入手。”

大家都点头表示同意。

顾默沉思了一下，问道：“有具体的操作了吗？”

关伊伊点头，道：“我们的硬件条件并不比Sun差，而且我们的机器人动态智能方面其实更高。我建议重新计算传球进攻线路，并且提高识别速度。”

沈一泽也道：“不错，我们不怕他们抢到球，只要我们能更快地把球抢回来就行。所以，还需要提高机器人的行走速度，当然，必须保持稳定和平衡。”

顾默点头道：“那就照这个思路去做，大家动起来！”

“收到！”

“好了，会议就到这里，其他人可以先回去，关伊伊留下。”

关伊伊以为顾默留下她是有事情要吩咐，没想到，其他人刚走，顾默便突然低头，直接在她的唇上落下一吻。

吻完，他还一本正经地道："这是给你进入决赛的奖励。"

关伊伊忍不住笑道："那学长，可不可以多给一点奖励啊？"话音刚落，她踮起脚，便对着顾默的脸亲了两下，留下两个完美的口水印。

顾默擦了擦脸，勾了勾嘴角道："关伊伊，比赛加油。还记得我说的话吗？比赛成绩如果让我满意，我就给你一个大惊喜。"

"那什么成绩才能让你满意？"

"当然是冠军！"

"亚军不行吗？"关伊伊不满，"学长，你要求怎么那么高啊？！"

顾默勾唇，露出一抹冰冷的笑，道："亚军，怎么可能？我顾默的女朋友可是最优秀的，还是说你在怀疑我的眼光？"

关伊伊忍了忍，还是没忍住，扑哧一声笑了出来。

哎呀，她以前怎么没有发现顾默这么自恋呢。

不过……

关伊伊捧脸道："是是是，我家顾学长的眼光最好了，所以才能找到像我这么好的女朋友！"

温馨的时光总是短暂的，紧张的决赛很快到来。

标准平台组这边，虽然改进了程序，确定了新的策略，但是Sun的实力确实很强。上半场四分钟时，星火队进了一球，Sun果断要求暂停，中途重新调试。重新开始后，Sun又变换了战术，让星火队这边再次陷入危机，连失两球，上半场以1∶2暂时输给Sun。

中场休息时，大家的表情都很凝重。

"我们算错了！他们的控球能力差是故意做出来迷惑我们的！"

"伊伊，你可是队长，你有办法没有？"

众人都目带期望地看着关伊伊。

上半场已经输了，如果下半场不能以绝对优势胜出，那么就要进入决胜点球阶段。当然，还有最糟糕的情况，那就是连输两场，完全错失冠军！

该怎么办，怎么办？

关伊伊忍不住握紧了拳头，这种危机的时刻，她第一个想到的便是顾默。可是不行，顾默还在比赛，她不能去打扰他，她必须想出办法来，这一次必须靠她自己了！

她要冷静下来，必须立刻冷静下来！

关伊伊闭上眼，沉思起来。她仔细看过 Sun 比赛的视频，认真研究过他们的机器人和策略。从他们历来的比赛来看，他们的控球能力确实不行，除非他们对自己得到冠军有绝对的把握，否则不可能在比赛中故意示弱。

通过这几天的比赛，关伊伊深刻地了解到国际赛场上的参赛队伍实力都很强劲，在大学生比赛中绝对是数一数二的，要想在比赛中取胜，只要有一点差错，那都可能是满盘皆输的下场。

可是，那为什么现在 Sun 的控球能力又增强了？

如果他们达到这个水平，不可能不在最开始就用来碾压他们。

“上半场比赛，Sun 的机器人摔倒了几次？”

“六次。”

六次，这是一个非常高的次数！

想到此，关伊伊猛然睁眼，道：“继续原先的策略，不变！”

“可是，我们已经输了两个球了，Sun 也变了策略，如果我们再不改，那只能继续输球！”

“对呀，伊伊，现在证明了我们那个策略不行。”

关伊伊面色不变，斩钉截铁地道：“我说了，策略不变。我现在是队长，希望你们服从我的命令！”

“对，你是队长，但是这不代表你说的就是对的！关伊伊，你一意孤行，输了比赛，你担得起责任吗？”

“如果现在队长是顾默或者沈一泽，你们是不是就不会这样质疑了？”关伊伊冷声嘲讽，“不错，我只是一个大一的学生，但是我既然做了这个队长，我就一定会对我的队伍负责。你们放心，输了比赛，责任我担！现在，必须听我的！”

这是关伊伊第一次用这么强硬的语气说话，平时带笑的脸上此刻满是严肃，目光幽深且坚定。

沉默须臾，一直沉默的章则突然开口道：“我赞成。我们是一个团队，面对比赛，最应该做的是对敌，而不是质疑队友，更何况现在伊伊才是队长。就连教授和顾队长都已经肯定了伊伊的能力，我们一起合作这么久了，难道还不了解伊伊的能力和为人吗？我们应该相信我们的队长！”

最终，星火队策略不变。

十分钟后，下半场比赛正式开始。

大家都紧张地看着赛场，又期待又担心地问道：“我们会赢吗？”

比赛开始一分钟时，Sun 的机器人摔倒一次。

两分钟时，Sun 抢到球，再次摔倒。

三分钟，星火队成功夺球。

三分二十秒，星火队准备射门——

“进了，进了！”

星火队成功拿下第一分。

五分钟，Sun 进球，比分 1 ∶ 1。

八分钟，星火队再次进球！

剩下的时间里，双方机器人斗在一起，彼此克制住对方。最终，下半场比赛星火队以 2 ∶ 1 的成绩获胜。

决赛打平，进入决胜点球阶段。点球时限为一分钟，只有在一分钟之内进球才能计分。

星火队连进三球，而Sun进了两球后，在最后一次点球中，机器人摔倒，虽然最后成功进球，但是超时不计分。

所以……

“我们赢了？我们是冠军？！”

“呦呦……我们是第一名，我们是冠军，星火队赢了！”

四年，距离上次夺得国际赛冠军四年，他们终于再次加冕，星火队赢了，中国队赢了！

“万岁万岁！”

大家抱在一起，关伊伊在恍惚中被抬了起来，被抛向空中。她望着远方，无意中对上了顾默的目光。

她看见那个俊美冷漠的男人微微一愣，随即勾唇一笑，冰雪消融，美不胜收。

他张开嘴，无声地对她说——

“为你骄傲。”

就在这时，她听见有人说：“赢了赢了，类人组那边也赢了！”

“我们得了两个第一名，两个冠军奖杯！”

“星火队万岁，中国万岁！”

番外　后来的我们

这次比赛，加上 A 大星火队收获的两个冠军，中国大学组高校代表队总计获得三个冠军、一个亚军、两个季军，可以说是前所未有的好成绩。

闭幕式结束之后，委员会这边专门安排了一个庆功宴。

冬季的墨尔本，夜晚很凉。

关伊伊意思意思地和大家喝了一杯酒，之后就全程喝果汁了。饶是如此，她也有些微醺，白皙的脸蛋微红，像是染上了一层胭脂。

她裹着羽绒服，独自去了阳台上，吹着清亮的风，酒意消散了些许。

“在想什么？”顾默走到她身边，揉了揉她的头，声音格外温柔。

关伊伊抬头看他，目光所及处全是男人的盛世美颜。想到这个男人已经是自己的，关伊伊就忍不住勾起了唇。

“学长，你不是说要给我大惊喜吗？现在可以告诉我了吧。”

顾默意味深长地看了她一眼，道：“带手机了吗？”

“喏，带了。”关伊伊拿出手机摇了摇，“快点说啊，到底是什么大惊喜，你要搞得这么神秘？”

顾默没说话，而是掏出自己的手机，修长的手指飞快地滑动了几下。关伊伊正疑惑着，手机微博的提示音突然响起来了。

这是她专门为梦行千里设置的特别关注音。

关伊伊一怔，点开微博，就发现梦行千里刚给她发了一条私信。

她点开一看，顿时愣住。

很简单的一句话，梦行千里说：关伊伊，我喜欢你。这个惊喜大不大？

电光石火间，关伊伊瞬间明白了什么，她猛地看向顾默，瞪大了眼睛，嘴巴张了半天，才艰难地冒出几个字——

“你……是……梦行千里？”

顾默挑眉：“很惊讶？”

“不对，怎么可能？！”关伊伊整个人都不好了，“你怎么可能是梦行千里，这不科学！我不相信，你肯定是骗我的！”

顾默淡定地道：“需要我给你看我的微博账号吗？或者我现在就发条微博？”

说罢，没等关伊伊回过神来，他突然便抓住她的手，与她十指相扣。

摄像头灯光一闪。

等到关伊伊明白过来发生了什么时，微博提示音就又响了，是梦行千里发了新微博。

梦行千里：嗯，我对象@独木成林。[图片]

配图正是刚才顾默拍的他们两个十指相扣的照片。

关伊伊一脸震惊。

距离梦行千里上次发微博已经过去大半年的时间了，千里粉们没有想到，偶像再次发微博竟然又是撒狗粮。

不过几分钟，评论下面就又是一阵鬼哭狼嚎——

我们知道了，就上次那个“勾引”你的女人吧？

唉，又是一盆狗粮。

我快吃吐了，你知道吗千里大大？

发两只手干什么？有本事你发自拍啊！差评！

求千里嫂的照片！

……

顾默对关伊伊扬了扬手机，似笑非笑地道：“我的读者都在求你的自拍，关伊伊，要拍一张吗？”

关伊伊顿时从怀疑人生中回过神来，忙摇头。

笑话，她才不要找死呢。

这个世界真的太神奇了，谁知道转眼之间，她竟然就和自家偶像在一起了。不不不，应该说，谁能知道，自己的对象竟然就是自己的偶像！

想到以前自己对梦行千里说的那些话，关伊伊觉得自己没脸见人了。

苍天啊，这是黑历史，妥妥的黑历史啊！

她深吸口气，瞪着顾默道：“你什么知道我就是独木成林的？”这厮也太能忍了，不知道在私底下笑话了她多久，简直太坏了。

顾默淡定自若地道：“哦，其实也没有多久，就你开始和我分享你那个朋友的故事时吧。说实话，关伊伊，其实你在微博上更可爱一点，多乖啊，我说什么你都听。”

“啊啊啊！浑蛋，你给我闭嘴！”关伊伊抓狂，又羞又气，“顾默，你就耍我玩是吧？就喜欢看我笑话是吧？我讨厌死你了！”

啊啊啊，她简直没脸待在这里了。

想到此，关伊伊转身就想跑。

然而，顾默比她的速度更快，腿更长。

他长腿一抬，手一伸，关伊伊的腰便被搂住了，下一刻，整个人不受控制地向后倒去，结结实实地靠在了男人的怀里，想跑都不行。

关伊伊气得咬牙道：“顾默，你放开我，我现在很生气，我告诉你！我生气的后果是很可怕的！”

“哦，有多可怕？”顾默垂首，轻轻地吻了吻她白嫩的耳尖。

关伊伊脸色爆红，腿有些发软。

“关伊伊，你是要告诉我，这就是你的可怕之处吗？”顾默得寸进尺，一口咬在她的唇瓣上。

关伊伊疼得眉头一拧，想反抗，可是皮肤饥渴症却让她情不自禁地靠上去。

她简直要疯了。

“顾默，你欺负我！”她带着哭腔控诉，企图用装可怜来挽回局势。

顾默的目光一沉，良心被她晶莹的泪珠淹没，终于忍不住吻了下去。

迷迷糊糊间，关伊伊听见他说：“关伊伊，以后别用这种眼神看我，别在我面前哭。”

半晌后，关伊伊捂着红肿的嘴巴泪流成河——言情小说都是骗人的，装可怜的后果不是被放过，而是被碾压得更惨啊！

因为这件事，关伊伊觉得自己很有必要给顾默一个教训。是以，直到回国了，关伊伊都还在单方面对顾学长实施冷暴力。

“还在生气啊？”是夜，顾学长端着一碗面，可怜兮兮地望着关伊伊，“关伊伊同学，你这个气也生得太久了吧？”

“哼！”

关伊伊一仰头，傲娇地哼了一声。

顾默忍着笑，道：“好了，说吧，要我怎么做，你才能原谅我？”

“真的什么都肯做？”关伊伊眯眼。

顾默点头道：“只要我能做到。”

关伊伊想了想，道：“那你把《轮回线》的存稿给我看，我要看大结局！你都断更半个月了，还有没有一点作者的职业素质啊？！”

顾默：“你要看存稿？”

关伊伊眯眼道：“难道你没写？顾默，你对得起我们这些在坑里等着的小天使吗？断更是不对的！”

半晌后，顾学长深深吸了口气，道：“我这就去写！”

关伊伊顿时露出了满意的笑容。

嗯，这么看来，男朋友是偶像其实也是一件很棒的事情嘛，至少以后可以提前看存稿了。他断更，她还可以直接催稿；他不写，她就不理他！

呀，这么一想，世界真美好。

虽然比赛结束了，但是课还得上，还要好好学习，天天向上。

他们学院的期末考试安排在7月1号到4号，时间还是很紧张的，关伊伊还来不及感受得到冠军的喜悦，就又开始了每天跑图书馆的生活。

顾默家、教室、图书馆，关伊伊每天就这么三点一线地过着。

4日考试结束，下午，关伊伊兴高采烈地回顾默家。她和顾默都约好了，晚上出去看电影。

只是……

“这些人是谁？”

关伊伊疑惑地看着楼下围着的一群年轻人，正在这时，却见那群年轻人眼睛一亮，然后双手拉出一条横幅——

梦行千里，你出来！

关伊伊心中顿时咯噔一声，正想着，一只手突然伸出来，捂住她的嘴，把她朝墙角拉去。

“呜呜呜……放开！”

“别闹，是我。”

熟悉的声音让关伊伊冷静下来，她这才发现面前捂着她嘴巴的男人竟然是顾默！

“学长，你这是干什么啊？”

顾默皱眉道：“我是梦行千里的身份被曝光了，那些读者找过来了。”

关伊伊想到刚才的那条横幅，一惊，道：“是谁做的？！”太狠了，要知道，连载三年，《轮回线》终于大结局了，却是个悲剧：世界和平了，男主角却死掉了。为这事，关伊伊不但哭了一把，还和顾默吵了一架，强烈要求他改结局。

然而，顾默坚决不肯，美其名曰这才是最好的结局。

生活还得继续，关伊伊抗议无果，也只能含泪接受了这个结局，乖乖回去复习考试了。

没想到啊没想到，顾默竟然也有被读者堵门的一天！

“这人干得漂亮啊！”话音刚落，她头上便被敲了一记栗暴。

顾默眯眼道：“关伊伊，你还想笑着活下去吗？”

关伊伊忍笑道：“这还不是你自己作的孽，自己受着呗。”

“别废话了，走吧。”顾默拉着关伊伊朝前走。

"去哪里啊？不先回家吗？"

"回家送死吗？"

关伊伊想想也对，按照这个情况，暂时肯定不能回去了，谁知道那些被伤透了心的读者会不会报复社会啊！因着这个意外，这一晚，顾默住了酒店，关伊伊回了宿舍，两人的约会就这么泡汤了。

顾默先送她回学校，路上遇到了卢越。

明明只一个月的时间，关伊伊却莫名有一种物是人非的感觉。

卢越没有回避，直接朝他们走了过来，看了两人交握的手一眼，目光转到顾默脸上，道："顾默，我可以和你谈一谈吗？关学妹，可以请你回避一下吗？"

关伊伊有点尴尬。

顾默却道："不用了，她是我对象，你有什么事直说，我和她之间没有秘密。"

此话一出，关伊伊便看到卢越脸色变了一下。

虽然看到一个大美人这么尴尬、伤心有点不忍心，但是，关伊伊还是没动。相比不忍心，更重要的当然是她对象！

这可是情敌，大情敌。

关伊伊这么警告自己，所以绝对不能心软。

卢越深吸口气，一字一句地问道："你为什么要拒绝我，选择她？顾默，我需要一个理由。"

否则，她不能甘心。

顾默沉默片刻，道："因为我喜欢她，只喜欢她一个人。"

卢越笑了，仰着头，努力憋回眼中的泪。

"哈，我知道了。"她看向关伊伊，突然道，"你知道他就是梦行千里吗？"

关伊伊愣了一下，才回道："我知道啊！"

"你不生气他隐瞒你？"

关伊伊想了一会儿，回道："更多的是惊喜吧。"

“我明白了，原来如此。”卢越嘴边的笑意更深了，她深吸一口气道，“顾默，今天是我最后一次和你说这些话。你放心，从今往后，我再也不会缠着你了！”

说完，她挺直背脊一步步离开了。

或许，从一开始就是她自己一厢情愿。

所有的人都说他们很配，家庭、外表、才华，他们都很般配，所有的人都这样认为，她自己也这样坚信着。

可是，外人眼中的般配，终究抵不过他的一句“我喜欢”。

她费尽心机，把自己变得面目可憎，让自己变成了曾经她最讨厌的样子，到头来，也不过是感动了自己。

直到再也没有人能看见，卢越才深吸口气，憋了许久的泪终于再也忍不住，一滴一滴顺着白皙的脸颊落了下来。

“啊，不好意思，我不是故意出现的，我现在就走。”

一道男声突兀地响起，卢越顿时一哽，转头便看见了一张熟悉的脸。

她皱眉：“怎么哪里都有你？！”

她眼角还带着泪，凶巴巴地瞪着沈一泽，看上去竟有点可怜。

沈一泽目光微微一闪，无奈地耸肩道：“你以为我想啊，女人哭起来最丑了，虽然你是校花吧，但是其实哭起来的样子也就那样，我一点儿也不想看。要不要我拿镜子给你照照？”

让关伊伊没想到的是，猫咪机器人竟然还挺受欢迎。暑假期间，焦姣这边还接到了好多个订单。因为这事儿，关伊伊暑假索性没回家，直接留在了顾默家，还把顾学长拉来当了苦力。

最近，顾学长也很忙。

自从梦行千里的真实身份在网上被曝光之后，虽然刚开始因为结局被骂了很久，但是在这个看脸的世界里，顾学长那张盛世美颜还是很有威慑力的。

所以他不但没有掉粉，反而还增加了一大堆粉丝，给《轮回线》又带了一波热度。

有好几个影视公司的人来找顾默，谈版权的事情。《轮回线》可是一个超级大 IP，影视公司都想拿下，所以开出的条件也五花八门。

除此之外，暑假一结束，顾学长就大四了。

顾叔叔那边是希望顾默继续读研，不要浪费自己的天分，专心研究人工智能，到时候进研究院。

关伊伊问过顾默的意思，问他对此怎么想的。

按照顾默现在的成绩，本校的研究生是可以直接保送的，还有出国交流学习的机会。但是，这是顾默想要走的路吗？

顾默没有直接回答，只是问关伊伊："你怎么想的？你是想我读研，还是写文？"

"你自己怎么想的？"关伊伊想了想道，"其实最重要还是你自己喜欢啊，我觉得你这两方面都很厉害。"

顾默忍不住笑了笑，捏了捏关伊伊的鼻子道："嘴巴这么甜啊！"

关伊伊骄傲地挺起小胸脯道："我一直都很甜的好吧。哎，现在说你呢，学长，你到底想走哪条路？"

研究生的功课会越来越多，这就意味着顾默很难有时间来兼顾写作这件事。

顾默沉默片刻道："我这个还不急，先忙你这边的事情吧。我觉得猫咪机器人功能还是太单调了，而且配置太简单，很容易被人复制。"

"所以学长你的意思是？"

顾默勾唇一笑道："所以，想挣钱，挣大钱吗？"

关伊伊眼睛顿时亮了！

猫咪机器人之所以能够被人喜欢，主要还是因为它们可爱的外形以及卖萌小技能，但是它们的智能化水平不高，程序也不难，这导致它们很快就会被淘汰。这一次，如果不是沈可欣的事情曝光出来，其实猫咪机器人的热度都已经过去了。

关伊伊身为制作者，自然知道猫咪机器人的缺点，但是凭她的能力，想要改进，还是很勉强的。

但是顾默加入就不一样了。

不但如此，星火队的人对此也很感兴趣。星火队的队员大部分都是大三的学生，少部分大二学生，这就意味着他们也面临着未来的选择了。

猫咪机器人还是有一定商业前景的，当然前提是能提高它的智能水平，让功能多元化。

星火队里沈一泽、章则还有几个队友都加入了猫咪机器人的研究当中，技术上的难题能够解决了，现在主要就是创意。

关伊伊道："我觉得我们可以增强机器人的战斗力，现在好些女生就是冲着这个来的。"

"不错。"顾默也点头，"我们可以把主要受众定位在女性顾客，毕竟对于这类萌宠机器人，女性相对会更喜欢一点。"

"所以，我们的机器人种类也必须增加，可以多一些动物。"沈一泽摸着下巴道，"猫咪和狗可以多做一点，这类受众会多一点。"

大家集思广益，很快就制定好了章程。

整个暑假，几人都把心思投入萌宠机器人的研究中，一个多月之后，终于做出来了几个满意的成品。

大学生的经济能力毕竟有限，搞研发这事儿是最烧钱的，这前期的投入还是顾默和沈一泽赞助的。不过这样下去也不是办法，他们本来就是想做出一款成功的商品，现在有了成品，自然需要找买家了。

RoboCup 赛场上，星火队表现很亮眼，早有好几个电子公司在关注他们了。萌宠机器人的市场前景还是不错的，有几个公司都有意向购买专利。

这日，顾默和沈一泽两人作为代表去和几个公司面谈。

关伊伊和其他人都焦急地等待着。

为了方便，顾默把公寓旁边的一个小套两室一厅也租了下来，作为他们的作战基地。早上九点顾默和沈一泽两人便出门了，今天一共要和四家公司接洽。

这次的研究，除了金钱方面，所有的人都付出了太多的精力和时间在上面，这也是他们走向社会的第一仗，大家都很紧张。

下午四点，顾默两人回来了，大家忍不住围上去问道："怎么样？"

"吹了。"沈一泽面色黑沉，似是受了不少气，语气有点暴躁，"那些公司根本就不是诚心想和我们合作，根本就看不起我们，因为我们只是学生，所以就使劲地压价！"

顾默的脸色也有些冷，只是他素来理智，所以比起沈一泽，他此时还算淡定。

顾默道："现在有两条路，第一条路，我们可以把专利卖给其他公司，但是价格不会很高。"

"那第二条路呢？"关伊伊忍不住问道。

"第二条路——"顾默顿了一下，"我们就自主创业吧。"

关伊伊愣了一下才反应过来，顾默话里的意思是，他们自己成立一个公司，来开发萌宠机器人？

顾默继续道："我个人倾向第二条路，萌宠机器人的商业价值还是不错的，与其低价卖专利，不如我们放手一搏。你们敢吗？"

关伊伊立刻举手："我同意学长说的！"

沈一泽也跟着哼了一声道："我赞成，老子才不去受白眼了呢！"

大家对视一眼，过了须臾，齐齐沉声道："敢！"

是以，大家集资，顾默出了大头，占了三成股份。关伊伊因为是创意提供者，也得到三成。剩下的四成，沈一泽出了笔钱，占了一成，其他的便是剩下的人均分了。

既然做了决定，大家很快便行动了起来。

很快，名叫星火电子科技的公司便成立了。因为资金有限，办公场地便没有变，还是原来的小套二。

关伊伊作为其中唯一的女生，叫上焦姣一起，好好把这个小房子捯饬了一番，也算是大变样，有点格调了。

《轮回线》的影视版权最后卖给了国内综合实力最好的影视公司之

一，版权费八位数。顾默把这笔钱都投进了公司里。

大家出钱的出钱，出力的出力，两个月后，公司的第一批产品便上市售卖了。

在上市前期，顾默还投了一笔钱做宣传，由于颜值和成本，所以顾默、沈一泽、关伊伊三人亲身上阵拍了宣传片。

顾默自己的号也给打了广告。

但是考虑到成本和风险，所以第一批产品只做了 1000 个机器人，其中主打的猫咪机器人有 500 个，剩下的 500 个，狗狗、兔子各 250 个。

因为主要面对的是女性客户，所以第一批的产品中 900 个都是可爱型，只有 100 个是帅气型的。

11 月 11 日，民间俗称光棍节，而这一天，也是萌宠机器人上市的日子。

00:00 点整，所有的人都聚集在公司里，紧张地看着后台。

00:10，1 个；

00:30，5 个；

……

01:00，200 个。

截至 11 日早上十点优惠活动结束，一共卖出了 921 个机器人！

“我们成功了。”

“我们赢了！”

大家个个顶着熊猫眼，虽然面色疲惫，精神却极度亢奋，抱在一起，比吃了兴奋剂还激动！

“学长，我们真的成功了，我们的努力没有白费。”关伊伊披散着头发，白皙的脸上挂着两个黑眼圈，但是一双猫儿眼亮晶晶的，像是装着闪耀的小星星。

她仰着头，露出了这段时间因为加班变尖了点的下巴、清瘦的脖颈儿。因为熬夜，她的嘴唇稍稍有点干，她忍不住轻轻地舔了舔。

顾默眸色一暗。

下一秒，没等关伊伊回过神，他伸手便捏住她的下巴，扣住她的脑袋，深深地吻了下去。

周围的战友们发出唏嘘的笑声和起哄声，关伊伊却都听不到了，她睁大了眼睛，眼里只看得见近在咫尺的那个男人。

她看见他勾唇轻笑，眼里冰雪消融、春色无边。

她听见他说：“伊伊，为了庆祝这次的成功，你也满二十了，我们订婚吧。”

他附在她的耳边，柔情似水。

“关伊伊，我想喜欢你一辈子，你愿意给我这个机会吗？”

关伊伊也笑了，轻声道：“这可是你说的，顾默，你这辈子没有后悔的机会了。”

他嘴边笑意更浓：“我从不做让我后悔的决定。”

第一批萌宠机器人很快就卖完了，买家纷纷在网上分享自己的产品体验，又为萌宠机器人宣传了一波，大家都在催着上新货。

一切都在朝好的方向发展。

这一年，关伊伊大二，顾默大四。

这一年，他们拥有了一份共同的事业。

这一年，顾默接受了保送研究生的资格，毕业之后将直接成为A大的研究生。关伊伊期末考试得了第一名，综合素质分排名学院第一，拿到了国家奖学金，制作出了真正的智能机器人。

最重要的是，这一年，他们在一起了。

沈一泽很早就听说了卢越的名字。

虽然是不同的学院，但是鉴于电气学院阳盛阴衰，且仅有的几个妹子质量都不太高，一群狼的目光自然便放到了美女众多的文学院和传媒学院。

短短几天，传媒学院新生来了个大美人的消息便传了个遍。

彼时，沈一泽刚交了一个新女友，被追的。

从小到大，他从不缺女孩子的喜欢，但是每段感情都不长久。

沈一泽自认自己是个好男人，抽烟、喝酒、泡吧这些恶习都没有。而且他从没有仗着一张帅脸到处去勾搭女孩子。

然而，他每次都逃脱不了被甩的命运。

沈一泽见过太多好看的人了，再加上自己长得也好，是以，其实对外貌的认知并没有那么鲜明。

第一次无意中看到卢越的照片，他也就感叹了一句“长得还不错”，并没有怎么放在心上。毕竟，当时他可是有女朋友的人。

后来，他被甩了，心被伤了，沉浸在学习和篮球中，便也没有了谈恋爱的欲望。

直到，他第一次真正遇到卢越。

他所听说的校花卢越，美丽、有才华、温柔大方、优雅冷静。而且，都传她早有心上人——她的“竹马”顾默。

后来，顾默的真命天女关伊伊出现了，卢越这青梅竹马在一起的想法，便变成了自己的一厢情愿。

尴尬的是，他无意中竟撞见了那种场面。

温柔校花竟然是只母老虎，那尖锐的高跟鞋差点没让他痛得惨叫。这一脚，刷新了他对卢越的认知。

直到她转身的刹那，一滴温热的水被风刮起，落到了他的脸上。

他忍不住用手指抹了抹，鬼使神差地尝了尝味道——

咸的。

他明明被踩得很痛，却莫名把这只母老虎记在了心里。

后来，他又遇见了她几次。

第一次她被拒绝，在哭。发现他之后，她又倔强地擦干眼泪，红眼兔子秒变母老虎。

第二次她又在哭，也是被顾默拒绝。

第三次顾默再次拒绝她，她又在哭。

第四次，大四的那一年，顾默和关伊伊订婚。这一次，她笑着祝福了他们，沈一泽以为她终于放下了。

直到半夜，他看到她一个人在酒吧里一瓶一瓶地喝闷酒，精致的脸蛋上挂着两道水痕，嘴边却是带着笑意的，黑亮的眼已经蒙上了一层薄雾。

她长得漂亮，又是孤身一人，打她注意的人太多了。

沈一泽没忍住，最后还是走了过去。他本想叫醒她，让她回家，她却睁着一双蒙眬的泪眼，突然就扑进了他的怀里，女孩特有的馨香萦绕在他的鼻尖。

他僵在原地，正想推开她，却见她对准他的嘴便猛地吻了过来，嘴里呢喃着：“顾默，顾默……你终于来了。就理我一会儿好吗？我喜欢你，一直都喜欢你……”

那一瞬间，他的脑子像过了电一般，酥麻的感觉从唇瓣传遍了全身。他没有在第一时间推开她，而是可耻地趁着她酒醉加深了这个意外的吻。

他们那一晚除了这个吻，并没有再做其他的事情。他也不是那些会乘人之危的坏男人，就算要做更亲密的事情，那也必须是在她清醒的时刻。

他只是在这一晚，在这个不应该存在的吻中，明白了一件事——

虽然这个女人表里不一，又暴力又倔强，他们每一次见面，似乎都充满了火药味，呛过来呛过去，但是他似乎偏偏就好这一口。

曾经的恋爱，他是被动的一方，这一次，他想要尝试主动追求的滋味。

如果对象是卢越，似乎感觉还不错？

卢越曾以为自己会喜欢顾默一辈子。

她也曾以为，她会和顾默在一起，哪怕顾默并没有对她说喜欢，可是她相信，这些不过是迟早的事情。

直到，出现了关伊伊，她才明白，其实这个世界上最不缺的就是一厢情愿，最傻的便是自作多情。

不喜欢就是不喜欢，理由有千百种，但是喜欢一个人，不需要理由。

所以，顾默可以拒绝她无数次。

只是……

“你跟着我干什么？”卢越回头，皱眉看着身后的男人。

“谁说我跟着你了，A 大的学生都知道，回学校必须走这条路。”跟在卢越身后的正是沈一泽，他嘴角带笑，眼尾上挑，目光意味深长。

卢越眉头皱得更紧，冷声道："行，你是要走这条路对吧？那我让你先走。"说罢，她冷笑着看着沈一泽。

沈一泽顿了一下，才道："你是以为我对你图谋不轨啊？"

"难道不是吗？"卢越反问。如果不是图谋不轨，他干吗一直跟着她，还骗她说这是回学校的必经之路？！

"现在都已经快十一点了，我从电视台出来，你就一直跟着我了。现在，你跟我说同路，我看起来有那么笨吗？"

她皱眉瞪着他，表情不善。

沈一泽看了她一眼，突然道："我如果说我跟着你，是想追求你，你信吗？"

"不信。"卢越冷笑道，"当初说我丑的那些话，我可还记得呢。怎么，审美那么高的沈校草竟然会看上我这个丑女？"

"我什么时候说你是丑女了？我只是说哭起来丑！"沈一泽觉得自己很冤枉。

"那不还是丑吗？这么嫌弃，怎么可能追求我？"卢越反驳。

"行，你就当我说笑吧。"沈一泽在心里哼了一声，"既然这么不待见我，那我走，不过你一会儿可别后悔。"

卢越面色不变道："你放心，我从不做让自己后悔的事情！"

沈一泽直接就大步朝前走了，身影很快便消失在了拐角处。卢越不想看见他，所以一直等到看不到他的身影，这才开始走。

夜很深，也很静。

这条路白天的时候就人烟稀少，到了晚上，更是除了蚊子，就没有其他活物了。

卢越情不自禁打了个冷战，加快了脚步朝前走。

只是，咚咚咚——

后面像是有什么东西在跟着她一般。

她吞了吞口水，忍不住低下头看了看地上——

那是一个男人模样的影子。

卢越心里一突，抓紧包包就要快速跑。然而后面的人追得紧，几个跨步就追上了她。

“美女，跑什么跑？”话音未落，他伸手便抓住卢越的头发，在她尖叫之前，便极快地捂住她的嘴巴，阴冷地笑着，“一个人不寂寞吗？我来陪陪你怎么样？”

那是一个看上去四五十岁的中年男人。

卢越惊恐地瞪大了眼睛，想要反抗，可是这男人明显是个经验丰富的老手，她叫不出来，动不了，整个人都绝望了。

怎么办，怎么办？！

那一瞬间，她的脑海中闪过了各种恐怖的画面。

难道，她真的要交代在这里了吗？

不知怎的，卢越突然想到了沈一泽，他会来救她吗？

可是，很快，她便苦笑了。

沈一泽都被她骂走了，怎么可能会来救她？

男人撕开了她的衣领，一大片白皙的肌肤露了出来，阴冷的眼中闪烁着骇人的光。

卢越绝望地闭上了眼睛，可就在同时，却听上方传来男人一声闷哼，卢越陡然发现自己的嘴巴被放开了，身上的禁锢也跟着松了。

她猛地睁开眼睛，一眼便看见了一张似笑非笑的俊脸。

“现在后悔了吧？你……你干什么呢……”

沈一泽挑起眉，正想再说些什么，却被突如其来的拥抱打断。

女孩独有的馨香笼罩了他，他嗅着那淡淡的香气，忍不住吞了吞口水。

“那个，卢越……”

话音未落，他却突然感到身上的衣服被浸湿了——那里是卢越的脸。

“你别哭啊，这不是没什么事儿了吗？”他一时之间有些慌了，手足无措，不知道怎么安慰她。

过了好半晌，卢越才吸了吸鼻子，抬起头来，瞪了他一眼道：“你怎么不早点出现？！”

沈一泽很冤枉：“是你不想看见我，赶我走的啊！”

卢越哽了一下。

她也知道自己是无理取闹了。

卢越轻声说了句“谢谢”就低头朝前走了。

沈一泽站在原地蒙了几秒，才猛然反应过来，先把那个歹徒用绳子绑了，又报了警，便飞快地朝前面追了过去。

“喂，你就这么走了？”他几步追上去，拉住了卢越的手。

“那你要怎么样？”

沈一泽突然揽住她的腰转了一个圈，待她反应过来时，却发现自己被困在了男人和墙壁之间。

她被“壁咚”了？

“你……要干什么？”

他离她极近，她呼吸间全是男人特有的气息，一时之间有点晕。

除了幼时和父亲，她还从未和异性靠这么近过。

沈一泽是想干什么？

只见沈一泽笑了笑，突然伸手捏住了她的下巴，低头，声音低沉：“你觉得我想干什么？”

他的嘴渐渐压了下来，越来越近，越来越近……她本能地闭上了眼睛，直到头上传来一声轻笑：“笨蛋，你可是受害人，现在当然要等着警察过来给你主持公道啊！”

卢越猛然睁开眼睛，怒道：“你刚才故意逗……呜！”

话音未落，唇便猛地被人吻住。

她红着脸，瞪着眼，晕乎乎的，一时之间忘了推开身前这个坏男人。

半晌后，她喘着气，耳边传来男人轻柔的声音。

他说：“卢越，我一直想告诉你，其实，我喜欢你。哪怕你哭得那么丑，又凶又暴力，但是，我就是不可自拔地陷了进去。我今天跟着你，是因为我想保护你，想做你的男人，保护你一辈子！”

她的心里像是突然刮起了一阵温暖的风，暖的，甜的。

有云烟，徐徐升起。

大三的时候，关伊伊成了星火队的新一任队长，带领队员们参加Robocon和RoboCup。

她慢慢成了电气学院最闪亮的那颗星，成了A大最厉害的女队长。

而顾默也正式成了一名研一的学生，公司主要由沈一泽管。沈一泽并没有选择读研，相比研究，他渐渐发现自己对生意上的事情似乎更感兴趣。

而且在专业水平上，虽然他很不想承认，但是顾默确实实实在在压了他一头。

万年老二他做得够久了，果断选择放弃了。

所有的事情都进入了正轨，日子就这么不快不慢地过着，充实且平静。大三暑假，关伊伊和顾默一起去了顾爸爸所在的研究院实习。

二宝嚷着要一起。

他们到了研究院，是一个身材高挑、长相冷艳的年轻女人来接待他们的，她自我介绍叫顾菲。

顾菲道："你们先在会客室等一会儿，顾教授正在做一个很重要的实验，要大概半个小时后才会出来。"

不知为什么，关伊伊总觉得她的声音有点奇怪，而且动作有点僵硬。

她正思索着，却见二宝突然冲到顾菲面前，一本正经地道："美女，你好，我是二宝，你长得真漂亮，我们可以认识一下吗？"

二宝今天没有穿裙子，难得穿了男装，是一个可爱的美少年。

关伊伊被二宝的动作吓了一跳，忙拉了拉二宝，对顾菲歉意地笑道："不好意思，二宝其实没什么恶意，就是有点调皮而已。"

顾菲面无表情地道："没事，我不介意。"

二宝一听，顿时又从关伊伊的身后跑了出来，开心地围着顾菲转来转去，那样子，特像一个小花痴。

半个小时后，顾爸爸，也就是顾教授出来了。关伊伊和顾默暂时作为顾爸爸的助手，最近，顾爸爸在研究一个人工智能的新项目，正缺劳动力呢。

这个暑假，关伊伊过得很充实，只是有些累。

而进了研究院好几天之后，她才知道原来顾菲也是一个机器人，而且是顾教授亲手制作出来的，算起来和二宝还是同一批出厂的呢。

她这才明白，为什么二宝见到顾菲会那么激动了。

在暑假里，二宝每天准时到研究院报到，还主动申请打工，每天打扮得花枝招展的，一直围着顾菲转。

在研究院待了一周之后，二宝对关伊伊和顾默道："主人，太太，我感觉我恋爱了。"

关伊伊一时之间不知道该说些什么，原来机器人也是需要恋爱的啊！

倒是顾默一点儿都不客气道："你是机器人，学人类谈什么恋爱？而且人家顾菲答应你了吗？我看顾菲很不待见你。"

二宝非常不满，反驳："主人，你不能歧视机器人，我们也是有人权的！恋爱交配是天经地义的事，凭什么我们机器人不可以啊？还有，你别胡说，顾菲可喜欢我了，她今天还送了我新的水手服呢！"

顾默淡定地道："我再次强调一下，你的性别是男。"

二宝嘟着嘴，委屈地蹲在墙角画圈圈，嘟囔着："男生难道就不能喜欢小裙子了吗？难道只准你们人类天天撒狗粮吗？哼！"

关伊伊忍住笑，轻轻戳了戳顾默，无声地道："不要打击二宝的自信心啊！"

顾默扯了扯嘴角，没说话了。

暂不说二宝的追妻计划。

开学前一天，关伊伊两人暂时结束了在研究院的实习。在开学之前，关伊伊单独约了沈封出来见面。

关伊伊基本每三个月便会和沈封见一次。

顾默本想一起，但是关伊伊才不愿意呢，她本来就很不想被人知道这种病，更何况还是顾默！

其实这一两年，自从和顾默在一起后，关伊伊的皮肤饥渴症已经好很多了，现在也不会因为轻微接触就发病，就算发病了，她也能保持理智了。

沈封详细了解了之后，笑道："说明你是真的找到了属于你自己的良药。现在你这个病其实也没有什么大问题了，或许再过段日子就真的痊愈了。这主要还是需要注意一下心理调节。"

关伊伊也忍不住笑了，重重地点头道："对，遇到顾默，是我这辈子最幸运的事了。"

两人又聊了一会儿，这才告别。

顾学长在家紧张地等待着，关伊伊刚打开门，还没看清楚，就被人抱进了怀里。男人在她的脸上蹭了蹭，像是在撒娇。

"想你。"

关伊伊忍不住露出了一抹笑，用力回抱住了顾默，也跟着道："嗯，我也好想你啊学长。"

顾默轻轻在她唇上落下一吻。

这时，关伊伊突然觉得左手的无名指一紧，她本能地低头，便看见了一枚亮闪闪的钻戒。

她听见耳边传来男人充满了诱惑力的声音。

他说："伊伊，你马上就到法定年龄了，是不是该进行下一步了？"

关伊伊抿着嘴，忍不住笑道："学长，你这么喜欢我啊？"

"嗯，超喜欢，你呢？"

"我也是。"

她边说边在心里想着，哎，这恋爱怎么就这么甜呢？！

国庆，根据《轮回线》改编的电视剧上线了。

千里粉们激动难耐，纷纷蹲守在千里大大的微博里。

晚上十二点，梦行千里突然更了一条微博。

梦行千里：我求婚了，她同意了。[图片]

附图是两人戴着戒指、十指相扣的手。那对刻着两人名字的钻戒，在镜头下，像是在闪闪发光。

千里粉们表示很淡定。

这一两年来，他们已经见惯千里大大秀恩爱撒狗粮了，没有震惊和意外，只有一种终于来了的尘埃落定之感。

也不知是哪个好事者干的，把关伊伊和沈封在咖啡厅单独见面的照片爆了出来，还把关伊伊说成是三心二意的坏女人。

千里粉们半信半疑，还没来得及去讨伐，却发现自家的千里大大先上场了。

梦行千里：记得收一下法院传票 @ 爆料王。

爆料王正是爆出照片的人。

最后他还来了一个暴击，直接发了一个视频。

视频里，他和关伊伊深深地吻在了一起。

六歌／著

欢颜 2

HUĀN YÁN

声名鹊起
商界新贵
VS
三十六线
草根千金

飞言情超人气作家／六歌
继《欢颜》后

深情不止·虐恋升级

简介

见过温颜夏后，祝君繁一路穷追猛打，甜蜜攻略之下，终于获得芳心。

在一起之后，他更是对她呵护备至，捧在手里怕摔了，含在嘴里怕化了。可就在两人如胶似漆之际，温颜夏突然发现，事情远非如此简单……

沉寂八年的往事汹涌而来，她震惊地发现，祝君繁深爱的竟另有其人！

他的温柔给了别人，眼底的暖意给了别人……

那爱呢？

祝君繁，你爱的是我，还是你记忆里的那个人？

两个人的爱情，凭什么，你一个人说了算？